KB164126

행인

行人(1913)
夏目漱石

나쓰메 소세키 소설 전집 11
행인

초판 1쇄 발행 2015년 8월 28일
초판 6쇄 발행 2024년 11월 15일

지은이 | 나쓰메 소세키
옮긴이 | 송태욱
펴낸이 | 조미현

편집주간 | 김현림
교정교열 | 장미향
디자인 | 나윤영

펴낸곳 | (주)현암사
등록 | 1951년 12월 24일 · 제10-126호
주소 | 04029 서울시 마포구 동교로12안길 35
전화 | 365-5051 · 팩스 | 313-2729
전자우편 | editor@hyeonamsa.com
홈페이지 | www.hyeonamsa.com

ISBN 978-89-323-1748-9 04830
ISBN 978-89-323-1674-1 04830(세트)

이 도서의 국립중앙도서관 출판예정도서목록(CIP)은 서지정보유통지원시스템(http://seoji.nl.go.kr)과
국가자료종합목록시스템(http://www.nl.go.kr/kolisnet)에서 이용하실 수 있습니다.
(CIP제어번호 CIP2015021403)

나쓰메 소세키 소설 전집 ⑪

행인

송태욱 옮김

ㅎ 현암사

소세키의 책 중에 작은 판형으로
제작된 책들이 있는데, 장식성이
뛰어나다.(1914~1918)

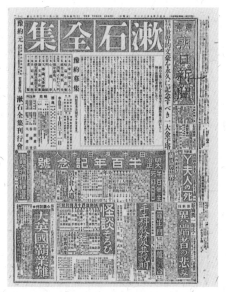

소세키 전집 발간 기사(《아사히 신문》)

소세키 사후 1주년 기념으로 출간된
최초의 소세키 전집(이와나미쇼텐, 1917)

소세키 산방 서재에서(1907). 소세키는 이곳에서 『우미인초』, 『산시로』, 『마음』 등을 집필했다.

도쿄제국대학 강사 시절. 졸업생과 함께(1906)

다섯 살 무렵의 소세키(1872)

도쿄제국대학 재학
시절의 소세키(1892)

1889년 발매된 마사오카 시키의 시문집《나나쿠사슈》에 비평과 함께
9편의 칠언절구 시를 덧붙이면서 처음으로 '소세키'라는 호를 사용한다.

소세키가 『나는 고양이로소이다』와 『도련님』을 집필한 집(1903~1906년 거주)

소세키는 슬하에 2남 5녀를
두었다.(1915)

두 아들과 소세키(1914)

소세키 산방의 서재 모습(1917)

소세키 산방에서(1912)

소세키가 애용한 문방구와 특별히
디자인한 원고용지 판목

『행인』 단행본과 《아사히 신문》 연재 지면. 소세키는 1912년 12월부터 『행인』을
《아사히 신문》에 연재했으나 위궤양과 신경쇠약이 심해져 연재를 중단하기도 했다.

마루야마 오쿄의 〈파도도(波濤圖)〉.
『행인』의 주인공이 마루야마 오쿄의 그림에 감탄하는 장면이 나온다.

효케이칸(表慶館). 일본 최초의 본격적인 미술관으로, 소세키는 1911년 제자인 데라다 도라히 코(寺田寅彦)와 함께 이곳을 방문했다. 이때의 체험이 『행인』에 반영되어 있다.

모리스 마테를링크(Maurice Maeterlinck, 1862~1949). 벨기에 태생의 시인이자 극 작가로, 죽음과 불안을 주로 다루었다. 소세키는 마테를링크의 논문 등을 읽은 적이 있다고 기록했다.

나쓰메 소세키의 〈산상유상도(山上有上圖)〉. 『행인』을 연재하기 한 달 전에
완성한 작품으로, 소세키는 이 무렵 남화풍 그림을 그리는 데 열중했다.

친구

1

우메다 역[1]에 내리자마자 나는 어머니가 일러준 대로 곧장 인력거를 잡아타고 오카다(岡田)의 집으로 달렸다. 오카다는 어머니 쪽으로 먼 친척뻘 되는 사람이다. 나는 그가 대체 어머니와 어떻게 되는 사이인지도 모른 채 그저 먼 친척이라고만 알고 있었다.

오사카에 내리자마자 그를 찾아간 데는 이유가 있다. 나는 이곳에 오기 일주일 전에 한 친구와, 지금부터 열흘 안에 오사카에서 만나자, 그리고 함께 고야(高野) 산에 오르자, 만약 시간이 허락한다면 이세(伊勢)에서 나고야(名古屋)까지 둘러보자, 라고 약속을 했는데 둘 다 오사카에는 딱히 만날 만한 장소가 있는 게 아니어서 나는 그 친구에게 그만 오카다의 이름과 주소를 알려주었던 것이다.

---

1 국철(현 JR) 도카이도혼센(東海道本線) 오사카 역의 통칭. 역이 있는 곳이 우메다초(梅田町)라서 이렇게 불렸다.

"그럼 오사카에 도착하는 대로 거기로 전화하면 자네가 있는지 없는지는 금방 알 수 있는 거지?" 친구는 헤어질 때 거듭 확인했다. 오카다의 집에 전화가 있는지 없는지는 나도 심히 미심쩍었던 터라 혹시 전화가 없으면 전보든 우편이든 상관없으니 바로 보내라고 부탁해두었다. 친구는 고슈센(甲州線)[2]으로 스와(諏訪)까지 갔다가 거기서 되돌아 나와 기소(木曾)를 지나 오사카로 올 계획이었다. 나는 도카이도(東海道)로 단숨에 교토까지 갔다가 볼일도 볼 겸 거기서 사오일 머물고 나서 오사카 땅을 밟을 생각이었다.

교토에서 예정된 시일을 보낸 나는 하루라도 빨리 친구 소식을 들으려고 역을 나서자마자 오카다의 집으로 찾아갔다. 하지만 그것은 단지 내 편의만을 위한, 이를테면 내 사정에 지나지 않은 것이라 조금 전에 말한 어머니의 당부와는 완전히 별개의 일이었다. 어머니가 내게 그쪽에 가면 제일 먼저 오카다를 찾아가보라며 일부러 선물로 가져갈, 짐이 될 만큼 큼직한 깡통에 든 과자를 가방에 넣어준 것은 옛날 기질의 고지식한 도리에서 나온 것이겠지만, 그 안에는 또 하나의 실제적인 용건이 있었다.

나는 어머니와 오카다가 계통상 어떤 줄기에서 갈라져 나왔고 어떤 가지가 되어 서로 관계를 맺고 있는지 모른다. 어머니가 부탁한 용건에 대해서도 별 기대와 흥미가 없다. 하지만 오랜만에 오카다라는 인물, 그러니까 네모난 얼굴에 차분하고 아무리 수염을 기르고 싶어도 쉽사리 수염이 나지 않으며, 게다가 머리도 슬슬 벗어지기 시작한 것 같은 인물을 만나는 일에 조금 호기심이 발동했다. 오카다는 이따금

---

2 현 JR의 주오혼센(中央本線)의 하치오지(八王子) 서쪽 부분을 가리킨다. 고슈(甲州)를 동서로 관통하는 노선이라 일반적으로 이렇게 불렸다.

볼일을 보러 도쿄로 올라오곤 했다. 그런데 나는 늘 그와 엇갈리는 바람에 만날 수 없었다. 따라서 알코올에 심하게 찌든 그의 네모난 얼굴을 볼 기회를 놓쳤던 것이다. 나는 인력거 위에서 손을 꼽아 계산해보았다. 오카다가 안 보이게 된 건 바로 얼마 전 같아도 벌써 5, 6년이나 되었다. 그가 걱정하던 머리도 요즘에는 상당히 위험한 상황에 직면했을 거라고 생각하며 속이 훤히 들여다보이는 부분을 상상해보기도 했다.

오카다의 머리는 상상한 대로 많이 빠졌지만 집은 새로 지어 생각보다 산뜻했다.

"아무래도 가미가타³식이라 쓸데없는 데에 높은 담 같은 걸 쌓아 올린 바람에 음침해서 참 곤란합니다. 그 대신 2층은 있습니다. 잠깐 올라가보세요" 하고 그가 말했다. 나는 무엇보다 먼저 친구의 일이 궁금해서 이러이러한 사람에게 아직 아무 연락이 없었느냐고 물었다. 오카다는 이상하다는 얼굴로 없었다고 대답했다.

2

나는 오카다에게 이끌려 2층으로 올라갔다. 당사자가 자랑할 만큼 전망은 꽤 좋았으나 툇마루가 없는 방의 창으로 햇빛이 사정없이 반사하여 여간 더운 게 아니었다. 도코노마⁴에 걸려 있는 족자도 뒤틀려

---

3 교토 부근, 넓게는 교토와 오사카를 중심으로 한 간사이(関西) 지방을 일컫는다.
4 일본식 다다미방 한쪽 바닥을 한 층 높게 만들어 벽에는 족자를 걸고 바닥에는 꽃이나 장식물을 꾸며놓은 곳.

있었다.

"햇빛이 비쳐서 저런 게 아닙니다. 1년 내내 걸어두니까 풀 때문에 저렇게 된 거지요." 오카다는 진지하게 변명했다.

'역시 잘 어울리는군' 하고 나도 말하고 싶어졌다. 살림을 낼 때를 대비하여 우리 아버지가 오카다에게 준 족자인데 그가 의기양양하게 내 방으로 가져와 보여준 적이 있다. 그때 나는 "오카다, 고슌(吳春)[5]의 이 그림은 가짜야. 그래서 아버지가 자네한테 준 거고" 하고 장난 삼아 말하여 오카다를 화나게 한 일을 기억하고 있다.

우리는 족자를 보고 당시를 떠올리며 어린애같이 웃었다. 오카다는 언제까지고 창에 걸터앉아 이야기를 계속할 듯이 보였다. 나도 셔츠에 바지만 입은 차림으로 거기에 아무렇게나 드러누워 상대해주었다. 그리고 그로부터 덴가차야(天下茶屋)[6]의 형세며 앞으로의 발전이며 전차[7]의 편리함에 대한 이야기를 들었다. 그다지 흥미 있는 문제가 아니라서 나는 그저 아, 그런가, 하며 듣고 있었는데, 전차가 다니는 곳인데도 일부러 인력거를 타고 온 것만은 바보 같다고 생각했다. 우리는 다시 아래층으로 내려갔다.

얼마 후 그의 아내가 돌아왔다. 그의 아내는 오카네(お兼)라고 하는

5 에도 시대 중기의 화가이자 시조파(四条派)의 시조인 마쓰무라 겟케이(松村月溪, 1752~1811)의 별칭이다.

6 오사카의 스미요시(住吉) 신사 근처의 지명. 도요토미 히데요시(豊臣秀吉)가 참배하러 가다 이 지역 찻집(茶屋)에서 휴식을 취해 이런 이름이 붙었다는 전설이 있다. 소세키는 만주와 한국을 여행하고 돌아오는 길인 1909년 10월 15일 이곳에 사는 하세가와 뇨제칸(長谷川如是閑, 1875~1969)을 찾아간 적이 있다. 그날 뇨제칸이 소세키를 하마데라(浜寺)로 안내했고 그때의 체험이 『행인』의 소재로 쓰였다.

7 오사카와 와카야마를 잇는 난카이(南海) 철도를 말한다. 앞에서 나온 덴가차야나 뒤에 나오는 하마데라도 이 연선에 있다.

데 별로 예쁜 얼굴은 아니지만 살결이 희고 피부가 매끈해서 먼발치에서 보면 무척 아름다운 여자였다. 아버지가 근무하던 관청의 하급 관리 딸로 처녀 시절에는 때때로 부탁받은 바느질감을 들고 우리 집 부엌문을 드나들곤 했다. 오카다는 그 무렵 우리 집의 식객으로 부엌문에서 가까운 문간방에서 공부도 하고 낮잠도 자고 더러는 군고구마 같은 것도 먹었다. 그들은 그렇게 해서 서로 얼굴을 익혔다. 그런데 서로 얼굴을 익히고 나서 결혼하게 될 때까지 어떤 경로를 거쳤는지 나는 잘 모른다. 오카다는 어머니 쪽의 먼 친척뻘 되는 사람이지만 우리 집에서는 서생[8]이나 마찬가지로 지내고 있어서 하녀들은 나나 형에게는 조심하며 말하지 못하는 일도 오카다에게는 거리낌 없이 털어놓았다. "오카다 씨, 오카네 씨가 안부 전해달래요" 하는 말은 나도 가끔 들었다. 하지만 오카다는 전혀 신경 쓰지 않는 것 같아서 그냥 하는 장난인가 보다고 생각했다. 그런데 오카다는 도쿄고등상업학교[9]를 졸업하고 혼자 오사카에 있는 보험회사로 가버렸다. 우리 아버지가 주선한 자리였다. 그러고 나서 1년쯤 지나 그는 다시 표연히 도쿄로 올라왔다. 그리고 이번에는 오카네의 손을 잡고 오사카로 내려갔다. 그것도 우리 아버지와 어머니가 소개하여 일을 매듭지어주었다고 한다. 나는 그때 후지 산에 올라[10] 고슈지(甲州路)를 걸을 생각으로 집에 없었는데, 나중에 그 이야기를 듣고 약간 놀랐다. 날짜를 따져보니 내가 고텐바(御殿場)[11]에서 내린 기차와 엇갈려 오카다는 새 신부

---

8 다른 사람 집에 얹혀살면서 가사를 도와주며 공부하는 학생.
9 현 히토쓰바시(一橋) 대학의 전신. 당시 간다(神田) 구의 히토쓰바시 거리에 있었다.
10 소세키는 1887년과 1888년 여름에 후지 산에 올랐다.
11 후지 산의 남동쪽 산기슭에 있는 시즈오카 현의 마을. 등산로 입구로 유명하다.

를 맞이하러 도쿄로 올라온 것이었다.

오카네는 격자문 앞에서 접은 양산을 조그만 보따리와 함께 옆구리에 끼고 현관에서 부엌 쪽으로 빠져나갈 때 다소 쑥스러운 듯한 표정을 지었다. 볕이 한창 내리쬐는 한낮에 걸어서 달아올랐는지 땀이 배고 발그레해진 얼굴이었다.

"이봐, 손님 오셨어." 오카다가 거침없이 큰 소리로 말하자 오카네는 "다녀왔어요" 하고 안쪽에서 부드럽게 대답했다. 이 목소리의 임자가 예전에는 내 구루메가스리[12]와 플란넬 속옷을 지어준 적이 있었지, 하며 문득 정겨운 기억을 떠올렸다.

3

오카네의 태도는 분명하고 차분하여 어디에서도 천한 가정에서 자란 면모는 찾아볼 수 없었다. "이삼일 전부터 이제 곧 오시겠지 하며 손꼽아 기다리고 있었습니다" 하고 말하며 눈가에 애교를 띠는 모습은 내 누이보다 품위가 있을 뿐 아니라 외양도 더 나아 보였다. 잠시 오카네와 이야기를 나누다 보니 이 정도라면 오카다가 일부러 도쿄까지 올라가 데려올 만하다는 생각이 들었다.

이 젊은 아내가 아직 한창 꽃다운 나이였던 5, 6년 전에 나는 이미 그 목소리도 이목구비도 알고 있었지만 친하게 말을 나눌 기회는 별로 없었다. 그러다 이렇게 오카다의 부인으로서 다시 만나게 되었으

---

12 후쿠오카의 구루메 지방에서 나는 감색 바탕의 비백 무늬 면직물로 지은 옷.

니 그렇게 허물없이 응대할 수도 없는 노릇이었다. 그래서 나는 나와 같은 계층에 속하는 미지의 여성을 대하는 것처럼 드문드문 정중한 말을 사용했다. 오카다는 그게 우스웠는지 아니면 기뻤는지 이따금 내 얼굴을 보며 웃었다. 그뿐이라면 모르겠는데 간혹 오카네의 얼굴을 보고도 웃었다. 하지만 오카네는 시치미를 떼고 있었다. 오카네가 볼일이 있어 잠깐 안쪽으로 들어갔을 때 오카다는 내 무릎을 찌르면서 일부러 나지막한 소리로 "왜 저 사람한테 그렇게 격식을 차리는 겁니까? 원래 알던 사이 아니던가요?" 하고 놀리는 듯한 어조로 물었다.

"훌륭한 부인이 되었군그래. 저 정도면 내가 데려갈 걸 그랬어."

"농담하지 마세요" 하며 오카다는 더욱 큰 소리로 웃었다. 얼마 후 진지하게 "그런데 당신은 당신 어머님께 저 사람 험담을 했다고 하던데요" 하고 물었다.

"뭐라고?"

"오카다도 참 딱하지, 저런 애를 오사카까지 데려가다니. 조금만 더 기다리면 내가 꽤 괜찮은 사람을 찾아줄 텐데, 라고요."

"그거야 옛날 얘기지."

이렇게 대답하긴 했지만 나는 좀 미안했다. 또 좀 당황했다. 그리고 조금 전에 오카다가 이상한 눈빛으로 이따금 아내 쪽을 본 의미를 그제야 이해했다.

"그때는 나도 어머니한테 엄청 혼났다네. 너 같은 서생이 뭘 안다고 그러느냐고. 오카다 일은 아버지하고 내가 당사자들에게 좋도록 했으니까 쓸데없는 말 하지 말고 잠자코 보고나 있으라고 말이지. 정말 호되게 당했다네."

나는 어머니에게 혼났다는 사실이 내 변명이라도 되는 듯한 어투로 당시의 상황을 다소 과장되게 늘어놓았다. 오카다는 더욱더 웃었다.

그런데도 오카네가 다시 방에 얼굴을 내밀었을 때 나는 다소 멋쩍음을 느껴야 했다. 짓궂은 오카다는 일부러 아내에게 "방금 지로 씨가 당신을 무척 칭찬해주셨어. 정말 감사하다는 인사를 드려야 할 거야" 하고 말했다. 오카네는 "당신이 너무 험담을 하니까 그러셨겠죠" 하고 남편에게 대답하고 눈으로는 나를 보며 웃음을 지었다.

저녁을 먹기 전에 유카타[13] 차림으로 오카다와 둘이서 언덕 위를 산보했다. 드문드문 지어진 가옥이나 그것을 둘러싼 울타리가 도쿄의 야마노테를 벗어난 교외[14]를 떠올리게 했다. 나는 문득 오사카에서 만나자고 약속한 친구의 소식이 궁금해졌다. 그래서 오카다에게 불쑥 "자네 집에 전화 없지?" 하고 물었다. "이런 살림에 전화가 있을 것 같습니까?" 하고 대답한 오카다의 얼굴에서는 그저 기분 좋게 들뜬 모습만 보였다.

4

저녁때가 비교적 길게 이어지는 여름날이었다. 우리가 걷고 있는 언덕 위는 특히 환해 보였다. 하지만 멀리 서 있는 나무의 색이 하늘에 감싸여 점차 거무스름해짐에 따라 하늘빛도 이내 바뀌어갔다. 나

---

13 일본의 무명 홑옷으로 주로 잠잘 때나 목욕한 뒤에 입는다.
14 도쿄에서 주택지인 야마노테(山の手)는 에도 시대부터 상공업이 발달한 직인들의 거리인 시타마치(下町)와 대비되는 지역이다. 그리고 당시 야마노테를 벗어난 교외는 도시마(豊島), 나카노(中野), 시부야(渋谷) 등 지금의 JR 야마노테센 바깥쪽에 해당하는 지역이다.

는 아직 남아 있는 빛으로 오카다의 얼굴을 보았다.

"자넨 도쿄에 있을 때보다 훨씬 쾌활해졌군그래. 혈색도 아주 좋고 말이야. 잘되었어."

오카다는 "예, 뭐 덕분이지요" 하고 애매한 인사를 했는데 그 인사말에는 기뻐하는 듯한 기색도 있었다.

이제 저녁 식사 준비도 되었을 테니 돌아가지 않겠느냐고 해서 집으로 발길을 돌렸을 때 나는 돌연 오카다에게 "자네하고 오카네 씨는 사이가 아주 좋아 보이더군" 하고 말했다. 나는 진지하게 말했다고 생각했는데 오카다에게는 놀리는 말로 들린 모양인지 그는 그저 웃기만 하고 아무 대답도 하지 않았다. 하지만 특별히 부정도 하지 않았다.

잠시 후 그는 갑자기 지금까지의 쾌활한 기색을 잃어버렸다. 그리고 무슨 비밀이라도 털어놓는 듯이 목소리를 낮추었다. 그런데도 마치 혼잣말을 할 때처럼 발밑을 보면서 "이제 그 사람하고 결혼한 지도 그럭저럭 5, 6년 가까이 됩니다만 도무지 아이가 생기질 않아서 말이죠. 어떻게 된 건지, 그게 마음에 걸려서……" 하고 말했다.

나는 아무 대답도 하지 않았다. 나는 진작부터 아이를 낳으려고 아내를 얻는 사람은 세상에 한 사람도 없을 거라고 생각했다. 하지만 아내를 얻고 나면 아이가 갖고 싶어지는지 어떤지, 그건 내게도 판단이 서지 않았다.

"결혼하면 아이가 갖고 싶어지는 건가?" 하고 물어보았다.

"아니, 아이가 귀여울지 어떨지 저도 아직 모르겠습니다만, 아무튼 아내라는 사람이 아이를 낳지 않으면 어엿한 어른 자격이 전혀 없는 것 같아서요……."

오카다는 단지 자신의 아내를 남들과 같은 평범한 사람으로 만들기 위해 아이를 원하는 것이었다. 결혼은 하고 싶지만 아이가 생기는 게 두려워서 좀 더 뒤로 미루려는 힘든 세상이라네, 하고 나는 그에게 말해주고 싶었다. 그러자 오카다가 "게다가 둘뿐이면 적적하거든요" 하고 덧붙였다.

"둘뿐이라 사이가 좋은 거 아닌가?"

"아이가 생기면 부부의 사랑은 줄어드는 걸까요?"

오카다와 나는 실제 둘 다 경험해보지 못한 일을 자못 알고 있다는 듯이 이야기했다.

집에서는 식탁 위에 생선회며 국 등이 깔끔하게 차려져 두 사람을 기다리고 있었다. 오카네는 엷게 화장을 하고 우리들 잔에 술을 따랐다. 때로는 부채를 가져와 내게 부채질을 해주기도 했다. 나는 바람이 옆얼굴에 닿을 때마다 희미하게 오카네의 분 냄새를 맡았다. 그리고 그 냄새가 맥주나 와사비 향보다 인간답고 좋다고 여겼다.

"오카다는 늘 이렇게 저녁에 반주를 합니까?" 나는 오카네에게 물었다. 오카네는 웃으면서 "한번 마시면 끝장을 보는 술꾼이라 아주 죽겠어요" 하고 대답하고는 일부러 남편 쪽을 보았다. 남편은 "아니, 끝장을 볼 만큼 주지도 않으면서 뭘" 하며 옆에 있는 부채를 집어 갑자기 가슴께를 툭툭 쳐댔다. 나는 또 불현듯 여기서 만나야 할 친구가 생각났다.

"오카네 씨, 미사와라는 사람한테서 우편이나 전보 같은 거 안 왔어요? 방금 산보하러 나간 사이에요."

"안 왔어요. 하지만 걱정 말라니까요. 내 마누라는 그런 일이라면 제대로 알고 있으니까요. 그렇지, 오카네? ……상관없지 않습니까? 미사와라는 사람 한 사람이나 두 사람쯤 안 와도 말이지요. 지로 씨,

그렇게 우리 집이 마음에 안 듭니까? 제일 먼저 당신은 예의 그 일부
터 해결해야 할 의무가 있잖아요?"

오카다는 이렇게 말하며 내 컵에 맥주를 콸콸 따랐다. 이미 상당히
취해 있었다.

5

그날 밤에는 결국 오카다의 집에서 묵었다. 2층의 다다미 여섯 장
짜리 방에 혼자 누운 나는 모기장 안의 숨 막힐 듯한 더위를 견딜 수
없어 가능한 한 부부에게 들리지 않도록 살며시 덧문을 활짝 열었다.
창가 쪽에 머리를 두고 누운 터라 모기장 너머로 하늘이 보였다. 시험
삼아 모기장의 붉은 끝단 밑으로 머리만 내밀고 올려다보니 별이 반
짝반짝 빛나고 있었다. 나는 이렇게 있는 동안에도 아래층에 있는 오
카다 부부의 지금과 옛적은 잊지 않았다. 결혼하고 나서 그렇게 가까
워질 수 있다면 필시 행복할 거라는 생각에 부럽기도 했다. 미사와로
부터 아무 소식이 없는 것도 마음에 걸렸다. 하지만 이렇게 행복한 가
정의 손님이 되어 그의 소식을 기다리며 사오일 빈둥거리는 것도 나
쁘지 않다고 생각했다. 우선 아무래도 좋았던 것은 오카다의 이른바
'예의 그 일'이었다.

이튿날 눈을 뜨자 창문 아래 비좁은 뜰에서 오카다의 목소리가 들
렸다.

"이봐, 오카네, 얼룩무늬 나팔꽃이 피기 시작했어. 잠깐 이리 좀 와
봐."

나는 시계를 보고 배를 깔고 엎드렸다. 그리고 성냥을 그어 담배 시키시마[15]에 불을 붙이면서 은근히 오카네의 대답을 기다렸다. 하지만 오카네의 목소리는 전혀 들려오지 않았다. 오카다는 "이봐", "이봐, 오카네" 하고 두세 번 더 불렀다. 얼마 후 "성미도 급하시긴, 당신도 참. 지금은 나팔꽃 같은 걸 볼 틈이 없어요, 부엌일이 바빠서" 하는 말이 손에 잡힐 듯이 들려왔다. 오카네는 부엌에서 나와 다다미방 툇마루에 서 있는 모양이었다.

"그래도 예쁘네요. 피고 보니까. ……금붕어는 어때요?"

"금붕어는 움직이고 있긴 한데, 아무래도 어려울 것 같아."

나는 오카네가 죽어가는 금붕어의 운명에 대해 뭔가 센티멘털한 말이라도 할까 싶어 담배를 피우며 귀를 기울였다. 하지만 아무리 기다려도 오카네는 말이 없었다. 오카다의 목소리도 들려오지 않았다. 나는 담배를 끄고 일어났다. 그리고 경사가 꽤 급한 계단을 한 단씩 소리를 내며 내려갔다.

셋이서 아침을 먹은 후 오카다는 회사에 출근해야 해서 천천히 안내할 시간이 없는 것을 아쉬워했다. 나는 여기로 오기 전부터 그런 것은 전혀 기대하지 않았다며 흰색 차이나칼라 옷을 입은 그를 앉은 채 바라보았다.

"오카네, 시간이 있으면 당신이 지로 씨를 안내해드려." 오카다는 문득 생각난 듯한 얼굴로 말했다. 오카네는 평소와 달리 이때만은 남편에게도 나에게도 아무 대답을 하지 않았다. 나는 곧바로 "아니, 괜찮네. 자네하고 같이 자네 회사 있는 데까지 가서 그 근방이나 좀 돌

<hr/>

15 속이 빈 필터가 달려 있는 고급 궐련.

아다녀보겠네” 하며 일어섰다. 오카네는 현관에서 자신의 양산을 집어 내게 건네주었다. 그러고 나서 “얼른 다녀오세요” 하고 한마디만 했다.

나는 두 번 전차를 타고 두 번 내렸다. 그리고 오카다가 다니는 회사인 석조 건물 주위를 적당히 돌아다녔다. 같은 개울인지 다른 개울인지 물의 표면이 두세 번 눈에 들어왔다. 그러는 사이에 더위를 견딜 수 없어 또 적당히 오카다의 집으로 돌아왔다.

나는 어젯밤부터 다다미 여섯 장짜리 2층 방을 내 방이라 여겼는데, 그 2층 방으로 올라가 휴식을 취하고 있으니 아래에서 계단을 밟는 소리가 들리더니 오카네가 올라왔다. 나는 깜짝 놀라 벗어놓은 웃통을 다시 입었다. 어제 히사시가미[16]로 틀어 올린 오카네의 머리는 어느새 커다란 마루마게[17]로 바뀌어 있었다. 그리고 분홍빛 리본이 틀어 올린 머리 사이로 살짝 드러나 있었다.

6

오카네는 검은 쟁반 위에 올린 탄산수와 컵을 내 앞에 놓으며 “드시겠어요?” 하고 물었다. 나는 “고맙습니다” 하며 쟁반을 끌어당기려고 했다. 오카네는 “아니, 제가” 하며 서둘러 병을 집어 들었다. 나는 그때

16 속발의 한 형태로 앞머리와 살쩍을 앞으로 내밀어 차양처럼 튼 머리 모양. 메이지 30년대 중반부터 여학생들 사이에서 유행하기 시작했고 러일전쟁 전후를 절정으로 일반 가정의 여성들에게까지 퍼졌다.
17 에도 시대부터 메이지 시대까지 여성의 일반적인 헤어 스타일로 후두부에 약간 평평한 타원형으로 틀어 올린 머리 모양이다. 주로 기혼 여성이 했다.

잠자코 오카네의 하얀 손만 보고 있었다. 그 손에는 어제는 미처 보지 못했던 반지가 반짝이고 있었다.

내가 컵을 들어 목을 축였을 때 오카네는 오비[18] 사이에서 엽서 한 장을 꺼냈다.

"조금 전 나가신 다음에" 하며 생글생글 웃었다. 나는 그 겉면에서 미사와라는 글자를 확인했다.

"드디어 왔네요. 그토록 기다리시던……."

나는 웃으면서 곧장 뒤집어 뒷면을 보았다.

'이틀 늦을지도 모르겠네.'

엽서에 큼지막하게 쓰인 글자는 이것뿐이었다.

"꼭 전보 같네요."

"그래서 웃고 있었던 겁니까?"

"그런 건 아니지만 어쩐지 좀……."

오카네는 거기서 입을 다물고 말았다. 나는 오카네를 웃겨주고 싶었다.

"좀 어떻다는 건데요?"

"좀 아까운 것 같아서요."

오카네의 아버지는 아주 꼼꼼한 사람으로 오카네에게 소식을 전할 때는 대체로 엽서에 용건을 써서 보내는데 거기에 파리 머리만 한 글자로 열다섯 줄이나 쓴다는 이야기를 오카네는 재미있다는 듯이 들려주었다. 나는 미사와 일은 까맣게 잊어버리고 그저 앞에 있는 오카네를 상대로 이런저런 일을 묻기도 하고 듣기도 했다.

18 기모노를 입을 때 허리 부분을 감고 조여 묶는 좁고 긴 천.

"오카네 씨, 아이를 갖고 싶지 않습니까? 이렇게 혼자 집을 보고 있으면 심심하지요?"

"그렇지도 않아요. 저는 형제가 많은 집에서 태어나 무척 고생을 해서인지 아이만큼 부모를 괴롭히는 건 없다고 생각하거든요."

"그래도 한두 명은 괜찮겠지요. 오카다는 아이가 없으니 적적해서 못쓰겠다고 하던데요."

오카네는 아무 대답도 하지 않고 창밖만 바라보았다. 얼굴을 원래대로 돌려도 나를 보지 않고 다다미 위에 놓인 탄산수 병을 보았다. 나는 아무것도 깨닫지 못했다. 그래서 다시 "오카네 씨는 왜 아이가 안 생길까요?" 하고 물었다. 그러자 오카네는 갑자기 얼굴을 붉혔다. 나는 그저 스스럼없이 내뱉은 말이 아주 좋지 못한 결과를 초래했다는 사실을 알고 후회했다. 하지만 어떻게 해볼 도리가 없었다. 그때는 그저 오카네에게 미안한 짓을 했다는 마음뿐이었고 오카네가 얼굴을 붉힌 의미를 알려는 생각 같은 건 꿈에도 하지 않았다.

나는 그냥 있기도 거북하고 또 자리에서 일어서기도 거북해진 듯이 보이는 젊은 부인을 어떻게든 도와주어야만 했다. 그러자면 반드시 화제를 돌릴 필요가 있었다. 나는 진작부터 그다지 중요시하지 않았던 오카다의 소위 '예의 그 일'을 결국 꺼냈다. 오카네는 이내 원래의 자세를 되찾았다. 하지만 남편에게 책임의 절반을 떠넘길 생각인지 결코 많은 이야기를 하지는 않았다. 나도 시시콜콜 캐묻지 않았다.

7

'예의 그 일'이 본격적으로 오카다의 입에서 나온 것은 그날 밤이었다. 나는 한데에 가까운 툇마루를 좋아해 그곳에 앉아 있었다. 오카다는 그때까지 방에서 오카네와 마주 앉아 있었는데 이야기가 시작되자마자 곧 일어나 툇마루로 나왔다.

"아무래도 멀리 떨어져서는 이야기하기가 힘들어서요" 하면서 무늬가 들어간 방석을 내 앞에 놓았다. 오카네는 여전히 원래 있던 자리에서 움직이지 않았다.

"지로 씨, 사진은 보셨죠, 일전에 제가 보낸?"

사진 속의 주인공은 오카다와 같은 회사에 다니는 젊은 사람이었다. 그 사진이 왔을 때 식구들이 차례로 돌려 보며 이런저런 평을 늘어놓았다는 것을 오카다는 모르고 있었다.

"어, 잠깐 봤네."

"어떻습니까, 평은?"

"좀 짱구라는 사람도 있었네."

오카네는 웃음을 터뜨렸다. 나도 우스워졌다. 왜냐하면 그 남자의 사진을 보고 짱구라고 한 사람은 사실 나였기 때문이다.

"오시게(お重) 씨죠, 그런 험담을 한 사람은? 그 사람 입에 오르는 날에는 대부분 당해낼 재간이 없지요."

오카다는 내 누이인 오시게를 무척 입이 건 여자라고 생각하고 있다. 그것도 그가 오시게로부터 당신 얼굴은 장기판의 말 같다는 말을 듣고 나서의 일이다.

"오시게 씨가 뭐라고 하든 상관없지만 중요한 당사자는 뭐라고 합니까?"

나는 도쿄를 떠날 때 어머니로부터 오사다(お貞)[19]는 물론 이의가 없다는 답변을 오카다에게 보냈다는 사실을 확인했다. 그러므로 당사자의 생각은 어머니가 보낸 답장대로라고 대답했다. 오카다 부부는 또 신랑이 될 사노(佐野)라는 사람의 성격이나 품행, 장래성 등 여러 가지 사항에 대해 일일이 내게 이야기해주었다. 마지막으로 당사자가 이 혼담이 성사되기를 간절히 바라고 있다는 걸 예를 들어 설명해주었다.

오사다는 외모로 보나 교육 정도로 보나 이렇다 할 특색이 없는 여자다. 그저 우리 집 애물단지로 불릴 뿐이다.

"그쪽이 너무 적극적으로 나오는 게 어쩐지 좀 수상하니까 거기 가면 그쪽 상황 좀 살펴보고 오너라."

어머니는 내게 이렇게 당부했다. 나는 오사다의 운명에 그다지 흥미가 있는 건 아니었지만, 어쩐지 상대가 그토록 바란다는 것은 오사다를 위해 좋은 일인 한편 위험한 일이기도 할 거라고 생각했다. 그래서 지금껏 오카다 부부의 이야기를 잠자코 듣고 있다 문득 말을 꺼냈다.

"그 사람은 왜 그렇게 오사다가 마음에 들었을까? 아직 만나본 적도 없는데 말이야."

"사노 씨는 그렇게 견실한 사람이라 역시 참을성 있게 일하는 사람을 아내로 맞이할 생각일 거예요."

오카네는 오카다 쪽을 보며 사노의 생각을 이렇게 변명했다. 오카다는 곧바로 "그렇지" 하고 대답했다. 그리고 그 외에는 아무것도 생각

19 소세키의 집에서 가사를 거들며 배우고 있던 야마다 후사코(山田房子, 아내 교코의 사촌)가 모델이라고 한다. 1911년 5월 야마다 후사코는 소세키의 주선으로 결혼했다.

하고 있지 않는 모양이었다. 나는 아무튼 오카다와 내일 사노라는 사람을 만나보자는 약속을 하고 다시 2층의 다다미 여섯 장짜리 방으로 올라왔다. 머리를 베개에 올려놓으면서 내가 결혼하는 경우에도 일은 이렇게 간단히 진행되는 것일까, 하고 생각하자 조금 무서워졌다.

8

이튿날 오카다는 회사에서 오전 근무만 하고 돌아왔다. 양복을 벗어던지기가 무섭게 부엌으로 가서 물을 끼얹어 씻고는 "자, 갑시다" 하고 말했다.

오카네는 어느새 옷장 서랍을 열고 오카다의 옷을 꺼냈다. 나는 오카다가 뭘 입는지 별로 개의치 않았지만 오카네가 옷을 입히고 띠를 매어주는 모습에는 나도 모르는 사이에 주의를 기울이고 있었던 모양인지 "지로 씨는 준비 다 하셨어요?" 하고 물었을 때야 퍼뜩 정신을 차리고 일어났다.

"오늘은 당신도 가는 거야." 오카다가 오카네에게 말했다. "하지만……" 하고 오카네는 사(紗)로 만든 하오리[20]를 두 손으로 들면서 남편의 얼굴을 쳐다보았다. 나는 계단 중간에서 "오카네 씨도 같이 가시지요" 하고 말했다.

양복을 입고 아래층으로 내려가 보니 오카네는 어느새 기모노로 갈아입고 오비도 다 매고 있었다.

---

20 기모노 위에 걸치는 짧은 겉옷.

"빠르네요."

"네, 재빠른 변신이죠."

"별로 갈아입은 것 같지 않은 차림인데." 오카다가 말했다.

"이거면 충분해요, 그런 데 가는 데는." 오카네가 대답했다.

세 사람은 더위를 무릅쓰고 언덕을 내려갔다. 그리고 역에서 곧장 전차를 탔다. 나는 맞은편에 나란히 앉은 오카다 부부를 이따금 쳐다보았다. 사이사이 미사와의 엉뚱한 엽서를 떠올리기도 했다. 대체 엽서는 어디서 보낸 걸까 하는 생각도 해보았다. 지금 만나러 가는 사노라는 남자도 문득문득 떠올랐다. 하지만 그때마다 '호기심'이라는 말이 꼭 같이 떠올랐다.

오카다는 돌연 몸을 앞으로 숙이고는 "어떻습니까?" 하고 물었다. 나는 "괜찮네" 하고 대답했다. 오카다는 원래대로 허리를 곧추세우고 오카네에게 무슨 말을 했다. 그 얼굴에는 의기양양한 기색이 엿보였다. 그러자 이번에는 오카네가 얼굴을 앞으로 내밀고 "마음에 드시면 당신도 오사카로 오시지 않겠어요?" 하고 말했다. 나는 무심코 "고맙습니다" 하고 대답했다. 조금 전에 오카다가 불쑥 어떻습니까, 하고 물었던 말의 의미를 그제야 알았다.

우리는 하마데라[21]에서 내렸다. 이 고장의 상황을 모르는 나는 커다란 소나무와 모래 사이를 걸으며 과연 좋은 곳이라고 생각했다. 그러나 여기서는 오카다가 '어떻습니까?'라고 묻지 않았다. 오카네도 양산을 펼치고 부리나케 걸었다.

"벌써 와 있을까?"

21 오사카 만에 임해 있는 명승지로 해수욕장이다.

"글쎄요. 어쩌면 벌써 와서 기다리고 있을지도 몰라요."

나는 이런 대화를 들으며 두 사람의 뒤를 따라 크고 근사한 요릿집 현관 앞에 섰다. 나는 무엇보다 먼저 그 규모에 놀랐는데, 들어가 안내를 받았을 때 그 긴 통로에 다시 한번 깜짝 놀랐다. 우리는 계단을 내려가 좁은 복도를 지났다.

"터널이네요."

오카네가 이렇게 말하며 내게 가르쳐주었을 때 나는 그게 농담이고 진짜 땅속은 아닐 거라고 생각했다. 그래서 그냥 웃기만 하고 어둑한 곳을 빠져나왔다.

객실에서는 양복을 입은 사노가 혼자 문지방 옆에서 양쪽 무릎을 세우고 앉아 담배를 피우며 바다 쪽을 바라보고 있었다. 우리의 발소리를 들은 그는 곧장 이쪽을 처다보았다. 그때 그의 이마 밑에서 금테 안경이 빛났다. 방으로 들어갈 때 제일 먼저 그와 얼굴을 마주한 것은 바로 나였다.

9

사노는 사진으로 본 것보다 훨씬 더 짱구였다. 하지만 이마가 훤한 데다 여름이라 머리를 짧게 깎아서 유난히 그렇게 보였는지도 모른다. 첫 대면의 인사를 할 때 사노는 "아무쪼록 잘 부탁드립니다" 하고 말하며 머리를 공손하게 숙였다. 경우가 경우인지라 이 평범한 인사가 내게는 좀 이상하게 들렸다. 지금까지 그다지 책임감을 느끼지 않았는데 갑자기 답답한 속박을 느꼈다.

네 사람은 밥상 앞에 앉아 이야기를 나누었다. 오카네는 사노라는 사람과 상당히 친한 모양인지 이따금 그를 놀리기도 했다.

"사노 씨, 당신 사진에 대한 평판이 도쿄에선 아주 대단하대요."

"어떻게 대단한데요? ……대체로 좋은 쪽으로 대단한 거겠지요?"

"그야 물론이지요. 거짓말이라고 생각되면 옆에 계신 분께 여쭤보면 알 거예요."

사노는 웃으며 곧장 나를 쳐다보았다. 나는 뭐라고 말하지 않으면 안 될 난처한 처지였다. 그래서 진지한 얼굴로 "정말 사진은 도쿄보다 오사카가 발달한 것 같습니다" 하고 말했다. 그러자 오카다가 "조루리[22]라면 또 모를까" 하고 훼방을 놓았다.

오카다는 외가 쪽으로 먼 친척뻘 되는 사람이지만 오랫동안 우리 집 식객으로 있었던 탓인지 옛날부터 나나 형에게 아주 공손한 말투를 쓰는 습관이 있었다. 오랜만에 만난 그제 같은 경우는 특히 그랬다. 그런데 이렇게 사노 한 사람이 자리에 가세하고 보니 친구 앞이라 체면이 상한다고 생각했는지 어땠는지는 모르겠지만, 갑자기 나에게 하는 말투가 대등해졌다. 어떤 때는 대등한 걸 넘어 건방져지기까지 했다.

네 사람이 있는 방 맞은편에는 같은 요릿집이지만 다른 건물의 높은 2층이 내다보였다. 장지문을 떼어낸 널찍한 객실을 올려다보니 딱딱하고 폭이 좁은 허리띠를 맨 젊은이가 여럿 있고 그중 한 사람이 수건을 어깨에 걸치고 춤인지 뭔지를 추고 있었다. "점원들이 친목 모임을 하는 거겠지" 하며 이야기를 나누고 있는 사이에 열예닐곱 살쯤 먹

22 여기서는 인형 조루리(淨瑠璃), 즉 분라쿠(文樂)를 말한다. 에도 시대 초기에 오사카에서 시작된 예능으로 오사카의 분라쿠자(文樂座)를 본거지로 했으며 그 명맥은 지금도 이어지고 있다.

은 어린 점원이 난간 쪽으로 나와서 차양 위로 더러운 것을 사정없이 토했다. 그러자 비슷한 또래의 또 한 점원이 담배를 피우며 나와서는 야, 이 자식아, 정신 차려, 내가 옆에 있으니 하나도 무서워할 것 없어, 하는 의미의 말을 순수한 오사카 사투리로 떠들었다. 그때까지 아주 씁쓸한 표정으로 난간 쪽을 보고 있던 네 사람은 결국 웃음을 터뜨리고 말았다.

"둘 다 취했어. 어린놈의 자식들이." 오카다가 말했다.

"당신 같아요." 오카네가 평했다.

"어느 쪽 말인가요?" 사노가 물었다.

"둘 다요. 토하기도 하고 술주정을 하기도 하니까요." 오카네가 대답했다.

오카다는 오히려 유쾌한 표정을 짓고 있었다. 나는 잠자코 있었다. 사노는 혼자 큰 소리로 웃었다.

우리는 아직 해가 높이 떠 있는 4시경에 그곳을 나와 집으로 향했다. 도중에 헤어질 때 사노는 "조만간에 또 뵙지요" 하며 모자를 들어 인사했다. 세 사람은 플랫폼에서 밖으로 나왔다.

"어떻습니까, 지로 씨?" 하며 오카다는 곧장 나를 쳐다보았다.

"괜찮아 보이던데."

나는 이런 말 외에 대답할 말을 알지 못했다. 그런데도 이렇게 대답한 후에는 아주 무책임한 듯한 기분이 들어 견딜 수 없었다. 동시에 어쩔 수 없이 이렇게 무책임해질 수밖에 없는 것이 결혼에 관계된 많은 사람들의 경험일 거라는 생각도 했다.

10

나는 미사와의 소식을 기다리며 이삼일 더 오카다 신세를 졌다. 사실은 내가 다른 데다 숙소를 잡는 걸 그들이 허락하지 않았던 것이다. 나는 그사이 되도록 혼자 오사카를 둘러보았다. 그런데 길거리의 폭이 좁은 탓인지 사람들의 움직임이 내 눈에는 도쿄보다 발랄하게 비치는 것 같다거나 즐비한 집들이 야무진 데가 없는 도쿄보다 잘 정돈되어 있어 마음에 든다거나 강이 여러 줄기나 있고 그 강에는 풍부한 물이 조용히 흐르고 있는 등 색다르고 흥미로운 점이 하루에 한두 개는 반드시 눈에 띄었다.

하마데라에서 함께 식사를 한 다음 날 사노를 또 만났다. 이번에는 그가 유카타 차림으로 오카다를 찾아왔다. 나는 그때도 그럭저럭 두 시간 남짓이나 그와 이야기를 나누었다. 하지만 그것은 그저 전날의 모임을 오카다의 집에서 소규모로 되풀이한 것에 지나지 않아 특별히 머리에 남을 만한 새로운 인상은 없었다. 그러므로 솔직히 말하면 그저 평범한 사람이라는 것 외에 그에 대해 아무것도 알 수 없었다. 하지만 또 어머니나 오카다에 대한 의무로서, 아무것도 모르겠다며 모른 체하고 있을 수도 없는 노릇이었다. 나는 지난 이삼일로 드디어 사노와의 만남을 끝냈다는 요지의 보고를 도쿄의 어머니에게 써 보냈다.

어쩔 수 없는 일이라 "사노 씨는 그 사진과 많이 닮았다"라고 썼다. "술은 마시지만 마셔도 빨개지지 않는다"라고 썼다. "아버지처럼 우타이(謠)[23]를 부르는 대신 기다유(義太夫)[24]를 배우고 있다고 한다"라고

23 가면 음악극인 노(能)의 가사에 가락을 붙여 부르는 것, 즉 요쿄쿠(謠曲)를 말한다.

썼다. 마지막으로 오카다 부부와 사이가 좋아 보인다고 쓰고는 "그만큼 사이가 좋은 오카다 부부의 주선이니 틀림없겠지요"라고 썼다. 맨 끝에는 "요컨대 사노 씨는 보통의 기혼 남성과 전혀 다를 바가 없는 것 같습니다. 오사다도 평범한 아내가 될 자격이 있으니 승낙하는 게 좋지 않을까요?"라고 썼다.

나는 편지를 봉할 때 드디어 의무를 다한 것 같은 기분이 들었다. 하지만 이 편지 하나로 오사다의 운명이 영원히 정해지는 것이라고 생각하니 내 경박함이 다소 부끄러워지기도 했다. 그래서 나는 편지를 봉투에 넣어 오카다에게 가져갔다. 오카다는 쓰윽 훑어보기만 하고는 "좋네요" 하고 대답했다. 오카네는 아예 편지에는 손도 대지 않았다. 나는 두 사람 앞에 앉아 둘을 번갈아 쳐다보았다.

"이걸로 된 건가? 이걸 보내기만 하면 우리 집에서는 결정된 거나 마찬가지고, 그러니 사노 씨도 이젠 꼼짝 못하게 될 텐데."

"괜찮습니다. 우리가 가장 바라는 게 그거니까요" 하며 오카다는 대담하게 나왔다. 오카네는 같은 요지의 말을 여자의 말로 되풀이했다. 두 사람으로부터 아무렇지 않게 이런 말을 들은 나는 그것으로 안심되기보다는 오히려 불안해졌다.

"뭐가 그렇게 걱정되는 겁니까?" 하고 오카다가 웃으며 담배 연기를 내뿜었다. "이 일에 가장 냉담했던 사람은 당신 아니었습니까?"

"냉담했던 건 맞는데, 너무 간단한 게 두 사람한테 좀 미안한 것 같아서."

"간단한 건 아니지요, 이렇게 긴 편지를 써서 보낸다면 말이에요.

---

24 기다유부시(義太夫節)의 줄임말로 조루리의 한 유파다. 자루가 굵은 저음의 샤미센 음률에 맞춰 가락을 읊는 형식이다.

그래서 어머님께서는 흡족해하시고 이쪽은 처음부터 정해진 거나 마찬가지고, 그러니 이보다 경사스러운 일이 어디 있겠어요? 안 그래요, 여보?"

오카네는 이렇게 말하며 오카다를 쳐다보았다. 오카다는 그렇고말고, 라고 말하는 듯한 표정을 지었다. 나는 이치를 따지는 게 싫어 두 사람 앞에서 3전짜리 우표를 봉투에 붙였다.

11

나는 편지를 부치는 대로 오사카를 떠나고 싶었다. 오카다도 어머니의 답장이 올 때까지 내가 있을 필요는 없을 거라고 말했다.

"하지만 천천히 있다 가세요."

이게 그가 늘 되풀이하는 말이었다. 부부의 호의는 나도 잘 알고 있었다. 동시에 그들이 겪는 불편함도 충분히 짐작되었다. 부부만 있는 집에서 뻔뻔하게 묵고 있는 나 같은 손님도 다소의 거북함은 피할 수 없었다. 나는 전보처럼 간단한 엽서만 보내놓고 아무 소식도 없는 미사와가 밉살스러웠다. 만약 내일까지 아무 소식이 없으면 혼자 고야산에 오르리라고 결심했다.

"그럼 내일은 사노를 불러서 다카라즈카(宝塚)[25]라도 같이 가시지요" 하고 오카다가 말했다. 나는 오카다가 나를 위해 시간을 내주는 것이 마음에 걸렸다. 좀 더 짓궂게 말하자면 그런 온천장에 가서 마시

[25] 효고 현에 있는 온천지.

고 먹고 하는 것이 오카네에게 미안한 마음이 들었다. 오카네는 언뜻 보기에 화려한 것을 좋아하는 여자일 것 같지만 그것은 오히려 살갗이 흰 얼굴이나 모습이 그렇게 보이게 할 뿐이고 성격을 보면 보통의 도쿄 사람보다 훨씬 더 수수했다. 외출하는 남편의 호주머니조차 속박할 만큼 어느 정도 죄고 있는 게 아닐까 하는 생각이 들었다.

"술을 드시지 않는 건 평생의 득이지요."

내가 술을 별로 즐기지 않는 것을 안 오카네는 언젠가 이런 말을 자못 부러운 듯이 흘린 적도 있다. 그래도 오카다가 불쾌한 얼굴로 "지로 씨, 오랜만에 스모라도 한판 할까요?" 하고 야만스러운 말을 하면 오카네는 눈살을 찌푸리면서도 기쁜 듯한 눈빛을 보이는 게 보통이어서 오카네는 남편이 취하는 것이 싫은 게 아니라 술값이 나가는 게 싫은 걸 거라고 나는 짐작했다.

나는 모처럼의 호의지만 다카라즈카에 가는 것을 거절했다. 그리고 마음속으로 내일 아침 오카다가 집에 없을 때 잠깐 전차를 타고 나가 혼자 상황을 둘러보고 오려고 마음먹었다. 오카다는 "그렇습니까? 분라쿠자(文樂座)[26]라도 가면 좋겠지만, 하필이면 더위 때문에 공연을 중단하고 있으니 원" 하고 미안하다는 듯이 말했다.

이튿날 아침 나는 오카다와 함께 집을 나섰다. 그는 전차에서 돌연 내가 잊고 있던 오사다의 결혼 문제를 꺼냈다.

"저는 당신 친척이라고 생각하지 않습니다. 당신 아버님이나 어머님이 서생으로 키워주신 식객이었다고 생각하고 있습니다. 지금의 제 자리나 오카네도 다 당신 부모님 덕분에 얻은 겁니다. 그래서 항상 어

---

26 오사카에 있던 인형 조루리 전용 극장.

떻게든 은혜를 갚지 않으면 죄송스러운 일이라고 생각하고 있습니다. 오사다 문제도 그게 동기였습니다. 결코 다른 뜻은 없습니다."

오사다는 우리 집 애물단지니까 하루라도 빨리 어딘가로 시집을 갈 수 있도록 소개하자는 것이 그의 뜻이었다. 나는 가족의 한 사람으로 오카다의 호의에 감사해야 할 처지였다.

"댁에서는 빨리 오사다를 여의고 싶으시겠지요?"

우리 아버지도 어머니도 사실 그랬다. 하지만 이때 내 눈에는 아무런 연고도 없는 오사다와 사노라는 두 사람이 함께 또 따로따로 비쳤다.

"잘될까?"

"그야 잘되지 않겠습니까? 저와 오카네를 보면 아시겠지요. 결혼하고 나서 여태껏 한 번도 크게 싸운 적이 없습니다."

"당신들은 특별하지만……."

"뭐 어떤 부부든 대체로 비슷하지요."

오카다와 나는 이것으로 이야기를 끝맺었다.

12

미사와의 소식은 결국 이튿날 오후가 되어도 오지 않았다. 성미가 급한 나에게는 이렇게 흘게 늦은 사람을 기다리는 것은 울화가 치미는 일이었다. 무리를 해서라도 이제 혼자 출발하려고 결심했다.

"뭐 하루 이틀 기다려보시는 게 좋지 않을까요?" 오카네가 애교스럽게 말해주었다. 내가 가방에 유카타며 허리띠를 챙기러 2층으로 올라가려는데 아래층에서 쫓아오듯이 "꼭 그렇게 하세요" 하며 만류했

다. 그래도 직성이 안 풀리는지 내가 가방을 정리했을 때 계단을 올라
와 얼굴을 내밀고는 "어머, 벌써 짐을 다 싼 거예요? 그럼 차라도 끓일
테니까 천천히 하세요" 하고는 아래층으로 내려갔다.

나는 책상다리를 하고 여행 안내서를 펼쳤다. 그리고 마음속으로
이리저리 시간을 따져보았다. 좀처럼 시간이 맞지 않아 잠시 천장을
보고 드러누웠다. 그러자 미사와와 함께 걸을 때의 유쾌한 일들이 하
나둘 떠올랐다. 후지 산을 스바시리구치(須走口)[27]로 내려올 때 미끄
러져 넘어지는 바람에 깨진, 허리에 차고 있던 큼직한 용천수[28]가 든
유리병을 그대로 허리띠에 동여매고 걷던 그의 모습이 떠올랐다. 그
때 다시 계단을 밟는 오카네의 발소리가 들려 나는 벌떡 일어났다.

오카네는 선 채 "어머, 다행이네요" 하고 한숨을 토하듯이 말하고는
곧바로 내 앞에 앉았다. 그리고 미사와로부터 방금 도착한 편지를 건
넸다. 나는 곧 봉투를 뜯었다.

"드디어 도착한 건가요?"

나는 잠시 오카네에게 대답할 용기를 잃었다. 미사와는 사흘 전에
오사카에 도착하여 이틀쯤 누워 있다가 결국 병원[29]에 입원해 있다는
것이다. 나는 병원 이름을 가리키며 오카네에게 위치를 물었다. 오카
네는 그 주소는 잘 알고 있어도 그 병원 이름은 몰랐다. 나는 아무튼
가방을 들고 오카다의 집에서 나오기로 했다.

27 후지 산 등산로 입구 중 하나인데 화산재로 된 모래땅이어서 뛰어 내려올 수 있다.
28 후지 산 북쪽 산정의 구스시다케(久須志岳)의 벼랑 밑에서 용출하는 물. 영험이 있는 물이
라고 해서 기념으로 떠오는 등산객이 많았다.
29 오사카에 있던 유카와 위장 병원이 모델이라고 한다. 원장은 유카와 겐요(湯川玄洋)로 노벨
상을 받은 물리학자 유카와 히데키(湯川秀樹)가 그의 서양자(婿養子)다. 소세키는 1911년 오사카
아사히 신문사에서 주최한 강연회(8월 13일~18일)를 마친 후 위장병이 악화되어 오사카의 이 병원
에 입원했다.

"정말 뜻밖의 일이네요." 오카네가 거듭 안타까워했다. 거절하는데도 하녀가 막무가내로 가방을 들고 역까지 따라 나왔다. 나는 가는 도중에도 하녀를 돌려보내려고 했으나 뭐라고 하면서 좀처럼 돌아가지 않았다. 그 말이 무슨 뜻인지는 알았지만 나처럼 이 고장에 친숙하지 않은 사람은 도저히 기억할 수 없었다. 돌아갈 때는 지금까지 신세를 졌다며 1엔을 주자 "안녕히 가십시오" 하고 인사했다.

전차에서 내려 인력거로 갈아타자 인력거는 궤도를 가로질러 좁은 길을 똑바로 달려갔다. 너무 거칠게 달리는 바람에 맞은편에서 오는 자전거며 인력거와 몇 번이나 부딪칠 뻔했다. 나는 조마조마하며 병원 앞에서 내렸다.

가방을 들고 3층으로 올라가 미사와를 찾으려고 이 방 저 방을 기웃거리며 걸었다. 미사와는 복도 끝 다다미 여덟 장짜리 방에서 얼음주머니를 가슴 위에 올려놓고 누워 있었다.

"어떻게 된 건가?" 나는 방으로 들어서자마자 물었다. 그는 아무런 대답도 하지 않고 그저 쓴웃음만 지었다. "또 과식한 거 아닌가?" 나는 나무라듯이 말하고는 머리맡에 책상다리를 하고 앉아 겉옷을 벗었다.

"거기 방석이 있네." 미사와는 눈을 치켜뜨며 방구석을 가리켰다. 나는 그 눈빛과 볼의 상태를 보며 얼마나 중한 병일까 하고 생각했다.

"간호사는 딸려 있나?"

"그럼. 방금 어디 좀 나갔네."

13

미사와는 평소에도 위장이 좋지 않았다. 걸핏하면 토하거나 설사를 했다. 친구는 그게 그가 건강에 주의를 기울이지 않아서라고 했다. 어머니 쪽 유전인 체질에서 온 것이라 어쩔 수 없다고 변명했다. 그리고 소화기 계통의 병에 관한 책을 뒤적여 위아토니[30]라든가 위하수(胃下垂)[31]라든가 토누스[32]라는 말을 사용했다. 나 같은 사람이 그에게 더러 충고 같은 것을 해도 그는 초보자가 뭘 알겠느냐는 듯한 표정을 지을 뿐이었다.

"자네, 알코올이 위에서 흡수되는지 장에서 흡수되는지 알고 있나?" 하며 시치미를 뗐다. 그런 주제에 병이 나면 꼭 나를 불렀다. 나는 거봐라, 하는 심정으로 반드시 문병을 갔다. 그의 병은 대개 짧으면 이삼일, 길어지면 한두 주일에 나았다. 그래서 그는 자신의 병을 얕잡아보고 있었다. 타인인 나는 말할 것도 없었다.

하지만 이번에는 일단 그가 입원한 것에 놀랐다. 게다가 배 위에 올려진 얼음주머니를 보고 또 놀랐다. 지금껏 얼음주머니는 머리나 심장 위가 아니면 올리는 것이 아니라고만 믿고 있었기 때문이다. 나는 실룩실룩 맥박처럼 오르내리는 얼음주머니를 보며 언짢은 기분이 들었다. 머리맡에 앉아 있으면 있을수록 점점 더 겉발림 말을 할 수 없게 되었다.

미사와는 간호사에게 일러 아이스크림을 사오게 했다. 내가 하나를

---

30 위이완증(gastric Atonie), 즉 조직이 무력한 상태를 말한다.
31 위가 밑으로 처져서 나타나는 여러 증상. 위아토니의 원인이 되기도 한다.
32 tonus. 독일어로 '긴장'이라는 뜻. 아토니와 반대되는 증상을 말한다.

먹는 동안 그는 나머지 하나를 먹겠다고 했다. 나는 약과 정해진 식사 외에 그런 걸 먹는 건 좋지 않을 거라고 생각하여 말렸다. 그러자 미사와는 화를 냈다.

"자네는 아이스크림 하나를 소화시키는 데 얼마나 튼튼한 위가 필요하다고 생각하나?" 하며 진지한 얼굴로 논쟁을 걸어왔다. 나는 사실 아무것도 알지 못했다. 간호사는 괜찮기는 하겠지만 혹시 모르니, 하면서 일부러 의국에 물어보러 갔다. 그리고 적은 양이라면 별 지장이 없다는 허락을 받아 왔다.

나는 화장실에 갈 때 미사와 모르게 간호사를 불러 저 사람의 병은 대체 뭐냐고 물어보았다. 간호사는 대충 위가 안 좋은 걸 거라고 대답했다. 그 이상의 것을 묻자 오늘 아침에야 간호사회에서 파견된 터라 아직 아무것도 모른다고 태연히 말했다. 하는 수 없이 아래로 내려가 의국에 있는 남자에게 물어보니 그는 아직 미사와의 이름도 몰랐다. 하지만 환자의 병명이며 처방을 쓴 종이를 넘기며 위가 다소 헐었다는 사실은 알려주었다.

나는 다시 미사와 옆으로 갔다. 그는 얼음주머니를 배 위에 올려놓은 채 "자네, 그 창밖을 좀 보게" 하고 말했다. 창문은 정면에 두 개, 측면에 하나가 있었는데 모두 서양식으로 보통보다 높은 데다 병자는 일본 요를 깔고 누워 있어 그의 눈에는 짙은 하늘과 전신선(電信線) 일부가 비스듬히 보일 뿐이었다.

나는 창가에 손을 짚고 밖을 내려다보았다. 그러자 무엇보다 먼저 멀리 높은 굴뚝에서 나오는 연기가 눈에 들어왔다. 연기는 시 전체를 뒤덮듯이 커다란 건물 뒤를 기어 다니고 있었다.

"강이 보이지?" 미사와가 말했다.

넓은 강이 왼쪽에 살짝 보였다.

"산도 보이지?" 미사와가 다시 말했다.

정면의 산은 조금 전에도 보았다.

그것이 구라가리토게(暗がり峠)³³로 옛날에는 아마도 커다란 나무들이 우거졌겠지만 지금은 저렇게 환한 고개로 변했다는 둥 조금 있으면 저 산 밑을 뚫어 나라(奈良)로 전차³⁴가 다니게 될 거라는 둥 미사와는 방금 누군가에게 들은 그대로를 힘차게 이야기했다. 나는 이 정도면 크게 걱정할 일이 아닐 거라고 생각하며 병원을 나섰다.

14

나는 특별히 갈 곳도 없었기 때문에 미사와가 묵었던 여관 이름을 물어 인력거를 잡아타고 그곳으로 갔다. 간호사는 바로 근처인 것처럼 말했지만 초행길인 내게는 상당히 멀게 느껴졌다.

여관은 현관이고 뭐고 아무것도 없었다. 들어가도 어서 오라고 인사하러 나오는 하녀도 없었다. 나는 미사와가 묵었다는 2층의 한 방으로 안내되었다. 난간 바로 너머는 커다란 강으로 방에서 바라보고 있으면 꽤 시원스럽게 물이 흘렀지만 방향 탓인지 바람은 전혀 들어오지 않았다. 밤이 되어 건너편에 켜진 등불의 반짝임도 그저 시야에 약간의 정취를 더해줄 뿐 시원한 느낌이라고는 전혀 주지 못했다.

---

33 오사카 부(府)와 나라 현의 경계에 있는 고개.

34 당시 오사카전기궤도(大阪電氣軌道)의 사업으로서 오사카와 나라 사이의 철도 건설이 진행되고 있었고, 1914년 4월에 개통되었다.

나는 시중드는 여자에게 미사와에 대해 물어보고서야 알았다. 그는 여기서 이틀을 누워 있다가 사흘째 되는 날 입원한 것으로 기억하고 있었는데 실은 그 하루 전 오후에 도착하여 가방을 던져놓은 채 외출하여 그날 밤 10시가 지나서야 돌아왔다고 했다. 도착했을 때는 대여섯 명의 일행이 있었는데 돌아왔을 때는 혼자였다고 하녀가 말했다. 나는 그 대여섯 명의 일행이 과연 어떤 사람들이었을까 하고 이리저리 생각해보았다. 하지만 짐작조차 할 수 없었다.

"취해 있던가?" 나는 하녀에게 물었다. 그건 하녀도 알지 못했다. 하지만 조금 지나고 나서 토했으니까 취해 있었을 거라고 대답했다.

그날 밤 나는 모기장을 쳐달라고 하고 일찍 잠자리에 들었다. 그런데 모기장에 구멍이 나 있어 모기가 두세 마리 들어왔다. 부채를 부쳐 모기를 쫓으며 자려고 했으나 옆방의 이야기 소리가 귀에 거슬렸다. 손님은 하녀를 상대로 술이라도 마시고 있는 모양이었다. 그리고 경부(警部)라고 했다. 나는 경부라는 두 글자에 다소 흥미를 느꼈다. 그래서 그 사람의 이야기를 들어볼 마음이 생겼다. 그런데 내 방을 담당하는 하녀가 올라와 병원에서 전화가 왔다고 알려주었다. 나는 깜짝 놀라 벌떡 일어났다.

전화를 건 사람은 미사와의 간호사였다. 환자의 병세라도 급변했나 싶어 걱정하면서 용건을 들어보니 내일은 가능한 한 빨리 와주게, 심심해 죽겠으니까, 하는 환자의 전언에 지나지 않았다. 나는 그의 병이 과연 그다지 중하지 않다고 단정했다. "뭐야, 고작 그런 일이었어? 제멋대로 된 그런 말은 전해주지 않아도 돼요" 하고 간호사에게 야단치듯이 말해주었지만 나중에는 간호사에게 미안한 마음이 들어 "하지만 가긴 할 거요. 당신이 와달라고 한다면" 하고 덧붙이고는 방으로 돌아왔다.

하녀는 어떻게 알았는지 모기장에 난 구멍을 바늘로 꿰매고 있었다. 하지만 이미 들어온 모기는 그대로여서 눕자마자 이마와 콧등 언저리에서 이따금 조그맣게 앵앵거렸다. 그래도 꾸벅꾸벅 졸았다. 그런데 이번에는 오른쪽 방에서 들리는 이야기 소리에 눈을 떴다. 듣고 있으니 남자와 여자의 목소리였다. 나는 이쪽 방에는 한 사람도 없을 거라고 생각했기 때문에 다소 놀랐다. 그러나 여자가 거듭 "그럼 이제 돌아가겠어요" 하는 말을 두세 번이나 한 걸로 보아 옆방 손님은 여자의 배웅을 받으며 색주가에서 돌아온 것이리라고 추측하고 깊은 잠에 빠져들었다.

그러고 나서 다시 한번 하녀가 덧문을 닫는 소리에 꿈에서 깨어나 마지막으로 일어난 것이 아직 강물의 수면에 하얀 안개가 엷게 보이는 무렵이었으니 제대로 잔 것은 몇 시간 되지 않았다.

15

그날도 미사와의 얼음주머니는 여전히 배 위에 올려져 있었다.

"아직도 얼음으로 식히고 있나?"

나는 다소 뜻밖이라는 표정으로 이렇게 물었다. 미사와에게는 친구가 할 소리가 아닌 것으로 들렸을 것이다.

"코감기인 줄 아나?" 하고 말했다.

나는 간호사를 보고 "어제저녁에는 고마웠소" 하고 한마디 인사말을 했다. 간호사는 창백한 피부에 통통한 여자였다. 얼굴 생김새가 그림에 그려진 가부키 배우를 많이 닮아서인지 보통 간호사들이 입는 하얀 옷과는 영 어울리지 않았다. 오카야마 출신으로 어렸을 때 농독증(膿毒症)을 앓아 오른쪽 눈이 못쓰게 되었다며 이쪽에서 묻지도 않은 이야기를 해주었다. 아니나 다를까 이 여자의 한쪽 눈에는 하얀 구름이 잔뜩 끼어 있었다.

"간호사, 이런 환자한테 친절하게 해주면 무슨 말을 할지 모르니까 적당히 해두는 게 좋을 거요."

일부러 나는 장난 삼아 경박한 말을 노골적으로 하여 간호사를 쓴웃음 짓게 했다. 그러자 미사와가 불쑥 "이봐, 얼음" 하며 얼음주머니를 들어 올렸다.

복도 끝에서 얼음 깨는 소리가 들렸을 때 미사와는 또 "이봐" 하며 나를 불렀다.

"자네는 모르겠지만 이 병을 내버려두면 반드시 궤양으로 발전한다네. 그게 위험하니까 이렇게 가만히 얼음주머니를 올려놓고 있는 거지. 여기 입원한 것도 의사가 권해서가 아니네. 여관에서 소개해준 것도 아니고. 그저 나 자신이 필요하다고 생각해서 스스로 들어온 거네. 취향이 별나서 그런 게 아니야."

나는 미사와의 의학적 지식을 그다지 신뢰할 수 없었다. 하지만 이렇게 진지하게 나오는 데에는 더 이상 참견할 용기도 없었다. 게다가 그가 말하는 궤양이 어떤 건지 전혀 몰랐다.

나는 일어나 창가로 갔다. 그리고 강한 햇빛을 반사하며 마른 흙색을 띠고 있는 구라가리토게를 바라보았다. 문득 나라에라도 놀러 갔다 올까 하는 생각이 들었다.

"자네, 그 상태면 당분간 약속을 이행할 수 없겠군그래."

"이행하려고 이렇게까지 건강을 관리하고 있는 거 아닌가."

미사와는 꽤나 고집이 센 사람이었다. 그의 고집에 동조하자면 그의 건강이 여행을 견딜 수 있게 될 때까지 나는 이 도시의 푹푹 찌는 더위를 견뎌야 한다.

"하지만 자네의 얼음주머니는 좀처럼 뗄 수 없을 것 같은데."

"그러니 빨리 나을 걸세."

나는 그와 이런 이야기를 나누는 중에 그의 고집뿐 아니라 그의 이기적인 성향까지 충분히 간파했다. 동시에 하루라도 빨리 환자를 내버려두고 떠나려는 자신의 이기적인 성향 역시 눈에 비쳤다.

"자네, 오사카에 도착했을 때 일행이 많았다고 하던데?"

"응, 그 녀석들하고 술을 마신 게 탈이었지."

그가 든 이름 중에는 내가 아는 사람도 두세 명 있었다. 미사와는 그들과 함께 나고야에서 기차를 탔는데 바칸(馬關)[35]이나 모지(門司), 후쿠오카로 갈 사람들이었는데도 오랜만이라고 해서 모두 오사카에서 내려 미사와와 함께 밥을 먹었다고 했다.

아무튼 나는 앞으로 이삼일 있으면서 환자의 경과를 지켜본 다음에 어떻게든 하려고 마음먹었다.

16

그사이 나는 미사와의 간병인이라도 되는 것처럼 낮이고 밤이고 대

---

35 시모노세키(下關)의 옛 이름.

부분을 병원에서 지냈다. 고독한 그는 실제로 매일 나를 기다리고 있는 것 같았다. 그러면서도 얼굴을 마주하면 결코 고맙다는 말은 하지 않았다. 일부러 화초를 사들고 가도 부루퉁해 있는 일조차 있었다. 나는 머리맡에서 책을 읽거나 간호사를 상대로 이야기를 나누고 시간이 되면 환자에게 약을 먹였다. 아침 햇살이 강하게 쏟아져 들어오는 방이라 간호사를 도와 잠자리를 그늘진 곳으로 옮기기도 했다.

이렇게 지내는 사이에 나는 매일 오전 회진하는 원장을 알게 되었다. 원장은 대개 검은색 모닝코트를 입고 의사와 간호사를 한 사람씩 대동했다. 거무스름한 피부에 콧날이 오뚝한 멋진 남자로 말씨나 태도에도 용모가 보여주는 것 같은 품격이 있었다. 미사와는 원장을 만나면 의학 지식을 전혀 갖추지 못한 나와 다를 바 없는 질문을 해댔다. "아직은 쉽게 여행 같은 걸 할 수 없는 건가요?", "궤양이 되면 위험한가요?", "이렇게 큰맘 먹고 입원한 것이 지금 생각하면 역시 잘한 일이었을까요?" 하고 물을 때마다 원장은 "예, 그렇지요" 하는 정도의 간단한 대답을 했다. 나는 평소 어려운 용어를 써서 남을 바보로 만드는 그가 원장 앞에서 이렇게 기가 죽는 것이 무척 우스꽝스러웠다.

그의 병은 가벼운 것 같기도 하고 중한 것 같기도 한 아주 이상한 것이었다. 그의 집에 알리는 것은 본인이 극구 반대했다. 원장은 구역질이 나지 않으니 걱정할 정도는 아니겠지만 그래도 좀 더 식욕이 생길 만한데, 하며 이상하다는 듯이 생각에 잠겼다. 나는 어떻게 해야 좋을지 갈피를 잡을 수 없었다.

내가 처음으로 그의 밥상을 보았을 때 거기에는 생두부와 김과 가다랑어폿국이 놓여 있었다. 그는 그 외에 젓가락을 대는 게 허락되지 않았다. 나는 이래서는 앞날이 요원하다고 생각했다. 동시에 밥상 앞에 앉아 묽은 죽을 홀짝이는 그의 모습이 묘하게 마음 아팠다. 내가 자리를 떠나 바로 근처의 서양 식당에 가서 식사를 하고 돌아오면 그는 반드시 "맛있었나?" 하고 물었다. 나는 그 얼굴을 보고 더욱 미안해졌다.

"그 집은 일전에 자네와 다퉜던 아이스크림을 가져온 집이라네."

미사와는 이렇게 말하며 웃었다. 나는 그가 좀 더 건강을 회복할 때까지 옆에 붙어 있고 싶은 마음이 들었다.

하지만 여관으로 돌아오면 숨 막힐 듯이 더운 모기장 안에서 얼른 시원한 시골로 가고 싶다고 생각하는 일이 많았다. 요 전날 밤 여자와 이야기를 하며 남의 잠을 방해한 옆방 손님은 아직도 묵고 있었다. 그리고 내가 자려고 할 무렵이면 어김없이 술에 취해 돌아왔다. 어떤 때는 여관에서 술을 마시고 게이샤를 부르라고 고함을 질러댔다. 하녀가 온갖 수단을 동원하여 어물어물 넘기려고 하다 결국에는, 그 여자는 당신 앞이라 그렇게 애교를 부리지만 뒤에서는 당신 험담을 늘어놓으니까 그만두라고 충고했다. 그러면 손님은, 뭐 내 앞에 있을 때만이라도 간살부리는 말을 하면 그걸로 된 거지, 뒤에서 뭐라고 하건 나한텐 들리지 않으니까 상관없어, 하고 대답했다. 어떤 때는 게이샤가 무슨 진지한 이야기를 꺼내자 이번에는 손님이 어물어물 넘기려고 했다가 게이샤로부터 남의 이야기를 얼렁뚱땅 넘겨 뭉개버린다며 지청구를 들었다.

나는 이런 일로 안면을 방해받아 정말 괴로웠다.

17

이런저런 일로 잠을 설친 날 아침에 이제 간병은 그만둘 맘을 먹고 병원으로 가는 길에 있는 다리를 건넜다. 환자는 아직 새근새근 자고 있었다.

3층 창으로 내려다보니 좁은 길이어서 문 앞의 길이 가늘고 예뻤다. 건너편은 높다란 담이 근사하게 이어져 있고 그 쪽문 밖에 주인인 듯한 사람이 나와 물뿌리개로 정성껏 길바닥에 물을 뿌리고 있었다. 담장 안에는 여름밀감 같은 짙푸른 잎이 기와를 덮을 만큼 우거져 있었다.

병원 안에서는 사환이 정(丁) 자 모양의 막대기 끝에 걸레를 동여매고는 복도를 쭉쭉 밀고 다녔다. 걸레를 헹구지 않아서 애써 닦은 곳이 오히려 허옇게 더러워졌다. 병세가 가벼운 환자는 모두 세면장으로 나와 세수를 했다. 간호사들이 먼지를 떠는 소리가 여기저기서 들려왔다. 나는 베개를 빌려 어젯밤에 제대로 자지 못한 잠을 벌충하러 미사와 옆방인 빈방으로 들어갔다.

그 방도 아침 햇살이 강하게 쏟아져 들어오는 쪽에 있어서 한숨 자고는 금세 눈이 떠졌다. 이마며 콧등에 땀과 기름이 가득 배어 나오는 것도 불쾌했다. 그때 오카다로부터 전화가 왔다고 했다. 오카다가 병원에 전화를 건 것은 이번이 세 번째였다. 그는 판에 박은 듯이 "환자 상태는 좀 어떻습니까?" 하고 물었다. "이삼일 안에 꼭 찾아뵙겠습니다" 하고 말했다. "뭐든지 하실 말씀이 있으면 사양치 마시고" 하는 말도 했다. 마지막에는 꼭 오카네에 대한 이야기를 한두 마디 덧붙이고는 "오카네가 안부 전해달랍니다" 한다거나 "집사람도 꼭 놀러 오시라고 합니다" 또는 "그동안 저희가 바빠서 그만 연락을 못 드렸습니다" 하는 말도 했다.

그날도 오카다의 이야기는 평소와 같았다. 하지만 맨 마지막에 "앞으로 일주일 안…… 이라고 단정할 수는 없지만, 아무튼 조만간 당신을 좀 놀라게 할 일이 생길지도 모르겠습니다" 하고 넌지시 묘한 말을 했다. 나는 전혀 짐작할 수 없어서 대체 무슨 이야기인가, 하고 두세 번 되물었지만 오카다는 웃으면서 "조금 있으면 알게 될 겁니다" 할 뿐이어서 나도 결국 그 뜻을 묻지 않고 미사와의 방으로 돌아왔다.

"또 그 사람인가?" 미사와가 물었다. 나는 방금 온 오카다의 전화가 마음에 걸려 곧장 오사카를 떠난다는 이야기를 꺼낼 기분이 아니었다. 그러자 생각지도 않게 미사와가 "자네도 오사카는 싫어졌지? 나 때문에 있을 필요는 없으니까 어디로 가려거든 개의치 말고 가게" 하고 말했다. 그는 설사 퇴원을 하더라도 함부로 등산 같은 걸 하는 것은 당분간 삼가야 한다는 사실을 깨달았다고 설명해주었다.

"그럼 내 편한 대로 하겠네."

나는 이렇게 대답하고 잠시 잠자코 있었다. 간호사는 말없이 병실 밖으로 나갔다. 나는 그녀의 조리[36] 소리가 사라지는 것을 듣고 있었다. 그러고 나서 나직한 소리로 미사와에게 "돈은 있나?" 하고 물었다. 그는 자신의 병을 아직 집에 알리지 않고 있었다. 게다가 단 한 사람의 지인인 내가 그의 곁을 떠나면 정신적인 것보다는 물질적으로 불안할 거라고 나는 걱정했다.

"자네가 마련할 수 있나?" 미사와가 물었다.

---

36 끈이 달린, 샌들처럼 생긴 일본의 전통적인 신발. 메이지 시대 이후 서양식 신발이 보급될 때까지 널리 사용되었다.

"특별히 부탁할 데는 없는데." 내가 대답했다.

"거, 그 사람은 어떤가?" 미사와가 물었다.

"오카다 말인가?" 나는 잠깐 생각에 잠겼다.

미사와는 갑자기 웃기 시작했다.

"뭐 막상 일이 닥치면 어떻게든 되겠지. 자네가 마련해주지 않아도 돈이야 있으니까" 하고 말했다.

18

돈 이야기는 그것으로 끝났다. 나는 오카다에게 돈을 빌리러 갈 때의 기분을 상상하자 정말 싫었다. 병에 걸린 친구를 위한 일이라고 생각해도 전혀 내키지 않았다. 그 대신 이 고장을 떠나려고도 떠나지 않으려고도 결정하지 못한 채 꾸물거리고 있었다.

오카다로부터 걸려온 전화가 크게 호기심을 자극했기에 일부러 그를 만나 진상을 캐물어볼까 하는 생각도 했으나 하룻밤 지나자 그것도 귀찮아져서 그대로 내버려두었다.

나는 여전히 병원 문을 드나들고 있었다. 아침 9시경 현관에 도착하면 복도도 대기실도 외래 환자로 가득 차 있는 일이 있었다. 그런 때는 세상에 이렇게 환자가 많을 수 있나 하고 일부러 놀란 듯한 얼굴로 그들의 모습을 한 번 둘러보고 계단에 발을 디뎠다. 내가 우연히 그 여자를 발견한 것은 바로 그때다. 그 여자라는 것은 미사와가 그 여자, 그 여자, 하고 불러 나도 그렇게 부르는 것이다.

그 여자는 그때 복도의 어둑한 의자 귀퉁이에 웅크리고 앉아 있어 옆얼굴만 보였다. 그 옆에는 막 감아 풀어져 내린 머리를 빗에 말아 위로 틀어 올린 키 큰 중년의 여자가 서 있었다. 나는 우선 그 여자의 뒷모습을 슬쩍 쳐다보았다. 그리고 왠지 모르게 그 자리에 꾸물거리고 있었다. 그러자 중년의 여자가 저쪽으로 움직이기 시작했다. 그 여자는 중년 여자 뒤에서 나타난 것이다. 그때 그 여자는 인내의 석상처럼 웅크린 채 가만히 있었다. 하지만 혈색에도 표정에도 괴로움의 흔적은 거의 보이지 않았다. 나는 처음에 그 옆얼굴을 봤을 때 저게 환자의 얼굴일까 하고 의심했다. 그저 가슴이 배에 닿을 만큼 등을 구부리고 있는 데에 엄청난 뭔가가 숨어 있는 것처럼 생각되어 그게 심히 불쾌했다. 나는 계단을 오르면서 '그 여자'의 인내와 아름다운 용모 밑에 감추어져 있는 병고(病苦)를 상상했다.

미사와는 간호사로부터 병원의 A라는 조수(助手) 이야기를 들었다. 이 A씨는 밤이 되어 한가해지면 자주 통소를 부는 젊은 남자다. 독신으로 병원에서 묵고 있으며 병실은 미사와와 같은 3층의 구부러진 모퉁이에 있었다. 얼마 전까지 늘 슬리퍼 소리를 딱딱 내며 걸었는데 요 이삼일 동안 전혀 얼굴이 보이지 않아서 미사와도 나도 무슨 일 있나 하며 서로 이야기를 나누기도 했다.

간호사는 A씨가 때때로 절름거리며 화장실로 가는 모습이 우습다며 웃었다. 그러고 나서 병원의 간호사가 이따금 가제와 쇠 대야를 갖고 A씨의 병실로 들어가는 것을 보았다고도 했다. 미사와는 그런 이야기에 흥미가 있는 것도 아니고 또 없는 것도 아닌 무뚝뚝한 얼굴로 그저 "흠" 하거나 "응" 하고만 대답했다.

그는 또 내게 언제까지 오사카에 있을 생각이냐고 물었다. 내가 여행을 단념한 후 그는 나를 보면 자주 이렇게 말했다. 그것이 내게는 조심스러워하는 것처럼 또 재촉하는 것처럼 들려 오히려 싫었다.

"사정에 따라 돌아가려고만 하면 언제든지 돌아갈 수 있네."

"제발 그렇게 해주게."

나는 서서 창문 바로 아래를 내려다보았다. 아무리 보고 있어도 '그 여자'는 문 밖으로 나오지 않았다.

"일부러 해가 비치는 데로 가서 뭘 하고 있나?" 미사와가 물었다.

"보고 있는 거네." 내가 대답했다.

"뭘 보는데?" 미사와가 다시 물었다.

19

나는 그래도 꾹 참으며 쉽사리 창가를 떠나지 않았다. 바로 맞은편에 보이는 빨래 너는 곳에는 소나무나 석류 같은 나무 분재 대여섯 개가 늘어서 있고 그 옆에서는 시마다[37] 머리를 한 젊은 여자가 열심히 빨래를 장대에 널고 있었다. 나는 잠깐 그쪽을 보고는 다시 아래를 보았다. 하지만 기다리는 사람은 아무리 시간이 지나도 나올 기미가 없었다. 나는 결국 더위를 견디지 못하고 다시 미사와의 잠자리 옆으로 와서 앉았다. 그는 내 얼굴을 보며 "정말 고집불통이군그래. 사람이 친절하게 말해주면 줄수록 일부러 해가 비치는 곳으로 얼굴을 내밀고 있으니 말이야. 자네, 얼굴이 새빨갛게 익었네" 하고 주의를 주었다. 나는 평소 미사와야말로 고집불통이라고 생각했다. 그래서 "내가

---

37 시마다마게(島田髷)의 준말. 주로 미혼 여성이나 신부가 하는 머리 모양으로 일본의 대표적인 전통 머리 모양이다.

창으로 고개를 내민 것은, 무의미하게 고집을 부리는 자네하고는 다르다네. 어엿한 목적이 있어서 일부러 그런 거지" 하고 약간 거드름을 피우며 설명했다. 그러다 보니 정작 중요한 '그 여자' 이야기는 오히려 말하기 힘들어지고 말았다.

좀 있다가 미사와는 다시 "아까는 정말 뭔가 보고 있지 않았나?" 하고 웃으면서 물었다. 나는 그때 이미 마음이 변해 있었다. '그 여자'를 입에 올리는 것이 유쾌했다. 어차피 고집불통인 미사와인 터라 그 이야기를 들으면 반드시 바보 같다거나 시시하다며 나를 비웃을 게 틀림없다고 생각했으나 그런 것도 마음에 걸리지 않았다. 그렇다면 사실 어떤 이유로 '그 여자'에게 특별한 흥미를 갖게 되었다, 하는 정도로 대답하여 미사와를 살짝 초조하게 해줄 속셈도 있었다.

그런데 미사와는 내 예상과는 완전히 반대되는 태도로 내가 말하는 한마디 한마디를 자못 감동한 듯이 들었다. 나도 마음이 내켜 일이 분에 끝낼 이야기를 세 배쯤 길게 늘여 말했다. 내가 말을 마쳤을 때 미사와는 "물론 그 여자는 여염집 여자가 아니겠지?" 하고 물었다. 나는 '그 여자'에 대해 상세히 설명했지만 그만 게이샤라는 말을 사용하지 않았던 것이다.

"게이샤라면 혹시 내가 아는 여자일지도 모르네."

나는 깜짝 놀랐다. 그러나 틀림없이 농담일 거라고 생각했다. 하지만 그의 눈은 그 반대를 말하고 있었다. 그런데도 입가에는 미소를 띠고 있었다. 그는 거듭 '그 여자'의 눈이나 코의 생김새에 대해 물었다. 나는 계단을 올라갈 때 옆얼굴을 봤을 뿐이라 그렇게 자세한 것은 대답할 수 없었다. 내게는 그저 등을 구부려 포개진 듯이 앉아 있는 가련한 모습만이 생생하게 떠올랐을 뿐이다.

"분명히 그 여자야. 당장 간호사한테 이름을 물어보세."

미사와는 이렇게 말하고 희미하게 웃었다. 하지만 나를 속이고 있는 기색은 전혀 보이지 않았다. 나는 다소 휘말린 기분으로 그와 '그여자'의 관계를 물어보려고 했다.

"곧 말해주지. 그 여자라는 게 분명히 밝혀지면."

그때 병원의 간호사가 "회진입니다" 하고 알리러 왔기 때문에 '그여자' 이야기는 그것으로 중단되고 말았다. 나는 회진의 혼잡함을 피하려고 그 시간이 되면 자리를 벗어나 복도로 나가거나 저수조가 있는 높은 곳으로 나가곤 했는데, 그날은 가까이에 있는 모자를 집어 들고 아래층까지 계단을 내려갔다. '그 여자'가 아직 어딘가에 있을 것 같은 생각이 들어 현관 입구에 우두커니 서서 사방을 둘러보았다. 하지만 복도에도 대기실에도 환자의 모습은 보이지 않았다.

20

그날 저녁 하늘이 바람을 재워 아주 고요해진 가운데 불이 켜질 무렵 나는 다시 꼬불꼬불한 계단을 빠른 걸음으로 올라 미사와의 병실로 들어갔다. 그는 식사를 끝낸 모양인지 요 위에 책상다리를 하고 늠름하게 앉아 있었다.

"이제 화장실에도 혼자 간다네. 생선도 먹고 말이지."

이것이 그때 그의 자랑거리였다.

창문은 세 개 다 활짝 열려 있었다. 병실이 3층이라 앞쪽에 시야를 가리는 것이 없어 하늘은 가깝게 보였다. 하늘에 반짝이는 별들도 거리낌 없이 빛을 더해갔다. 미사와는 부채질을 하면서 "박쥐가 날고 있지 않나?" 하고 물었다. 간호사의 하얀 옷이 창가로 움직여 가더니 그 상체가 살짝 창틀 밖으로 나갔다. 나는 박쥐보다는 '그 여자'가 마음에 걸렸다. "이봐, 그 일은 알아냈나?" 하고 물어보았다.

"역시 그 여자야."

미사와는 이렇게 말하며 살짝 의미심장한 눈빛으로 나를 보았다. 나는 "그렇군" 하고 대답했다. 그 목소리 톤이 너무 높다는 것인지 미사와는 자신의 얼굴에 팔랑팔랑 부채질을 했다. 그리고 갑자기 바꿔 쥔 손잡이를 앞으로 내밀며 우리가 있는 병실에서 비스듬히 마주 보이는 건너편을 가리켰다.

"저 방으로 들어갔네. 자네가 돌아간 뒤에."

미사와의 병실은 복도 끝이며, 길 쪽을 향하고 있었다. 그 여자의 병실은 같은 복도의 모퉁이로, 안뜰에서 빛이 들어오도록 만들어져 있었다. 더워서 입구 양쪽 다 열린 채였고 장지문은 떼어놓았기 때문에 내가 있는 병실에서 부채 손잡이로 가리켜진 병실의 입구는 비스듬히 4분의 1 정도만 보였다. 그러나 거기에는 여자가 누워 있는 잠자리의 아래쪽만이 그림의 무늬처럼 삼각형 모양으로 살짝 나와 있을 뿐이었다.

나는 이불의 끝자락을 응시하며 잠시 아무 말도 하지 않았다.

"궤양이 심하다더군. 피를 토한다네." 미사와가 다시 나직한 소리로 알려주었다. 나는 그때 그가 무리하면 궤양으로 발전할 위험성이 있어 입원했다고 설명해준 일을 떠올렸다. 궤양이라는 말은 그때 내 머리에 아무런 인상도 주지 못했지만 이번에는 묘하게 섬뜩한 울림을 전해주었다. 궤양 뒤에 죽음이라는 무서운 것이 숨어 있기라도 하는 것처럼.

잠시 후 여자의 병실에서 희미하게 웩웩 하는 소리가 들렸다.

"거봐, 토하고 있군." 미사와가 눈살을 찌푸렸다. 얼마 후 간호사가 그 병실 입구에 나타났다. 손에 조그마한 쇠 대야를 들고 조리를 끌며 잠깐 우리 쪽을 쳐다보고는 나갔다.

"나을 것 같나?"

내 눈에는 오늘 아침 턱을 가슴에 묻듯이 가만히 앉아 있던 아름답고 젊은 여자의 얼굴이 생생하게 떠올랐다.

"글쎄. 저렇게 토하는 걸 보면" 하고 미사와는 대답했다. 그 표정을 보면 안됐다기보다는 오히려 걱정스러운 어떤 것에 사로잡혀 있었다.

"자네는 정말 저 여자를 아는 건가?" 나는 미사와에게 물었다.

"정말 알고 있네." 미사와는 진지하게 대답했다.

"하지만 자네가 오사카에 온 건 이번이 처음 아니었나?" 나는 미사와를 추궁했다.

"이번에 와서 알게 된 거네." 미사와는 변명했다. "이 병원 이름도 사실 저 여자한테 들었다네. 나는 여기로 들어올 때부터 저 여자가 혹시 오는 게 아닐까 걱정하고 있었지. 하지만 오늘 아침에 자네 이야기를 들을 때까지는 설마 했었네. 나는 저 여자의 병에 얼마간 책임이 있으니까……."

21

오사카에 도착하자마자 친구들과 함께 술을 마시러 간 한 색주가에서 미사와는 '그 여자'를 만났다.

미사와는 그때 이미 더위 때문에 위에 이상한 기미를 느끼고 있었다. 그를 끌고 간 대여섯 명의 친구들은 오랜만이라는 구실로 그를 취하게 하는 것을 무슨 대단한 대접이라도 되는 양 굴었다. 미사와도 숙명을 따르는 유순한 사람이라 얼마든지 잔을 받았다. 그래도 가슴 아래쪽에 줄곧 불안한 느낌을 자각하고 있었다. 어떤 때는 이상한 표정으로 괴로운 듯이 거위침을 삼켰다. 그때 그 앞에 앉아 있던 '그 여자'는 오사카 사투리로 그에게 약을 드릴까요, 하고 물었다. 그는 젬[38]인가 뭔가 하는 걸 대여섯 알 손바닥 위에 올렸다가 입 안에 털어 넣었다. 그러자 통을 받아 든 여자도 같은 식으로 하얀 손바닥 위에 작은 알을 올렸다가 입에 넣었다.

미사와는 조금 전부터 나른한 듯한 여자의 모습을 주시하고 있던 터라 당신도 어디가 안 좋은 거냐고 물었다. 여자는 쓸쓸한 미소를 보이며 더위 탓인지 전혀 식욕이 나지 않아 고민이라고 대답했다. 특히 지난 일주일간은 밥이 싫어서 얼음만 삼키고 있다, 금방 삼켰는데도 또 먹고 싶어져서 정말 어쩔 도리가 없다고 했다.

미사와는 여자에게 그건 대체로 위가 안 좋아서 그러는 거니까 어디 전문가를 찾아가 진찰을 받아보는 게 좋을 거라고 진지하게 충고했다. 여자도 사람들한테 들으니 위병이 틀림없다고 해서 용한 의사에게 진찰을 받고 싶지만 직업이 직업인지라 하며 뒷말을 머뭇거렸다. 그는 그때 여자로부터 처음으로 이곳 병원과 원장의 이름을 들었다.

"나도 거기 좀 들어가볼까? 아무래도 좀 이상하단 말이야."

---

38 Gem. 당시 인기가 있었던 일본제 구강 청량제.

미사와가 농담인지 진담인지 알 수 없는 말투로 이렇게 말하자 여자는 그런 불길한 소리는 하지 말라는 듯이 눈살을 찌푸렸다.

"그럼 일단 실컷 마시고 나서 그건 나중에 하지 뭐" 하며 미사와는 자기 앞에 놓여 있는 잔을 쭉 들이켜고 그걸 여자 앞으로 내밀었다. 여자는 얌전히 술을 따랐다.

"당신도 마셔. 밥은 못 먹어도 술이라면 마실 수 있겠지."

그는 여자를 앞으로 끌어당겨놓고 무턱대고 잔을 주었다. 여자도 순순히 받았다. 하지만 결국 양해해달라고 말했다. 그래도 자리는 뜨지 않고 가만히 앉아 있었다.

"술을 마셔서 위장병 균을 죽여버리면 밥 같은 건 금방 먹을 수 있어. 자, 마셔야 하는 거라고."

미사와는 몹시 취한 끝에 난폭한 말까지 해가며 여자에게 술을 강권했다. 그런데도 자신의 위장 안에서는 당장이라도 폭발할 것 같은 고통스러운 덩어리가 넘실거리고 있었다.

* * *

나는 미사와의 이야기를 여기까지 듣고 오싹했다. 무슨 필요가 있다고 그는 자신의 육체를 그렇게 잔혹하게 다룬 것일까? 자신이야 자업자득이라고 해도 '그 여자'의 약한 몸을 왜 그렇게 쓸데없이 괴롭힌 것일까?

"모르겠네. 그쪽은 내 몸을 모르고 나는 또 그 여자의 몸을 몰랐으니까. 같이 있던 사람들도 우리 두 사람의 몸을 몰랐고. 그것만이 아니지, 나도 그 여자도 자신의 몸을 몰랐던 거야. 게다가 나는 내 위가 아주 불쾌해서 견딜 수가 없었네. 그래서 술의 힘으로 일단 압도해보려고 한 거네. 어쩌면 그 여자도 그랬을지도 모르고."

미사와는 이렇게 말하며 침울하게 있었다.

22

'그 여자'는 그녀의 병실 앞을 지나도 복도에서는 얼굴이 보이지 않는 위치에 누워 있었다. 간호사는 입구의 기둥 옆으로 다가가 들여다보듯이 하면 보인다고 가르쳐주었지만 나는 굳이 그렇게 할 만한 용기가 없었다.

그녀의 담당 간호사는 더운 탓인지 그 기둥에 기댄 채 바깥쪽만 바라보고 있었다. 그 간호사가 또 간호사치고는 유달리 용모가 뛰어났는데, 미사와는 때때로 불만스러운 얼굴로 사람을 무시한다는 등의 말을 했다. 그의 간호사는 또 다른 의미에서 그 아름다운 간호사를 좋게 말하지 않았다. 환자 보살피는 일을 뒷전으로 한다는 등 불친절하다는 등 교토에 남자가 있는데 그 남자로부터 편지가 와서 정신이 없다는 등 여러 가지 것들을 탐색해서는 미사와와 내게 보고했다. 어떤 때는 환자의 변기를 질러 넣고는 빼내는 것을 잊어먹은 채 그대로 잠들어버렸을 만큼 태만한 적도 있다고 알려주었다.

사실 그 아름다운 간호사가 용모가 뛰어난 것에 비해 의무를 소홀히 하는 일은 우리 눈에도 자주 비쳤다.

"아, 바꿔줘야 하는데, 그 여자가 불쌍하군" 하며 미사와는 이따금 씁쓸한 표정을 지었다. 그래도 그 간호사가 입구 기둥에 기대어 꾸벅

꾸벅 졸고 있으면 그는 자기 병실 안에서 그 옆얼굴을 가만히 바라보는 일이 있었다.

'그 여자'의 병세도 이쪽 간호사의 입에서 쉽게 흘러나왔다. ……우유든 수프든 아무리 가벼운 액체라도 망가진 위가 결코 받아주지 않는다. 중요한 약마저 싫어해서 먹지 않는다. 억지로 먹이면 바로 토해버린다.

"피는 안 토하나?"

미사와는 늘 이렇게 간호사에게 반문했다. 나는 그 말을 들을 때마다 불쾌한 자극을 받았다.

'그 여자'의 문병객은 끊이지 않았다. 하지만 다른 병실처럼 떠들썩한 이야기 소리는 전혀 들려오지 않았다. 나는 미사와의 병실에 드러누워 '그 여자'의 병실을 출입하는 시마다 머리나 이초가에시[39] 머리를 한 여자들의 모습을 여러 차례 보았다. 그중에는 눈이 번쩍 뜨일 만큼 화려한 무늬의 기모노를 입은 사람도 있었는데, 대개는 여염집 여자에 가깝게 수수한 차림으로 슬쩍 왔다가 슬쩍 나갔다. 입구에서 어머, 언니, 하는 감탄사를 내뱉는 사람도 있었는데 그것은 딱 한 번에 지나지 않았다. 그것도 복도 끝에 양산을 놓고 병실 안으로 들어가자마자 갑자기 사라진 것처럼 조용해졌다.

"자네는 저 여자의 병문안을 했나?" 내가 미사와에게 물었다.

"아니." 그가 대답했다. "하지만 병문안을 하는 것 이상으로 걱정해주고 있네."

"그럼 그쪽에서도 아직 모르겠군. 자네가 여기 있는 줄 말이야."

39 뒤통수에서 묶은 머리채를 좌우로 갈라 반달 모양으로 둥글려서 은행잎 모양으로 틀어 올린 머리 모양.

"모르겠지, 간호사가 말해주지 않는 한은. 저 여자가 입원할 때 나는 저 여자의 얼굴을 보고 깜짝 놀랐지만 그쪽에서는 나를 못 봤으니까 아마 모를 거네."

미사와는 병원 2층에 '그 여자'의 단골손님이 있었는데 그 작자가 '당신은 위 때문, 나는 장 때문, 함께 괴로워하는 건 술 때문'이라는 속요를 종이 쪼가리에 적어 그 여자에게 전하고는 퇴원할 때 하카마[40]에 하오리를 입고는 일부러 병문안을 갔다는 이야기를 하며 그 얼마나 바보 같은 일인가 하는 표정을 지었다.

"조용히 해서 자극을 주지 않도록 해야 하네. 병실에도 슬며시 들어갔다가 슬며시 나오는 게 당연하지." 그가 말했다.

"굉장히 조용하잖나?" 내가 말했다.

"말하는 걸 싫어하는 환자니까 그런 거지. 안 좋다는 증거네." 그가 다시 말했다.

23

미사와는 '그 여자'에 대해 내가 예상한 것 이상으로 소상히 알고 있었다. 그리고 내가 병원에 갈 때마다 그 이야기를 첫 번째 화제로 꺼냈다. 그는 내가 없는 동안 얻어들은 '그 여자'의 내밀한 이야기를 마치 자신과 관계있는 여성의 비밀 이야기라도 털어놓는 양 들려주었다. 그리고 그러한 정보를 내게 전해주는 것을 자랑스럽게 생각하는

---

40 기모노 위에 덧입는 주름 폭이 넓은 하의.

것처럼 보였다.

그의 말에 따르면 '그 여자'는 어떤 게이샤 집에서 딸처럼 애지중지
하던 잘나가는 게이샤였다. 몸이 약한 그녀는 또 그것을 유일한 만족
으로 알고 장사를 배워나갔다. 몸이 어지간히 안 좋아도 쉬지 않는 등
뺀질거리는 짓은 결코 하지 않았다. 때로는 견딜 수 없어 자리에 눕는
경우에도 어서 객실로 나가야 하는데, 하는 말을 입버릇처럼 했다.

"지금 저 여자 병실에 와 있는 사람은 예전부터 그 게이샤 집에 있
는 하녀라네. 하녀긴 해도 예전부터 있어 자연히 권력이 생긴 탓인지
하녀답게 굴진 않지. 마치 숙모나 뭐 그런 사람 같네. 저 여자도 그 하
녀가 하는 말만은 순순히 잘 들어서 싫어하는 약을 먹이거나 떼를 쓰
지 못하게 하기 위해서는 꼭 필요한 사람이지."

미사와는 이런 속사정 이야기가 나온 출처를 모두 그의 간호사에게
돌리며 죄다 그녀에게 들은 것처럼 설명했다. 하지만 나는 거기에서
약간 의심스러운 점도 느꼈다. 나는 미사와가 화장실에 가고 없는 사
이에 간호사를 붙잡고 "미사와가 저렇게 말하지만 내가 없을 때 저 여
자의 병실로 가서 이야기라도 한 거 아니야?" 하고 물어보았다. 간호
사는 진지한 얼굴로 "그런 일은 없어요" 하는 한마디로 내 의심을 부
정했다. 그리고 간호사는 누가 문병을 간다고 해도 신상 이야기 같은
걸 할 리가 없을 거라고 했다. 그리고 '그 여자'의 병이 점점 나빠지기
만 하는 불안한 예를 들려주었다.

'그 여자'는 구역질이 멎지 않아 입으로는 영양분을 흡수할 수 없게
되었기 때문에 어제는 결국 자양 관장[41]을 시도했다. 하지만 결과는

41 입으로 음식물을 먹을 수 없을 때 영양분이 들어 있는 액체를 항문으로 넣어 대장에서 흡
수하도록 하는 관장법.

좋지 못했다. 소량의 우유와 계란을 섞은 단순한 액체였지만 극도로 쇠약해진 그녀의 장에는 너무 부담스러웠던지 생각대로 흡수되지 않았다.

이렇게만 이야기한 간호사는 그토록 중한 환자의 병실로 들어가 누가 느긋하게 신상 이야기를 물을 수 있겠느냐는 표정이었다. 나도 그녀가 하는 말이 옳다고 생각했다. 그래서 미사와는 잊고 그저 고운 옷을 차려입은 인기 있는 게이샤와 무서운 병에 걸린 가련한 젊은 여자를 잠자코 마음속으로 비교해보았다.

'그 여자'는 용모와 재주를 파는 덕분에 뭐라는 게이샤 집의 딸처럼 되어 그 집 사람들로부터 소중히 여겨지고 있었다. 그런데 그것을 팔수 없게 된 지금도 여전히 지금까지처럼 그 집 사람들로부터 소중히 여겨지고 있을까? 만약 그들의 대우가 그 여자의 병과 함께 점점 경박하게 변해간다면 아주 나쁜 병과 고투하는 그 여자의 마음은 얼마나 불안할까? 어차피 게이샤 집의 딸처럼 된 것을 보면 친부모는 신분 있는 사람이 아닐 게 뻔하다. 경제적 여유가 없으면 아무리 걱정해도 도움이 되지 않는다.

나는 이런 생각도 했다. 화장실에서 돌아온 미사와에게 "그 여자의 친부모가 있는지는 아나?" 하고 물어보았다.

24

'그 여자'의 친어머니를 미사와는 딱 한 번 본 적이 있다고 했다.

"그것도 뒷모습만 언뜻 봤을 뿐이네." 그는 일부러 먼저 말해두었다.

그 여자의 어머니라는 사람은 내가 상상한 대로 그다지 유복한 신분의 사람은 아니었던 모양이다. 겨우 말쑥한 차림을 하고 나온 것처럼 보였다. 가끔 와서도 무척 어려워하는 듯 슬쩍 왔다가 어느새 또 계단을 내려가 사람들 눈에 띄지 않게 돌아간다는 것이다.

"아무리 부모라도 저렇게 되면 조심스러워지는 모양이네그려." 미사와가 말했다.

'그 여자'의 문병객은 모두 여자였다. 게다가 대부분 젊은 여자였다. 그게 또 보통의 아가씨나 부인과 달리 미색(美色)을 생명으로 하는 아름다운 사람들뿐이라 그 가운데 섞여 있는 그 어머니는 그렇지 않아도 너무나 생기가 없고 수수했다. 나는 나이 들고 가난한 그 어머니의 뒷모습을 상상하며 은근히 연민을 느꼈다.

"부모 자식 간의 정에서 보면 딸이 저렇게 중병에 걸리면 어미 되는 사람은 밤낮으로 옆에 붙어 있어주고 싶은 마음이 들겠지. 생판 남인 하녀가 활개 치고 있고 친부모가 남 취급당하는 걸 보고 있자니 마음이 그리 좋지 않아."

"아무리 부모라도 어쩔 수 없지. 우선 옆에 있어줄 만한 시간도 없고 시간이 있어도 필요한 돈이 없으니까."

나는 무정하다는 생각이 들었다. 그렇게 경박한 일을 하는 여자의 일상은 부러울 만큼 화려해도 막상 병이 들면 보통 사람보다 훨씬 비참해지는 게 아닐까 하고 생각했다.

"남편이 있을 법도 한데 말이야."

미사와의 머리도 이 점에는 주의가 미치지 못했는지 내가 이렇게 의문을 제기하자 그는 아무 대답도 하지 않고 잠자코 있었다. 그 여자에 관한 일체의 새로운 소식을 공급하던 간호사도 그 점에서는 아무런 도움이 되지 못했다.

'그 여자'의 연약한 몸은 그 무렵의 더위도 그럭저럭 견뎌내고 있었다. 미사와나 나는 그것이 거의 기적이나 되는 것처럼 이야기했다. 그런데도 둘 다 분명한 사실을 꺼려 여태까지 기둥 뒤에서 병실 안을 들여다본 적이 없어 지금 '그 여자'가 얼마나 야위어 있는가 하는 것은 공허한 상상에 지나지 않았다. 자양 관장마저 뜻대로 되지 않았다는 소식이 우리 두 사람의 귀에 들어왔을 때도 미사와의 눈에는 아름답게 차려입은 게이샤의 모습밖에 비치지 않았다. 내 머리에도 그저 혈색이 좋지 못하던, 입원하기 전 '그 여자'의 얼굴이 떠오를 뿐이었다. 그래서 둘 다 여자는 이제 가망이 없을 거라는 이야기를 나누었다. 그러면서도 둘 다 실제로 죽을 거라는 생각은 하지 않았다.

동시에 이런저런 환자가 병원을 들락거렸다. 어느 날 밤 '그 여자'와 비슷한 연배의 여성이 2층에서 들것에 실려 아래층으로 옮겨졌다. 들어보니 목숨이 오늘내일하는 위험한 환자를 간병하던 어머니가 시골로 데려가는 것이었다. 그 어머니는 미사와의 간호사에게 얼음 값만 20엔 넘게 썼다며 아무래도 퇴원하는 것 외에 다른 도리가 없다고 자신의 궁상을 내비쳤다고 한다.

나는 3층 창문 너머로 시골로 돌아가는 들것을 내려다보았다. 어두워서 들것은 보이지 않았지만 준비한 초롱불이 드디어 움직이기 시작했다. 창문이 높고 길이 좁아서 등불은 골짜기 아래를 가만히 움직여 가는 것처럼 보였다. 건너편의 어두운 네거리를 돌아 갑자기 사라졌을 때 미사와는 나를 돌아보며 "도착할 때까지 버텨주면 좋으련만" 하고 말했다.

25

이렇게 비참한 퇴원을 할 수밖에 없는 환자가 있는가 하면 매일 아이를 업고 복도며 전망대며 남의 병실을 어슬렁어슬렁 돌아다니는 한가한 남자도 있었다.

"마치 병원을 오락장처럼 여기고 있군그래."

"그건 그렇고 누가 환자일까?"

우리는 우습기도 하고 신기하기도 했다. 간호사에게 들으니 업고 있는 사람은 숙부이고 업혀 있는 아이는 조카라고 한다. 그 조카가 입원했을 때는 피골이 상접할 만큼 야위었는데 숙부의 정성 하나로 이렇게까지 살이 오른 거라고 한다. 숙부는 편물 가게를 한다고 했다. 아무튼 돈이 궁하지 않은 사람일 것이다.

미사와의 병실 한 방 건너 병실에는 또 이상한 환자가 있었다. 손가방 같은 걸 들고 보통 사람처럼 아무렇지 않게 걸어 다녔다. 때로는 병실을 비우는 일조차 있었다. 돌아오면 알몸으로 병원 밥을 맛있게 먹었다. 그리고 어제는 고베에 다녀왔습니다, 하며 점잔을 뺐다.

기후(岐阜)에서 일부러 혼간지(本願寺)에 참배하러 교토까지 온 김에 부부가 함께 이 병원에 들어왔다가 눌러앉게 된 사람도 있었다. 그 부부의 병실 잠자리에는 후광이 비치는 아미타불 족자가 걸려 있었다. 둘이 마주 앉아 마음 편히 바둑을 두는 일도 있었다. 그래도 아내가 올 정초에 떡을 먹고는 피를 작은 사기잔으로 한 사발 반쯤이나 토하는 바람에 데려왔다고 과장되게 말했다.

'그 여자'의 간호사는 여전히 입구의 기둥에 기댄 채 무릎을 양손으로 안고 있는 일이 많았다. 이쪽 간호사는 그걸 또 용모를 믿고 우쭐해져서 저렇게 일부러 사람들 눈에 잘 띄는 곳에 나와 있는 거라고 했다. 나는 "설마" 하며 변호해주기도 했다. 하지만 '그 여자'와 아름다운 간호사의 관계는 냉담하기가 처음이나 그때나 그다지 달라지지 않은 것 같았다. 나는 용모가 뛰어난 두 사람이 붙어 있어 무의식적으로 서로 질투를 하는 걸 거라고 설명했다. 미사와는 그런 게 아니다, 오사카의 간호사는 자존심이 세서 게이샤 따위는 깔보기 때문에 아예 상대가 되지 않는다, 그게 냉담한 이유임에 틀림없다, 고 주장했다. 이렇게 주장하면서도 그는 특별히 그 간호사를 미워하는 기색은 없었다. 나도 그 간호사에 대해 그다지 싫은 느낌은 없었다. 추한 미사와의 담당 간호사는 "정말 얼굴 예쁜 여자는 득이라니까요" 하는 식의 이상하게 들리는 말로 우리 두 사람을 웃겼다.

이런 사람들로 둘러싸인 미사와는 몸이 회복됨에 따라 '그 여자'에 대한 흥미를 날로 키워가는 것처럼 보였다. 내가 여기서 어쩔 수 없이 흥미라는 묘한 단어를 쓰는 것은 그의 태도가 연애도 아닐 뿐 아니라 또 전적으로 친절도 아닌, 흥미라는 두 글자 말고는 달리 적절하게 표현할 말이 떠오르지 않았기 때문이다.

처음으로 '그 여자'를 대기실에서 봤을 때는 내 흥미도 미사와 못지않게 강했다. 하지만 그로부터 '그 여자' 이야기를 듣자마자 이미 주객은 전도되고 말았다. 그 이후로 '그 여자' 이야기가 나올 때마다 그는 늘 선배의 태도로 나를 대했다. 나도 한때는 그에게 이끌려 당초의 흥미가 점점 커져가는 것 같았다. 하지만 객(客)의 위치에 놓인 나는 고조된 흥미를 그리 오래 유지할 수 없었다.

26

내 흥미가 강해졌을 무렵 그의 흥미는 나보다 훨씬 더 강해졌다. 내 흥미가 조금씩 사그라지자 그의 흥미는 점점 더 강해졌다. 그는 원래 무뚝뚝한 사람이었지만 가슴속에는 남보다 갑절은 다정한 마음을 지니고 있었다. 그리고 무슨 일이 있으면 갑자기 열을 내는 버릇이 있었다.

나는 이미 병원 안을 어슬렁거릴 정도로 회복된 그가 왜 '그 여자'의 병실에 가지 않는지가 의심스러웠다. 그는 결코 나처럼 수줍음을 잘 타는 사람이 아니다. 한번 만난 '그 여자'에게 위로의 말을 건네러 그녀의 병실을 찾는 정도의 일은 그의 성격으로 볼 때 아무것도 아니었다. 나는 "그 여자가 그렇게 걱정되면 당장 가서 위로해주면 될 거 아닌가?" 하고까지 말했다. 그는 "응, 사실 가고 싶긴 한데……" 하며 주저했다. 사실 이는 평소의 그에게 어울리지 않는 대답이었다. 그리고 그 의미를 알 수 없었다. 알 수 없었지만 사실은 그가 가지 않았으면 하는 것이 내 바람이었다.

나와 그 아름다운 간호사는 어느새 말을 주고받게 되었는데, 그것도 그녀가 예의 그 기둥에 기대고 그 앞을 지나는 내 얼굴을 쳐다볼 때 날씨 이야기를 주고받는 정도에 지나지 않았다. 하지만 아무튼 어느 날 그 아름다운 간호사로부터 한눈에 볼 수 있는 운세표인가 뭔가 하는 점치는 책 같은 장난감을 빌려와 미사와의 병실에서 점을 쳐보며 놀았다.

그것은 양쪽에 빨간색과 검정색을 칠한 바둑돌처럼 둥글고 평평한 것을 여러 개 들고 눈을 감은 채 다다미 위에 늘어놓고 빨간 것이 몇 개, 검은 것이 몇 개 하는 식으로 나중에 헤아리는 것이다. 그러고 나서 그 숫자를 하나는 가로로, 하나는 세로로 짚어가며 양쪽이 만나는 점을 책에서 찾아보면 점괘 같은 문구가 나오게 되어 있었다.

내가 눈을 감고 돌을 하나하나 다다미 위에 놓으면 간호사는 빨간색이 몇 개 검정색이 몇 개, 하면서 점괘 문구를 찾아주었다. 그런데 "이 사랑이 만약 성사될 때는 크게 창피를 당하는 일이 있을 것이다"라고 쓰여 있어 그녀는 그걸 읽으면서 웃음을 터뜨렸다. 미사와도 웃었다.

"이봐, 조심하지 않으면 안 되겠는데" 하고 미사와가 말했다. 그는 전부터 '그 여자'의 간호사에게 내가 인사하는 게 수상하다며 늘 나를 놀렸다.

"자네야말로 조심 좀 해야 할 거야" 하고 나는 미사와에게 되갚아주었다. 그러자 미사와는 진지한 얼굴로 "그건 왜지?" 하고 반문했다. 이럴 때 고집스러운 이 친구에게 더 이상 말했다가는 일만 성가셔질 뿐이어서 나는 그만 입을 다물었다.

사실 나는 미사와가 '그 여자'의 병실에 출입하는 기색이 없는 것을 수상히 여겼지만 한편으로는 또 쉽게 열을 내는 그의 성격을 생각하고 지금은 어쨌든 간에 앞으로 그가 언제 어떻게 돌변할지 몰라 걱정스러웠다. 그는 이제 아침마다 아래층 세면대까지 세수를 하러 갈 정도로 기력을 회복했다.

"어떤가? 이제 적당히 퇴원하는 게."

나는 이렇게 권해보았다. 그리고 만약 금전상의 문제로 퇴원을 망설이는 모습이 보이면 그가 집에서 돈을 부치게 하는 수고와 시간을 덜어주기 위해 내가 큰맘 먹고 오카다에게 한번 의논해보려는 생각까지 하고 있었다. 미사와는 내 말에는 아무 대답도 하지 않았다. 오히려 반대로 "대체 자네는 언제 오사카를 떠날 생각인가?" 하고 물었다.

27

이틀 전 덴가차야의 오카네가 불시에 나를 찾아왔다. 그 결과 일전에 오카다가 전화로 내게 이야기한 말의 의미를 비로소 이해했다. 그래서 나는 그때 이미 일주일 안에 나를 놀라게 해주겠다는 그의 예언에 묶여 있었다. 미사와의 병, 아름다운 간호사의 얼굴, 목소리도 자태도 보이지 않는 젊은 게이샤와 그 사람이 한동안 차도도 없이 이불 위에서 보내고 있는 답답한 생활, 나는 단지 이런 것들 때문에 오사카에서 꾸물거리고 있는 게 아니었다. 시인이 좋아하는 말을 빌리자면, 어떤 예언이 실현되기를 기대하면서 더운 여관에 묵고 있었던 것이다.

"나한테는 그런 사정이 있으니까 여기서 좀 더 기다려야 한다네."

나는 얌전히 미사와에게 대답했다. 그러자 미사와는 다소 유감스러운 듯한 표정을 지었다.

"그럼 함께 해변으로 가서 정양(靜養)할 수도 없겠군."

미사와는 이상한 사람이었다. 이쪽이 소중히 보살펴줄 때는 그쪽에서 늘 거부하더니 이쪽이 물러나려고 하니 갑자기 또 남의 소맷자락을 붙들고 놓아주지 않는 식으로 감정의 기복이 현저하게 눈에 띄었다. 그와 나의 교제는 지금까지 늘 성쇠를 되풀이하며 오늘에 이르렀던 것이다.

"함께 해안으로 갈 생각이라도 했던 건가?" 나는 확인해보았다.

"안 한 건 아니었네." 그는 멀리 해안을 떠올리는 듯이 대답했다. 그때 그의 눈에는 사실 '그 여자'도 '그 여자'의 간호사도 없었고 오직 나라는 친구가 있을 뿐인 것 같았다.

나는 그날 기분 좋게 미사와와 헤어져 여관으로 돌아왔다. 그런데 돌아가는 길에서는 기분 좋게 헤어지기 전의 불쾌함도 생각났다. 나는 그에게 퇴원하라고 권했고 그는 내게 언제까지 오사카에 있을 거냐고 물었다. 우리 사이에서 표면에 드러난 말은 단지 그것뿐이었다. 하지만 미사와도 나도 거기에서 이상하게 씁쓸한 의미를 느꼈다.

'그 여자'에 대한 내 흥미는 사그라졌지만 나는 무슨 일이 있어도 미사와와 '그 여자'가 친해지도록 놔두고 싶지 않았다. 미사와도 그 아름다운 간호사를 어떻게 할 생각도 없으면서 나만 점점 그녀에게 다가가는 것을 태연히 보고 있을 수는 없었을 것이다. 거기에 우리가 깨닫지 못한 암투가 있었다. 거기에 인간의 타고난 이기심과 질투가 있었다. 거기에 조화로도 충돌로도 발전할 수 없는, 중심을 결여한 흥미가 있었다. 요컨대 거기에는 성(性)의 다툼이 있었던 것이다. 그리고 양쪽 다 그것을 노골적으로 말할 수 없었던 것이다.

나는 걸으면서 내 비겁함을 부끄러워했다. 동시에 미사와의 비겁함을 미워했다. 하지만 비열한 인간인 이상 앞으로 몇 년을 교제한다고 해도 도저히 그 비겁함을 없앨 수는 없으리라는 자각이 있었다. 나는 그때 굉장히 불안해졌다. 또 슬퍼졌다.

나는 그 이튿날 병원으로 가서 미사와의 얼굴을 보자마자 "이제 퇴원은 권하지 않겠네" 하고 앞서 말했다. 나는 미사와 앞에 두 손을 짚고 용서를 비는 마음으로 이렇게 말했던 것이다. 그러자 미사와는 "아니, 나도 이렇게 꾸물거리고만 있을 수는 없네. 자네 충고대로 드디어 퇴원하기로 했다네" 하고 대답했다. 그는 오늘 아침 원장에게 퇴원해도 좋다는 허락을 받았다면서 "너무 움직이면 좋지 않다고 해서 침대차로 도쿄까지 직행하기로 했네" 하고 말했다. 나는 그 갑작스러움에 깜짝 놀랐다.

28

"왜 또 그렇게 서둘러 퇴원할 마음이 생긴 건가?"

나는 이렇게 물어보지 않을 수 없었다. 미사와는 내 물음에 대답하기 전에 가만히 내 얼굴을 쳐다보았다. 나는 내 얼굴을 통해 내 마음이 읽혀질 것 같은 기분이 들었다.

"특별히 이렇다 할 이유가 있는 건 아니지만 이제 퇴원하는 게 나을 것 같아서……."

미사와는 이렇게만 말하고 입을 다물어버렸다. 나도 잠자코 있을 수밖에 없었다. 마주한 우리 두 사람은 평소보다 침울했다. 이미 간호사가 돌아간 뒤라서 병실 안은 더욱 쓸쓸했다. 지금까지 이불 위에 책상다리를 하고 앉아 있던 그는 갑자기 쓰러지듯이 뒤로 벌렁 드러누웠다. 그리고 눈을 치켜뜨고 창밖을 보았다. 여느 때처럼 새파란 하늘에는 쨍쨍 내리쬐는 태양의 열기가 가득 흘러넘치고 있었다.

"이봐, 자네." 그가 곧 말했다. "자네가 늘 이야기하던 그 남자 말이야, 그 남자는 돈을 좀 갖고 있나?"

나는 물론 오카다의 경제적 사정을 알 리 없었다. 알뜰하던 오카네를 생각하면 돈이라는 말을 꺼내는 것도 싫었다. 하지만 만약 미사와가 퇴원하게 되면 그 정도의 수고는 마다하지 않겠다고 어제 이미 각오한 상태였다.

"알뜰해서 조금은 갖고 있을 거네."

"조금이라도 좋으니까 빌려주게."

나는 그가 퇴원할 때 지불할 입원비가 없어 난처한 걸 거라고 생각했다. 그래서 얼마나 부족한지 확인했다. 그런데 사실은 뜻밖이었다.

"여기 입원비하고 도쿄로 돌아갈 여비 정도는 그럭저럭 갖고 있네. 그것뿐이라면 자네를 번거롭게 할 필요가 전혀 없지."

그는 대단한 부잣집에서 태어난 행운아는 아니었지만 외아들이어서 이런 점에서는 나보다 훨씬 자유로운 처지였다. 게다가 어머니나 친척들로부터 교토에서 물건을 사달라는 부탁과 함께 돈을 받았는데 새로운 길동무가 생겨 그만 오사카까지 지나쳐 오는 바람에 아직 손 대지 않은 돈이 남아 있었던 것이다.

"그럼 비상금으로 가져가려는 건가?"

"아니네." 그는 서둘러 말했다.

"그럼 어디에 쓸 건가?" 내가 추궁했다.

"어디에 쓰든 그건 내 마음이네. 그냥 빌려주기만 하면 되네."

나는 다시 화가 났다. 그는 나를 마치 생판 남처럼 취급하고 있었다. 나는 불끈 화가 치미는 것을 참으며 입을 꾹 다물었다.

"화를 내면 안 되네." 그가 말했다. "숨기는 게 아니네. 자네하고는 관계없는 일을 일부러 떠드는 것으로 보이는 게 싫어서 말하지 않으려고 생각했을 뿐이니까."

나는 아직도 입을 다물고 있었다. 그는 누워서 내 얼굴을 올려다봤다.

"그럼 말하겠네." 그가 말하기 시작했다.

"나는 아직 그 여자의 병문안을 가지 않았네. 그쪽에서도 그걸 기다리고 있지 않을 거고, 나도 반드시 병문안을 해야 할 이유도 없지. 하지만 어쩐지 그 여자의 병을 악화시킨 장본인이 바로 나라는 자각을 도저히 떨칠 수가 없네. 그래서 어느 쪽이 먼저 퇴원하게 되건 그 직전에 한번 만나봐야지 하는 생각은 늘 하고 있었네. 병문안이 아니라 사죄하기 위해서네. 죄송한 일을 했다고 한마디 사죄를 하면 그것으로 족하네. 하지만 빈손으로 사죄할 수도 없는 노릇이라 자네한테 부탁해본 거네. 자네 입장이 곤란하다면 굳이 빌려주지 않더라도 어떻게든 될 걸세. 집에 전보라도 치면 말이야."

29

나는 내친걸음이라 일단 오카다에게 알아볼 필요가 있었다. 집으로 전보를 치겠다는 미사와를 잠깐 기다리게 해놓고 훌쩍 병원 문을 나섰다. 오카다가 근무하는 회사는 미사와의 병실과는 반대 방향이라 그의 병실 창문에서는 보이지 않지만 거리는 얼마 되지 않았다. 그래도 더워서 걸어가는 중에 땀이 등을 적실 만큼 흘러내렸다.

오카다는 내 얼굴을 보자마자 아주 오랜만에 만난 사람처럼 "이야, 오랜만이네요" 하고 소리치듯이 말했다. 그리고 지금까지 종종 전화로 되풀이했던 인사를 또 새삼스럽게 면전에서 늘어놓았다.

나와 오카다는 지금은 다소 격식을 차린 말을 쓰기도 하지만 예전에는 아주 스스럼없는 사이였다. 그 무렵에는 그를 위해 약간의 돈을 융통해준 기억도 있다. 나는 용기를 북돋우기 위해 일부러 당시의 기억을 환기했다. 아무것도 모르는 그는 일어나면서 힘찬 소리로 "어떻습니까, 지로 씨, 제 예언이?" 하고 말했다. "그럭저럭 일주일 안에 당신을 놀라게 할 일이 생길 것 같은데요."

나는 큰맘 먹고 우선 중요한 용건부터 이야기했다. 그는 뜻밖이라는 얼굴로 듣고 있었는데, 다 듣고 나서는 바로 "좋습니다. 그 정도라면 꼭 해드리겠습니다" 하고 쉽게 받아들였다.

그는 물론 주머니 안에 필요한 돈이 있는 것은 아니었다. "내일이라도 괜찮지요?" 하고 물었다. 나는 또 눈 딱 감고 "가능하다면 오늘 중에 필요한데" 하고 밀어붙였다. 그는 약간 당황한 것처럼 보였다.

"그럼 어쩔 수 없군요. 번거롭겠지만 편지를 써드릴 테니까 저희 집으로 가져가서 오카네한테 건네주시겠습니까?"

나는 이 일로 오카네와 직접 교섭하는 것은 피하고 싶었지만, 이 경우에는 어쩔 수 없었기 때문에 오카다의 편지를 품속에 넣고 덴가차야로 갔다. 오카네는 내 목소리를 듣자마자 문간까지 달려 나와 "어머, 이렇게 더운데" 하며 놀랐다. 그리고 "자, 들어오세요" 하는 말을 두세 번 되풀이했는데, 나는 선 채 "좀 급해서요" 하고 미리 양해를 구하고는 오카다의 편지를 건넸다. 오카네는 입구에 무릎을 꿇은 채 봉투를 뜯었다.

"이거 참 일부러 오시게 하고 죄송하네요. 그럼 바로 같이 가시지요" 하고는 안으로 들어갔다. 안에서는 장롱 손잡이 고리 소리가 들렸다.

나는 오카네와 전차 종점까지 함께 갔다가 그곳에서 헤어졌다. "그럼 나중에" 하면서 오카네는 양산을 펼쳤다. 나는 또 인력거를 타고 급히 병원으로 돌아왔다. 세수를 하거나 몸의 땀을 닦으면서 잠시 미사와와 이야기를 하는 동안, 기다리던 대로 오카네가 병원 현관으로 와서 나를 불러냈다. 오카네는 오비 사이에 있는 은행 통장을 빼서 거기에 끼워져 있는 지폐를 내 손 위에 올렸다.

"그럼 잠깐 확인 좀 해보세요."

나는 형식적으로 돈을 세어본 후 "맞습니다. ……날도 더운데, 정말 뜻하지 않게 수고를 끼쳤네요" 하고 고맙다는 인사를 했다. 실제로 서두른 모양인지 오카네의 후지 산 모양 이마 양쪽이 작은 땀방울로 촉촉이 젖어 있었다.

"어떻습니까, 좀 올라가서 더위를 식히고 가시는 것이."

"아니에요, 오늘은 바빠서 이만 실례하겠어요. 환자분께는 안부 전해주세요. ……그래도 잘됐네요, 일찍 퇴원하게 되어서요. 남편도 한동안 무척 걱정되어서 자주 전화로 용태를 여쭀다고 하던데요."

오카네는 이렇게 붙임성 있는 말을 하면서 다시 예의 크림색 양산을 펼치고 돌아갔다.

30

나는 좀 서두르고 있었다. 지폐를 쥔 채 계단을 뛰듯이 3층까지 올라갔다. 미사와는 평소보다는 차분하지 않았다. 막 불을 붙인 궐련을 돌연 재떨이에 던져 넣고 고맙다는 말도 없이 내 손에서 돈을 받아갔다. 나는 건넨 돈의 액수를 들며 "충분한가?" 하고 물었다. 그래도 그는 그저 응, 할 뿐이었다.

그는 가만히 '그 여자'의 병실 쪽을 바라보았다. 이른 시간이라 복도 가장자리에는 병문안 온 사람이 벗어놓은 조리가 한 켤레도 없었다. 평소부터 너무 조용한 병실 안은 유독 적막했다. 예의 아름다운 간호사는 여전히 모퉁이 기둥에 기대어 산파학 책인가 뭔가를 보고 있었다.

"그 여자는 자고 있을까?"

그는 '그 여자'의 병실에 들어갈 절호의 기회를 엿보면서도 오히려 잠을 방해할까 봐 염려하는 것 같았다.

"자고 있을지도 모르지." 나도 그럴지도 모른다고 생각했다.

잠시 후 미사와는 자그마한 소리로 "그 간호사한테 사정을 물어볼까?" 하고 말했다. 그는 아직 그 간호사와 말을 나눈 적이 없어서 내가 그 역할을 해야 했다.

간호사는 놀란 것 같기도 하고 우스운 것 같기도 한 표정으로 나를 보았다. 하지만 곧 나의 진지한 태도를 보고 병실 안으로 들어갔다. 그런가 했더니 채 2분도 안 되어 다시 웃으며 나왔다. 그리고 지금이 마침 기분이 좋을 때라 만나볼 수 있다는 환자의 승낙을 받아왔다. 미사와는 잠자코 일어났다.

그는 내 얼굴도 보지 않고 또 간호사의 얼굴도 보지 않고 잠자코 일어서더니 '그 여자'의 방으로 쓰윽 모습을 감추었다. 나는 원래 자리에 앉아 멍하니 그의 뒷모습을 지켜보았다. 그의 모습이 보이지 않게 되어도 여전히 허공이나 마찬가지인 곳을 바라보았다. 냉담한 것은 간호사였다. 잠깐 입술에 모멸의 미소를 띠고 나를 보았는데, 그대로 원래의 기둥에 등을 기대고 잠자코 읽다 만 책을 다시 무릎 위에 펼쳤다.

병실 안은 미사와가 들어간 후에도 그가 들어가기 전과 마찬가지로 조용했다. 물론 이야기 소리도 들리지 않았다. 간호사는 이따금 느닷없이 눈을 들어 병실 안쪽을 쳐다보았다. 하지만 내게는 아무런 신호도 하지 않고 곧 그 눈을 페이지 위로 떨어뜨렸다.

나는 초저녁에 이곳 3층에서 벌레 소리 같은 시원한 소리를 들은 적이 있지만 낮에는 시끄러운 매미 소리 한 번 들어보지 못했다. 나혼자 앉아 있는 병실은 그때 환한 태양 빛을 받았지만 한밤중보다 조용했다. 나는 이 죽음과도 같은 정적 때문에 오히려 신경이 곤두서서 '그 여자'의 병실에서 미사와가 나오기를 학수고대하고 있었다.

얼마 후 미사와가 느릿느릿 나왔다. 병실 문턱을 넘을 때 웃으면서 "실례했소. 공부에 열심이군요" 하고 간호사에게 인사하는 말만 귀에 들어왔다.

그는 실내에서 신는 조리 소리를 일부러 크게 울리며 자신의 병실로 들어오자마자 "드디어 끝났네" 하고 말했다. 나는 "어땠나?" 하고 물었다.

"드디어 끝났네. 이제 나가도 되네."

미사와는 같은 말만 되풀이할 뿐 그 밖에는 아무 말도 하지 않았다. 나도 더 이상 물을 수 없었다. 아무튼 빨리 퇴원 절차를 밟는 것이 나을 것 같아서 주변에 어질러져 있는 것을 정리하기 시작했다. 물론 미사와도 가만히 있지는 않았다.

31

우리 두 사람은 인력거를 불러 병원을 나섰다. 먼저 채를 올린 미사와의 인력거꾼이 너무 기세 좋게 달리기에 나는 큰 소리로 그것을 저지하려고 했다. 미사와는 뒤를 돌아보며 손을 흔들었다. '괜찮네, 괜찮아' 하는 듯이 들려서 나도 그냥 내버려두고 주의를 주지 않았다. 여관에 도착했을 때 그는 강가의 난간에 두 손을 짚고 눈 아래로 흐르는 넓은 강물을 물끄러미 바라보았다.

"왜 그러나? 기분이라도 안 좋은가?" 내가 뒤에서 물었다. 그는 뒤를 돌아보지 않았다. 하지만 "아니네" 하고 대답했다. "여기 와서 이 강을 볼 때까지 이 방을 까맣게 잊고 있었네."

이렇게 말하며 그는 여전히 강물을 향하고 있었다. 나는 그를 그대로 내버려두고 마(麻)로 된 방석 위에 책상다리를 하고 앉았다. 그래도 그가 들어오는 게 몹시 기다려져서 곧 소매에서 시키시마를 꺼내 피우기 시작했다. 담배가 3분의 1쯤 연기로 변했을 때 미사와는 드디어 난간을 떠나 내 앞으로 와서 앉았다.

"병원에서 지낸 것도 바로 어제 오늘 같은데 생각해보니 꽤 오래되었군그래" 하며 손을 꼽으면서 날짜를 헤아렸다.

"3층의 광경이 당분간 눈에서 떠나지 않겠지" 하며 나는 그의 얼굴을 보았다.

"생각지도 못한 경험을 했어. 이것도 무슨 인연이겠지." 미사와도 내 얼굴을 쳐다보았다.

그는 손뼉을 쳐서 하녀를 부르더니 오늘 밤 급행열차 침대칸 표를 사달라고 했다. 그러고 나서 식사를 마친 후 시계를 꺼내 시간이 얼마나 남았는지를 확인했다. 갑갑한 것에 익숙하지 않은 우리는 곧 벌렁 드러누웠다.

"그 여자는 나을 것 같던가?"

"글쎄, 어쩌면 나을지도 모르겠지만……."

하녀가 주문한 과일을 그릇에 담아 계단을 올라왔기 때문에 '그 여자' 이야기는 그것으로 끊기고 말았다. 나는 드러누운 채 과일을 먹었다. 그사이 그는 그저 내 입 언저리만 쳐다볼 뿐 아무 말도 하지 않았다. 나중에는 자못 환자다운 어조로 "나도 먹고 싶군" 하고 한마디 했다. 조금 전부터 우울한 모습을 보고 있던 나는 "무슨 상관 있을라고? 먹어도 되네, 먹게, 먹어" 하며 권했다. 미사와는 다행히 내가 아이스크림을 먹지 못하게 한 그날의 일을 잊고 있었다. 그는 그저 쓴웃음을 지으며 고개를 옆으로 돌렸다.

"아무리 좋아해도 나쁘다는 걸 알면서 억지로 먹고 그 여자처럼 되면 큰일이니까 말이야."

그는 조금 전부터 '그 여자'를 생각하는 것 같았다. 그는 지금도 '그 여자'를 생각하고 있다고 여길 수밖에 없었다.

"그 여자는 자넬 기억하던가?"

"기억하지. 내가 억지로 술을 마시게 한 게 바로 엊그제니까."

"원망했겠지?"

지금껏 고개를 돌리고 딴 데를 보며 말하고 있던 미사와는 그때 느닷없이 얼굴을 똑바로 돌리고는 정면으로 나를 보았다. 그 변화를 알아챈 나는 곧 진지한 표정을 지었다. 하지만 그가 그 여자의 병실에 들어가 두 사람이 어떤 대화를 나눴는지에 대해 그는 끝내 아무 말도 하지 않았다.

"그 여자는 어쩌면 죽을지도 모르겠어. 죽으면 이제 만날 기회도 없겠지. 만약 낫는다고 해도 역시 만날 기회는 없을 거야. 묘한 일 아닌가? 사람의 만남과 헤어짐이라고 하면 과장이 되겠지만 말이네. 게다가 내가 보기에는 실제로 만남과 헤어짐의 느낌이 있으니까 말이야. 그 여자는 오늘 밤 내가 도쿄로 돌아가는 것을 알고 웃으면서 안녕히 가시라고 하더군. 나는 오늘 밤 기차에서 어쩐지 그 쓸쓸한 웃음을 꿈에 볼 것 같네."

32

미사와는 그저 이렇게 말했다. 그리고 꿈에 보기도 전부터 이미 '그 여자'의 쓸쓸한 웃음을 눈앞에 떠올리고 있는 것처럼 보였다. 미사와 에게 감상적인 데가 있다는 것은 나도 잘 알고 있었지만 고작 그 정도 의 관계로 그 여자에게 그렇게 마음이 흔들리는 것은 수상한 일이었 다. 나는 미사와와 '그 여자'가 헤어질 때 어떤 이야기를 나눴는지 자 세히 들어보고 싶어서 살짝 유도해봤으나 아무런 효과도 없었다. 더 군다나 그의 태도가 아까운 것 절반을 남에게 나눠주면 절반이 없어 지니 싫다는 듯이 보였기 때문에 나는 더더욱 이상한 기분이 들었다.

"슬슬 나가보세. 밤 급행은 붐비니까." 결국 내가 미사와를 재촉하 게 되었다.

"아직 이르네." 미사와는 시계를 보여주었다. 아니나 다를까 기차가 출발하기까지는 아직 두 시간이 남아 있었다. 이제 '그 여자'에 대해 서는 물어보지 않겠다고 결심한 나는 가능한 한 병원 이름을 입 밖에 내지 않고 아무렇게나 드러누운 채 그와 하나 마나 한 세상 이야기를 시작했다. 그는 그때 평범하게 응수했다. 하지만 어딘가 흥이 나지 않 는 구석이 있고 어쩐지 불쾌한 듯이 보였다. 그래도 자리를 떠나지는 않았다. 그리고 결국에는 잠자코 강물만 바라보았다.

"아직도 생각하고 있나?" 나는 일부러 큰 소리로 물었다. 미사와는 깜짝 놀라 나를 쳐다보았다. 이런 경우 그는 꼭 자네는 천박해, 하는 눈빛으로 모욕적인 일별을 내게 던지곤 했는데, 이때만은 전혀 그런 모습을 보이지 않았다.

"응, 생각하고 있지." 가볍게 대답하고는 "자네한테 털어놓을까 말까 망설이고 있는 참이네" 하고 말했다.

나는 그때 그로부터 묘한 이야기를 들었다. 그리고 그 이야기가 직접적으로 '그 여자'와 아무 관계도 없어서 더욱 의외라는 느낌을 받았다.

지금으로부터 5, 6년 전 미사와의 아버지가 어떤 지인의 딸을 또 다른 어떤 지인의 집으로 시집을 보낸 일이 있었다. 불행히도 그 딸은 무슨 복잡한 사정 때문에 1년을 살까 말까 하고 남편의 집을 나오게 되었다. 하지만 거기에도 또 복잡한 사정이 있어 곧바로 친정으로 돌아갈 수가 없었다. 그래서 미사와의 아버지가 중매인이었다는 도리도 있고 해서 그 딸을 맡게 되었다. ……미사와는 한 번 시집을 갔다 돌아온 그 여자를 아가씨라고 불렀다.

"그 아가씨는 너무 근심한 탓인지 정신이 좀 이상했었네. 그게 집으로 오기 전인지 아니면 오고 나서인지는 잘 모르겠지만 아무튼 식구들이 눈치챈 것은 온 지 좀 되어서였네. 물론 정신에 이상을 보인 것은 틀림없지만 언뜻 봐서는 전혀 알 수 없었지. 그냥 말없이 아주 우울하게 있을 뿐이었으니까. 그런데 그 아가씨가……."

미사와는 여기서 약간 망설였다.

"이상한 이야기 같지만 그 아가씨는 내가 외출할 때면 어김없이 현관까지 배웅을 나왔네. 아무리 몰래 나가려고 해도 반드시 쫓아 나왔지. 그리고 어김없이 일찍 들어오세요, 하고 말했다네. 내가 예, 일찍 돌아올 테니까 얌전히 기다리고 계세요, 하고 대답하면 알았다고 고개를 끄덕였지. 만약 말없이 있으면 일찍 들어오세요, 하는 말을 몇 번이고 되풀이했네. 나는 식구들 보기가 거북해서 어쩔 줄을 모르겠더군. 하지만 또 그 아가씨가 불쌍해서 견딜 수 없었네. 그래서 외출해도 가능하면 얼른 들어가려고 했다네. 돌아오면 그 사람 옆으로 가서 선 채 다녀왔습니다, 하고 반드시 한마디 해주었고."

미사와는 거기까지 이야기하고 또 시계를 보았다.

"아직 시간이 남았군."

33

그때 나는 그것으로 그 아가씨 이야기가 중단되어서는 안 된다고 생각했다. 다행히 아직은 시간이 꽤 남아서 내가 뭐라 말하기 전에 그는 다시 이야기를 이어나갔다.

"식구들이 그 아가씨의 정신이 이상하다는 것을 확실히 알게 되고 나서는 괜찮았지만 모를 때는 방금 말한 것처럼 나도 그 아가씨가 노골적으로 나와서 아주 난처했다네. 아버지나 어머니는 얼굴을 찌푸렸고. 부엌에서 일하는 하녀들도 키득키득 웃었지. 어쩔 수 없이 나는 그 아가씨가 나를 배웅하러 현관으로 나올 때 심하게 화를 내주려고 두세 번 뒤를 돌아보았지만 얼굴을 보자마자 화는커녕 불쌍해서 매정한 말 같은 것도 도저히 내뱉을 수가 없었지. 그 아가씨는 창백한 미인이었네. 그리고 까만 속눈썹과 커다랗고 까만 눈동자를 갖고 있었지. 그 까만 눈동자는 늘 저 멀리 꿈을 바라보고 있는 듯이 황홀하게 젖어 있었고 거기에는 어쩐지 의지할 데 없는 가련함이 떠돌고 있었네. 내가 화를 낼 생각으로 돌아보면 아가씨는 현관에 무릎을 꿇고 앉아 마치 자신의 고독을 호소하는 듯이 그 까만 눈동자로 나를 쳐다보았지. 나는 그때마다 아가씨가 이렇게 살아도 혼자 쓸쓸해서 견딜 수 없으니 제발 도와주세요, 하고 소맷자락에 매달리는 것처럼 느껴졌네. ……그 눈이 말이네. 그 까맣고 커다란 눈동자가 나한테 그렇게 호소하는 거였지.”

“자네한테 반한 거 아닌가?” 내가 미사와에게 물었다.

“그게 말이네, 환자니까 연애인지 병인지 그걸 누가 알겠나?” 미사와는 대답했다.

“색정광(色情狂)이란 게 그런 거 아닐까?” 나는 다시 미사와에게 물었다.

미사와는 언짢은 표정을 지었다.

“색정광이라는 건 아무한테나 아양을 떠는 거 아닌가? 그 아가씨는 현관까지 나와서 오직 나한테만 일찍 들어오세요, 하고 말했으니까 다르지.”

“그런가?”

이때 내 대답은 너무 멋없는 것이었다.

“나는 병이든 뭐든 상관없으니까 그 아가씨의 사랑을 받고 싶었네. 적어도 나는 그렇게 해석하고 싶었던 거네.” 미사와는 나를 쳐다보며 말했다. 그의 안면 근육은 오히려 긴장되어 있었다. “그런데 사실은 아무래도 그렇지 않았던 모양이야. 아가씨의 남편이라는 사람이 방탕아인지 사교가인지 모르겠지만 하여튼 신혼 초에 자주 집을 비우거나 밤늦게 들어와서 아가씨의 속을 어지간히도 썩인 모양이네. 그래도 아가씨는 남편에게 자신의 고통을 한마디도 내비치지 않고 참았다네. 그때의 일로 머리에 탈이 생겨 이혼한 뒤에도 남편에게 말하고 싶었던 것을 병 탓에 내게 말한 거라네. ······하지만 나는 그렇게 믿고 싶지 않아. 억지로라도 그렇게 믿고 싶지가 않네."

"그만큼 자네는 그 아가씨가 마음에 들었나?" 나는 다시 미사와에게 물었다.

"마음에 들게 되었던 거네. 병이 심해질수록 말이야."

"그러고 나서, ······그 아가씨는?"

"죽었네. 병원에 입원해서."

나는 잠자코 있었다.

"자네가 퇴원하라고 권했던 날 밤 나는 그 아가씨의 3주기를 헤아려보고 오직 그 이유만으로 돌아가고 싶어졌네." 미사와는 퇴원의 동기를 설명해주었다. 나는 여전히 잠자코 있었다.

"아아, 중요한 걸 잊었네." 그때 미사와가 소리쳤다. 나는 무심코 "뭔가?" 하고 되물었다.

"그 여자의 얼굴이네. 실은 그 아가씨하고 무척 닮았다네."

미사와의 입가에는 이제 알겠지, 하는 의미의 미소가 보였다. 그러고 나서 우리는 바로 인력거를 타고 서둘러 우메다 역으로 갔다. 역 안은 급행열차를 기다리는 승객들로 이미 가득 차 있었다. 우리는 다리 건너로 가서 상행 열차를 기다렸다. 열차는 채 10분도 지나지 않아 땅을 울리며 들어왔다.

"또 보세."

나는 '그 여자'를 위해, 또 '그 아가씨'를 위해 미사와의 손을 꼬옥 잡았다. 그의 모습은 열차 소리와 함께 순식간에 어둠 속으로 사라졌다.

형

1

나는 미사와를 보낸 다음 날 다시 어머니와 형 부부를 맞이하기 위해 같은 역으로 나가야 했다.

나로서는 거의 상상조차 할 수 없었던 이 일을 처음부터 생각해내고 결국 성사시킨 것은 예의 오카다였다. 그는 평소부터 자주 이런 재주를 부려 그 성공을 자랑하는 걸 좋아했다. 일부러 내게 전화를 해서 조만간 꼭 나를 놀라게 해주겠다고 미리 말한 것은 그였다. 그러고 나서 얼마 지나지 않아 오카네가 여관으로 찾아와 그 까닭을 말했을 때는 나도 사실 깜짝 놀랐다.

"왜 온답니까?" 내가 물었다.

내가 도쿄를 떠나기 전에 어머니가 갖고 있던 어떤 변두리 땅이 새로 부설되는 전찻길에 포함되어 그 앞쪽 몇 평이 매입된다는 말을 들었을 때 나는 어머니에게 "그럼 그 돈으로 올여름에는 다 같이 여행이나 가시죠" 하고 권했다가 "또 지로의 장기가 나왔구나" 하며 웃음 거리가 된 적이 있다. 어머니는 진작부터 혹시 기회가 닿으면 교토와 오사카를 구경하고 싶다고 했는데 어쩌면 그 돈이 들어온 차에 오카다의 권유가 있어서 이렇게 야단스러운 계획을 세우게 된 게 아닐까? 그건 그렇다 치더라도 오카다는 또 왜 그런 권유를 한 것일까?

"무슨 특별한 생각 같은 건 없어요. 그냥 예전에 신세를 진 보답으로 구경이라도 시켜드릴 생각인 거겠지요. 더군다나 그 일도 있으니까요."

오카네가 말한 '그 일'이란 예의 혼담이다. 나는 아무리 오사다가 어머니 마음에 들었다고 해도 그 일 때문에 어머니가 일부러 멀리 오사카까지 올 리는 없다고 생각했다.

나는 그때 이미 주머니가 가벼워져 있었다. 게다가 나중에는 미사와를 위해 오카다에게 약간의 돈까지 빌렸다. 다른 의미는 별개로 하더라도 어머니와 형 부부가 오사카로 오는 것은 가벼워진 주머니를 채우는 방편으로는 내게 아주 좋은 기회였다. 오카다도 그걸 알고 흔쾌히 내가 필요로 한 만큼의 돈을 빌려준 게 틀림없다고 생각했다.

나는 오카다 부부와 함께 역으로 나갔다. 셋이서 기차를 기다리는 동안 오카다는 "어떻습니까, 지로 씨, 깜짝 놀라셨지요?" 하고 말했다. 나는 그에게 이와 비슷한 말을 누차 들은 터라 아무 대답도 하지 않았다. 오카네는 오카다에게 "당신은 얼마 전부터 혼자 신이 났네요. 지로 씨는 하도 들어 질리셨을 거예요, 그런 말은" 하면서 나를 보고 "안 그래요, 지로 씨?" 하고 사과하듯이 덧붙였다. 나는 오카네의 애교에서 어딘지 모르게 화류계 여성 같은 교태를 발견하고 갑자기 뭐라 대답할 수가 없었다. 오카네는 시치미를 떼고 오카다에게 말했다.

"사모님도 오랫동안 뵙지 못했는데 많이 변하셨겠지요?"

"일전에 뵈었을 때는 여전히 예전의 아주머님 그대로셨어."

오카다는 우리 어머니를 아주머님이라고 부르고 오카네는 사모님이라 불렀는데 내게는 그게 이상하게 들렸다.

"늘 옆에 있으면 변했는지 안 변했는지 잘 모르지요." 내가 웃으며 대답하는 사이에 기차가 들어왔다. 오카다는 어머니와 형 부부를 위해 특별히 여관을 잡아두었다며 곧바로 인력거를 남쪽으로 달리게 했다. 나는 공연히 탄 인력거 위에서 그가 자주 사람을 놀라게 하는 데 놀랐다. 그러고 보니 그가 돌연 도쿄로 올라와 오카네를 낚아채듯이 데려간 것도 분명히 나를 놀라게 한 눈부신 공적 가운데 하나였다.

2

어머니가 묵을 여관은 그리 크지는 않았지만 내가 묵고 있는 곳보다는 꾸밈새가 훨씬 품위 있었다. 객실에는 선풍기[1]며 중국풍 자단 탁자며 특별히 그 탁자 옆에 설치된 전등 등이 있었다. 형은 바로 옆에 있는 전보 용지에 오사카에 도착했다고 써서 하녀에게 건넸다. 오카다는 어느새 준비해온 그림엽서 서너 장을 소매에서 꺼내 이건 아저씨, 이건 오시게 씨, 이건 오사다 씨, 하고 일일이 받을 사람 이름을 써서 "자, 다들 한마디씩 쓰세요" 하며 각자에게 나눠 주었다.

나는 오사다에게 보낼 그림엽서에 "축하한다"라고 썼다. 그러자 어

---

1 일본에서 처음으로 선풍기가 발매된 것은 1894년이다.

머니가 그 뒤에 "몸조리 잘하렴"이라고 써서 깜짝 놀랐다.

"오사다가 어디 아픈가요?"

"실은 그 일도 있고 마침 좋은 기회다 싶어 이번에 데리고 오려고 준비까지 하게 했는데 하필이면 배탈이 나서, 정말 아쉽게 되었지 뭐냐."

"하지만 심한 건 아니에요. 이제 슬슬 죽도 먹을 수 있게 되었으니까요." 형수가 옆에서 말해주었다. 형수는 아버지에게 보낼 그림엽서를 든 채 생각에 잠겨 있었다. "아저씨는 풍류를 즐기는 분이시니까 시가가 좋겠지요" 하고 오카다가 권하자 "시가 같은 걸 지을 줄 알아야 말이죠" 하며 거절했다. 오카다가 또 오시게에게 보낼 엽서에 "당신의 입이 건 이야기를 들을 수 없는 게 유감이오" 하고 조심스레 조그맣게 쓴 것을 보고 형이 "장기 말이 아직도 벌을 받고 있는 모양이군" 하며 웃었다.

그림엽서를 다 쓰고는 잠시 잡담을 나눈 후 오카다와 오카네는 어머니와 형이 붙잡는 것도 마다하고 다시 오겠다며 돌아갔다.

"오카네는 이제 부인 티가 나는구나."

"집으로 바느질감을 들고 오던 때를 생각하면 정말 몰라보겠는데요."

어머니와 형이 오카네를 평한 말 뒤에는 자신들이 그만큼 나이를 먹었다는 아련한 애수가 어려 있었다.

"오사다도 이제 얼마 안 남았어요, 어머니." 내가 옆에서 끼어들었다.

"정말 그렇구나." 어머니가 대답했다. 어머니는 마음속으로 아직 혼처가 없는 오시게를 생각하는 것 같았다. 형은 나를 돌아보며 "미사와가 병이 나서 아무 데도 못 갔다며?" 하고 물었다. 나는 "예, 엉뚱한 일에 말려들어 아무 데도 못 갔습니다" 하고 대답했다. 나와 형은 늘 이 정도의 거리를 둔 말로 응대하는 것이 보통이었다. 이는 나이 차이가 좀 나는 것과 아버지가 옛날 기질의 고지식한 사람이라 장남에게 최상의 권력을 주며 키운 결과다. 어머니도 가끔 내게 지로 씨라고 불러주는 일이 있는데 그것은 오직 형을 '이치로 씨'라고 부르는 데서 나온 부산물일 뿐이라고 나는 생각했다.

다들 이야기에 정신이 팔려 유카타로 갈아입는 것도 잊고 있었다. 형은 일어나 빳빳하게 풀을 먹인 유카타를 어깨에 걸치며 "어떠냐?" 하며 나를 재촉했다. 형수는 유카타를 내게 건네며 "대체 도련님 방은 어디예요?" 하고 물었다. 난간 있는 데로 나가 바로 코앞에 있는 칠을 한 높은 담장을 언짢다는 듯이 바라보던 어머니는 "방은 좋은데 좀 음침하구나. 지로, 네 방도 이러니?" 하고 물었다. 나는 어머니 옆으로 가서 아래를 내려다보았다. 아래에는 옷감을 빨아 풀을 먹여 말리는 재양틀처럼 좁고 긴 뜰에 가느다란 대나무가 드문드문 자라고 있고 녹슨 쇠 등롱이 돌 위에 놓여 있었다. 그 돌도 대나무도 뜰에 뿌리는 물로 축축하게 젖어 있었다.

"좁긴 해도 공을 들였네요. 그 대신 제가 묵고 있는 방처럼 강은 없네요, 어머니."

"어머, 강이 어디 있니?" 하는 어머니의 말에 이어 형도 형수도 그 강이 보이는 방과 바꾸자고 말했다. 나는 내가 묵고 있는 여관이 있는 방향과 가는 길을 설명해주었다. 그리고 일단 돌아가 짐을 정리한 뒤에 다시 오겠다고 약속하고 여관을 나섰다.

3

나는 그날 저녁 여관비를 계산하고 나와 어머니와 형이 묵고 있는 여관으로 옮겼다. 어머니와 형 부부는 저녁 식사가 좀 늦어진 듯 밥상을 밀어놓고 이쑤시개로 이를 쑤시고 있었다. 나는 다 같이 산보나 나가자고 했다. 어머니는 피곤하다며 응하지 않았다. 형은 귀찮아하는 것 같았다. 형수만 가고 싶은 듯했다.

"오늘 저녁에는 그만두자." 어머니가 말렸다.

형은 아무렇게나 드러누워서 이야기를 했다. 입으로는 오사카를 제법 안다는 듯이 말했다. 하지만 잘 들어보니 알고 있는 것은 덴노지(天王寺)[2]며 나카노시마(中之島)[3]며 센니치마에(千日前)[4] 같은 이름뿐이고 뭐가 어디에 있는지에 대해서는 꿈처럼 산만하기 그지없었다.

물론 "오사카 성 돌담의 돌은 정말 크더라"라거나 "덴노지의 탑 위에 올라가 아래를 내려다보니까 눈이 아찔하더라" 같은 단편적인 광경은 실제로 기억하고 있는 것 같았다. 그중에서도 내 귀에 가장 재미있게 들린 것은 그가 예전에 묵었다는 여관의 밤 경치였다.

"좁은 길 모퉁이에서 난간이 있는 곳으로 나가니까 버드나무가 보였어. 집들이 빽빽이 들어차 있는 것에 비해서는 조용하고 창으로 내다보이는 긴 다리도 그림처럼 정취가 있었지. 그 위를 달리는 차 소리도 유쾌하게 들렸고. 물론 여관 자체는 불친절하고 지저분해서 난감했지만……."

---

2 오사카 시 남부의 한 구(區). 시텐노지(四天王寺)가 있다.
3 오사카의 중심지로 관청, 공회당, 공원, 오사카 아사히 신문사 등이 있다.
4 오사카 시의 환락가.

"그건 대체 오사카 어디예요?" 형수가 물었으나 형은 전혀 알지 못했다. 방향조차 모르겠다고 대답했다. 이것이 형의 특징이었다. 그는 사건의 단면을 놀랄 만큼 또렷하게 기억하는 대신 장소의 이름이나 날짜를 까맣게 잊어버리는 버릇이 있었다. 그래도 그는 태연했다.

"어딘지도 모르니까 시시하네요." 형수가 또 말했다. 형과 형수는 이런 면에서 자주 어긋났다. 형의 기분이 나쁘지 않을 때는 그래도 상관없지만 사소한 일로 말썽이 생기는 일도 드물지 않았다. 그런 사정을 잘 아는 어머니는 "어디든 상관없지만 그것만 있는 게 아닐 텐데. 나머지도 얘기해보렴" 하고 말했다. 형은 "어머니나 나오한테는 시시한 일일 거예요" 하고 말해놓고는 "지로, 거기 2층에 묵었을 때 재미있다고 생각했던 건 말이야" 하며 내게 말을 걸었다. 나는 애초부터 형의 이야기를 혼자 들어야 할 책임을 떠맡았다.

"그게 뭔데요?"

"밤이 되어 한숨 자고 눈을 떠보니 환한 달이 떠 있고 그 달이 푸른 버드나무를 비추고 있었지. 누워서 그걸 보고 있었더니 아래쪽에서 갑자기 얏, 하는 기합 소리가 들리더라고. 주위는 의외로 쥐 죽은 듯 조용해서 그 소리가 더 크게 들렸을 거야. 나는 바로 일어나 난간 옆까지 나가서 아래를 엿보았지. 그랬더니 저만치에 보이는 버드나무 밑에서 벌거벗은 사내 셋이서 번갈아가며 큼직한 누름돌을 들어 올리는 시합을 하고 있더란 말이지. 얏, 하는 기합 소리는 양손에 힘을 주고 들어 올릴 때 내는 소리였어. 세 사람 다 정신없이 그 일에 열중하고 있었는데 너무 열중한 탓인지 다들 한마디도 안 했지. 환한 달빛 아래 묵묵히 움직이는 벌거벗은 사람들의 모습을 보니 묘하게 신기한 느낌이 들더란 말이지. 그런데 그중 한 사람이 가늘고 긴 멜대 같은 것을 빙빙 돌리기 시작했어……."

"어쩐지『수호전』⁵ 같은 분위긴데요."

"그때부터 이미 어렴풋하고 확실하지가 않았지. 지금 생각해봐도 마치 꿈만 같다니까."

형은 이런 일을 회상하는 걸 좋아했다. 그리고 그것은 어머니에게도 형수에게도 통하지 않고 오직 아버지와 나만 이해할 수 있는 정취였다.

"그때 오사카에서 재미있다고 생각한 것은 그것뿐인데, 어쩐지 그런 연상은 전혀 오사카 같은 느낌이 안 들어."

나는 미사와가 입원한 병원 3층에서 내려다보이는 좁고 멋진 길을 떠올렸다. 그리고 형이 본 봉술을 하는 사람과 장사는 그런 동네에 있는 젊은이들이 아닐까 상상했다.

오카다 부부는 약속대로 그날 밤 다시 찾아왔다.

4

오카다는 굉장히 정성 들여 만든 유람 목록 같은 것을 일부러 집에서 가져와 어머니와 형에게 보여주었다. 그게 또 너무 면밀한 것이라 어머니도 형도 "이야, 이거" 하며 놀랐다.

"며칠이나 머무르실 겁니까? 거기에 따라 프로그램도 달라지니까요. 여기는 도쿄와 달라서 시내를 조금만 벗어나면 구경할 만한 데가

5 여기서 지로가 연상한 것은『수호전』에 등장하는 호걸 중 한 명인 승려 노지심(魯智深)일 것이다. 노지심은 버드나무를 뿌리째 뽑아버릴 만큼 힘이 장사이고 봉술에도 능하다.

얼마든지 있습니다."

오카다의 말에는 다소 불만이 담겨 있었으나 동시에 자신만만한 모습도 보였다.

"마치 오사카를 자랑하는 것 같네요. 당신 이야기를 옆에서 듣고 있으면요."

오카네는 웃으면서 이렇게 말하며 진지한 남편에게 주의를 주었다.

"아니, 자랑이 아니야. 자랑은 아닌데……."

주의를 받은 오카다는 더욱 진지해졌다. 그게 좀 우스꽝스러워 보여서 다들 웃음을 터뜨렸다.

"오카다 씨는 5, 6년 사이에 간사이[6] 사람이 다 되었네." 어머니가 놀렸다.

"그래도 용케 도쿄 말만은 잊어먹지 않았잖아요." 형이 뒤를 이어 또 놀렸다. 오카다는 형의 얼굴을 보며 "오랜만에 만나면 바로 이렇게 나오니까 당해낼 수가 없어요. 도쿄 사람은 정말 입이 걸다니까요" 하고 말했다.

"게다가 오시게의 오라버니 아닌가, 오카다." 이번에는 내가 끼어들었다.

오카다는 끝내 "오카네, 좀 도와줘" 하고 말했다. 그리고 어머니 앞에 놓여 있던, 조금 전에 내놓은 그 프로그램을 집어 소매에 넣으면서 "정말 어이가 없군, 애만 쓰고 놀림이나 당하다니" 하며 일부러 화난 척했다.

한바탕 농담이 끝나자 내가 예상했던 대로 어머니 입에서는 사노

---

6 교토와 오사카를 중심으로 한 지역.

이야기가 나왔다. 어머니는 "이번에는 또 여러 가지로" 하며 갑자기 돌변하여 착실한 말투로 오카다에게 예를 표하고 오카다는 또 짐짓 점잔을 빼며 격식 차린 말투로 정말 미흡한 점이 많았습니다, 하고 대답했다. 내게는 양쪽 다 야단스러워 보였다. 그러고 나서 오카다는 마침 좋은 기회니까 꼭 당사자를 만나달라며 또 만나는 일을 상의하기 시작했다. 형도 그 이야기에 관여하지 않으면 도리가 아니라고 생각해서인지 담배를 피우면서 두 사람을 상대했다. 나는 병으로 누워 있는 오사다에게 이런 모습을 보여주면 고맙게 여길지 쓸데없는 간섭이라 생각할지, 그녀의 진심을 들어보고 싶어졌다. 동시에 미사와가 헤어질 때 새롭게 자신의 머리에 남기고 간 정신병에 걸린 아름다운 '아가씨'의 불행한 결혼을 떠올렸다.

형수와 오카네는 별로 친분이 없는 사이였지만 젊은 여자끼리라는 연고로 조금 전부터 둘이서만 이야기를 나누고 있었다. 하지만 속마음을 알 수 없는 탓인지 두 사람 다 너무 조심스러워서 전혀 마음이 통하는 것 같지 않았다. 형수는 과묵한 성격이었다. 오카네는 애교가 있는 편이었다. 오카네가 열 마디 하는 사이에 형수는 한 마디밖에 하지 않았다. 게다가 이야깃거리가 떨어지면 그때마다 말문을 여는 것은 오카네였다. 마지막으로 아이 이야기가 나왔다. 그러자 형수 쪽이 갑자기 우세해졌다. 그녀는 어린 외동딸의 일상을 자못 재미있다는 듯이 이야기했다. 오카네는 또 형수의 장황한 이야기를 무척 감동한 듯이 듣고 있었는데, 사실은 전혀 관심이 없는 것처럼 보이기도 했다. 다만 한번 "어머, 용케 혼자 집을 다 보고" 하고 말한 것은 진심인 것 같았다. "오시게를 잘 따르니까요" 하고 형수가 대답했다.

5

어머니와 형 부부가 머물 날은 의외로 짧았다. 우선 시내에서 이삼일, 교외에서 이삼일, 합해서 채 일주일도 머물지 않고 도쿄로 돌아갈 예정으로 내려온 모양이었다.

"적어도 앞으로 며칠은 괜찮겠지요. 모처럼 여기까지 오셨으니까요. 또 오시는 게 그리 쉬운 일도 아니고요, 번거로워서."

이렇게 말한 오카다도 물론 어머니가 오사카에 머무는 동안 회사를 완전히 쉬고 매일 안내만 하고 다닐 만큼의 여유는 없었다. 어머니도 도쿄의 집이 마음에 걸리는 모양이었다. 내가 보기에 어머니와 형 부부라는 조합 자체부터 이미 묘한 것이었다. 원래라면 아버지와 어머니가 함께 온다거나 형과 형수가 함께 피서를 온다거나, 혹시 오사다의 결혼 문제가 목적이라면 당사자의 병이 낫기를 기다려 어머니나 아버지가 데려와서 빨리 일을 마무리한다거나 하는 자연스러운 예정은 두세 가지나 되었다. 그런데 이렇게 이상한 형태로 나타난 것은 대체 무슨 이유인지 나는 처음부터 이해할 수가 없었다. 어머니는 또 그것을 가슴속에 깊이 접어 넣은 것처럼 보였다. 어머니만이 아니라 형 부부도 그것을 눈치채고 있는 것 같기도 했다.

사노와의 만남은 정해진 형식대로 끝났다. 어머니도 형도 오카다에게 예를 표했다. 오카다가 돌아간 뒤에도 둘 다 사노에 대한 평은 하지 않았다. 이미 일이 정해져 평을 할 여지가 없다고 생각하는 것처럼 보였다. 연말에 사노가 도쿄로 올라오는 기회를 기다려 결혼식을 올리기로 합의했다. 나는 형에게 "너무 경사스러울 정도로 일이 척척 진행되어가는데 정작 본인이 전혀 모르고 있다는 게 재미있네요" 하고 말했다.

"당사자도 알고 있어." 형이 대답했다.

"아주 기뻐하고 있단다." 어머니가 보증하고 나섰다.

나는 한마디도 하지 않았다. 잠시 후에 "하긴 일본 여성은 이런 문제를 자신이 척척 진행시킬 용기는 없을 테니까" 하고 말했다. 형은 잠자코 있었다. 형수는 이상한 얼굴로 나를 쳐다보았다.

"여자만 그런 게 아니야. 남자도 자기 멋대로 진행시키면 곤란하거든." 어머니가 내게 주의를 주었다. 그러자 형이 "차라리 그러는 편이 좋을지도 모르겠네요" 하고 말했다. 그 말투가 너무 쌀쌀맞았던 탓인지 어머니는 어쩐지 언짢은 표정을 지었다. 형수 또한 이상한 표정을 지었다. 하지만 두 사람 다 아무 말도 하지 않았다.

잠시 후 어머니가 드디어 말문을 열었다.

"하지만 오사다만이라도 정해져서 나는 한결 마음이 편해. 이제 오시게만 남았으니까."

"이것도 다 아버지 덕분이지요." 형이 대답했다. 그때 형의 입술에 희미한 비아냥거림의 그림자가 스친 것을 어머니는 눈치채지 못했다.

"그럼, 다 아버지 덕분이지. 오카다가 지금 저러고 있는 것도 그렇고." 어머니는 꽤나 흡족해하는 것처럼 보였다.

가엾은 어머니는 아버지가 지금도 사회적으로 예전 그대로의 세력을 갖고 있다고 믿고 있었다. 사회에서 은퇴한 것이나 마찬가지인 지금의 아버지에게 그 절반의 영향력조차 힘들다는 사실을 형은 간파하고 있었다.

형과 같은 의견인 나는 가족이 모두 한통속이 되어 사노를 속이고 있다는 기분이 드는 걸 어쩔 수 없었다. 그러는 한편으로 사노는 속임을 당할 만하다는 생각이 처음부터 머릿속 어딘가에 있었다.

하여튼 만남은 만족스럽게 끝났다. 형은 더위가 뇌에 안 좋다며 빨리 오사카를 떠나자고 주장했다. 나는 물론 찬성이었다.

6

사실 그 무렵 오사카는 더웠다. 특히 우리가 묵고 있는 여관은 더했다. 뜰이 좁고 담장이 높아 햇빛이 쏟아져 들어올 여지가 없는 대신 바람이 통할 틈도 부족했다. 어떤 때는 눅눅한 다실 안에 있는 게 사방에 모닥불을 피워놓고 있는 것처럼 괴로웠다. 나는 밤새 선풍기를 윙윙 켜놓았다가 바보 같은 짓을 해서 감기라도 걸리면 어떡하려고 그러느냐고 어머니로부터 야단을 맞기도 했다.

오사카를 떠나자는 형의 의견에 찬성한 나는 아리마(有馬)[7]라면 시원해서 형의 머리에도 좋을 거라고 생각했다. 나는 그 유명한 온천을 아직 알지 못했다. 인력거꾼이 채에 밧줄을 달고 그 밧줄 끝에 개를 묶어 고갯길을 오른다고 하는데 너무 더워서 개가 걸핏하면 계곡의 시원한 물을 먹으려 들어서 인력거꾼이 화를 내며 대나무 막대기로 마구 갈기는 통에 개가 낑낑거리며 힘겹게 인력거를 끈다는 이야기를 예전에 들은 대로 말했다.

"그런 인력거를 타는 건 싫구나. 불쌍해서." 어머니가 눈살을 찌푸렸다.

---

7 고베 시의 유명한 온천지.

"왜 물을 안 먹이는 걸까? 인력거가 늦어지기 때문인가?" 형이 물었다.

"도중에 물을 먹으면 지쳐서 도움이 안 되기 때문이랍니다." 내가 대답했다.

"어머, 왜요?" 이번에는 형수가 이상하다는 듯이 물었는데 거기에는 나도 대답할 수 없었다.

아리마로 가는 것은, 개 탓은 아니겠지만 결국 흐지부지되고 말았다. 그리고 뜻밖에도 와카노우라(和歌の浦)⁸를 구경하자는 말이 형의 입에서 나왔다. 그곳은 나도 진작부터 가보고 싶었던 명소였다. 어머니도 어렸을 때부터 이름을 많이 들어본 곳이라며 곧바로 동의했다. 형수만은 어디라도 상관없는 것처럼 보였다.

형은 학자였다. 또 식견이 높은 사람이었다. 게다가 시인다운 순수한 기질을 갖고 태어난 미남이었다. 하지만 장남인 만큼 어딘가 제멋대로인 구석이 있었다. 내가 보기에 보통의 장남보다도 훨씬 오냐오냐 키웠다고밖에 여겨지지 않았다. 나쁠 뿐 아니라 어머니나 형수에게도 기분이 좋을 때는 엄청나게 잘하지만 일단 심사가 뒤틀리기 시작하면 며칠이고 언짢은 얼굴로 일부러 말도 하지 않았다. 그런데도 남 앞에 나서면 또 사람이 확 바뀐 것처럼 웬만한 일에도 좀처럼 신사의 태도를 무너뜨리지 않는 원만하고 좋은 반려자였다. 그러므로 그의 친구들은 모두 그를 온화하고 좋은 사람이라고 믿고 있었다. 아버지나 어머니는 그런 평판을 들을 때마다 의외라는 표정을 지었다. 하지만 역시 자신들의 자식이라 그런지 어딘가 기뻐하는 듯한 모습을 보이기도 했다. 형과 충돌할 때 그런 평판이라도 귀에 들어오면 나는 무턱대고

---

8 와카야마 시의 해안으로 옛날부터 명승지였다. 1911년 강연 여행 때 소세키는 이곳을 방문했다.

화가 났다. 일일이 그 사람들 집까지 찾아가 그들의 오해를 풀어주고
싶은 마음까지 일었다.

와카노우라로 가자는 말에 어머니가 곧바로 찬성한 것도 실은 어머
니가 형의 성격을 잘 알기 때문이라고 나는 생각했다. 어머니는 오랫
동안 자기 자식의 아집을 눈감아주고 오냐오냐 키워온 결과 지금은
무슨 일이나 그 아집 앞에 무릎을 꿇어야 하는 운명을 감수해야 할 처
지였다.

나는 화장실에 가려고 일어섰을 때 손 씻을 물을 떠놓은 푼주 옆에
멍하니 서 있는 형수를 보고 "형수님, 어때요, 요즘은? 형님 기분은 좋
은 편인가요, 나쁜 편인가요?" 하고 물었다. 형수는 "여전해요" 하고
한마디로 대답할 뿐이었다. 형수는 그래도 쓸쓸한 볼에 한쪽뿐인 보
조개를 보여주었다. 그녀는 쓸쓸한 빛의 볼을 갖고 있었다. 그리고 한
쪽 볼 한가운데에만 보조개가 있었다.

7

나는 떠나기 전에 오카다에게 빌린 돈을 갚고 싶었다. 물론 그에게
이야기만 한다면 도쿄로 돌아가고 나서 갚아도 상관없을 테지만 그런
사람의 돈은 되도록 빨리 갚아버리는 게 마음 편할 것 같았다. 그래서
아무도 옆에 없는 틈을 보아 어머니에게 어떻게 좀 해달라고 부탁했다.

어머니는 형을 소중히 하는 만큼 당연히 그를 진심으로 사랑했다.
하지만 장남이어서인지 아니면 성미가 까다로운 탓인지 어딘가 조심
스러운 것 같았다. 사소한 일에 주의를 줄 때도 되도록 비위를 건드

리지 않으려고 처음부터 조심스러웠다. 그런 점에서 보면 나는 어머니로부터 마치 어린아이와 다름없는 대우를 받았다. "지로, 그런 법이 어디 있어?" 하고 다짜고짜 야단맞기 일쑤였다. 그 대신 형 이상으로 귀여움을 받기도 했다. 형에게는 비밀로 하고 용돈 같은 것을 쥐여준 일도 자주 있었다. 아버지의 옷이 어느새 내 옷으로 고쳐져 있는 일도 드물지 않았다. 어머니의 이런 처사를 형은 또 굉장히 마음에 들어 하지 않았다. 사소한 일로 형은 자주 기분이 상했다. 그리고 밝은 집안에 음침한 공기가 흘러넘치게 했다. 어머니는 눈살을 찌푸리며 "또 이치로의 병이 시작되었구나" 하고 내게 가끔 속삭였다. 나는 어머니로부터 심복 부하로 대우받는 것이 기쁜 나머지 "버릇이니까 내버려두세요" 하며 시치미를 떼던 시절도 있었다. 형의 성격이 까다롭기만 한 것이 아니라 크든 작든 뒤에서 은밀히 무슨 일을 꾸미는 걸 싫어하는 정의심에서 그런 것이라는 사실을 나중에 알고 나서는 그에 대해 이런 경박한 평을 하는 게 부끄러웠다. 하지만 공식적으로 형의 승낙을 얻으려고 하면 도저히 하기 힘든 일이 많아 나는 그만 기회를 보아 어머니의 품에 혼자 안기려고 했다.

어머니는 내가 미사와 때문에 오카다에게 돈을 빌린 자초지종을 듣고 놀란 표정을 지었다.

"그런 여자를 위해 돈을 쓸 이유가 어디 있다고, 미사와도 참 어리석구나."

"하지만 그 일에는 미사와도 사람으로서의 도리가 있으니까요" 하고 나는 변명했다.

"도리, 도리, 하는데 나는 네 말이 대관절 이해가 안 되는구나. 딱하다면 빈손으로 병문안만 가도 되는 거 아니냐. 뭐 빈손으로 가기가 거북하다면 과자 한 상자쯤 들고 가면 충분할 거고."

나는 잠시 입을 다물었다.

"설령 미사와한테 그만한 도리가 있다고 쳐도 너까지 오카다한테 돈을 빌려서 줘야 할 도리는 없잖니."

"그럼 됐습니다." 내가 대답했다. 그리고 일어나 아래층으로 내려가려고 했다. 형은 목욕탕에 있었다. 형수는 아래층의 조그만 방을 빌려 머리를 올리고 있었다. 방에는 어머니 외에 아무도 없었다.

"잠깐 기다리렴." 어머니가 불러 세웠다. "뭐 안 주겠다는 말은 안 했잖니."

어머니의 말에는 형 하나만으로도 죽겠는데 어쩌자고 너까지 이 늙은이를 괴롭히느냐는 듯한 불안함이 담겨 있었다. 나는 어머니가 말하는 대로 원래 자리로 돌아가 앉았는데, 송구한 마음에 제대로 얼굴을 들 수 없었다. 그리고 꼴사나운 태도로 마치 어린아이처럼 어머니로부터 필요한 만큼의 돈을 받았다. 어머니가 목소리를 죽이고 여느 때처럼 "형한테는 비밀이다" 했을 때 나는 문득 형용할 수 없는 불쾌감에 휩싸였다.

8

우리는 이튿날 아침 와카야마로 갈 예정이었다. 어차피 이곳으로 다시 돌아와야 하기 때문에 오카다에게 갚을 돈도 그때 주면 될 거라고 생각했지만, 성마른 나는 지폐를 그대로 품속에 넣고 있는 것부터가 일단 싫었다. 오카다는 여느 때처럼 그날 밤도 여관으로 찾아올 거였다. 그래서 그때 슬쩍 갚으려고 마음먹었다.

형이 목욕을 마치고 나왔다. 띠도 매지 않고 유카타를 겉옷처럼 걸친 채 난간 있는 데까지 휙 가서 거기에 젖은 수건을 걸쳤다.

"오래 기다리셨죠?"

"어머니, 들어가세요." 나는 어머니를 재촉했다.

"아니, 너부터 들어가." 어머니는 형의 목이며 가슴께를 보며 "혈색이 아주 좋아졌구나. 게다가 살도 좀 붙은 것 같고" 하며 칭찬했다. 형은 타고난 말라깽이였다. 집에서는 다들 그게 신경질 탓이라며 좀 더 살이 찌지 않으면 안 된다고 했다. 그중에서도 어머니가 가장 마음을 졸였다. 본인도 비쩍 마른 것을 무슨 형벌이라도 되는 양 꺼리고 걱정했다. 그래도 전혀 살이 찌지 않았다.

나는 어머니의 말을 들으면서 자식 앞에서 이 난감한 애교를 위로랍시고 보여주어야 하는 그녀의 심사를 가엾게 생각했다. 형에 비하면 훨씬 건장한 체구를 일으키며 나는 "그럼 먼저 들어갈게요" 하고 어머니에게 대답하고 아래층으로 내려갔다. 목욕탕 옆의 작은 방을 슬쩍 들여다보니 형수는 방금 머리를 다 틀어 올린 참이어서 앞뒤에 거울을 놓고 보며 귀밑머리며 뒷머리를 매만지고 있었다.

"벌써 끝났어요?"

"네, 어디 가세요?"

"목욕하려고요. 먼저 실례해도 되겠지요?"

"네, 그럼요."

나는 목욕탕으로 들어가면서 형수가 하필이면 오늘 왜 또 마루마게 같은 호들갑스러운 머리로 틀어 올리는 걸까 하고 생각했다. 큰 소리로 "형수님, 형수님" 하고 탕 안에서 불러보았다. "왜요?" 하는 대답이 복도 출구에서 들려왔다.

"수고하시네요, 이렇게 더운데." 내가 말했다.

"뭐가요?"

"뭐가라뇨, 형님이 좋아하는 건가요, 그렇게 요란한 머리요."

"모르겠어요."

복도를 따라 계단을 오르는 형수의 조리 소리가 또렷이 들려왔다.

복도 앞은 뜰이고 팔손이나무가 보였다. 나는 어둑한 뜰을 바라보며 때밀이한테 등을 내맡기고 있었다. 그런데 입구 쪽에서 툇마루를 따라 다시 활발한 발소리가 들려왔다.

그리고 흰색 차이나칼라 옷을 입은 오카다가 내 앞을 지나갔다. 나는 무심코 "이봐, 자네, 자네" 하고 불렀다.

"이야, 탕 안이 어두워서 전혀 몰랐습니다." 오카다는 한 발 뒤로 돌아와 목욕탕 안을 들여다보며 인사했다.

"자네한테 할 이야기가 있네." 내가 불쑥 말했다.

"이야기요? 뭡니까?"

"일단 들어오게."

오카다는 농담이 아니구나 하는 표정을 지었다.

"오카네는 왔습니까?"

내가 "아니" 하고 대답하자 이번에는 "다른 분들은요?" 하고 물었다. 내가 다시 "다들 있네" 하자 이상하다는 듯이 "그럼 오늘은 아무 데도 안 갔습니까?" 하고 물었다.

"갔다가 벌써 돌아온 거네."

"실은 저도 지금 회사에서 오는 길입니다. 정말 덥지 않습니까? 아무튼 잠깐 인사나 드리고 나오겠습니다. 실례합니다."

오카다는 이렇게 내뱉고는 결국 내 용건도 들어보지 않고 2층으로 올라가버렸다. 나도 잠시 후 목욕탕에서 나왔다.

9

오카다는 그날 밤 술을 꽤 마셨다. 그는 어떻게든 와카노우라까지 함께 갈 생각이었는데 하필이면 동료가 병으로 결근하고 있는 바람에 예상대로 되지 않는 것이 심히 안타깝다며 어머니나 형에게 자꾸만 사과했다.

"그럼 오늘 밤이 마지막이니까 좀 있다가 가게." 어머니가 권했다.

공교롭게도 우리 가족은 술을 가까이하지 않는 사람들뿐이라 아무도 그의 상대가 될 수 없었다. 그래서 다들 실례를 무릅쓰고 오카다보다 먼저 식사를 마쳤다. 오카다는 자신도 멋대로 하겠다는 식으로 혼자 상을 앞에 두고 계속해서 술잔을 기울였다.

그는 천성이 건강한 사람이었다. 게다가 술을 마시면 더욱 쾌활해지는 좋은 버릇을 갖고 있었다. 그리고 상대가 듣건 말건 상관하지 않고 하고 싶은 말을 하고 때때로 혼자 소리 높여 웃었다.

그는 오사카의 부(富)가 지난 20년간 얼마나 늘어났고 앞으로 10년이 지나면 또 그 부가 지금의 수십 배가 된다는 통계를 들며 아주 흡족해하는 것 같았다.

"오사카의 부보다 자네 자신의 부는 어떤가?" 형이 비아냥거렸을 때 오카다는 벗어지기 시작한 머리에 손을 얹으며 웃음을 터뜨렸다.

"하지만 지금의 제가 있는 것도, 이렇게 말하면 너무 잘난 체하는 것 같습니다만, 뭐 그럭저럭 해나갈 수 있게 된 것도 다 아저씨와 아주머님 덕분이지요. 제가 아무리 이렇게 술을 마시며 태평하게 제멋대로 지껄이고 있어도 그것만은 절대 잊지 않습니다."

오카다는 이렇게 말하며 옆에 있는 어머니와 멀리 있는 아버지에게 감사의 뜻을 표했다. 그는 취하면 똑같은 말을 몇 번이고 되풀이하는 버릇이 있었는데, 특히 이 감사의 뜻은 조금씩 다른 형식으로 몇 번인가 그의 입에서 흘러나왔다. 마지막에 그는 나다만(灘万)⁹의 병어인가 뭔가를 꼭 아버지에게 대접하고 싶다고 점차 열을 올려 말했다.

나는 그가 우리 집의 서생이었을 무렵의 정월 어느 날 밤 어딘가에서 술을 얻어 마시고 돌아와서는 아버지 앞에 길이가 10센티미터쯤 되는 붉은 게 다리를 놓고 엎드려 절하며 삼가 북해의 진미를 바칩니다, 라고 말하자 아버지가 "뭐야, 붉게 칠한 문진 같은 건. 필요 없으니까 어서 저리 가져가" 하고 화를 냈던 옛날 일을 떠올렸다.

오카다는 언제까지고 마시며 돌아갈 줄 몰랐다. 처음에는 흥을 돋우던 그의 이야기도 점차 모두를 질리게 했다. 형수는 부채를 얼굴에 대고 하품을 감추었다. 나는 결국 그를 밖으로 데리고 나갈 수밖에 없었다. 나는 산보를 구실로 5, 6백 미터쯤 그와 함께 걸었다. 그리고 품에서 예의 그 돈을 꺼내 그에게 건넸다. 돈을 받아 들었을 때의 그는 취했는데도 놀랄 만큼 멀쩡했다. "지금이 아니어도 되는데요. 하지만 오카네가 기뻐하겠네요. 고맙습니다" 하며 옷 안주머니에 돈을 넣었다.

거리는 조용했다. 나는 무심코 하늘을 올려다보았다. 하늘에는 별빛이 의외로 흐렸다. 나는 마음속으로 내일 날씨를 걱정했다. 그러자

---

9 오사카 시의 유명한 요릿집. 병어 생선회를 된장에 절인 요리로 유명하다.

오카다가 아닌 밤중에 홍두깨 격으로 "이치로 씨는 정말 까다롭더군요" 하는 말을 꺼냈다. 그리고 옛날에 형과 내가 장기를 둘 때 자기가 무슨 한마디를 한 것이 비위에 거슬렸는지 느닷없이 장기 말을 자기 이마에 내던진 일[10]을 새롭게 기억에서 불러냈다.

"그때부터 제멋대로였으니까요, 정말. 하지만 요즘에는 상당히 기분이 좋은 것 같지 않습니까?" 그가 또 말했다. 나는 건성으로 애매하게 대답했다.

"하기야 부인이 생긴 지도 꽤 되었으니까요. 하지만 부인도 꽤 마음고생을 했겠지요. 그런 성격이라면요."

나는 그래도 아무 대답도 하지 않았다. 네거리에 이르러 그와 헤어질 때 그저 "오카네 씨한테 안부나 전해주게"라고 말하고는 다시 오던 길로 되돌아왔다.

10

이튿날 아침 기차로 떠난 우리는 열차 안의 좁은 식당에서 점심을 먹었다. "종업원이 다 여자라 재미있지요. 게다가 상당한 미녀도 있어요, 하얀 에이프런을 하고 말이지요. 꼭 안에서 점심을 드셔보세요" 하고 오카다가 내게 알려주었기 때문에 나는 접시를 나르거나 사이다를 따라주는 여자를 유심히 보았다. 하지만 특별히 이렇다 할 용모를 갖춘 여자는 없었다.

10 『행인』과는 반대로 『도련님』에서는 형과 주인공이 장기를 두다가 형이 물러달라고 해서 화가 난 주인공이 형의 이마에 장기 말을 내던진 이야기가 나온다.

어머니와 형수는 신기한 듯이 창밖을 바라보며 시골다운 경치를 감상했다. 실제로 창밖의 경치는 오사카를 막 벗어난 우리에게는 하나의 변화였다. 특히 기차가 해안 가까이를 달릴 때는 푸른 소나무와 파란 바다가 연기에 지친 눈에 상쾌한 청색을 반사했다. 나무 그늘에서 나왔다 숨었다 하는 기와지붕을 이는 방식도 도쿄 사람 눈에는 신기했다.

"저건 묘하구나. 절인가 했더니 그것도 아닌 것 같고. 지로, 역시 농가인가 보지?" 어머니가 내게 비교적 큰 지붕을 일부러 손가락으로 가리켰다.

나는 기차 안에서 형과 나란히 앉았다. 형은 무슨 생각에 잠겨 있었다. 나는 마음속으로 또 예의 그것이 시작된 게 아닐까 하고 생각했다. 이야기라도 좀 해서 기분을 바꿔볼지, 아니면 잠자코 모른 체하고 있을지 망설였다. 형은 무슨 화가 치밀었을 때도, 어렵고 고상한 문제를 생각할 때도 똑같이 이런 모습을 하기 때문에 전혀 분간할 수가 없었다.

나는 결국 과감히 무슨 이야기라도 꺼내려고 했다. 왜냐하면 건너편에 앉아 있는 어머니가 형수와 이야기를 나누는 틈틈이 형의 얼굴을 훔쳐보듯이 한두 번 쳐다보았기 때문이다.

"형님, 재미있는 이야기가 있는데요." 나는 형을 보았다.

"뭔데?" 형이 말했다. 형의 태도는 내가 예상한 대로 무뚝뚝했다. 하지만 그건 각오한 바였다.

"바로 얼마 전에 미사와한테 들은 이야긴데요……."

나는 예의 정신병에 걸린 아가씨가 시집을 갔다 이혼하고 미사와의 집으로 들어왔는데, 미사와가 외출할 때마다 따라 나와서는 빨리 들어오세요, 하고 말했다는 이야기를 할 생각으로 잠깐 거기서 말을 끊었다. 그러자 형은 흥미가 당긴다는 얼굴로 불쑥 "그 이야기라면 나도 들어서 알고 있어. 그 여자가 죽었을 때 미사와가 차가운 이마에 키스를 했다는 이야기지?" 하고 말했다.

나는 깜짝 놀랐다.

"그런 일이 있었어요? 미사와는 키스에 대해서는 한마디도 안 하던데요. 미사와가 키스를 했다는 건 다들 있는 데서였어요?"

"그거야 모르지. 다들 있는 데서 했는지, 아니면 다른 사람이 없을때 했는지."

"하지만 미사와가 혼자 그 아가씨의 시신 옆에 있었을 리가 없을 것같은데요. 혹시 옆에 아무도 없을 때 키스를 했다면."

"그러니까 모른다고 말한 거잖아."

나는 잠자코 생각에 잠겼다.

"대체 형님은 어떻게 그런 이야기를 다 알고 있어요?"

"H한테서 들었어."

H란 형의 동료로 미사와를 가르친 사람이었다. H는 미사와의 보증인이었기 때문에 조금은 관계가 깊은 사이겠지만, 어떻게 그런 아슬아슬한 이야기를 주워듣고 형한테 전한 것일까, 그것은 형도 몰랐다.

"형님은 또 왜 지금까지 그 이야기를 하지 않고 잠자코 있었던 거죠?" 나는 마지막에 형에게 물었다. 형은 쓸쓸한 얼굴로 "할 필요가 없었으니까" 하고 대답했다. 내가 상황을 보아 좀 더 따져볼까 하는 생각을 하는데 기차가 역에 도착했다.

11

역을 나서자 바로 전차가 기다리고 있었다. 형과 나는 손가방을 들고 어머니와 형수를 거들며 서둘러 전차에 올라탔다.

전차는 우리 네 명이 한꺼번에 탔을 뿐 좀처럼 움직이지 않았다.

"조용한 전차네요." 내가 깔보듯이 말했다.

"이러면 우리 짐을 실어도 되었을 것 같구나." 어머니는 역 쪽을 돌아보았다.

그때 책을 든 서생풍의 사내, 부채를 든 상인풍의 사내 두세 명이 앞뒤로 전차에 올라 따로따로 자리에 앉자 운전수는 드디어 핸들을 움직이기 시작했다.

우리는 어쩐지 시 외곽 같은 쓸쓸한 토담이 이어진 좁은 동네를 돌아 두세 번 정거장을 지난 후 높은 돌담 밑에 있는 수로를 보았다. 수로 안에는 연꽃이 푸른 잎을 가득 띄우고 있었다. 그 푸른 잎 사이에 점점이 피어 있는 붉은 꽃이 들뜬 우리의 눈을 어른거리게 했다.

"아아, 이게 옛날 성인가 보구나" 하고 어머니는 감탄했다. 어머니의 숙모 되는 사람이 옛날에 기슈가(紀州家)의 안채에서 일했다고 하니 어머니는 한층 감개무량했을 것이다. 나도 어렸을 때 이따금 들었던 기슈 영주님, 기슈 영주님, 하는 봉건시대의 말을 문득 떠올렸다.

와카야마 시를 지나 시골길을 좀 달리자 전차는 곧 와카노우라에 도착했다. 허술한 데가 없는 오카다가 미리 신경을 써서 그 지역 일류 여관을 알아보았지만 하필이면 피서객이 몰려들어 전망 좋은 객실이 이미 찼다고 해서 우리는 곧바로 인력거를 불러 해변 쪽의 모퉁이를 돌았다. 그리고 바다를 바로 앞에 둔 높은 3층 건물의 2층 한 방에 들었다.

남쪽과 서쪽이 트인 널찍한 객실이었는데 지어진 모양은 도쿄의 세련된 하숙집 정도이고 품위에서 보면 오사카의 여관과는 아예 비교가 안 되었다. 이따금 대연회라도 있을 때 사용하는 2층은 탁 트인 아주 넓은 방으로, 횡뎅그렁한 한가운데 서서 울퉁불퉁한 싸구려 다다미를 바라보니 어쩐지 살풍경한 느낌이 들었다.

형은 그 널찍한 객실에 임시 칸막이로 세워둔 여섯 폭짜리 병풍을 잠자코 바라보았다. 그는 이런 것에 대해 아버지의 가르침으로 얻은 일종의 감식안을 갖고 있었다. 병풍에는 묘하게 흐늘흐늘한 댓잎이 정교하게 그려져 있었다. 형은 갑자기 뒤를 돌아보며 "야, 지로" 하고 불렀다.

그때 형과 나는 아래층의 목욕탕에 갈 생각으로 둘이서 수건을 들고 있었다. 그리고 나는 그의 3, 4미터 뒤에 서서 병풍의 대나무를 바라보는 그를 보고 있었다. 나는 형이 이 병풍의 그림에 대해 분명히 무슨 평을 할 거라고 생각했다.

"왜요?" 하고 대답했다.

"아까 기차 안에서 했던 미사와 얘기 말인데, 너는 어떻게 생각해?"

형의 질문은 사실 나로서는 의외였다. 기차 안에서 그는 왜 그 이야기를 지금까지 하지 않았느냐는 내 질문에 이미 쓸쓸한 얼굴로 할 필요가 없었으니까, 라고 대답했던 것이다.

"그 키스 이야기 말인가요?" 내가 되물었다.

"아니, 키스 말고. 미사와가 외출할 때마다 그 여자가 따라 나와서는 빨리 들어오세요, 라는 말을 했다는 이야기 말이야."

"저한테는 둘 다 재미있지만 키스 쪽이 어쩐지 더 순수하고 아름답다는 느낌이 드는데요."

그때 우리는 2층 계단을 반쯤 내려가고 있었다. 형은 중간에서 발을 뚝 멈췄다.

"그야 시적으로 말하는 거겠지. 시를 보는 눈으로 말한다면 양쪽 다 똑같이 재미있을 거야. 하지만 내가 말하는 것은 그런 게 아니야. 좀 더 실제적인 문제로 봤을 때의 이야기지."

12

나는 형이 하는 말의 의미를 이해할 수 없었다. 잠자코 계단 아래까지 내려갔다. 형도 어쩔 수 없이 내 뒤를 따라 내려왔다. 목욕탕 입구에 멈춰 서서 뒤를 돌아보고 형에게 물었다.

"실제적인 문제라고 하면 어떻게 되는 건데요? 저는 잘 이해가 안 되는데요."

형은 짜증이 난다는 듯이 설명했다.

"그러니까 그 여자가 말이야, 미사와가 상상하는 대로 정말 그를 좋아해서 그런 건지, 아니면 전 남편에게 말하고 싶었던 것을 꾹 참고 말하지 않았는데 정신병 탓에 술술 입에 담기 시작한 건지, 너는 어느 쪽이라 생각하느냐고."

나도 처음에 그 이야기를 들었을 때 이 문제를 좀 생각해보았다. 하지만 어느 쪽인지 도저히 알 수 없다고 단념하고 말았던 것이다. 그래서 나는 형의 질문에 이렇다 할 의견을 갖고 있지 않았다.

"저는 모르겠는데요."

"그래?"

형은 이렇게 말하면서 여전히 목욕탕에는 들어가려고도 하지 않고 그대로 서 있었다. 나도 하는 수 없이 옷을 벗지 않고 있었다. 목욕탕은 생각보다 좁고 조금 낡아 보였다. 나는 먼저 어둑한 목욕탕을 들여다보고 나서 다시 형을 보았다.

"형님은 무슨 의견이라도 있습니까?"

"나는 아무래도 그 여자가 미사와한테 마음이 있었다고밖에 생각되지 않아."

"그건 왜죠?"

"어쨌든 나는 그렇게 해석해."

우리 두 사람은 이야기의 결말을 짓지 않고 탕에 들어갔다. 탕에서 나와 여자들과 교대했을 때 방에는 석양이 가득 비쳐 들고 바다 위는 녹은 쇠처럼 뜨겁게 반짝였다. 우리는 햇빛을 피해 옆방으로 들어갔다. 그리고 거기서 마주 앉았을 때 조금 전의 문제가 다시 형의 입에서 튀어나왔다.

"난 아무래도 그렇게 생각하는데……."

"네." 나는 그저 얌전히 듣고만 있었다.

"사람은 보통 세상에 대한 체면이라든가 도리 때문에 아무리 하고 싶어도 할 수 없는 말이 많을 거야."

"그야 많겠지요."

"하지만 정신병에 걸리면 말이야, 이렇게 말하면 모든 정신병을 포함해서 말하는 것 같아 의사들이 비웃을지 모르겠지만, 아무튼 정신병에 걸리면 마음이 무척 편해지는 게 아니겠어?"

"그런 환자도 있겠지요."

"그런데 말이야, 만약 그 여자가 과연 그런 정신병 환자라면 일반적인 모든 책임은 그 여자의 머리에서 사라지고 없어질 거야. 사라져 없어지게 되면 가슴에 떠오르는 것은 뭐든지 개의치 않고 노골적으로 말할 수 있게 되겠지. 그렇게 되면 그 여자가 미사와한테 했던 말은 보통 우리가 입에 담는 무책임한 인사보다 훨씬 진심이 담긴 순수한 말이 아닐까?"

나는 형의 해석에 무척 감동했다. "그거 재미있네요" 하며 무심코 손뼉을 치고 말았다. 그러자 형은 뜻밖에도 언짢은 표정을 지었다.

"재미있다거나 재미없다는 경박한 이야기가 아니야. 지로, 정말 그런 해석이 정확하다고 생각하는 거야?" 하고 추궁하듯이 물었다.

"글쎄요."

나는 왠지 모르게 주저하지 않을 수 없었다.

"아아, 여자는 미치광이로 만들지 않으면 도저히 속내를 알 수 없는 걸까?"

형은 이렇게 말하며 괴로운 한숨을 내쉬었다.

13

여관 아래에는 상당히 큰 수로가 있었다. 그 수로가 어떻게 바다로 이어져 있는지는 전혀 알 수 없었지만 저물녘에는 어디선가 어선 한두 척이 노를 저어 다가와 느릿느릿하게 여관 앞을 지나갔다.

우리는 수로를 따라 1, 2백 미터쯤 오른쪽으로 걸어갔다가 다시 왼쪽으로 꺾어 논두렁길을 가로질렀다. 건너편을 보니 논이 끝나는 곳에서 완만한 언덕길이 시작되었고 그 언덕을 다 올라간 제방 가장자리에는 소나무가 좌우로 길게 늘어서 있었다. 우리 귀에는 돌에 부서지는 커다란 파도 소리가 철썩철썩 들려왔다. 3층에서는 그렇게 부서진 파도가 홀연히 하얀 연기가 되어 공중으로 솟구치는 모습이 또렷하게 보였다.

우리는 결국 제방 위로 나갔다. 파도는 제방 앞에 두껍게 쌓아 올려진 돌담에 부딪혀 멋지게 물보라가 되었다가 끓어오르는 듯한 빛을 내며 공중으로 솟구치곤 했는데, 가끔은 큰 파도가 부서져 돌담 위로 흘러넘쳐서는 쏴 하고 안쪽으로 밀려들었다.

우리는 잠시 넋을 잃고 그 장관을 바라보았는데, 잠시 후 강력한 파도 소리를 들으며 걷기 시작했다. 어머니와 나는 높낮이 있는 파도 중에서 이게 높은 파도일 거라는 적당한 상상을 화제 삼아 나란히 걸었다. 형 부부는 우리보다 조금 앞서 걸었다. 두 사람 다 유카타 차림으로 형은 가느다란 지팡이를 짚고 있었다. 형수는 폭이 좁고 기품 있는 무늬가 들어간 마로 된 띠를 매고 있었다. 그들은 우리보다 3, 40미터쯤 앞서 걸었다. 그리고 두 사람은 나란히 걸음을 옮겼다. 하지만 그들 사이에는 2미터 가까운 거리가 있었다. 어머니는 그걸 신경 쓰는 것 같기도 하고 아닌 것 같기도 한 시선으로 이따금 앞쪽을 바라보았다. 그렇게 보는 어머니의 눈길이 너무나 신경질적이어서 그 두 사람에 대한 어떤 생각을 하며 걷고 있다고 여기지 않을 수 없었다. 하지만 나는 이야기가 번잡해지지 않을까 염려되어 모르는 체하고 일부러 느릿느릿 걸었다. 그리하여 되도록 태평하게 보일 생각으로 어머니를 웃길 수 있는 익살스러운 이야기만 지껄였다. 어머니는 평소대로 "지로, 너처럼 살아간다면 세상에 괴로움은 없을 거야" 하고 말했다.

나중에 어머니는 결국 참을 수 없었는지 "지로, 저것 좀 봐라" 하고 말을 꺼냈다.

"뭔데요?" 나는 되물었다.

"저러니까 정말 난감하다니까." 어머니가 말했다. 그때 어머니의 눈은 앞서 가는 두 사람의 뒷모습을 가만히 응시하고 있었다. 나는 적어도 어머니가 난감하다고 한 말의 의미를 겉으로나마 인정하지 않을 수 없었다.

"또 형님의 마음을 상하게 하는 일이라도 있었나요?"

"그야 저애 일이니까 뭐라고 할 수 없겠지만, 그래도 부부가 된 이상은 아무리 남편이 인정머리 없게 군다고 해도 자기는 여자 아니냐? 남편 기분이 좋아지도록 나오가 좀 어떻게 해주지 않으면 안 되는데 말이야. 저것 좀 봐라. 저래서는 꼭 생판 남들끼리 한 방향으로 걸어가는 것과 다를 바 없잖니. 아무리 이치로라도 옆으로 다가오지 말라고 대놓고 부탁하지는 않았을 거고."

어머니는 떨어져서 말없이 걷고 있는 부부 중에서 오로지 형수 쪽에만 죄를 뒤집어씌우고 싶어 했다. 거기에는 나도 얼마간 동감하는 바가 있었다. 그리고 이 동감은 평소 옆에서 형 부부의 관계를 지켜보는 사람의 가슴에는 반드시 생기는 자연스러운 감정이었다.

"형님은 또 뭔가 골똘히 생각하고 있네요. 그래서 형수도 조심스러워서 일부러 말을 붙이지 않는 거겠지요."

나는 어머니를 안심시키기 위해 일부러 이런 말로 얼버무렸다.

14

"설령 무슨 생각을 하고 있어도 그렇지. 나오가 저렇게 무관심해서야 형도 말을 붙일 수가 없겠지. 꼭 일부러 떨어져서 걷고 있는 것 같잖니."

형을 많이 동정하는 어머니 눈에는 형수의 뒷모습이 너무나도 냉담하게 보였을 것이다. 하지만 나는 거기에 대해서는 뭐라 대답할 수가 없었다. 단지 걸으면서 형수의 성격을 좀 더 일반적으로 생각하게 되었다. 나는 어머니의 평이 아주 틀렸다고는 생각하지 않았다. 하지만 자기 자식을 너무 예뻐하는 탓에 형수의 결점을 다소 가혹하게 보고 있는 건 아닌가 하고 의심했다.

내가 본 형수는 결코 따뜻한 여자가 아니었다. 하지만 상대가 열을 주면 따뜻하게 덥힐 수 있는 여자였다. 타고난 애교가 없는 대신 이쪽이 어떻게 하느냐에 따라 상당한 애교를 끌어낼 수 있는 여자였다. 나는 시집온 후의 형수에게서 화가 날 만큼의 냉담함을 발견한 일이 더러 있었다. 하지만 설마하니 고치기 힘든 불친절이나 잔혹한 마음을 갖고 있는 건 아닐 거라고 믿고 있었다.

불행히도 형 역시 지금 내가 형수에 대해 말한 기질을 적잖이 갖추고 있다. 따라서 닮은꼴로 이루어진 이 부부는 처음부터 자신에게 필요한 것을 요구할 수 없는 상대에게 요구하고 있어 아직도 서로 뜻이 맞지 않은 채 지내고 있는 게 아닐까? 이따금 형의 기분이 좋을 때만 형수도 유쾌해 보이는 것은 형이 뜨거워지기 쉬운 성격인 만큼 여자에게 작용하는 온기의 공덕으로 보는 게 당연할 것이다. 그렇지 않을 때는 어머니가 형수를 너무 쌀쌀맞다고 평하는 것처럼 형수 역시 마음속으로 형을 너무 쌀쌀맞다고 평하고 있을지도 모른다.

나는 어머니와 나란히 걸으면서 앞서 가는 두 사람을 이렇게 생각했다. 하지만 어머니에 대해서는 그렇게 까다로운 이치를 말할 기분은 들지 않았다. 그러자 "정말 이상하단 말이야" 하고 어머니가 말을 꺼냈다.

"나오는 원래 애교가 있는 성격이 아니지만 아버지나 나한테는 늘 한결같은데 말이지. 지로, 너한테도 그렇지?"

이는 전적으로 어머니가 말한 대로였다. 나는 원래 성미가 급해서 자주 큰 소리를 지르거나 호통을 치는데, 이상하게도 아직 형수와는 다툰 적이 없을 뿐 아니라 경우에 따라서는 형보다도 오히려 거리낌 없이 이야기를 나누었다.

"저한테도 그래요. 듣고 보니까 좀 이상하긴 하네요."

"그러니까 내가 보기에는 나오가 이치로한테만 일부러 그런 식으로 분풀이하는 것 같아서 견딜 수가 없어."

"설마요."

고백하자면 나는 이 문제를 어머니만큼 예민하게 생각하지 않았다. 따라서 그런 의심을 품을 여지가 없었다. 있다고 해도 그 원인이 가장 미심쩍었다.

"하지만 온 집안에서 형이 제일 중요한 사람이잖아요, 형수한테는."

"그러니 그 이유를 모르겠다는 거 아니냐?"

나는 모처럼 이렇게 경치가 좋은 곳에 와서 어머니를 상대로 뒤에서 내내 형수 평이나 하고 있는 것이 참으로 어리석게 느껴졌다.

"조만간 기회가 되면 형수한테 제가 속마음을 한번 물어볼게요. 뭐 걱정할 일은 아닐 거예요" 하고 말을 마치고 건너편의 돌담까지 뛰어

나와 있는 찻집에서 방파제 위로 뛰어올랐다. 그리고 한껏 소리를 높여 "이봐요, 이봐요" 하고 불렀다. 형 부부는 놀라 돌아보았다. 그때 돌제방에 부딪혀 부서진 파도가 뿜어 올리는 거품과 다리를 씻듯이 밀려왔다 나가는 물결로 나는 물에 빠진 생쥐 꼴이 되고 말았다.

나는 어머니에게 야단을 맞으면서 뚝뚝 물방울을 떨어뜨리며 세 사람과 함께 여관으로 돌아왔다. 철썩철썩하는 파도 소리가 돌아가는 길 내내 고막을 울렸다.

15

그날 밤 나는 어머니와 함께 새하얀 모기장 안에서 잤다. 보통의 마보다 훨씬 얇아서 바람이 불어와 예쁜 레이스를 희롱하는 모습이 시원해 보였다.

"모기장이 좋네요. 우리도 이런 걸 하나 사는 게 어떨까요?" 하고 어머니에게 권해보았다.

"이건 겉보기에는 예뻐도 그리 비싼 건 아니야. 오히려 집에 있는 그 흰색 마가 더 고급이지. 그냥 더 가볍고 이음매가 없어서 고급스러워 보일 뿐이지."

어머니는 옛날 사람인 만큼 집에 있는 이와쿠니(岩國)인가 어딘가에서 나는 마 모기장을 더 칭찬했다.

"우선 차게 자지 않는 것만으로도 집에 있는 게 더 낫잖니" 하고 말했다.

하녀가 와서 장지문을 닫고 나서 모기장은 조금도 움직이지 않았다.

"갑자기 숨 막힐 듯이 더워졌네요." 나는 탄식하듯이 말했다.

"그렇구나." 어머니의 말은 더위가 전혀 마음에 걸리지 않는 양 가라앉아 있었다. 그래도 부채를 부치는 소리만은 희미하게 들려왔다.

그리고 나서 어머니는 말을 뚝 끊었다. 나도 눈을 감았다. 장지문 하나를 사이에 둔 옆방에는 형 부부가 자고 있었다. 그쪽은 조금 전부터 조용했다. 내 이야기 상대가 없어져 이쪽 방이 갑자기 쥐 죽은 듯 조용해지고 보니 형의 방은 더욱 고요하게 자신의 귀를 기울였다.

나는 눈을 감고 가만히 있었다. 하지만 아무리 시간이 지나도 잠이 오지 않았다. 끝내 정적의 재앙을 입은 듯한 이 숨 막힐 듯한 더위가 통절하게 느껴졌다. 그래서 자고 있는 어머니를 방해하지 않으려고 살짝 일어나 요 위에 앉았다. 그러고 나서 모기장 자락을 들추고 툇마루로 나갈 생각에 되도록 소리를 내지 않으려고 장지문을 살며시 열었다. 그러자 지금까지 잠들어 있다고만 생각했던 어머니가 돌연 "지로, 어디 가려고?" 하고 물었다.

"도저히 잠이 안 와서 툇마루로 나가 더위 좀 식히려고요."

"그래?"

어머니의 목소리는 또렷하고 차분했다. 나는 그런 기색으로 봐서 어머니가 지금껏 한숨도 못 자고 깨어 있었다는 사실을 알았다.

"어머니도 아직 안 주무셨어요?"

"그래, 잠자리가 바뀐 탓인지 영 설어서 말이야."

나는 여관 유카타에 띠를 한 겹만 대충 두르고 품에 시키시마 담뱃갑과 성냥을 넣고 툇마루로 나갔다. 툇마루에는 하얀 커버가 씌워진 의자 두 개가 놓여 있었다. 나는 그중 하나를 끌어당겨 걸터앉았다.

"너무 달그락거려서 형 자는 데 방해하면 안 된다."

어머니에게 이런 주의를 받은 나는 담배를 피우면서 잠자코 눈앞의 꿈같은 경치를 바라보았다. 물론 밤이어서 경치는 어렴풋했다. 달이 없는 밤이라 특히 어둠이 멀리 퍼져 있었다. 그 가운데 낮에 본 제방의 소나무 가로수만이 유달리 검게 좌우로 긴 띠를 이루고 있었다. 그 아래로 부서진 파도의 흰 거품이 밤중에 끊임없이 일렁이는 모습이 비교적 강한 자극을 주었다.

"이제 적당히 들어오렴. 감기라도 걸리면 안 되니까."

어머니는 장지문 안에서 이렇게 주의를 주었다. 나는 의자에 기대면서 어머니에게 밤경치를 보여주고 싶어 잠깐 권해보았으나 어머니는 응하지 않았다. 나는 순순히 다시 모기장 안으로 들어가 베개 위에 머리를 뉘었다.

내가 모기장을 나갔다 들어갔다 하는 동안 형 부부의 방은 원래대로 쥐 죽은 듯이 조용했다. 내가 다시 잠자리에 든 후에도 여전히 같은 침묵에 갇혀 있었다. 다만 방파제에 부딪혀 부서지는 파도 소리만이 언제까지고 철썩철썩하고 울려댔다.

16

아침에 일어나 밥상을 마주했을 때 네 사람 모두 잠이 부족한 얼굴이었다. 그리고 네 사람 다 잠이 부족한 구름을 밥상 위에 펼쳐 대화를 일부러 음울하게 하는 것 같았다. 나도 이상하게 거북살스러웠다.

"어제저녁에 먹은 도미찜이 안 좋았던 것 같네요." 나는 거북한 얼굴로 자리에서 일어났다. 난간이 있는 데로 나가 옆으로 보이는 동양 제일의 엘리베이터[11]라는 간판을 바라보았다. 그 승강기는 건물의 아래층에서 위층으로 다니는 일반적인 것이 아니라 지면에서 바위 산 정상까지 호기심 많은 사람들을 끌어올리는 장치였다. 장소에 어울리지 않는 멋대가리 없는 장치인 건 분명하지만, 아직 아사쿠사[12]에도 없는 새로움이 어제부터 내 주의를 끌었다.

과연 일찍 일어난 손님 두세 사람이 드문드문 타기 시작했다. 빨리 식사를 끝낸 형은 어느새 내 뒤로 와 이쑤시개로 이를 쑤시면서 나와 마찬가지로 오르락내리락하는 철제 상자를 바라보았다.

"지로, 오늘 아침에는 잠깐 저 승강기를 타보지 않을래?" 형이 불쑥 말했다.

나는 형치고는 좀 어린애 같은 말을 한다고 생각하며 휙 뒤를 돌아보았다.

"왠지 재미있을 것 같지 않아?" 형은 격에 맞지 않는 치기 어린 말을 했다. 나는 승강기를 타는 것은 좋지만 어떤 목적지에 갈 수 있는지 어떤지 그것이 미심쩍었다.

"어디로 갈 수 있을까요?"

"어디든 상관없어. 자, 가자."

나는 어머니와 형수도 물론 함께 데려갈 생각으로 "자아, 자" 하며 큰 소리로 불렀다. 그러자 형은 황급히 나를 말렸다.

"둘이서 가자, 둘이서만" 하고 말했다.

11 지금의 케이블카를 말한다.
12 여기서는 아사쿠사 공원을 말한다. 이곳에는 당시 유명한 료운카쿠(凌雲閣)라는 12층 건물이 있었으나 엘리베이터 설비는 없었다(처음에는 설치되었으나 경시청이 위험성을 경고하여 두 달 만에 철거했다).

그때 어머니가 "어디 가는 거니?" 하며 형수와 함께 얼굴을 내밀었다.

"저 엘리베이터 좀 타보려고요. 지로하고요. 여자한테는 위험하니까 어머니하고 나오는 그만두는 게 좋겠어요. 우리가 시험 삼아 타볼 테니까요."

어머니는 허공으로 올라가는 철제 상자를 보면서 언짢은 표정을 지었다.

"나오, 넌 어떡할래?"

어머니가 이렇게 물었을 때 형수는 여느 때와 마찬가지로 쓸쓸한 보조개를 보이며 "저는 아무래도 상관없어요" 하고 대답했다. 이것은 얌전한 것으로도, 또 듣기에 따라서는 냉담한 것으로도, 무뚝뚝한 것으로도 받아들여졌다. 나는 그것을 형에게는 안된 일이고 형수에게는 손해나는 일이라고 생각했다.

우리 두 사람은 유카타만 입고 여관을 나서서 곧바로 승강기를 탔다. 사방 2미터가 안 되는 철제 상자 안에 대여섯 명이 들어가자 문이 닫히고 곧 끌어올려졌다. 형과 나는 얼굴조차 내밀 수 없는 쇠창살 사이로 밖을 내다보았다. 무척 찌무룩한 기분이었다.

"감옥 같군." 형이 나지막하게 속삭였다.

"그러네요." 내가 대답했다.

"인간도 이렇지."

형은 때때로 이런 철학자 같은 말을 하는 버릇이 있다. 나는 그저 "그렇지요" 하고만 대답했다. 하지만 나는 형의 말을 단지 그 윤곽밖에 이해할 수 없었다.

감옥 비슷한 상자가 올라간 정상은 작은 돌산 꼭대기였다. 군데군데 키 작은 소나무가 매달리듯이 푸른빛을 더하여 단조로움을 깨는 것이 여름날의 눈에 반갑게 비쳤다. 그리고 손바닥만 한 평지에 조그마한 찻집이 있고 거기서는 원숭이 한 마리를 키우고 있었다. 형과 나는 원숭이에게 고구마를 주기도 하고 놀리기도 하며 찻집에서 10분이나 시간을 보냈다.

"단둘이 이야기를 할 만한 데가 어디 없을까?"

형은 이렇게 말하며 사방을 둘러보았다. 그 눈은 정말 둘이서만 이야기를 나눌 수 있는 조용한 장소를 찾고 있는 것 같았다.

17

그곳은 지세가 높은 덕분에 사방이 멀리 내려다보였다. 특히 울창한 숲 속의 유명한 기미이데라(紀三井寺)[13]를 멀리 조망할 수 있었다. 또 그 산기슭에는 후미답게 온화하게 빛나는 물결이 해변이라고는 여겨지지 않는 못가의 경치를 복잡한 색으로 그려내고 있었다. 옆에 있는 사람이 조루리에 나오는 사가리마쓰(下り松)[14]라고 가르쳐주었다. 그 소나무는 과연 낭떠러지를 타고 내려가는 듯이 가지를 거꾸로 뻗고 있었다.

형이 찻집 여자에게 이 근방에 조용히 이야기를 나눌 만한 곳이 없느냐고 물었으나 여자는 형의 물음이 이해되지 않는지 무슨 말을 해

---

13 와카야마 시에 있는 순례지로 유명한 절이다. 소세키는 1911년의 여행 때 이곳을 방문했다.
14 조루리 〈산주산겐도 무나기노 유라이(三十三間堂棟由來)〉에 "와카노우라에는 명소가 있다. 첫째는 곤겐(權現) 신사, 둘째는 다마쓰시마(玉津島) 신사, 셋째는 사가리마쓰, 넷째는 시오가마(塩釜) 신사다"라는 이야기가 나온다.

도 도무지 요령부득이었다. 그리고 그 고장 사투리인 노시(のし)라는 어미를 자꾸만 되풀이했다.

결국 형은 "그럼 곤겐사마(權現樣)[15]에라도 가볼까?" 하고 말했다.

"곤겐사마도 명소의 하나니까 좋지요."

우리는 곧장 산을 내려갔다. 인력거도 타지 않고 양산도 쓰지 않고 밀짚모자만 쓴 채 뜨거운 모랫길을 걸었다. 형과 함께 이렇게 승강기를 타거나 곤겐 신사로 가는 것이 그날의 내게는 뭔가 불안했다. 평소에도 형과 마주하게 되면 다소 기분이 울적해지기는 했지만 그날만큼 마음이 가라앉지 않는 일도 드물었다. 나는 형이 "야, 지로, 둘이서 가자, 둘이서만"이라고 말했을 때부터 이미 이상한 마음이 들었다.

두 사람의 이마에는 송골송골 비지땀이 맺혔다. 더군다나 나는 사실 어젯밤에 먹은 도미찜에 살짝 배탈이 나 있었다. 거기다 점점 높아지는 태양이 상태가 좋지 못한 머리에 사정없이 내리쬐어 나는 어쩔 수 없이 말없이 걸었다. 형도 말없이 몸을 움직였다. 여관에서 빌려 신은 변변치 못한 게다가 사각사각 모래에 박히는 소리가 귓가를 떠나지 않았다.

"지로, 왜 그래?"

그야말로 아닌 밤중에 홍두깨 격으로 불쑥 튀어나온 형의 목소리에 나는 깜짝 놀랐다.

"기분이 좀 이상해서요."

우리는 다시 말없이 걷기 시작했다.

드디어 곤겐 신사 밑에 이르렀을 때 좁고 급한 돌계단을 올려다본

15 와카노우라에 있는 도쇼구(東照宮)의 통칭이다. 1621년 기이(紀伊) 번주 도쿠가와 요리노부(德川賴宣)가 도쿠가와 이에야스(德川家康)를 모시기 위해 세운 신사다.

나는 그 높이에 질려 쉽게 올라갈 용기를 낼 수 없었다. 형은 그 아래에 놓여 있는 짚신을 걸쳐 신고 열 계단쯤 혼자 올라갔는데 내가 뒤따라오지 않는다는 것을 알고 "야, 안 올라와?" 하고 험악하게 불렀다. 나도 어쩔 수 없이 할멈에게서 짚신 한 켤레를 빌려 힘들게 돌계단을 오르기 시작했다. 하지만 중간쯤부터는 한 발 한 발 오를 때마다 양손으로 무릎을 짚어 몸의 무게를 싣지 않을 수 없었다. 형을 밑에서 올려다보니 자못 안달이 난 듯이 꼭대기의 산문(山門) 모퉁이에 서 있었다.

"꼭 술주정뱅이 같잖아, 계단을 비스듬하게 느릿느릿 올라오는 꼴이 말이야."

나는 무슨 말을 들어도 상관없다는 생각으로 모자를 땅바닥에 내던지기가 무섭게 웃통을 벗었다. 부채가 없어서 손에 든 손수건으로 열심히 가슴께를 훔쳤다. 나는 뒤에서 분명히 '야, 지로' 하며 무슨 말을 할 것이라고 생각하여 내심 불안했던 탓에 땀에 젖은 손수건을 무턱대고 흔들어댔다. 그리고 연신 "아, 덥다 더워" 했다.

형은 이윽고 내 곁으로 와서 거기에 있는 돌에 걸터앉았다. 돌 뒤로는 온통 조릿대가 자라고 있었는데 저 아래 돌담 끝까지 가릴 만큼 무성했다. 그 안에서 커다란 동백나무가 군데군데 바래서 희읍스름해진 가지를 드러내고 있는 것이 유독 눈에 띄었다.

"과연 여기는 조용하군. 여기라면 느긋하게 이야기할 수 있겠어" 하며 형은 사방을 둘러보았다.

18

"지로, 너한테 할 이야기가 좀 있는데 말이야." 형이 말했다.

"뭔데요?"

형은 한동안 머뭇거리기만 하고 입을 열지 않았다. 나 또한 듣는 게 싫어서 재촉하지 않았다.

"여긴 시원하네요." 하고 말했다.

"그래, 시원하구나." 형도 대답했다.

사실 그곳은 햇빛에서 먼 탓인지 서늘한 바람이 부는 높은 지대였다. 나는 3, 4분 손수건을 흔들어대고 나서 황급히 웃통을 다시 입었다. 산문 뒤에는 조그맣고 고색창연한 배례전이 있었다. 꽤나 오래된 건물인지 처마에 새겨진 사자 머리 같은 것은 물감이 절반쯤 벗겨져 있었다.

나는 일어나 산문을 지나 배례전 쪽으로 갔다.

"형님, 여기가 더 시원하네요. 이쪽으로 오세요."

형은 대답하지 않았다. 나는 그것을 기회로 배례전 앞을 좌우로 거닐었다. 그리고 뜨거운 해를 가려주는 키 큰 상록수를 바라보았다. 그때 형이 불만스러운 얼굴로 내게 다가왔다.

"야, 할 이야기가 좀 있다고 했잖아."

나는 어쩔 수 없이 배례전 계단에 걸터앉았다. 형도 나와 나란히 앉았다.

"뭔데요?"

"실은 나오 말인데." 형은 무척 꺼내기 힘든 말을 간신히 꺼낸 것처럼 보였다. 나는 '나오'라는 말을 듣자마자 섬뜩했다. 형 부부 사이는,

어머니가 내게 호소한 대로 나도 대충 알고 있었다. 그리고 어머니에게 약속한 것처럼 나는 언젠가 기회를 봐서 형수에게 속마음을 차분히 캐물어본 뒤 그 내용을 갖고 형과 적극적으로 마주할 생각이었다. 그걸 하지도 않은 사이에 만약 형이 선수를 치기라도 하면 곤란하기에 나는 은근히 걱정이 되었다. 사실 오늘 아침 형이 "지로, 둘이서 가자, 둘이서만"이라고 했을 때 어쩌면 이 문제가 나오지 않을까 하는 마음에 걱정되어 저절로 싫어졌던 것이다.

"형수님한테 무슨 일 있어요?" 나는 어쩔 수 없이 형에게 되물었다.

"나오는 너한테 마음이 있는 게 아닐까?"

형의 말은 너무나 갑작스러웠다. 또한 평소 형이 지니고 있는 품격에도 맞지 않았다.

"어째서요?"

"어째서냐고 물으면 곤란하지. 그리고 실례라며 화를 내서도 곤란하고. 뭐 편지를 주었다거나 키스하는 걸 봤다거나 하는 실증을 갖고 하는 이야기가 아니니까. 솔직히 말하면 누가 봐도 이렇게 어리석은 질문을, 적어도 남편인 내가 남한테 할 수 있는 건 아니잖아. 하지만 상대가 너니까 나도 체면 불구하고 묻기 힘든 걸 참고 묻는 거야. 그러니 말해줘."

"하지만 형수님이잖아요, 상대는. 남편 있는 여성, 특히 현재의 형수님이잖아요."

나는 이렇게 대답했다. 그리고 이렇게 대답하는 것 외에 달리 할 말도 없었다.

"그야 표면적인 형식에서 보면 누구나 그렇게 대답해야겠지. 너도 보통 사람이니까 그렇게 대답하는 게 당연할 거야. 나도 그 말 한마디를 들으면 그저 굉장히 부끄러울 수밖에 없어. 하지만 지로, 너는 다행히 솔직한 아버지의 유전자를 물려받았어. 게다가 요즘 아무것도 숨기지 않는다는 주의를 최고로 믿고 있으니까 묻는 거야. 형식적인 대답이야 묻지 않아도 알고 있는 거고, 다만 내가 묻고 싶은 것은 좀 더 마음속 깊은 곳에 있는 너의 느낌이야. 아무쪼록 진심을 말해줘."

19

"마음속 깊은 곳에 있는 그런 느낌 같은 게 나한테 있을 리 없잖아요."

이렇게 대답할 때 나는 형의 얼굴을 보지 않고 산문 지붕을 바라보고 있었다. 형의 말은 한동안 내 귀에 들리지 않았다. 그러더니 일종의 새되고 자못 흥분을 억누르는 듯한 느낌의 목소리가 울려왔다.

"이봐, 지로, 왜 그렇게 경박한 대답을 하는 거야? 나하고 너는 형제 잖아?"

나는 놀라 형의 얼굴을 쳐다보았다. 형의 얼굴은 상록수 그늘에서 본 탓인지 약간 창백한 빛을 띠고 있었다.

"물론 형제죠. 나는 형의 친동생이에요. 그러니까 진심을 말한 거예요. 방금 말한 것은 절대 건성으로 한 대답이 아니에요. 진짜 그러니까 그렇게 말한 거란 말이에요."

형의 신경이 예민한 것처럼 나는 흥분하기 쉽고 급한 성격이었다. 평소의 나 같았다면 어쩌면 이런 대답이 나오지 않았을지도 모른다. 형은 그때 간단한 한마디를 던졌다.

"틀림없지?"

"예, 틀림없어요."

"하지만 네 얼굴이 빨개졌잖아?"

사실 그때 내 얼굴은 빨개졌을지도 모른다. 형의 안색이 창백한 것에 반해 나는 나도 모르게 양쪽 뺨이 뜨겁게 달아오르는 것을 강하게 느꼈다. 게다가 나는 뭐라 대답해야 좋을지 몰랐다.

그러자 형은 무슨 생각을 한 것인지 순식간에 계단에서 몸을 일으켰다. 그리고 팔짱을 끼고는 내가 앉아 있는 자리 앞을 좌우로 왔다 갔다 하기 시작했다. 나는 불안한 눈으로 형의 모습을 지켜보았다. 형은 처음부터 눈을 땅바닥에 떨어뜨리고 있었다. 두세 번 내 앞을 가로질렀지만 결코 한 번도 그 눈을 들어 나를 보지 않았다. 세 번째에 형은 갑자기 내 앞으로 와서 멈춰 섰다.

"지로."

"예."

"난 네 형이지? 정말 어린애 같은 말을 해서 미안하다."

형의 눈에는 눈물이 가득 고여 있었다.

"왜 그래요?"

"이래 봬도 난 너보다 공부도 많이 했다고 생각해. 지금껏 보통 사람보다 식견도 더 많이 갖추고 있다고 생각해왔지. 그런데 그런 어린애 같은 말을 그만 입 밖에 내고 말았어. 정말 면목이 없다. 그래도 제발 형을 경멸하지는 마라."

"왜 그래요?"

나는 간단한 이 물음을 되풀이했다.

"왜 그러느냐고 그렇게 진지하게 묻지 마라. 아아, 나는 바보야."

형은 이렇게 말하며 손을 내밀었다. 나는 바로 그 손을 잡았다. 형의 손은 차가웠다. 내 손도 차가웠다.

"단지 네 얼굴이 좀 붉어졌다고 해서 네 말을 의심하다니, 정말 네 인격에 미안한 일이야. 부디 용서해라."

나는 형의 기질이 여자와 비슷해서 날씨처럼 흐렸다 갰다 끊임없이 변한다는 것을 잘 알고 있었다. 그러나 내가 보기에 약간의 식견을 갖춘 형의 장점은 천진난만한 어린애처럼 보이기도 하고 또 구슬처럼 영롱한 시인다워 보이기도 하는 점이다. 나는 형을 존경하면서도 어딘가 무시하기 쉬운 점이 있는 사람처럼 생각하지 않을 수 없었다. 나는 형의 손을 잡은 채 "형님, 오늘은 아마 머리가 어떻게 된 걸 거예요. 이제 그런 시시한 말은 그만하고 슬슬 돌아가죠" 하고 말했다.

20

형은 돌연 내 손을 놓았다. 하지만 결코 그곳을 떠나려고 하지 않았다. 그 자리에 선 채 아무 말도 하지 않고 나를 내려다보았다.

"넌 남의 마음을 알 수 있어?" 하고 불쑥 물었다.

이번에는 내가 아무 말도 하지 못하고 형을 올려다봐야 했다.

"형은 제 마음을 모르겠어요?" 하고 약간 사이를 두고 말했다. 내 대답에는 형의 말보다 일종의 꿋꿋함이 담겨 있었다.

"네 마음을 잘 알지." 형은 바로 대답했다.

"그럼 그걸로 됐잖아요." 나는 말했다.

"아니, 네 마음이 아니야. 여자의 마음을 말하는 거지."

형의 말 가운데 나중의 한마디에는 불붙는 듯한 날카로움이 있었다. 그 날카로움이 내 귀에 일종의 이상한 울림을 전해주었다.

"여자의 마음이든 남자의 마음이든" 하고 말하는 나를 형은 갑자기 가로막았다.

"너는 행복한 남자야. 아마도 아직 그런 걸 연구할 필요가 없었을 테니까."

"그야 형 같은 학자가 아니니까……."

"바보 같은 소리 하지 마." 형이 엄하게 꾸짖듯이 소리쳤다.

"책을 연구한다거나 심리학적인 설명을 한다거나 하는 그런 번거로운 연구를 말하는 게 아니잖아. 지금 내 눈앞에 있고 가장 가까워야 할 사람, 그 사람의 마음을 연구하지 않고서는 안절부절못할 만큼의 필요성에 맞닥뜨린 적이 있느냐고 묻는 거야."

형이 가장 가까워야 할 사람이라고 말한 의미는 나도 금세 이해했다.

"형님 생각이 지나친 게 아닐까요? 학문을 많이 해서요. 좀 더 바보가 되어도 좋잖아요."

"상대가 일부러 생각하도록 만들고 나오니까 그렇지. 생각하는 데 익숙한 내 머리를 역으로 이용해서 말이야. 아무리 해도 바보로 있게 가만두지를 않거든."

여기에 이르자 나는 거의 위로의 말이 궁해졌다. 나보다 몇 배나 훌륭한 머리를 갖고 있을지 모르는 형이 이런 묘한 문제에 나보다 몇 배나 골머리를 썩고 있는 것을 생각하면 안타깝기 그지없었다. 형이 나보다 신경질적이라는 것은 형도 나도 잘 알고 있었다. 하지만 지금껏 형이 이렇게 히스테릭하게 나온 적이 없었기 때문에 나도 사실 어찌할 바를 몰랐다.

"너 메러디스[16]라는 사람 아니?" 형이 물었다.

"이름은 들어봤어요."

"그 사람 서간집은 읽어봤어?"

"읽는 건 고사하고 표지도 못 봤어요."

"그래?"

형은 이렇게 말하고 다시 내 옆에 걸터앉았다. 나는 이때 처음으로 품속에 시키시마 담뱃갑과 성냥이 있다는 데 생각이 미쳤다. 그것을 꺼내 나부터 먼저 불을 붙이고 형에게 건넸다. 형은 기계적으로 담배를 피웠다.

"어떤 서간에서 그 사람은 이런 말을 했어. 나는 여자의 용모에 만족하는 사람을 보면 부럽다. 여자의 몸에 만족하는 사람을 봐도 부럽다. 나는 무슨 일이 있어도 여자의 영혼, 이른바 정신(spirit)을 얻지 못하면 만족할 수 없다. 따라서 아무리 해도 내게는 연애 사건이 일어나지 않는다."

"메러디스라는 남자는 평생 독신으로 살았어요?"

"그런 건 몰라. 또 그런 건 아무래도 상관없잖아. 하지만 지로, 내가 영혼, 이른바 정신도 얻지 못한 여자와 결혼한 일만은 분명하지."

16 조지 메러디스(George Meredith, 1828~1909). 영국의 시인이자 소설가로 상류계급이나 지식계급의 심리를 즐겨 그렸고 그 위선과 허영을 통렬하게 풍자했다. 또한 시대에 앞서 여성을 남성과 동등하게 보는 인생관을 가졌다. 대표작으로 『에고이스트(The Egoist)』(1879)가 있다.

21

형의 얼굴에 고민하는 표정이 역력하게 드러났다. 여러 가지 점에서 형에 대한 존경을 잊지 않고 있는 나는 이때 가슴속에서 거의 공포에 가까운 불안을 느끼지 않을 수 없었다.

"형님." 나는 일부러 차분하게 불렀다.

"왜?"

나는 이 말을 듣자마자 일어섰다. 그리고 일부러 형이 앉아 있는 자리 앞을 조금 전에 형이 했던 것과 마찬가지로, 그러나 전혀 다른 의미에서 좌우로 두세 번 왔다 갔다 했다. 형은 내게 전혀 관심이 없는 것처럼 보였다. 양손 손가락을 조금 길게 자란 머리카락 사이로 빗살처럼 깊이 찔러 넣은 채 바닥을 보고 있었다. 형은 무척 윤기 나는 머리를 갖고 있었다. 나는 형 앞을 지날 때마다 그 칠흑 같은 머리카락과 그 사이로 보이는 관절이 가는, 연약한 손가락에 시선을 빼앗겼다. 내 눈에 그 손가락은 평소부터 그의 신경질적인 성격을 대표하는 것처럼 부드럽고 또 고집스럽게 비쳤다.

"형님." 내가 다시 불렀을 때 형은 간신히 무겁게 고개를 들었다.

"형님한테 제가 이런 말을 하면 무척 실례가 될지도 모르지만, 남의 마음 같은 건 아무리 학문을 한다고 해도, 연구를 한다고 해도 이해할 수 없을 거라고 생각해요. 형님은 저보다 뛰어난 학자니까 물론 그걸 알고 있겠지만, 아무리 가까운 부모 자식이라고 해도, 형제라고 해도 마음과 마음은 그냥 통하는 것 같은 기분이 들 뿐이고 실제로 상대와 자신의 몸이 떨어져 있는 것처럼 마음도 떨어져 있는 거니까 어쩔 도리가 없는 일 아닐까요?"

"다른 사람의 마음은 외부에서 연구할 수 있어. 하지만 그 마음이 되어볼 수는 없지. 그 정도는 나도 알고 있어."

형은 내뱉듯이 또 귀찮다는 듯이 이렇게 말했다. 나는 바로 그 뒤를 이어 말했다.

"그걸 초월하는 게 종교 아닐까요? 저 같은 사람은 바보라 어쩔 수 없지만 형님은 뭐든지 열심히 생각하는 성격이니까……."

"생각하는 것만으로 누가 종교를 믿는 경건한 마음을 가질 수 있겠어? 종교는 생각하는 게 아니야, 그냥 믿는 거지."

형은 자못 분하다는 듯이 이렇게 내뱉었다. 그러고 나서 "아아, 나는 도저히 믿을 수가 없어. 도저히 믿을 수가 없다고. 그냥 생각하고, 생각하고, 생각할 뿐이야. 지로, 제발 나를 믿을 수 있게 해줘라"하고 말했다.

형의 말은 훌륭한 교육을 받은 사람의 말이었다. 하지만 형의 태도는 거의 열여덟아홉 살 먹은 어린애에 가까웠다. 나는 내 앞에서 이런 형을 보는 게 서글펐다. 그때의 형은 거의 모래 속에서 발광하는 미꾸라지 같았다.

어느 면에서든 나보다 나은 형이 내게 이런 태도를 보인 것은 이때가 처음이었다. 나는 그것을 슬프게 생각하고 동시에 형이 점점 이런 경향으로 나아간다면 어쩌면 머지않아 그의 정신에 이상이 나타나게 되지나 않을까 하는 걱정을 하게 되었고, 그게 갑자기 무서워졌다.

"형님, 저도 사실 이 일에 대해서는 진작부터 생각하고 있었어요……."

"아니, 네 생각 같은 걸 들어보려는 게 아냐. 오늘 너를 여기로 데려온 것은 너한테 부탁할 게 좀 있어서야. 아무쪼록 들어줘라."

"뭔데요?"

일이 점점 성가시게 될 것 같았다. 하지만 형은 쉽사리 그 부탁이라는 걸 털어놓지 않았다. 그때 우리처럼 관람객 같은 남녀 서너 명이 돌계단 아래에 나타났다. 그들은 아예 게다를 짚신으로 바꿔 신고 높은 돌계단을 올라 이쪽으로 다가왔다. 형은 그 사람들을 보자마자 벌떡 일어났다. "지로, 돌아가자" 하면서 돌계단을 내려가기 시작했다. 나도 곧 그 뒤를 따랐다.

22

형과 나는 다시 원래의 길로 돌아갔다. 아침에 올 때부터 속이 이상하고 머리도 이상했는데 돌아갈 때는 볕이 한창 내리쬐는 탓인지 더욱 힘들었다. 하필이면 두 사람 다 시계를 놓고 와서 몇 시나 되었는지도 알 수 없었다.

"몇 시나 되었을까?" 형이 물었다.

"글쎄요." 나는 쨍쨍 내리쬐는 해를 올려다보았다. "아직 정오는 안 되었겠지요."

우리는 왔던 길로 돌아가고 있다고 생각했는데 어떻게 잘못된 것인지 이상하게 바다 냄새가 나는 해변이 나왔다. 그곳은 어부의 집과 잡화점이 뒤섞여 가난한 마을을 이루고 있었다. 지붕 위에 낡은 깃발을 세운 기선회사의 대합실도 보였다.

"어쩐지 길을 잘못 들어선 것 같지 않아요?"

형은 여전히 고개를 떨어뜨린 채 생각하며 걷고 있었다. 바닥에는 조개껍데기가 여기저기 흩어져 있었다. 그걸 밟아 깨뜨리는 두 사람의 발소리가 때때로 단조로운 걸음에 일종의 시골티 나는 변화를 주었다. 형은 잠깐 발길을 멈추고 좌우를 둘러보았다.

"올 때는 여길 지나지 않았나?"

"예, 지나지 않았어요."

"그래?"

우리는 다시 걷기 시작했다. 형은 여전히 고개를 숙이고 걸을 때가 많았다. 나는 길을 잃어 여관으로 돌아가는 것이 의외로 늦어지지 않을까 걱정했다.

"뭐, 좁은 동네니까. 어디를 어떻게 잘못 가든 돌아가는 시간은 마찬가질 거야."

형은 이렇게 말하며 성큼성큼 걸어갔다. 나는 뒤에서 형이 걸어가는 모습을 보며 발길 닿는 대로라는 옛말을 떠올렸다. 그리고 이때는 형보다 10미터쯤 뒤처진 것을 무엇보다 다행이라 생각했다.

나는 둘이서 돌아가는 길에 형이 예의 그 부탁이라는 걸 반드시 털어놓을 거라고 생각하고 내심 각오하고 있었다. 그런데 사실은 그 반대로 형은 되도록 말하는 걸 삼가며 지체 없이 걷는 방침으로 나왔다. 그게 어쩐지 조금은 기분이 나쁘기도 했지만 또 꽤나 다행스러운 일이기도 했다.

여관에서는 어머니와 형수가 시마로(縞絽)[17]인지 아카시(明石)[18]인지 외출용 기모노를 난간에 걸어두고 둘 다 유카타 차림으로 마주 앉아 있었다. 우리를 본 어머니는 "어머, 대체 어디까지 갔던 거야?" 하며 놀란 표정을 지었다.

17 줄무늬가 있는 사(紗)로 여름용 견직물.
18 오글쪼글한 비단으로 여성용 여름 옷감.

"어머니와 형수님은 아무 데도 안 가셨어요?"

난간에 널어놓은 기모노를 보며 내가 이렇게 물었을 때 형수는 "아뇨, 갔어요" 하고 대답했다.

"어디로요?"

"맞혀보세요."

지금의 나는 형 앞에서 형수가 내게 이렇게 허물없이 말하는 게 형에게 정말 미안한 일인 것 같았다. 그뿐 아니라 형의 눈으로 보면 형수가 일부러 나한테만 친밀함을 보여주고 있다고 해석할 수밖에 없다고 생각하며 아무한테도 털어놓을 수 없는 고통을 느꼈다.

형수는 아주 태연했다. 내게는 그게 냉담함에서 나온 건지, 무관심에서 나온 건지 또는 상식을 무시해서 그런 건지, 이해하기가 좀 힘들었다.

어머니와 형수가 구경하고 온 곳은 기미이데라였다. 다마쓰시마(玉津島) 신사[19] 앞에서 거리로 나가 전차를 타면 절은 금방 나온다고 어머니는 형에게 설명했다.

"높은 돌계단이라 나는 올려다보기만 해도 현기증이 날 것 같더라. 도저히 올라갈 수 없을 것 같아서 어떻게 할까 망설였는데 나오가 손을 잡아줘서 간신히 참배를 마치기는 했어. 그 대신 기모노가 땀으로 흠뻑 젖었지만……."

형은 "예에, 그러셨군요. 그러셨군요" 하며 이따금 건성으로 대답했다.

19 도쇼구에서 동남쪽으로 500미터 거리에 있다.

23

그날은 아무 일 없이 지나갔다. 저녁에는 넷이서 트럼프를 했다. 다들 카드를 네 장씩 들고 그중 한 장을 엎어서 차례로 다음 사람에게 건네는 동안 같은 숫자의 카드를 떨어내면 누군가에게 스페이드 한 장이 남게 되는데 그 스페이드를 쥐고 있는 사람이 지는, 온천장 등에서 흔히 하는 아주 단순한 게임이었다.

어머니와 나는 스페이드를 쥐게 되면 묘한 표정을 짓고 말아 금방 들통이 났다. 형도 이따금 쓴웃음을 지었다. 가장 냉담한 사람은 형수였다. 스페이드를 쥐든 안 쥐든 전혀 상관없는 척했다. 그런 척을 한다기보다 오히려 그녀의 성격이 그랬다. 나는 그래도 형이 조금 전에 대화를 한 후 그토록 흥분된 신경을 용케 진정시켰구나, 하고 은근히 감탄했다.

밤에는 잠을 잘 수 없었다. 어젯밤보다 더욱 잘 수 없었다. 나는 철썩철썩 울리는 파도 소리 사이로 형 부부가 자고 있는 방에 귀를 기울였다. 하지만 그들의 방은 여전히 어젯밤처럼 조용했다. 나는 어머니에게 꾸중을 들을까 염려되어 그날 밤에는 굳이 툇마루로 나가지 않았다.

아침이 되어 나는 어머니와 형수를 예의 동양 제일의 엘리베이터로 안내했다. 그리고 어제처럼 산 위의 원숭이에게 고구마를 주었다. 이번에는 원숭이를 잘 아는 여관의 하녀가 따라와서 원숭이를 안기도 하고 울게 하기도 해서 어제보다 훨씬 떠들썩했다. 어머니는 찻집 걸상에 걸터앉아 신와카노우라(新和歌の浦)[20]인가 하는 갈색 민둥산을 가리키며 뭐냐고 물었다. 형수는 자꾸만 망원경 없느냐, 망원경 없느

나며 야단이었다.

"형수님, 여긴 시바(芝)의 아타고사마(愛宕樣)[21]가 아니에요." 내가 말해주었다.

"그래도 망원경 정도는 있어도 좋잖아요." 형수는 여전히 불평을 늘어놓았다.

저녁이 되어 나는 결국 형에게 이끌려 기미이데라에 갔다. 이는 어머니와 형수가 어제 이미 참배를 했다는 구실로 우리 둘이서만 가기로 한 것인데, 사실은 부탁을 하기 위해 형이 나를 끌어낸 것이다.

우리는 어머니가 보기만 해도 무서웠다고 말한 높은 돌계단을 똑바로 올라갔다. 그 위는 평평한 산중턱이어서 조망이 좋은 곳에 벤치 하나가 있었다. 본당 옆에 오층탑이 있는 등 흔히 보는 절보다 예스러운 정취가 있었다. 차양 한가운데에서 내려뜨려진 하얀 띠 같은 것은 너무나도 조용하고 차분해 보였다.

우리는 시야를 가리는 게 아무것도 없는 벤치에 나란히 걸터앉았다.

"경치가 좋네요."

눈 아래로 먼 바다가 정어리의 배처럼 빛났다. 거기에 온통 석양이 비쳐 그 눈부심이 뺨을 붉게 물들이는 것 같았다. 저습지 같은 불규칙한 물의 형태도 바다보다 가까이에 평평한 면을 거울처럼 펼쳐놓고 있었다.

형은 예의 그 지팡이를 턱 밑에 받치고 잠자코 있었는데, 이윽고 결심한 듯이 내 쪽으로 향했다.

---

20 와카노우라 서쪽에 해당하는 해안으로, 산이 바다로 바짝 다가서 있어 웅대한 풍경이 펼쳐지는 관광지다.

21 도쿄 시바 구의 아타고야마(愛宕山) 위에 있는 아타고 신사를 말한다.

"지로, 실은 부탁이 있는데."

"예, 그걸 들을 생각으로 일부러 왔으니까 천천히 말하세요. 가능한 일이라면 뭐든지 할 테니까요."

"지로, 실은 좀 말하기 힘든 일인데 말이야."

"말하기 힘든 일이라도 저니까 상관없잖아요."

"응, 너를 믿고 있으니까 말하지. 하지만 놀라지 마라."

나는 형이 이렇게 말했을 때 이야기를 듣기도 전에 놀라고 말았다. 그리고 형의 입에서 어떤 주문이 나올지 두려웠다. 형의 기분은 앞에서 말한 대로 쉬이 변했다. 하지만 일단 무슨 말을 꺼냈다 하면 오기로라도 그것을 관철하지 않고는 배기지 못했다.

24

"지로, 놀라면 안 된다." 형이 거듭 말했다. 그리고 실제로 놀라는 나를 비웃는 듯이 보았다. 지금의 형과 곤겐 신사 앞에서의 형을 비교하면 완전히 딴사람 같았다. 지금의 형은 뒤집기 힘든 굳은 결심으로 나를 대하는 것 같았다.

"지로, 난 너를 믿어. 네가 결백하다는 것은 이미 네 말이 증명하고 있으니까. 거기에 틀림은 없겠지?"

"틀림없어요."

"그렇다면 털어놓겠는데, 실은 네가 나오의 정조를 좀 시험해봤으면 좋겠다."

나는 '정조를 시험한다'는 말을 들었을 때 정말 깜짝 놀랐다. 당사자가 놀라지 말라고 두 번이나 주의를 주었는데도 굉장히 놀라고 말았다. 그저 어안이 벙벙하여 멍하니 있을 뿐이었다.

"이제 와서 왜 그런 표정이야?" 형이 말했다.

나는 형의 눈에 비친 내 얼굴을 정말이지 한심하게 느끼지 않을 수 없었다. 마치 일전에 만났을 때와는 형과 동생의 처지를 바꿔놓은 것 같았다. 그래서 황급히 마음을 다잡았다.

"형수님의 정조를 시험하다니요, ……그런 건 관두는 게 좋아요."

"왜지?"

"왜라니요, 너무 어처구니가 없잖아요."

"뭐가 어처구니가 없는데?"

"어처구니가 없지 않을지도 모르지만 필요하지 않은 일이잖아요."

"필요한 일이니까 부탁하는 거야."

나는 한동안 입을 다물었다. 넓은 경내에는 참배객의 그림자도 보이지 않아서 사방은 의외로 조용했다. 근방을 둘러보며 마지막으로 우리 두 사람의 쓸쓸한 모습을 그 한 귀퉁이에서 발견했을 때 나는 어쩐지 섬뜩한 기분이 들었다.

"시험하다니, 어떻게 하면 시험당하는 건데요?"

"네가 나오고 단둘이 와카야마에 가서 하룻밤을 묵기만 하면 돼."

"말도 안 돼요." 나는 한마디로 물리쳤다. 그러자 이번에는 형이 입을 다물었다. 나도 물론 입을 다물고 있었다. 바다에 내리쬐는 석양빛이 점차 엷어지면서 여전히 남아 있는 열을 붉게 먼 저편으로 길게 뻗치고 있었다.

"싫어?" 형이 물었다.

"예, 다른 일이라면 모를까 그것만은 싫습니다." 나는 딱 잘라 말했다.

"그럼 부탁하지 않겠다. 그 대신 평생 널 의심하마."

"그건 곤란하죠."

"곤란하면 내가 부탁한 대로 해줘."

나는 그저 고개를 숙이고 있었다. 평소의 형이라면 진작 손이 나왔을 시간이었다. 나는 고개를 숙이고 형의 주먹이 언제 모자 위로 날아올지, 아니면 형의 손바닥이 뺨 언저리에 찰싹하고 소리를 낼지 생각하면서 가만히 형의 울화통이 터지기를 기다리고 있었다. 그리고 그렇게 터지고 난 후에 자주 생기는 반동을 기회로 삼아 형의 마음을 가라앉힐 생각이었다. 나는 남보다 두 배나 강한 정도로 그 반동에 걸려들기 쉬운 형의 성격을 잘 알고 있었다.

나는 상당히 오래 참으며 형의 철권이 날아오기를 기다리고 있었다. 하지만 내 기대는 완전히 헛수고가 되고 말았다. 형은 죽은 사람처럼 조용했다. 끝내 내가 여우처럼 이상한 눈매로 형의 얼굴을 훔쳐보지 않으면 안 되었다. 형의 얼굴은 창백했다. 하지만 결코 충동적으로 움직일 기색으로는 보이지 않았다.

25

조금 있다가 형은 흥분된 상태로 이렇게 말했다.

"지로, 난 너를 믿어. 하지만 나오를 의심하고 있거든. 게다가 그런 의심을 받고 있는 당사자의 상대는 불행하게도 너야. 다만 불행이라는 것은 너한테 불행하다는 거고 나한테는 오히려 다행일지도 몰라. 왜냐하면 나는 방금 분명히 말한 대로 네가 하는 말이라면 뭐든지 믿을 수 있고 또 뭐든지 털어놓을 수 있으니까, 그래서 나한테는 다행인 거야. 그러니 부탁한 거고. 내 말에 아주 논리에 맞지 않은 건 없을 거야."

나는 그때 형의 말 속에 뭔가 깊은 의미가 담겨 있는 게 아닐까, 하며 의심하기 시작했다. 형은 마음속으로 나와 형수 사이에 육체적인 관계가 있었다고 믿고 일부러 이런 난제를 꺼낸 것이 아닐까? 나는 "형님" 하고 불렀다. 형의 귀에는 어떻게 들렸을지 모르겠지만 나로서는 꽤 강력한 목소리를 냈다고 생각했다.

"형님, 다른 일과 달리 이건 윤리상의 큰 문제예요……."

"물론이지."

나는 형의 대답이 뜻밖에도 냉담해 의외라고 느꼈다. 동시에 조금 전의 의심이 점점 더 깊어졌다.

"형님, 아무리 형제 사이라고 해도 저는 그렇게 잔혹한 일을 하고 싶지는 않습니다."

"아니, 상대가 나한테 잔혹한 거야."

나는 형에게 형수가 왜 잔혹한 건지, 그 의미를 물을 생각도 하지 않았다.

"그럼 다시 말하겠는데요, 아무튼 방금 한 그 부탁만은 거절하겠어요. 저한테도 명예라는 게 있으니까요. 아무리 형님을 위한 거라고 해도 명예까지 희생할 순 없어요."

"명예?"

"물론 명예지요. 다른 사람의 부탁을 받고 남을 시험하다니, ……다른 일도 싫은데 하물며 그런…… 탐정²²도 아니고……."

"지로, 난 너한테 그런 저속한 행위를 해달라고 부탁하는 게 아니야. 그냥 형수로, 또 시동생으로 한곳에 가서 한 여관에 묵고 오라는 거라고. 불명예고 뭐고 그런 게 아니잖아."

"형님은 저를 의심하고 있는 거죠? 그런 억지를 부리는 걸 보면요."

"아니, 믿으니까 부탁하는 거야."

"말로는 믿는다고 하면서 속으로는 의심하고 있어요."

"거참, 아니라니깐."

형과 나는 이런 대화를 몇 번이나 되풀이했다. 그리고 되풀이할 때마다 둘 다 격해졌다. 그러다 사소한 말 한마디에 갑자기 열이 식은 듯이 두 사람 다 마음이 푹 가라앉았다.

그렇게 격해진 어느 한순간 나는 형을 진짜 정신병 환자라고 단정하기도 했다. 하지만 그 발작이 바람처럼 지나간 후에는 또 보통 사람이라 느끼기도 했다. 끝내 나는 이렇게 말했다.

"실은 나도 얼마 전부터 그 일에 대해서는 생각이 좀 있어서 기회가 되면 형수님께 차분히 속내를 물어볼 참이었는데, 그것뿐이라면 받아들이지요. 이제 곧 도쿄로 돌아갈 테니까요."

"그럼 그걸 내일 해줘라. 내일 낮에 같이 와카야마에 갔다가 해가 지기 전에 돌아오면 상관없겠지?"

나는 왠지 그게 싫었다. 도쿄로 돌아가 천천히 시기를 봐서 그렇게 할 생각이었는데, 하나를 거절한 지금 다른 하나까지 싫다고 말하기는 힘들어서 결국 와카야마로 구경 가는 것만은 받아들이기로 했다.

22 소세키는 탐정이라는 직업이나 행위를 혐오했는데, 『나는 고양이로소이다』에 등장하는 도쿠센은 '20세기 인간은 대체로 탐정처럼 되는 경향이 있다'고 말했으며 소세키도 여러 군데서 그 비슷한 말을 했다.

26

이튿날 아침은 일어났을 때부터 하필이면 날이 고르지 못했다. 게다가 바람마저 거세게 불어 예의 방파제에 부서지는 파도 소리가 무시무시하게 들려왔다. 난간에 기대어 바라보니 해안에는 온통 하얀 안개가 자욱하게 끼어 있었다. 오전에는 네 사람 다 해안에 나갈 엄두가 나지 않았다.

정오가 지나자 날이 좀 누그러졌다. 겹쳐진 구름 사이로 햇살이 언뜻언뜻 내비쳤다. 그래도 어선 네다섯 척이 평소보다 이른 시간에 여관 앞의 수로로 노를 저어 들어왔다.

"느낌이 안 좋아. 어쩐지 폭풍우라도 닥칠 것 같지 않니?"

어머니는 평소와 다른 하늘을 올려다보며 이렇게 말하고는 다시 방으로 돌아갔다. 형은 곧장 일어나더니 다시 난간으로 나갔다.

"괜찮은데요, 뭐. 틀림없이 별일 없을 거예요. 어머니, 제가 보증할 테니까 나가시지 않을래요? 벌써 인력거도 불러놨으니까요."

어머니는 아무 말도 하지 않고 내 얼굴을 쳐다보았다.

"그야 나가도 되는데, 가려면 다 같이 가야지."

나는 그러는 편이 훨씬 편했다. 할 수만 있다면 아무쪼록 어머니와 함께 나가고 와카야마에 가는 일은 그만두고 싶었다.

"그럼 우리도 같이 새로 뚫린 그 산길 쪽으로 가볼까요?" 하고 말하면서 일어섰다. 그러자 형의 험악한 시선이 곧장 내게 떨어졌다. 이렇게 되면 아무래도 약속을 이행하는 것 외에 달리 방법이 없을 거라고 생각을 고쳐먹었다.

"아, 맞다, 형수님하고 약속이 있었지."

나는 형에게 짐짓 시치미를 떼며 이렇게 대답을 하지 않으면 미안하게 되었다. 그러자 이번에는 어머니가 씁쓸한 표정을 지었다.

"와카야마는 관둬라."

나는 어머니와 형의 얼굴을 번갈아 보며 어떻게 된 일인가 하고 망설였다. 형수는 여느 때와 같이 냉담했다. 내가 어머니와 형 사이에서 헤매고 있는 동안 형수는 거의 한마디도 입에 담지 않았다.

"나오, 지로가 당신을 와카야마에 데려가기로 한 거지?" 하고 형이 말했을 때 형수는 그저 "네, 네" 하고 대답할 뿐이었다. 내가 "형수님, 어떡하실래요?" 하고 돌아보았을 때는 또 "아무래도 상관없어요" 하고 대답했다.

나는 잠깐 볼일이 있어 아래층으로 내려갔다. 그러자 어머니가 뒤따라 내려왔다. 어머니는 어쩐지 안절부절못하는 모습이었다.

"너, 정말 나오하고 둘이서 와카야마에 갈 생각이니?"

"예, 형도 승낙한걸요 뭐."

"아무리 승낙을 했다고 해도 내가 곤란하니까 관둬라."

어머니의 얼굴 어딘가에 불안한 빛이 보였다. 나는 그 불안의 출처가 형인지 아니면 형수와 나인지 판단하기가 좀 힘들었다.

"어째서요?" 하고 물었다.

"어째서라니, 너하고 나오가 가는 건 안 돼."

"형님한테 좋지 않다는 건가요?"

나는 노골적으로 이렇게 물어보았다.

"형한테만 좋지 않은 건 아니지만……."

"그럼 형수님이나 저한테도 좋지 않다는 건가요?"

내 물음은 전보다 더욱 노골적이었다. 어머니는 그 자리에 잠자코

서 있었다. 드물게도 나는 어머니의 표정에서 의심의 그림자를 보았다.

27

나는 전적으로 나를 믿어주고 또 한없이 사랑하고 있다고만 생각해온 어머니의 표정을 보고 순간적으로 주눅이 들었다.

"그럼 관둘게요. 원래 제 생각으로 형수를 데려가는 건 아니에요. 형님이 둘이서 다녀오라고 해서 가려고 했을 뿐이거든요. 어머니가 허락하지 않으면 언제든지 그만둘게요. 그 대신 어머니가 형님하고 담판을 해서 가지 않아도 되게 해주세요. 저는 형님하고 한 약속이 있으니까요."

나는 이렇게 대답하고 어쩐지 멋쩍은 듯이 어머니 앞에 서 있었다. 실은 어머니 앞을 떠날 용기가 나지 않았던 것이다. 어머니는 다소 어쩔 줄 모르는 것 같았다. 하지만 결국에는 결심한 모양인지 "그럼 형한테는 내가 이야기해볼 테니까 그 대신 너는 여기서 기다리고 있어. 3층으로 같이 가면 또 일이 복잡해질지도 모르니까" 하고 말했다.

나는 어머니의 뒷모습을 지켜보면서 일이 이런 식으로 뒤얽히고 보니 도저히 형수를 데리고 와카야마 같은 데로 갈 기분이 들지 않았다. 가봤자 정작 중요한 용건은 말할 수 없을 것이다. 아무쪼록 어머니의 생각대로 일이 풀렸으면 좋겠다고 생각했다. 그리고 진정되지 않는 마음으로 넓은 객실을 목적도 없이 왔다 갔다 했다.

얼마 후 3층에서 형이 내려왔다. 그 얼굴을 힐끗 봤을 때 나는 아무래도 가지 않으면 안 된다는 것을 금방 알아차렸다.

"지로, 이제 와서 약속을 어기면 곤란해. 네놈도 남자잖아."

형은 이따금 나를 네놈이라고 부르는 일이 있다. 그리고 네놈이라는 말이 형의 입에서 나왔을 때는 반드시 조심하여 뒤탈을 피했다.

"아니, 갈 거예요. 가긴 할 건데 어머니가 관두라고 하니까."

내가 이렇게 말하는 사이에 어머니가 또 걱정스러운 듯이 3층에서 내려왔다. 그리고 곧 내 옆으로 다가와 "지로, 내가 아까 그렇게 말했지만 이치로한테 자세한 이야기를 들어보니 뭔가 기미이데라에서 약속한 일이 있다니 유감스럽지만 어쩔 수가 없구나. 역시 그 약속대로 하렴" 하고 말했다.

"예."

나는 이렇게 대답하고 나서는 이제 아무 말도 않기로 했다.

이윽고 어머니와 형은 아래에서 기다리고 있는 인력거를 타고 여관 앞에서 오른쪽으로 쇠바퀴[23] 소리를 울리며 사라졌다.

"그럼 우리도 슬슬 나갈까요?" 하며 형수를 돌아보았을 때 사실 나는 좋은 기분이 아니었다.

"어때요, 나갈 용기가 있어요?" 내가 물었다.

"도련님은요?" 형수도 물었다.

"저는 있어요."

"도련님한테 있다면 저도 있어요."

나는 일어나 옷을 갈아입기 시작했다.

형수는 웃옷을 걸쳐주면서 "도련님, 어쩐지 오늘은 용기가 없는 것 같네요" 하고 반쯤 놀리듯이 말했다. 나는 전혀 용기가 없었다.

---

23 1907년경부터 인력거의 고무바퀴가 보편화되어 도쿄 등에서는 이미 주류였지만 보급이 늦어진 지역도 있었다.

우리는 전차가 다니는 데까지 걸어갔다. 하필이면 지름길을 택한 바람에 형수의 얇은 게다와 하얀 버선이 한 걸음 옮길 때마다 모래 속에 빠졌다.

"걷기 힘들죠?"

"네." 형수는 우산을 손에 든 채 고개를 돌려 자신의 발 뒤를 보았다. 나는 모래 속에 묻히는 붉은 구두를 신고 걸으면서 오늘의 임무를 어디서 어떻게 완수해야 할지를 생각했다. 생각하면서 걷는 탓인지 대화는 전혀 활기를 띠지 못하는 것 같았다.

"도련님, 오늘은 희한하게 말이 없네요." 결국 형수의 주의를 받았다.

28

형수와 나는 전차에 올라 나란히 자리에 앉았다. 하지만 중요한 용건을 앞두고 있다는 생각에 아무래도 기분 좋게 이야기를 나눌 수는 없었다.

"왜 그렇게 말이 없어요?" 형수가 물었다. 나는 여관을 나와서부터 이미 이런 의미의 질문을 두 번이나 받았다. 그 속을 들여다보면 둘이서 좀 더 재미있게 이야기를 나누지 않을래요, 라는 의미도 들어 있었다.

"형수님, 형님한테 그런 말 한 적 있어요?"

내 얼굴은 약간 진지했다. 형수는 슬쩍 진지한 내 얼굴을 보더니 바로 창밖을 바라보았다. 그리고 "경치가 좋네요" 하고 말했다. 그때 전차가 달리던 곳은 과연 경치가 나쁘지 않았지만 형수가 일부러 밖을 바라본 것은 분명했다. 나는 짐짓 형수를 불러 다시 먼저 한 질문을 되풀이했다.

"왜 그런 시시한 걸 물어요?" 형수는 거의 일고의 가치도 없다는 식이었다.

전차는 다시 달렸다. 나는 다음 정거장에 도착하기 전에 다시 집요하게 같은 질문을 던져보았다.

"참 귀찮은 사람이네요." 결국 형수가 말했다. "그런 걸 물어 뭐하려고요? 그야 부부니까 그런 말 정도는 했을 수도 있겠죠. 그게 어떻다는 건데요?"

"그게 어떻다는 건 아니에요. 형님한테도 늘 그렇게 살가운 말을 해드렸으면 한다는 것뿐이지요."

형수의 창백한 볼에 약간 혈색이 돌았다. 그 양이 부족한 탓인지 볼 안쪽에 켠 등불이 멀리서 피부를 달아오르게 한 것 같았다. 그러나 나는 그 의미를 깊이 생각하지 않았다.

와카야마에 도착해 형수와 나는 전차에서 내렸다. 내리고 나서야 비로소 나는 와카야마가 처음이라는 사실을 깨달았다. 실은 이 고장을 구경한다는 구실로 형수를 데려왔기 때문에 형식적으로라도 어딘가를 구경해야 했다.

"어머, 도련님, 아직 와카야마를 몰라요? 그러면서 저를 데려오다니, 정말 태평하네요."

형수는 불안한 듯 사방을 둘러보았다. 나도 얼마간 멋쩍었다.

"인력거라도 타고 인력거꾼한테 적당한 곳으로 데려다달라고 할까요? 아니면 어슬렁어슬렁 성 쪽으로 걸어갈래요?"

"글쎄요."

형수는 먼 하늘을 바라보고 가까이에 있는 내게는 시선을 주지 않

았다. 하늘은 여기도 해변과 마찬가지로 잔뜩 흐렸다. 불규칙하게 농
담을 흩트린 구름이 여러 겹으로 두 사람의 머리 위를 뒤덮고 있어 해
가 직접 내리쬐는 것보다 무더웠다. 게다가 언제 소나기가 쏟아질지
모를 만큼 하늘의 일부는 이미 거무스름했다. 거무스름한 원이 사방
으로 바림된 것처럼 빛나며 방금 우리가 내버려두고 온 와카노우라
부근에 무시무시한 하늘의 한 모퉁이를 그려내고 있었다. 지금 형수
는 어쩐지 무서운 느낌이 드는 곳을 눈살을 찌푸리며 바라보는 것 같
았다.

"쏟아질까요?"

나는 물론 분명히 쏟아질 거라고 생각했다. 그래서 아무튼 인력거
를 불러 볼만한 곳을 달려 지나가는 게 좋을 거라고 생각했다. 나는
곧장 인력거꾼에게 어디든 상관없으니 가능한 한 빨리 구경할 수 있
도록 가달라고 말했다. 인력거꾼은 알아들었는지 못 알아들었는지 무
턱대고 내달렸다. 조그만 동네로 가기도 하고 예의 연꽃이 피어 있는
수로로 가기도 하고 다시 조그만 동네로 가기도 했지만 이렇다 할 곳
은 전혀 없었다. 마지막으로 나는 인력거 위에서 이렇게 달리고만 있
으면 정작 중요한 이야기를 할 수 없을 것 같아 인력거꾼에게 어디 조
용히 앉아서 이야기를 나눌 수 있는 곳으로 데려다달라고 말했다.

29

인력거꾼은 알아듣고 달리기 시작했다. 지금까지와는 달리 너무 기
세 좋게 달린다 싶었는데 두 사람이 탄 인력거는 조붓한 골목길을 돌

아 갑자기 큼직한 문으로 들어갔다. 당황한 내가 인력거꾼을 불러 세우려고 했을 때는 이미 채를 현관 옆에 댄 후였다. 둘 다 어떻게 해볼 도리가 없었다. 게다가 옷을 차려입은 젊은 하녀가 안내하러 나왔기 때문에 우리는 들어가지 않을 수 없었다.

"이런 데로 올 생각은 없었는데……." 나는 그만 변명 같은 말을 했다.

"왜요? 근사한 찻집²⁴ 아니에요? 좋아요." 형수가 대답했다. 그렇게 대답하는 걸로 보아 형수는 처음부터 이런 요릿집 같은 곳으로 오는 걸 예상하고 있었던 모양이다.

실제로 형수가 말한 대로 객실은 아주 깨끗하고 또 튼튼하게 만들어져 있었다.

"도쿄 주변의 싸구려 요릿집보다는 오히려 더 나은 것 같네요" 하고 나는 기둥의 재질이나 도코노마에 걸린 족자 등을 둘러보았다. 형수는 난간으로 나가 안뜰을 바라보았다. 오래된 매화나무 그루터기 밑에 무성한 난(蘭)이 검푸른 그림자를 짙게 해주고 있었다. 매화나무 줄기에도 단단하고 길쭉한 이끼 같은 것이 군데군데 들러붙어 있었다.

하녀가 유카타를 들고 목욕탕을 안내하러 왔다. 나는 목욕하는 시간이 아까웠다. 그리고 날이 저물지 않을까 걱정됐다. 가능한 한 한시 바삐 용건을 끝내고 약속대로 환할 때 해변으로 돌아갈 수 있기를 바랐다.

"형수님, 목욕은 어떻게 할까요?" 하고 물어보았다.

형수도 형으로부터 사전에 환할 때 돌아오라는 말을 들었기 때문에 그것은 잘 알고 있었다. 형수는 오비 사이에서 시계를 꺼내 보았다.

---

24 여기서는 마치아이자야(待合茶屋)를 말한다. 마치아이자야는 손님에게 유흥 장소를 제공하는 요정 같은 곳으로, 게이샤 등을 불러 술을 마실 수도 있다.

"시간은 아직 얼마 안 되었어요, 도련님. 목욕해도 괜찮아요."

형수는 시간이 많이 지난 것처럼 보이는 것을 전적으로 날씨 탓으로 돌렸다. 물론 짙은 구름이 여러 겹으로 하늘을 막고 있어 실제 시간보다 세상이 어둡게 보이는 것은 틀림없었다. 나는 또 당장이라도 쏟아져 내릴 것 같은 비가 걱정되었다. 쏟아질 거라면 한바탕 세차게 쏟아진 후에 돌아가는 게 오히려 마음 편할 거라고 생각했다.

"그럼 잠깐 땀을 씻고 갈까요?"

우리는 결국 목욕을 하러 갔다. 목욕을 하고 나오자 밥상이 들어왔다. 밥을 먹기에는 너무 이른 시간이었다. 술은 삼가고 싶었다. 또 마실 수 있는 사람도 아니었다. 나는 어쩔 수 없이 국물을 들이마시거나 회를 집어 먹거나 했다. 하녀가 방해가 되어 볼일이 있으면 부르겠다고 하고 내보냈다.

형수에게는 격식을 차리고 말을 꺼내야 할지, 아니면 이야기를 나누다가 넌지시 그 얘기를 꺼내야 할지 고민했다. 고민하기 시작하자 어떻게 하든 괜찮을 것 같기도 하고 또 어떻게 하든 안 좋을 것 같기도 했다. 나는 국그릇을 들고 멍하니 뜰을 내다보았다.

"무슨 생각을 그렇게 하세요?" 형수가 물었다.

"아니, 비가 쏟아지지 않을까 해서요." 나는 적당히 대답했다.

"그래요? 그렇게 날씨가 무서워요? 도련님하고는 어울리지 않네요."

"무섭지는 않지만 혹시 큰비라도 내리면 큰일이니까요."

내가 이렇게 말하는 사이에 빗방울이 뚝뚝 떨어지기 시작했다. 꽤 이른 시간에 시작된 연회[25]인지 건너편에 보이는 2층의 널찍한 객실에는 가문(家紋)이 새겨진 하오리를 입은 사람 두셋이 보였다. 그 부근에서 게이샤가 샤미센을 조율하는 소리가 들리기 시작했다.

여관을 나올 때부터 술렁거리던 내 마음은 이때 한층 침착성을 잃었다. 나는 마음속으로 오늘은 도저히 차분하게 이야기를 할 마음이 들지 않는 게 걱정되었다. 왜 하필이면 오늘 이런 이상한 일을 떠맡았을까, 하고 후회도 됐다.

30

형수는 그런 것을 눈치챌 리 없었다. 내가 비를 걱정하는 걸 보고 형수는 오히려 이상하다는 듯이 힐난했다.

"왜 그렇게 비가 걱정되는 건데요? 내리고 나면 시원해지고 좋잖아요."

"하지만 언제 그칠지 모르니까 곤란한 거죠."

"곤란하지 않아요. 아무리 약속을 했다고 해도 날씨 탓이라면 어쩔 수 없는 일이잖아요."

"하지만 형님께는 제 책임이니까요."

"그럼 바로 돌아가요."

형수는 이렇게 말하고 곧장 일어섰다. 그 모습에는 일종의 결단이 드러나 있었다. 건너편 객실에서는 손님이 다 모였는지 샤미센 소리가 빗줄기를 뚫고 상쾌하게 들려왔다. 전등도 이미 빛나고 있었다. 나

25 1911년 8월 15일, 와카야마에서 강연을 끝낸 소세키는 요정 후게쓰(風月)에서 열린 연회에 참석했다가 폭풍을 만나 요정에서 알선해준 여관 후지야(富士屋)에 숙박했다. 이하의 서술은 이때의 체험을 바탕으로 하고 있다.

도 형수의 결심에 떠밀려 절반쯤 일어설 뻔했으나 생각해보니 책임지고 떠맡아온 이야기는 아직 한마디도 하지 않은 상태였다. 늦게 돌아가는 것이 어머니나 형에게 미안한 일인 것처럼 형수에게 중요한 용건을 한마디도 털어놓지 못한 것 또한 내 마음에 미안한 일이었다.

"형수님, 이 비는 쉽게 그칠 것 같지 않네요. 게다가 저는 형수님께 할 이야기가 있어서 왔으니까요."

나는 반쯤 하늘을 바라보고 또 형수를 돌아보았다. 나는 물론이고 일어선 형수도 아직 돌아갈 준비를 시작하지는 않았다. 형수는 일어나기는 했으나 내 태도에 따라 이후의 태도를 결정하려고 만반의 준비를 하고 있는 것처럼 보였다. 나는 다시 처마 끝으로 고개를 내밀고 위쪽을 바라보았다. 방의 위치가 안뜰을 사이에 두고 건너편에 커다란 2층 건물의 널찍한 객실이 자리 잡고 있어 하늘은 여느 때처럼 시야에 넓게 들어오지 않았다. 따라서 구름의 움직임이나 비가 내리는 상태도 일반적으로는 잘 알 수 없었다. 하지만 조금 전보다 한층 무시무시하게 정원수를 뒤흔들고 있는 것은 사실이었다. 나는 비보다도, 하늘보다도 먼저 바람에 질리고 말았다.

"도련님도 참 이상한 사람이네요. 돌아간다고 해서 그럴 생각으로 채비를 하니까 또 주저앉고 말이에요."

"채비라 할 만한 채비도 하지 않았잖아요. 그냥 서 있기만 했으면서."

내가 이렇게 말하자 형수는 생긋 웃었다. 그리고 일부러 자신의 옷소매나 옷자락 언저리를 정말 그렇다는 듯한, 또는 의외라며 놀라는 듯한 눈빛으로 둘러보았다. 그러고 나서 미소를 머금은 채 그 모습을 보고 있던 내 앞에 다시 털썩 주저앉았다.

"뭐예요, 용건이 있다는 건? 전 그렇게 어려운 건 몰라요. 그보다는 건너편 객실의 샤미센 소리라도 듣고 있는 게 낫겠어요."

비는 처마에 울린다기보다는 오히려 바람을 타고 제멋대로 아무 데나 세차게 내리치고 가는 듯한 소리를 냈다. 그사이에 샤미센 소리가 변덕스러운 사람처럼 이따금 두 사람의 귀를 스치고 지나갔다.

"용건이 있으면 빨리 말하세요." 형수가 재촉했다.

"재촉한다고 쉽사리 말할 수 있는 게 아니에요."

나는 사실 형수로부터 재촉받았을 때 어떻게 말문을 열어야 좋을지 몰랐다. 그러자 형수는 히죽히죽 웃었다.

"도련님, 올해 몇 살이에요?"

"그렇게 놀리면 못써요. 정말 진지한 일이니까요."

"그러니까 얼른 말하세요."

나는 점점 격식을 차리고 충고 같은 말을 한다는 게 싫어졌다. 그리고 형수 앞에 선 지금의 내가 어쩐지 그녀로부터 한참 얕보이는 것 같은 기분이 들어 견딜 수가 없었다. 그런데도 거기서는 또 일종의 친밀함을 느끼지 않을 수 없었다.

31

"형수님은 몇 살인데요?" 나는 그만 엉뚱한 걸 묻고 말았다.

"이래 봬도 아직 젊어요. 도련님보다 훨씬 어릴 거예요."

나는 처음부터 형수의 나이와 내 나이를 비교할 생각은 없었다.

"형님한테 시집온 지 몇 년 되었죠?" 하고 물었다.

형수는 그저 시치미를 떼며 "글쎄요" 하고 말했다.

"전 그런 건 다 잊어버렸어요. 제 나이까지 잊어버릴 정도인걸요 뭐."

의뭉을 떠는 모습은 확실히 형수다웠다. 그리고 내게는 오히려 교태로도 보이는 이 부자연스러움이 진지한 성격의 형에게는 심한 불쾌함을 주는 게 아닐까, 하고 생각했다.

"형수님은 제 나이에도 냉담하군요."

나는 아무렇지 않게 이렇게 빈정거렸다. 하지만 그렇게 말할 때의 들뜬 마음을 금세 깨닫고 나는 갑자기 형에게 미안함과 두려움을 느꼈다.

"제 나이 같은 것에는 아무리 냉담해도 상관없지만 형님한테만은 좀 더 신경 써서 친절하게 대해주세요."

"제가 그렇게 형님한테 불친절한 것처럼 보였어요? 이래 봬도 형님한테는 할 만큼 했다고 생각하는데요. 형님만이 아니에요. 도련님한테도 그래요. 안 그래요, 도련님?"

나는 내게 좀 더 불친절해도 상관없으니 형에게는 좀 더 상냥하게 대해달라고 부탁할 생각으로 형수의 눈을 보았을 때 또 갑자기 자신의 안이함을 깨달았다. 형수와 이렇게 마주 앉기만 하면 도저히 진심으로 형을 위해 꾀한 일을 성실하게 할 수 없다고까지 생각했다. 나는 말에는 조금도 궁하지 않았다. 어떤 말이든 형을 위해 하려고만 하면 할 수 있었다. 하지만 그 말을 하는 내 마음은 형을 위해서가 아니라 오히려 자신을 위해 하는 것이나 마찬가지 결과가 되기 십상이었다. 나는 결코 이런 역할을 받아들일 만한 인격이 못 되었다. 나는 이제 와서 새삼 후회했다.

"도련님, 갑자기 말이 없네요." 그때 형수가 말했다. 마치 내 급소를 찌르듯이.

"제가 아까부터 형님을 위해 부탁하고 있는 걸 형수는 진지하게 들어주지 않으니까요."

나는 부끄러운 마음을 억누르며 일부러 이렇게 말했다. 그러자 형수는 이상하게 쓸쓸한 미소를 지었다.

"하지만 그건 무리예요, 도련님. 전 바보라서 눈치를 채지 못하니까 다들 냉담하다고 생각할지도 모르지만, 그래도 형님한테는 제가 할 수 있는 일을 다하고 있다고 생각하거든요. ……전 정말 얼간이예요. 특히 요즘에는 정말 얼빠진 사람이 되고 말았으니까요."

"그렇게 낙담하지 말고 좀 더 적극적으로 해보는 게 어떨까요?"

"적극적이라는 게 어떤 건데요? 알랑거리라는 말인가요? 전 알랑거리는 게 제일 싫어요. 형님도 그건 싫어하고요."

"알랑거리는 걸 좋아하는 사람은 없겠지만 좀 더 어떻게든 하면 형님도 행복할 거고 형수님도 행복할 테니까요."

"됐어요. 더 이상 들어보지 않아도……." 형수는 그 말을 채 끝맺기도 전에 눈물을 뚝뚝 흘렸다.

"저처럼 얼빠진 사람은 틀림없이 형님 마음에 들지 않을 거예요. 하지만 저는 그걸로 만족해요. 그걸로 충분해요. 지금까지 누구한테도 형님에 대한 불만을 털어놓은 적이 없을 거예요. 그만한 일은 대충 봐왔으니까 도련님도 알 것 같은데……."

이렇게 울면서 하는 형수의 말은 띄엄띄엄 들려올 뿐이었다. 하지만 그렇게 띄엄띄엄 들려오는 말이 날카로운 힘으로 내 머리를 자극했다.

32

나는 경험이 많은 연장자로부터 일찍이 여자의 눈물에 다이아몬드
는 거의 없고 대부분 모조품이라는 말을 들은 적이 있다. 그때 나는
과연 그런 거구나, 하고 감탄하며 들었다. 하지만 그것은 단지 말뿐인
지식에 지나지 않았다. 풋내기인 나는 형수의 눈물을 눈앞에서 보고
어쩐지 견딜 수 없이 애처로운 느낌이 들었다. 다른 경우라면 손을 잡
고 같이 울어주고 싶었다.

"형님이 까다로운 사람이라는 거야 누구나 알고 있어요. 형수님도
이만저만 참는 게 아닐 거예요. 하지만 그래도 형님은 지나칠 만큼 결
백하고 정직한 데다 고상한 사람이에요. 존경할 만한 인물이지요."

"도련님이 그런 말을 하지 않아도 형님의 성격 정도는 저도 알고 있
어요. 아내인걸요."

형수는 이렇게 말하고 나서 다시 흐느꼈다. 나는 더욱더 가엾어졌
다. 그녀의 눈을 훔쳤던 작은 손수건이 젖어 주름투성이가 되어 있었
다. 나는 보송보송한 내 손수건으로 그녀의 눈이나 볼을 어루만지기
위해 그녀의 얼굴에 손을 내밀고 싶어 견딜 수가 없었다. 하지만 뭔지
모르는 힘이 또 그 손을 꽉 눌러 움직일 수 없도록 단단히 죄고 있는
느낌이 더욱 강하게 작용했다.

"솔직히 형수님은 형님을 좋아하나요, 아니면 싫어하나요?"

나는 이렇게 말해버린 후 이 말은 손을 내밀어 형수의 뺨을 닦아주
지 못한 대신 자연스럽게 입에서 나온 것이라는 걸 깨달았다. 형수는
손수건과 눈물 사이로 내 얼굴을 엿보듯이 보았다.

"도련님."

"예."

이 간단한 대답은 마치 자석에 빨려든 철 부스러기처럼 내 입에서 조금의 저항도 없이, 아무런 자각도 없이 끌려나왔다.

"도련님, 뭐 때문에 그런 걸 물어요? 형님을 좋아하느냐, 싫어하느냐라뇨? 제가 형님 말고 좋아하는 남자라도 있다고 생각하세요?"

"절대 그런 건 아니지만……."

"그러니까 아까부터 말하고 있잖아요. 제가 냉담하게 보이는 건 전적으로 제가 얼간이인 탓이라고 말이에요."

"그렇게 얼간이라고 일부러 내세우면 곤란해요. 집에서 그런 험담을 하는 사람은 한 사람도 없으니까요."

"말 안 한다고 해도 얼간이예요. 잘 알고 있어요, 저도. 하지만 이래 봬도 이따금 남한테 친절하다고 칭찬받는 일도 있어요. 그렇게 무시할 만한 사람은 아니에요."

나는 예전에 형수가 쿠션에 여러 가지 색상의 실로 잠자리며 화초를 수놓아준 것이 고마워서 형수는 참 친절하다고 말해준 적이 있다.

"그거 아직 있죠? 예뻤는데." 그녀가 말했다.

"예. 소중히 간직하고 있어요." 나는 대답했다. 나는 사실이라 이렇게 대답하지 않을 수 없었다. 이렇게 대답한 이상 그녀가 내게 친절했다는 사실을 암암리에 인식하지 않을 수 없었다.

문득 귀를 기울이자 건너편 2층에서 울리던 샤미센 소리는 어느새 그쳐 있었다. 남은 손님인 듯한 사람의 취한 목소리가 이따금 바람을 가로질러 들려왔다. 벌써 시간이 그렇게 되었나 싶어 시계를 찾기 시작했을 때 하녀가 징검돌을 밟고 와 툇마루에서 얼굴을 내밀었다.

우리는 이 하녀를 통해 와카노우라가 지금 폭풍우[26]에 휩싸여 있다는 사실을 알았다. 전화가 끊겨 연락이 두절되었다는 사실도 알았다. 길가의 소나무가 쓰러져 전차가 다니지 못하게 된 사실도 알았다.

33

나는 그때 급히 어머니와 형을 떠올렸다. 눈썹에 불이 붙은 것처럼 황급히 떠올렸다. 사납게 날뛰는 바람과 소용돌이치는 파도에 농락당하고 있는, 그들이 묵고 있는 여관이 상상의 눈에 생생하게 떠올랐다.

"형수님, 큰일 났는데요." 나는 형수를 보았다. 형수는 그다지 놀란 모습도 보이지 않았다. 하지만 그렇게 봐서 그런지 평소 창백하던 볼이 더욱 창백하게 느껴졌다. 그 창백한 볼의 일부와 눈가에는 조금 전에 운 흔적이 아직 남아 있었다. 형수는 하녀가 그것을 알아채는 게 싫어서 전등에서 먼 부자연스러운 방향으로 얼굴을 향하고 일부러 입구 쪽은 보지 않았다.

"와카노우라에는 도저히 돌아갈 수 없나요?" 하고 물었다.

예상하지 못한 데서 나온 이 질문은 내게 한 건지 아니면 하녀에게 한 건지 쉽게 알 수가 없었다.

"인력거로도 안 되겠지요?" 내가 하녀에게 같은 질문을 했다.

하녀는 안 된다는 말을 되풀이하지는 않았지만 위험하다는 뜻을 반복해서 설명한 뒤 오늘 밤만은 꼭 이곳 와카야마에서 묵으라고 충고

---

26 소세키의 일기에 따르면 그는 1911년 8월 15일 와카야마 현에서 '현대 일본의 개화'라는 주제로 강연을 한 후 폭풍우를 만나 와카노우라의 숙소로 돌아가지 못하고 도중에 하룻밤을 묵었다. 다음에 나오는 전화의 불통, 전차의 두절, 정전 등은 이때의 체험이 바탕이 되었다.

했다. 그녀의 얼굴은 오히려 우리 두 사람의 안전을 위해 말하는 듯 진지해 보였다. 나는 하녀의 말을 믿으면 믿을수록 어머니가 걱정되었다.

방파제와 어머니가 묵고 있는 여관 사이의 거리는 그럭저럭 6백 미터쯤 되었다. 파도가 높아 제방을 살짝 넘는 정도라면 쉽사리 3층 객실까지 밀려들 염려는 없을 거라고 생각했다. 하지만 만약 해일이 단숨에 밀려든다면…….

"그런데 해일로 그 부근의 여관이 완전히 파도에 휩쓸리는 일이 있나?"

나는 정말 걱정된 나머지 하녀에게 이렇게 물었다. 하녀는 그런 일은 없다고 단언했다. 하지만 파도가 방파제를 넘어 제방 밑으로 떨어져 안쪽이 호수처럼 물로 가득 찬 적은 두세 번 있었다고 했다.

"그래도 물에 잠긴 집은 큰일이겠지?" 나는 다시 물었다.

하녀는 기껏해야 물속에서 빙글빙글 도는 정도지 일단 바다까지 쓸려나갈 염려는 없을 거라고 대답했다. 걱정하는 가운데서도 이런 태평한 대답이 나를 실소케 했다.

"빙글빙글 돌면 그걸로 큰일인 거지. 더구나 바다까지 쓸려나가는 날에는 엄청난 재난인 거고."

하녀는 아무 말도 하지 않고 웃기만 했다. 형수도 어두운 데서 전등을 똑바로 보기 시작했다.

"형수님, 어떻게 할까요?"

"어떻게 하다니요, 전 여자라 어떻게 해야 좋을지 몰라요. 만약 도련님이 돌아간다고 하면 어떤 위험이 있더라도 전 함께 갈 거예요."

"가는 건 상관없지만, ……난감한데요, 이거. 그럼 오늘 밤은 어쩔 수 없으니까 여기서 묵기로 할까요?"

"도련님이 묵기로 하면 저도 묵는 수밖에 없어요. 이렇게 어두운데 여자 혼자 와카노우라까지는 도저히 갈 수 없을 테니까요."

하녀는 지금까지 착각하고 있었다고 말하는 듯한 눈빛으로 우리 두 사람을 번갈아 보았다.

"이봐요, 전화는 아무래도 불통인 건가?" 나는 확인하기 위해 다시 물어보았다.

"불통입니다."

나는 전화기 있는 데로 가서 직접 확인해볼 용기도 없었다.

"그럼 하는 수 없으니 묵기로 하죠" 하며 이번에는 형수를 보았다.

"네."

그녀의 대답은 평소대로 간단하고 차분했다.

"시내라면 인력거가 다니겠지?" 나는 다시 하녀에게 물었다.

34

앞으로 우리 두 사람은 요릿집에서 주선해준 여관까지 가야 했다. 채비를 하고 현관으로 내려갔을 때 빛나는 전등과 인력거꾼의 초롱이 빗소리와 거센 바람 소리에 또렷해지며 마치 어둠 속에서 날뛰는 끔찍함을 비추는 도구처럼 여겨졌다. 먼저 색이 눈에 띄는 형수의 고운 모습이 검은 덮개 안으로 사라졌다. 이어서 나도 답답하고 깊숙한 동유지(洞油紙)로 만든 인력거의 우비 안으로 몸을 집어넣었다.

덮개 안에 싸인 나는 끔찍한 거리를 볼 틈이 거의 없었다. 내 머리는 아직 경험한 적이 없는 해일이라는 것에 끊임없이 지배당했다. 그렇지 않으면 심술궂은 날씨 덕분에 내가 형 앞에서 고집스럽게 물리쳤던 일을 아무래도 실행하지 않을 수 없게 된 운명을 고통스럽게 깨달았다. 내 머리는 물론 차분하게 상상하거나 살펴볼 만큼의 여유가 없었다. 단지 난잡한 화재 현장처럼 끝없이 빙글빙글 돌기만 했다.

그러는 사이에 인력거의 끌채가 여관 같은 구조의 어떤 건물 문간에 대어졌다. 나는 어쩐지 포렴을 지나 봉당으로 들어간 것 같은데 확실히 기억하고 있지는 않았다. 봉당은 폭에 비해 세로로 꽤 길었다. 계산대도 보이지 않고 지배인도 없으며 그저 하녀가 손님을 맞으러 나왔을 뿐 초저녁치고는 무척 쓸쓸한 광경이었다.

우리는 잠자코 거기에 우뚝 서 있었다. 나는 어쩐지 형수에게 말을 걸고 싶지 않았다. 그녀도 시치미를 떼고 비단 양산 끝을 비스듬히 봉당에 짚은 채 서 있었다.

하녀가 두 사람을 안내한 방은 툇마루 앞의 처마에 궁전이나 신사에서 쓰는 고운 발 같은 것이 쳐진 고풍스러운 객실이었다. 기둥은 오래되어 검게 빛나고 있었다. 천장에도 온통 그을린 색이 보였다. 형수는 예의 양산을 옆방 옷걸이에 걸고는 "여기는 건너편 건물의 용마루가 높고 이쪽 담장이 두꺼워서 바람 소리가 그렇게 들리지 않지만, 아까 인력거에 탔을 때는 굉장했어요. 덮개 위에서 휘잉휘잉 하는 소리가 아주 섬뜩할 정도였으니까요. 바람의 무게가 인력거의 덮개를 덮쳐누르는 걸, 도련님도 탔으니까 알았죠? 전 자칫하다간 인력거가 뒤집힐지도 모른다고 생각했어요" 하고 말했다.

나는 다소 흥분해 있어서 그런 것에 제대로 주의를 기울일 수가 없었다. 하지만 그렇다고 똑바로 대답할 만한 용기도 없었다.

"예, 바람이 굉장했지요" 하고 얼버무렸다.

"여기가 이 정도라면 와카노우라는 정말 엄청나겠죠?" 형수가 처음으로 와카노우라 이야기를 꺼냈다.

나는 가슴이 두근거리기 시작했다. "형수님, 여기 전화도 불통일까요?" 하고 묻고는 대답도 기다리지 않고 목욕탕 근처의 전화기 있는 데까지 갔다. 거기서 전화번호부를 뒤적이면서 자꾸만 벨을 울려 어머니와 형이 묵고 있는 와카노우라의 여관에 전화를 걸어보았다. 그러자 신기하게도 그쪽에서 두세 마디 뭐라고 하는 것 같아서 이거 다행이구나, 하면서 폭풍우의 상황을 물어보려고 하자 뚝 끊기고 말았다. 그러고 나서 몇 번이고 여보세요, 여보세요, 하고 불러도, 아무리 벨을 울려도 전혀 보람이 없어서 결국 고집을 꺾고 방으로 돌아왔다. 형수는 요 위에 앉아 차를 홀짝이고 있다가, 내 발소리를 듣고 돌아보며 "전화는 어때요? 연결되었어요?" 하고 물었다. 나는 조금 전의 전화에 대한 자초지종을 설명했다.

"대충 그럴 거라고 생각했어요. 아무래도 안 되겠네요, 오늘 밤은. 아무리 걸어봐야 바람으로 전화선이 끊어졌을 테니까요. 저 소리만 들어봐도 알 수 있지 않나요?"

바람은 어디선가 두 갈래로 뒤엉켜 왔다가 갑자기 엇갈리며 신음하는 듯한 괴상한 소리를 내고는 다시 허공으로 멀리 솟구치는 것 같았다.

35

형수와 내가 바람에 귀를 기울이고 있자 하녀가 목욕탕을 안내하러 왔다. 그리고 나서 저녁을 먹을 거냐고 물었다. 나는 저녁을 먹고 싶은 마음이 들지 않았다.

"어떻게 할까요?" 형수에게 의논해보았다.

"글쎄요. 아무래도 상관없지만, 모처럼 묵는 거니까 밥상만이라도 받는 게 좋지 않을까요?" 그녀가 대답했다.

하녀가 알아듣고 나갔나 싶었는데 여관 안의 모든 전등이 일시에 꺼졌다. 검은 기둥과 그을린 천장으로 그러잖아도 음침한 방이 이번에는 아주 깜깜해지고 말았다. 코앞에 앉아 있는 형수의 냄새를 맡으려고 하면 맡을 수도 있을 것 같았다.

"형수님, 무섭지 않으세요?"

"무서워요" 하는 목소리가 상상했던 방향에서 들려왔다. 하지만 그 목소리에는 무서워하는 듯한 기색이 전혀 없었다. 또한 일부러 무서워하는 듯이 보이는 아주 젊고 경박하며 상스러운 태도도 없었다.

우리 두 사람은 칠흑 같은 어둠 속에 앉아 있었다. 아무 말 없이 꼼짝하지 않고 앉아 있었다. 눈에 색이 보이지 않는 탓인지 밖의 폭풍우 소리는 지금까지보다 더욱 귀를 떠나지 않았다. 비는 바람에 흩날려 그다지 무서운 소리를 전해주지 않았지만, 바람은 지붕도 담도 전신주도 가리지 않고 닥치는 대로 불어젖히며 비명을 질러댔다. 우리 방은 땅바닥 위의 움막 같은 곳으로 사방이 모두 튼튼한 건물과 두꺼운 회반죽벽으로 둘러싸여 있어 툇마루 앞의 조그만 안뜰조차 비교적 안전하게 보였지만 사방에서 들려오는 끔찍한 음향은 어둠과 함께 일어나는, 인간이 저항하기 힘든 불가사의한 위협이었다.

"잠깐이니까 형수님도 참으세요. 하녀가 곧 등을 가져올 테니까요."

나는 이렇게 말하고 예의 그 방향에서 형수의 목소리가 내 고막에 울려오기를 은근히 기대하고 있었다. 그런데 그녀는 아무 대답도 하지 않았다. 그것이 칠흑 같은 어둠의 위력이어서 여자의 가녀린 목소리마저 삼켜버린 것만 같아 나는 다소 섬뜩한 기분이 들었다. 끝내는 내 앞에 분명히 앉아 있어야 할 형수의 존재가 마음에 걸리기 시작했다.

"형수님."

형수는 아직도 잠자코 있었다. 나는 전등이 꺼지기 전에 내 맞은편에 앉아 있던 형수의 모습을 상상으로 적당한 거리에 그려보았다. 그리고 그것에 의지하여 다시 "형수님" 하고 불렀다.

"왜요?"

그녀의 대답은 어쩐지 귀찮아하는 듯한 것이었다.

"있어요?"

"있어요. 사람인걸. 거짓말 같으면 이리 와서 손으로 만져보세요."

나는 손으로 더듬으며 가까이 다가가고 싶었다. 하지만 그럴 만한 배짱이 없었다. 그러는 사이에 그녀가 앉아 있는 방향에서 여자의 오비 스치는 소리가 들렸다.

"형수님, 뭔가 하는 건가요?" 하고 물었다.

"네."

"뭘 하시는데요?" 하고 다시 물었다.

"아까 하녀가 가져온 유타카로 갈아입으려고 지금 오비를 풀고 있는 참이에요." 형수가 대답했다.

내가 어둠 속에서 오비 스치는 소리를 듣고 있는 동안 하녀는 툇마루를 따라 고풍스러운 촛불을 가져왔다. 그리고 그 촛불을 객실 도코노마 옆에 있는 탁자에 세웠다. 아른아른 좌우로 흔들리는 촛불의 불꽃으로 인해 검은 기둥이나 그을린 천장은 물론이고 불빛이 닿는 곳은 심상치 않은 어둑어둑한 빛에 술렁거려 내 마음을 쓸쓸하게 애태웠다. 특히 도코노마에 걸린 족자와 그 앞에 꽂혀 있는 꽃이 어쩐지 무서운 느낌이 들 만큼 눈에 띄게 촛불의 영향을 받았다. 나는 수건을 들고 다시 땀을 씻어내려 목욕탕으로 갔다. 목욕탕은 미덥지 못한 휴대용 남포등 불빛이 비추고 있었다.

36

나는 초라한 빛으로 겨우 분간할 수 있는 작은 물바가지로 등에 물을 쫙쫙 끼얹었다. 나가면서 다시 확인해보려고 전화를 따르릉따르릉 울려봤지만 도무지 연결될 기미가 보이지 않아 그만두었다.

형수는 나와 교대로 목욕탕에 들어가나 싶었는데 금방 나왔다. "어두워서 그런지 섬뜩하네요. 게다가 물바가지나 욕조가 낡아서 차분히 씻을 마음이 들지 않아요."

그때 나는 단정히 앉아 있는 하녀 앞에서 촛불에 의지하여 숙박부를 적지 않으면 안 되었다.

"형수님, 숙박부는 어떻게 적을까요?"

"그냥 적당히 적으세요."

형수는 이렇게 말하고 조그만 주머니에서 빗이나 뭔가가 들어 있는 사라사 무늬[27]의 다토가미[28]를 꺼냈다. 그녀는 촛불 하나를 차지하고

등을 지고 경대 앞에 앉아 뭔가를 하고 있었다. 나는 하는 수 없이 도쿄의 번지수와 형수의 이름을 쓰고 그 옆에 굳이 이치로의 아내라고 적었다. 마찬가지 뜻에서 내 이름 옆에는 이치로의 동생이라고 굳이 밝혀두었다.

밥상이 들어오기 전에 어떻게 된 건지 조금 전에 나갔던 전등이 다시 들어와 일시에 환해졌다. 그때 부엌 쪽에서 누군가 와아 하고 탄성을 질렀다. 폭풍우로 인한 흉어(凶漁)로 생선이 없다고 하녀가 변명을 했는데도 불구하고 우리의 밥상 위는 산뜻했다.

"마치 다시 살아난 것 같네요." 형수가 말했다.

그런데 다시 전등이 일시에 꺼졌다. 보이지 않게 된 그 자리에서 나는 황급히 젓가락을 멈춘 채 잠시 움직이지 않았다.

"아니, 이런."

하녀는 큰 소리로 동료의 이름을 부르며 등불을 찾았다. 나는 전등이 환하게 들어온 순간 형수가 어느새 엷게 화장을 했다는 요염한 사실을 간파했다. 전등이 꺼진 지금, 그 얼굴만이 깜깜한 어둠 속에 원래대로 남아 있는 듯한 기분이 드는 걸 어쩔 수 없었다.

"형수님, 언제 화장을 한 거예요?"

"어머, 싫어요. 깜깜해지고 나서 그런 말을 하면 어떡해요. 그런데 언제 봤어요?"

하녀는 어둠 속에서 웃음을 터뜨렸다. 그리고 나의 예리한 눈을 칭찬했다.

27 인물, 화조, 기하학적 무늬 등을 말한다.
28 옷 따위를 입힌 두꺼운 포장지로, 머리를 올리거나 일본 옷을 간수하는 데 쓰며 네 번 접을 수 있게 되어 있다.

"이런 판국에 분까지 가져오다니 정말 세심하네요, 형수님은." 나는 다시 어둠 속에서 형수에게 말했다.

"분 같은 걸 가져온 게 아니에요. 그림을 가져온 거예요." 그녀는 다시 어둠 속에서 변명했다.

나는 어둠 속에서, 게다가 하녀가 있는 앞에서 이런 농담을 하는 것이 평소보다 재미있었다. 그때 하녀의 동료가 다시 촛불 두 개를 들고 왔다.

방 안은 촛불 불빛으로 소용돌이치듯이 흔들렸다. 나도 형수도 눈살을 찌푸리며 타오르는 불꽃 끝을 바라보았다. 그리고 불안한 쓸쓸함이라 형용할 만한 심정을 맛보았다.

우리는 곧 잠자리에 들었다. 화장실에 가려고 일어났을 때 나는 창문 틈으로 하늘을 올려다보듯이 살펴보았다. 지금까지 다소 가라앉았던 폭풍우가 밤이 이슥해짐에 따라 심해진 건지 시커먼 하늘이 시커먼 그대로 움직이며 한순간도 쉬지 않는 것 같았다. 나는 무서운 하늘 속에서 시커먼 번개가 서로 스치며 시커먼 바늘 비슷한 것을 끊임없이 내보내 이 어둠을 커다란 소리 속에 유지하고 있는 것이라 상상하고 또 그 상상 앞에 위축되었다.

하녀가 잠자리를 깔 때 모기장 밖에는 촛불 대신 사방등을 놓고 갔다. 그 사방등이 고풍스럽고 음침한 것이라 차라리 꺼버리고 어둡게 하는 편이 희미한 빛에 비쳐지는 섬뜩함보다는 기분이 나을 것 같았다. 나는 어둑한 데서 성냥을 그어 담배를 피웠다.

37

나는 조금 전부터 전혀 잠들지 못했다. 소변을 보러 일어났다가 담배 한 대를 피우며 이런저런 생각을 했다. 그 생각이라는 것이 종잡을 수 없이 어수선하게 한꺼번에 밀려드는 바람에 뭐가 중요한 문제인지 알 수가 없었다. 성냥을 그어 담배를 피우고 있다는 사실조차 이따금 잊어먹었다. 게다가 그걸 깨닫고 다시 담배를 입에 물 때 또 맛없는 연기가 특별했다.

내 머릿속에는 지금 보고 온 정체를 알 수 없는 시커먼 하늘이 한결 같이 무시무시하게 움직이고 있었다. 그러고 나서 어머니나 형이 있 는 3층 여관이 몇 번이나 파도를 뒤집어쓰고 빙글빙글 돌고 있었다. 그 생각이 정리되기도 전에 이 방에서 자고 있는 형수가 또 마음에 걸 리기 시작했다. 천재(天災)라고는 하지만 둘이서 여기에 묵게 된 핑계 를 어떻게 댈까 하는 생각을 했다. 변명한 뒤에 또 형의 비위를 어떻 게 맞춰주어야 할까 하는 생각도 했다. 동시에 어디에선가 오늘 형수 와 나와서 좀처럼 하기 힘든 이런 모험을 함께한 기쁨이 솟아났다. 그 기쁨이 솟아났을 때 나는 바람도 비도 해일도 어머니도 형도 다 잊어 버렸다. 그런데 그 기쁨이 또 갑자기 일종의 두려움으로 변했다. 두려 움이라기보다는 오히려 두려움의 전조였다. 어딘가에 잠복하고 있는 듯이 보이는 불안의 징후였다. 그리고 그때는 밖에서 미쳐 날뛰는 폭 풍우가 나무를 뿌리째 뽑거나 담장을 넘어뜨리거나 지붕의 기와를 날 려버릴 뿐만 아니라 어두침침한 사방등 아래서 맛없는 담배를 피우고 있는 지금의 나를 산산이 부숴버릴 예고인 것만 같았다.

내가 곰곰이 이런 생각을 하는 동안 죽은 듯이 모기장 안에 얌전히 누워 있던 형수가 갑자기 몸을 뒤쳤다. 그리고 내게 들리도록 긴 하품을 했다.

"형수님, 아직 안 잤어요?" 내가 담배 연기 사이로 형수에게 물었다.

"네, 비바람이 이렇게 거세니 아무리 자려고 해도 잘 수가 없네요."

"저도 저 바람 소리가 귀에 달라붙어 어떻게 해볼 도리가 없네요. 전등이 나간 건 어쩌면 이 근방의 전신주 한두 개가 쓰러졌기 때문일 거라면서요?"

"맞아요, 아까 하녀가 그런 말을 했어요."

"어머니와 형님은 어떻게 되었을까요?"

"저도 아까부터 그 생각만 하고 있어요. 하지만 설마하니 파도가 들이치지는 않았겠죠? 들이친다고 해도 휩쓸리는 것은 그 제방의 소나무 근처에 있는 어설픈 초가집 정도겠지요. 만약 진짜 해일이 들이닥쳐 그 부근을 완전히 휩쓸어버린다면 저는 정말 분하다고 생각해요."

"왜요?"

"왜라니요, 저는 그런 무시무시한 장면이 보고 싶거든요."

"농담하지 마세요." 나는 형수의 말을 잘라버릴 생각으로 말했다. 그러자 형수는 진지하게 대답했다.

"어머, 진짜예요, 도련님. 죽을 거라면 저는 목을 매거나 찌르거나 하는 곰상스러운 방법은 싫어요. 홍수에 휩쓸린다거나 벼락을 맞는다거나 하는 식으로 단숨에 맹렬하게 죽고 싶은걸요."

나는 소설 같은 걸 그다지 즐겨 읽지 않는 형수로부터 처음으로 이런 로맨틱한 말을 들었다. 그리고 마음속으로 이건 전적으로 흥분된 신경 탓임에 틀림없다고 판단했다.

"무슨 책에나 나올 법한 죽음이군요."

"책에 나오는지 연극에 나오는지 모르지만 저는 진심으로 그렇게 생각해요. 거짓말이라고 생각하면 지금 둘이서 와카노우라로 가서 파도든 해일이든 상관없으니까 같이 뛰어들어 보일까요?"

"형수님, 오늘 밤에는 흥분한 거예요." 나는 달래듯이 말했다.

"제가 도련님보다 얼마나 더 침착한지 모르는군요. 남자들은 대개 패기가 없어요, 막상 일이 닥치면요." 그녀는 잠자리 안에서 대답했다.

38

나는 이때 처음으로 여자라는 존재를 아직 제대로 연구하지 않았음을 깨달았다. 형수는 어디서 어떻게 내리눌러도 눌리지 않는 여자였다. 이쪽이 적극적으로 나아가면 마치 포렴처럼 저항이 없었다. 어쩔 수 없이 이쪽이 물러나면 돌연 이상한 데서 강한 힘을 보여주었다. 그 힘 중에는 도저히 가까이 다가갈 수 없을 것 같은 무서운 것도 있었다. 또한 이 정도라면 상대할 수 있으니 나아가볼까 싶으나 아직 나아가지 못하는 사이에 문득 사라져버리는 힘도 있었다. 나는 그녀와 이야기를 나누는 동안 시종 그녀로부터 농락당하는 기분이었다. 신기하게도 그렇게 농락당하는 것이 내게는 불쾌해야 할 텐데도 오히려 유쾌하기 그지없었다.

그녀는 마지막으로 무시무시한 결심을 말했다. 해일에 휩쓸리고 싶다거나 벼락을 맞고 죽고 싶다거나, 아무튼 평범한 것 이상의 장렬한 최후를 바라고 있었다. 나는 평소부터 (특히 둘이서 이곳 와카야마로 오고 나서) 체력이나 근력이라는 면에서 훨씬 우세한 위치에 있으면서도 형수에게는 어딘지 모르게 섬뜩한 느낌을 갖고 있었다. 그리고 그 섬뜩함이 아주 허물없는 사이가 되기 쉬운 느낌과 묘하게 동반되었다.

나는 시나 소설에 그다지 친숙하지도 않은 형수가 무엇에 흥분하여 해일에 휩쓸려 죽고 싶다는 따위의 말을 하는지 그 이유를 좀 더 알아내고 싶었다.

"형수님이 죽는다는 말을 꺼낸 것은 오늘 밤이 처음이네요."

"네, 입 밖에 꺼낸 것은 오늘 밤이 처음일지도 몰라요. 하지만 죽는 것은, 죽는 것만은 어떻게든 마음속에서 잊은 날이 없어요. 그러니까 거짓말 같으면 와카노우라까지 데려가주세요. 틀림없이 파도 속으로 뛰어들어 죽어 보일 테니까요."

어두침침한 사방등 아래서 폭풍우 소리 사이로 이 말을 들은 나는 사실 무서웠다. 그녀는 평소 차분한 여자였다. 히스테릭한 점은 거의 없었다. 하지만 과묵한 그녀의 볼은 늘 창백했다. 그리고 어쩌다가 눈 속에서는 의미심장하고 이해할 수 없는 빛이 보였다.

"오늘 밤 형수님은 참 이상하네요. 무슨 흥분한 일이라도 있어요?"

나는 그녀의 눈물을 볼 수 없었다. 다시 그녀의 울음소리를 들을 수도 없었다. 하지만 당장이라도 그럴 것 같은 기분이 들어 어둑한 사방등 불빛에 의지하여 모기장 안을 들여다보았다. 그녀는 붉은 이불 두 채를 겹쳐 깔고 그 위에 가선을 두른 흰색 마 이불을 가슴께까지 단정히 덮고 있었다. 내가 침침한 빛으로 그 모습을 들여다보았을 때 그녀는 베개를 움직여 내 쪽을 보았다.

"자꾸 흥분, 흥분, 하는데 전 도련님보다 얼마나 침착한지 몰라요. 언제든 각오하고 있거든요."

나는 뭐라 대답할 말이 없었다. 어두운 등불 아래서 잠자코 두 번째

시키시마를 피우기 시작했다. 나는 내 코와 입에서 자욱하게 나오는 연기만 바라보았다. 그사이에 나는 어쩐지 기분 나쁜 눈을 돌려 이따금 모기장 안을 살폈다. 형수의 모습은 죽은 사람처럼 조용했다. 어쩌면 이미 잠이 든 것이 아닐까 하는 생각도 들었다. 그런데 돌연 천장을 보고 누운 얼굴로 "도련님" 하고 부르는 소리가 들렸다.

"왜요?" 내가 대답했다.

"거기서 뭘 하고 있어요?"

"담배 피우고 있는데요. 잠이 오지 않아서요."

"얼른 주무세요. 안 자면 해로워요."

"예."

나는 모기장 자락을 들추고 내 잠자리로 들어갔다.

39

이튿날은 어제와 딴판으로 이른 아침부터 아름다운 하늘을 볼 수 있었다.

"날씨가 좋아졌네요." 내가 형수에게 말했다.

"정말 그러네요." 그녀도 대답했다.

우리 두 사람은 잘 자지 못해서 꿈에서 깬 기분은 들지 않았다. 그저 잠자리에서 일어나자마자 마수에서 풀려난 듯한 느낌이 들 만큼 하늘은 파랗게 물들어 있었다.

나는 아침 밥상을 마주하고 차양으로 새어드는 환한 빛을 보며 갑자기 기분이 바뀌었음을 깨달았다. 따라서 마주 보고 있는 형수의 모습이 어젯밤의 형수와는 전혀 다른 것 같은 기분도 들었다. 오늘 아침에 보니 그녀의 눈 어디에도 낭만적인 빛은 비치지 않았다. 그저 잠이 부족한 눈언저리가 갑자기 상쾌한 빛을 받아 그것에 저항하는 게 참으로 귀찮다는 듯한 일종의 권태가 보였다. 볼이 창백한 것도 평소와 다르지 않았다.

우리는 되도록 빨리 아침을 먹고 여관을 나섰다. 전차는 아직 다니지 않을 거라는 여관 사람의 말을 믿고 인력거를 불렀다. 인력거꾼은 봉당에서 밖으로 나온 우리를 보고 한눈에 부부라고 판단한 모양이었다. 인력거에 타자마자 내가 탄 인력거의 채를 먼저 들었다. 나는 그것을 말리며 "나중에, 나중에" 하고 말했다. 인력거꾼은 알아듣고 "사모님이 먼저다" 하고 지시했다. 형수가 탄 인력거가 내 옆을 지나칠 때 그녀는 예의 한쪽뿐인 보조개를 보이며 "그럼 먼저 갈게요" 하고 인사했다. 나는 "예, 먼저 가세요" 하고 말했지만 마음속으로는 인력거꾼이 말한 사모님이라는 말이 몹시 마음에 걸렸다. 형수는 그런 기색도 없이 나를 지나치자마자 호박단에 자수를 놓은 양산을 펼쳤다. 그녀의 뒷모습은 무척 시원해 보였다. 사모님이라 불리든 말든 전혀 개의치 않는 태도로 시치미를 뗀 채 인력거를 타고 있다고만 여겨졌다.

나는 형수의 뒷모습을 바라보며 또 그녀의 사람됨에 생각이 미쳤다. 나는 평소 형수의 성격을 얼마간 확실히 파악하고 있다고 생각했는데, 막상 정식으로 그녀의 입을 통해 진심을 들어보려고 하자 마치 야와타노야부시라즈(八幡の藪知らず)[29]에 들어간 것처럼 아무것도 알 수 없게 되었다.

---

29 지바 현 이치카와 시 야와타에 있는 숲 이름. 이곳에 들어가면 두 번 다시 나올 수 없다는 이야기가 전해진다.

모든 여자는 남자가 관찰하려고 하면 다들 정체를 알 수 없는 형수와 같은 사람으로 귀착되는 게 아닐까? 경험이 부족한 나는 이런 생각도 해보았다. 또 그 정체를 알 수 없다는 점이 곧 다른 여성에게서 찾아보기 힘든 형수만의 특색이 아닐까 하는 생각도 해보았다. 여하튼 형수의 정체를 도무지 알 수 없는 사이에 하늘이 파랗게 개고 말았다. 나는 김빠진 맥주 같은 심정으로 앞서가는 그녀의 뒷모습을 끊임없이 바라보았다.

나는 불현듯 여관으로 돌아가서 형에게 형수에 대해 보고할 의무가 아직 남아 있다는 데 생각이 미쳤다. 나는 뭐라고 보고해야 좋을지 도무지 알 수가 없었다. 해야 할 말은 많았지만 그것을 일일이 형 앞에 늘어놓는 것은 도저히 내 용기로는 할 수 없는 일이었다. 설령 늘어놓는다고 해도 마지막 한마디는 정체를 알 수 없다는 간단한 사실로 귀착될 뿐이다. 어쩌면 형 자신도 나와 마찬가지로 그 정체를 확인하려고 번민을 거듭한 끝에 이렇게 된 게 아닐까? 나는 내가 만약 형과 같은 운명에 처한다면 어쩌면 형 이상으로 신경을 쓰지 않을까, 하는 생각이 들어 비로소 두려운 마음이 들었다.

인력거가 여관에 도착했을 때 3층 툇마루에는 어머니의 그림자도 형의 모습도 보이지 않았다.

40

형은 3층의 해가 들지 않은 방에서 예의 검은 광택이 나는 머리를 베개에 뉘고 똑바로 누워 있었다. 하지만 자고 있지는 않았다. 오히려 충혈된 눈을 크게 뜨고 긴장한 채 천장을 바라보고 있었다. 형은 우리의 발소리를 듣자마자 느닷없이 핏발 선 눈으로 형수와 나를 쏘아보았다. 나는 그 눈빛을 예상하지 못할 만큼 형을 모르지는 않았다. 하지만 객실 입구에 형수와 나란히 서서, 어젯밤 한숨도 못 잤다고 고백하는 듯한 그의 붉고 날카로운 눈매를 봤을 때는 약간 놀랐다. 나는 이런 경우 완충 역할을 해주기를 바라고 평소처럼 어머니를 찾았다. 그런 어머니는 객실이나 툇마루 어디에도 보이지 않았다.

내가 어머니를 찾고 있는 사이에 형수는 형의 머리맡에 앉아 인사를 했다.

"다녀왔어요."

형은 아무 대답도 하지 않았다. 형수도 앉은 채 그 자리에서 꼼짝하지 않았다. 나는 분위기로 봐서 무슨 말이든 하지 않을 수 없었다.

"어젯밤에 이쪽은 폭풍우가 엄청났다던데요."

"응, 바람이 굉장히 심했지."

"파도가 저 돌 제방을 넘어 소나무 가로수 밑으로 흘러들었나요?"

이건 형수의 말이었다. 형은 잠시 그녀의 얼굴을 바라보았다. 그러고 나서 천천히 대답했다.

"아니, 그렇진 않았소. 가옥에는 지장이 없었을 거요."

"그럼 무리를 해서라도 돌아오려고 했다면 돌아올 수도 있었겠네요?"

형수는 이렇게 말하고 나를 쳐다보았다. 나는 그녀보다는 오히려 형 쪽을 보았다.

"아니, 도저히 못 왔을 겁니다. 무엇보다 전차가 안 다녔으니까요."

"그랬을지도 모르지. 어제는 저녁 무렵부터 파도가 굉장히 높아 보였으니까."

"밤중에 건물이 흔들리진 않았어요?"

이것도 형수가 형에게 묻는 말이었다. 이번에는 형이 바로 대답했다.

"흔들렸지. 어머니가 위험하다며 아래층으로 내려갔을 정도로 흔들렸소."

나는 형의 안색이 험악한 것에 비해 그다지 살기를 띠고 있지 않은 그의 언동을 확인하고 나서야 가까스로 안심했다. 그는 나의 급한 성미에 비해 다섯 배 정도나 짜증을 잘 내는 성격이었던 것이다. 하지만 일종의 천부적인 능력이 있어서 때로는 그 짜증을 교묘하게 억누를 수 있었다.

머지않아 다마쓰시마 신사로 참배하러 갔던 어머니가 돌아왔다. 어머니는 내 얼굴을 보자 이제야 안심했다는 기색을 보였다.

"일찍 돌아와서 다행이구나. ……아이고, 어젯밤에 무서웠던 걸 생각하면 정말 이루 말할 수가 없었단다, 지로. 이 기둥이 삐걱거릴 때마다 방이 좌우로 흔들흔들했다니까. 게다가 저 파도 소리 말이야, 나는 지금 들어도 정말 오싹해."

어머니는 어젯밤의 폭풍우를 몹시 무서워했다. 특히 그때가 연상되어 방파제에 부서지는 파도 소리까지 싫어했다.

"이제 와카노우라도 질색이다. 바다도 질색이고. 이제 아무것도 필요 없으니까 어서 도쿄로 돌아가고 싶구나."

어머니는 이렇게 말하고 눈살을 찌푸렸다. 형은 살이 없는 볼에 주름을 만들며 쓴웃음을 지었다.

"두 사람은 어젯밤 어디서 묵었지?" 하고 물었다.

나는 와카야마의 여관 이름을 말했다.

"여관은 좋던?"

"어쩐지 그냥 어둡고 음침하기만 하던데요. 그렇지 않아요, 형수님?"

그때 형은 눈을 재빨리 형수에게 옮겼다.

형수는 그저 내 얼굴을 보며 "꼭 도깨비라도 나올 것 같은 집이었어요" 하고 말했다.

그날 저녁 무렵에 나는 형수와 계단 아래에서 마주쳤다. 그때 나는 그녀에게 "어때요, 형님은 화를 내지 않던가요?" 하고 물어보았다. 형수는 "속마음은 어떤지 잘 모르겠어요" 하고 쓸쓸하게 웃으면서 위층으로 올라갔다.

41

어머니가 폭풍우에 겁을 집어먹고 어서 떠나자고 한 것을 계기로 다들 이곳을 정리하고 한시바삐 돌아가기로 했다.

"아무리 명소라도 하루나 이틀은 좋지만 오래 있으니 시시하네요." 형은 어머니의 생각에 동의했다.

어머니는 나를 구석진 곳으로 불러 "지로, 넌 어떻게 할 생각이냐?" 하고 물었다. 나는 내가 없는 사이에 형이 어머니에게 모든 걸 털어놓은 건가, 하고 생각했다. 하지만 평소의 형을 보면 그렇게 담백한 성격은 아니다.

"형님은 어젯밤 우리가 돌아오지 않아서 기분이라도 상한 거 아닌가요?"

내가 이렇게 물었을 때 어머니는 잠깐 아무 말을 하지 않았다.

"어젯밤에는 너도 알다시피 파도며 바람이 워낙 심해서 그런 얘기를 할 겨를도 없었다만……."

어머니는 아무래도 거기까지밖에 말하지 않았다.

"어머니는 어쩐지 저와 형수님 사이를 의심하는 것 같은데요……" 하고 말하자 지금까지 내 눈을 가만히 보고 있던 어머니가 갑자기 손을 저으며 내 말을 가로막았다.

"그럴 리 있겠니, 네 어민데."

어머니의 말은 사실 분명한 말임에 틀림없었다. 표정도 눈빛도 명쾌했다. 하지만 어머니의 속내는 도저히 읽을 수 없었다. 나는 자식으로서 이따금 마주한 진짜 아버지나 어머니가 거짓말인 줄 알면서도 정색을 하고 뭔가 타이르는 말을 들은 이래로 늘 사실 그대로를 말하는 사람은 세상에 한 사람도 없다고 체념하고 있었다.

"형님한테는 제가 다 말하기로 되어 있어요. 그렇게 약속했으니까 어머니가 걱정하실 필요는 없어요. 안심하세요."

"그럼 되도록 빨리 매듭짓는 게 좋아."

우리는 이튿날 저녁 급행열차로 도쿄로 돌아가기로 했다. 실은 아직 오사카를 중심으로 구경할 겸 걸어 다닐 만한 곳은 많았지만 어머니의 마음이 내키지 않고 형도 흥미가 떨어져 오사카에서 열차를 갈아타는 시간조차 아깝다며 곧장 도쿄까지 가는 침대차로 가자는 것이 어머니와 형의 의견이었다.

우리는 반드시 내일 아침 기차로 와카야마에서 오사카로 가야만 했다. 나는 어머니의 명령으로 오카다의 집으로 전보를 쳤다.

"사노 씨한테는 칠 필요 없겠지요?" 하면서 나는 어머니와 형의 얼굴을 바라보았다.

"그럴 거야." 형이 대답했다.

"오카다한테만 쳐두면 사노 씨는 내버려둬도 틀림없이 배웅하러 나올 테니까."

나는 전보 용지를 들고 반드시 오사다와 결혼하고 싶다던 사노의 짱구 이마와 금테 안경을 떠올렸다.

"그럼 그 짱구 씨한테는 그만두죠."

나는 이렇게 말해 모두를 웃겼다. 내가 진작부터 사노의 짱구 이마를 의식하고 있었던 것처럼 다른 사람들도 그의 그 특징을 주의하고 있었던 모양이다.

"사진으로 본 것보다 더 짱구던데요." 형수가 진지한 얼굴로 말했다.

나는 농담 속에 자신을 숨기면서 어떤 기회를 이용하여 형수에 대한 일을 형에게 보고해야 할지를 생각하고 있었다. 그래서 이따금 훔쳐보듯이, 그리고 상대가 눈치채지 못하도록 형의 동정을 살폈다. 그런데 형은 내 예상과 반대로 그것에는 전혀 관심이 없는 사람처럼 보였다.

42

형이 나를 별실로 부른 것은 그 일이 끝나고 좀 지나서였다. 그때 형은 평소와 다름없는 모습으로 (형수의 평에 따르면 평소와 다름없는 모습을 가장하여) "지로, 할 얘기가 좀 있어서 그러는데 저쪽 방으로 가자" 하고 온화하게 말했다. 나는 얌전히 "예" 하고 대답하고 일어섰다. 하지만 어찌 된 일인지 일어설 때 형수의 얼굴을 잠깐 쳐다보았다. 그때는 아무 눈치도 채지 못했지만 이 평범한 동작이 그 후 내 가슴에는 교만의 발현으로 끊임없이 영향을 미쳤다. 형수는 나와 얼굴이 마주쳤을 때 평소대로 한쪽뿐인 보조개를 보이며 웃었다. 나와 형수의 눈을 다른 사람이 보았다면 어딘가 득의양양한 빛을 띠고 있지 않았을까? 나는 일어서면서 옆방에서 유카타를 개고 있던 어머니 쪽을 힐끗 쳐다보고는 무심코 걸음을 뚝 멈췄다. 어머니의 눈빛은 조금 전부터 혼자 가만히 우리를 관찰하고 있었다고밖에 여겨지지 않았다. 나는 어머니로부터 가슴에 의혹의 화살을 맞은 듯한 기분으로 형이 있는 방으로 들어갔다.

그 무렵은 마침 음력 백중날쯤이라 이른바 이맘때에 밀어닥치는 거친 파도 때문인지 숙박인은 물론이고 당일치기 놀이 손님조차 평소만큼은 보이지 않았다. 따라서 넓은 3층 건물은 빈방이 많았다. 잠깐 빌려 쓰려고 하면 언제든지 자유롭게 쓸 수 있었다.

형이 미리 하녀에게 말해둔 것인지 방에는 고상한 담배합을 사이에 두고 마 방석 두 개가 마주 보고 놓여 있고 부채까지 준비되어 있었다. 나는 형 앞에 앉았다. 하지만 무슨 말을 꺼내야 할지 어림잡을 수가 없어서 그냥 잠자코 있었다. 형도 쉽사리 입을 열지 않았다. 그러나 이런 상황이 되면 성격상 반드시 형이 먼저 적극적으로 나올 것이라 짐작하고 나는 일부러 궐련만 연신 피워댔다.

지금 돌이켜보면 이때 나의 심리 상태는 형을 놀린다고 할 정도는 아니지만 다소 애를 태우게 할 생각이었다는 것만은 분명했다고 자백하지 않을 수 없다. 물론 내가 어떻게 형에게 그만큼 대담해질 수 있었는지는 나로서도 알 수 없다. 아마 형수의 태도가 나도 모르는 사이에 내게 옮겨 붙었을 것이다. 지금의 나는 돌이킬 수도 없고 속죄할 수도 없는 그런 태도를 깊이 참회하고 싶다.

내가 궐련을 피우며 잠자코 있자, 아니나 다를까 형은 "지로" 하고 불렀다.

"나오의 성격을 알아냈어?"

"모르겠던데요."

나는 형의 질문이 너무나 엄격했기 때문에 그만 이렇게 간단히 대답하고 말았다. 그리고 너무 형식적인 대답이었다는 것을 나중에야 알아차리고 잘못했다고 생각을 고쳐먹었지만 그때는 이미 돌이킬 수 없었다.

형은 그 후 한마디도 묻지 않고 대답도 하지 않았다. 둘이서 이렇게 입을 다물고 있는 시간이 내게는 굉장히 고통스러웠다. 지금 생각하면 형이야말로 더욱 고통스러웠을 것이다.

"지로, 난 네 형으로서 그저 모르겠다는 냉담한 대답을 들을 줄은 몰랐다."

형은 이렇게 말했다. 그리고 그 목소리는 낮게 떨렸다. 형은 어머니의 체면, 여관의 체면, 또 자신의 체면과 문제의 체면을 다 고려하여 높아지려는 목청을 간신히 억누르고 있는 듯이 보였다.

"넌 그런 냉담한 대답 한마디 한 걸로 끝나는 문제라고 우습게 보는 거냐, 어린애도 아니고 말이야."

"아니, 절대 그런 게 아닙니다."

이 대답을 했을 때의 나는 정말 순수한 동생이었다.

43

"그런 속셈이 아니라면, 그렇게 안 보이게 좀 더 자세히 얘기하면 될 거 아니냐?"

형은 몹시 불쾌한 표정으로 부채의 그림을 보았다. 나는 형이 내 얼굴을 보지 않는 걸 다행으로 여기며 넌지시 형의 기색을 살폈다. 내가 이렇게 말하면 형을 경멸하는 것 같아 무척 송구하지만 형의 표정 어딘가에는, 아니 형의 태도 어딘가에는 다소 어른스러움이 결여된 치기마저 드러나 있었다. 지금의 나는 그 순수한 단조로움에 대해 그에 상응한 존경을 표할 만한 입장을 갖추고 있다고 생각한다. 하지만 인격을 갖추지 못했던 당시의 내게는 그저 상대의 빈틈을 보아가며 일을 진행하는 것이 현명하다는 이해관계가 이런 문제에까지 들러붙어 있었다.

나는 잠시 형의 동정을 살폈다. 그리고 이런 상태라면 관여하기 쉽다는 마음이 들었다. 그는 불끈 화를 내고 있다. 몹시 초조해하고 있다. 일부러 초조함을 억누르려고 하고 있다. 전혀 여유가 없을 만큼 긴장하고 있다. 하지만 고무풍선처럼 가볍게 긴장하고 있다. 조금만 더 기다리면 자신의 힘으로 파열하든가 아니면 자신의 힘으로 어딘가로 날아갈 것임에 틀림없다. ……나는 이렇게 관찰했다.

나는 그제야 형에게 형수가 힘에 겨운 이유도 바로 여기에 뿌리를 두고 있다는 걸 알아챘다. 또한 형수가 자신을 잃지 않기 위해서는 지금의 방식이 가장 교묘한 걸 거라고도 생각했다. 나는 지금껏 오로지 형의 정면만을 보고 너무 조심하거나 어렵게 여기고 때에 따라서는 무서워하기도 했다. 하지만 어제 하루 밤낮을 형수와 보낸 경험은 뜻밖에도 대단히 불쾌한 이 형을 뒤에서 만만하게 보는 결과가 되어 눈앞에 나타났다. 나는 형수로부터 형을 이렇게 보라고 배운 적은 한 번도 없다. 하지만 형 앞에서 이만큼 배짱을 부려본 적도 없다. 부채를 바라보고 있는 형의 얼굴 언저리를 나도 비교적 시치미를 떼고 바라보았다.

그러자 형이 불쑥 고개를 들었다.

"지로, 무슨 말이든 좀 해봐" 하고 격정적인 말을 내 고막에 박았다. 나는 그 소리를 듣고 퍼뜩 평소의 나를 되찾았다.

"지금 말하려던 참이에요. 하지만 일이 복잡해 무슨 이야기부터 해야 좋을지 몰라 좀 난감하네요. 이건 다른 일과 다르니까 형님도 좀 더 마음을 툭 터놓고 차분히 들어주어야 해요. 재판관처럼 그렇게 고지식하게 호통을 치면 모처럼 목구멍까지 올라온 이야기도 그 기세에 질려서 쑥 들어가버리니까요."

내가 이렇게 말하자 형은 역시 견식이 있는 사람인 만큼 "어, 그래. 내가 잘못했다. 너는 성미가 급하고 나는 짜증을 잘 내는 사람이라 그런지 그만 이상해지는 걸 거다. 지로, 그럼 언제 차분히 얘기할 수 있는 거냐? 천천히 듣는 일이라면 나는 지금 당장이라도 들을 수 있을 것 같은데" 하고 말했다.

"뭐 도쿄로 돌아갈 때까지 기다리세요. 도쿄로 돌아간다고 해도 내일 밤 급행열차니까 금방이잖아요. 게다가 그때 제 생각도 차분히 말할 테니까요."

"그래도 좋아."

형은 차분히 대답했다. 지금까지의 짜증을 자신의 신용으로 떨쳐버릴 수 있었다는 듯이.

"그럼 아무쪼록 그렇게 하는 걸로 하지요." 내가 일어서려고 할 때 형은 "그래" 하며 수긍해 보였지만 내가 문지방을 넘는 순간 "야, 지로" 하고 다시 불렀다.

"자세한 건 추후에 도쿄에서 듣기로 하고 딱 한마디만 요점을 들을 수 없을까?"

"형수님에 대해……."

"물론이지."

"형수님의 인격에 대해 의심할 만한 점은 전혀 없었어요."

내가 이렇게 말했을 때 형은 갑자기 안색이 바뀌었다. 하지만 아무 말도 하지 않았다. 나는 그대로 그 자리를 뜨고 말았다.

44

나는 그때 경우에 따라서는 형에게 주먹으로 얻어터지든가 아니면 등 뒤로 심한 욕을 들을 거라 예상하고 있었다. 안색을 바꾼 형을 그 대로 둔 채 자리를 떴을 정도라 나는 평소보다 훨씬 그를 업신여겼음 에 틀림없다. 게다가 나는 여차하면 완력에 호소해서라도 형수를 변 호할 기개를 충분히 갖추고 있었다. 그것은 형수가 결백해서라기보다 는 형수에게 새로운 동정이 더해졌기 때문이라고 말하는 게 적절할 지도 모른다. 바꿔 말하면 나는 형을 그만큼 경멸하기 시작한 것이다. 자리를 떠날 때는 형에 대한 적개심마저 일었다.

내가 방으로 돌아왔을 때 어머니는 이제 유카타를 개고 있지 않았 다. 하지만 손을 바삐 움직이며 조그만 고리짝을 정리하느라 여념이 없었다. 그래도 마음은 딴 데 있었던 모양인지 내 발소리를 듣자마자 바로 이쪽을 향했다.

"형은?"

"곧 올 거예요."

"이야기는 다 끝난 거냐?"

"처음부터 끝나고 말고 할 그리 대단한 이야기가 아니었어요."

나는 어머니를 안심시키기 위해 일부러 귀찮다는 듯이 이렇게 말했다. 어머니는 다시 고리짝 안에 자질구레한 물건들을 넣었다 뺐다 하기 시작했다. 나는 이번에는 어머니에게 부끄러운 생각이 들어 옆에서 거들고 있는 형수의 얼굴을 굳이 보지 않았다. 그래도 형수의 젊고 쓸쓸한 입술에는 냉소의 그림자가 내 눈을 스치듯이 지나갔다.

"벌써부터 짐을 꾸리는 거예요? 너무 이르지 않나요?" 나는 일부러 나이 든 어머니를 조롱하듯이 말했다.

"그래도 떠나기로 한 이상 되도록 빨리 준비해두는 게 편하지."

"그럼요."

형수의 이 대답은 내가 뭐라고 하는 걸 앞질러 목소리의 반향처럼 흘러나왔다.

"그럼 줄로 매는 건 제가 하지요. 남자가 할 일이니까요."

나는 형과 반대로 인력거꾼이나 직공이 하는 험한 일에 재주가 있었다. 특히 고리짝을 매는 건 자신 있었다. 내가 줄을 십자로 매기 시작하자 형수는 바로 일어나 형이 있는 방 쪽으로 갔다. 나는 나도 모르게 그 뒷모습을 바라보았다.

"지로, 형 기분은 어떻던?" 어머니가 일부러 나직한 목소리로 물었다.

"특별히 이렇다 할 건 없던데요. 뭐 걱정하실 일 있겠어요? 괜찮아요." 나는 짐짓 거칠게 말하며 오른발로 고리짝 뚜껑을 누르고 끽끽 소리를 내며 묶었다.

"실은 너한테도 할 얘기가 있긴 한데, 도쿄에 돌아가면 언제 한번 천천히 하기로 하자."

"예, 천천히 듣지요 뭐."

나는 이렇게 대수롭지 않게 대답했지만 마음속으로는 어머니가 말하는 이야기의 내용이 어렴풋하게나마 떠올랐다.

잠시 후 형과 형수가 별실에서 나왔다. 나는 태연함을 가장하면서 어머니와 이야기를 나누는 동안에도 두 사람의 만남과 그 만남의 결과에 대해 다소 마음에 걸리는 구석이 있었다. 어머니는 두 사람이 나란히 나오는 모습을 보고 그제야 안심한 듯했다. 내게도 어딘가 그런 점이 있었다.

나는 힘들여 고리짝을 매느라 얼굴이며 등에서 땀이 줄줄 흘렀다. 팔을 걷어붙이고 유카타 소매로 사정없이 땀을 훔쳤다.

"이봐, 더운 모양이야. 부채질 좀 해줘."

형은 형수를 돌아보며 이렇게 말했다. 형수는 조용히 서서 내게 부채질을 해주었다.

"뭐, 괜찮아요. 이제 다 됐으니까요."

내가 이렇게 거절하는 사이에 드디어 내일 떠날 짐을 꾸리는 일은 다 끝났다.

돌아오고 나서

1

나는 형 부부 사이가 어떻게 될 것인가 하는 생각을 하며 와카야마에서 돌아왔다. 내 예상은 과연 빗나가지 않았다. 나는 자연의 폭풍우에 이어 형의 머리에 일종의 회오리바람이 일 징후를 충분히 알아차리고 형 앞에서 물러났다. 하지만 그 징후는 형수가 가서 10분이나 15분쯤 이야기하는 동안 거의 경계를 필요로 하지 않을 만큼 누그러졌다.

나는 마음속으로 이 변화에 깜짝 놀랐다. 고슴도치처럼 곤두서 있던 형을 아주 짧은 시간에 구워삶은 형수의 수완에는 더더욱 탄복했다. 나는 이제야 안심한 듯한 얼굴을 환하게 빛내는 어머니를 보는 것만으로도 만족했다.

형의 기분은 와카노우라를 떠날 때도 변하지 않았다. 기차 안에서도 마찬가지였다. 오사카로 가서도 여전히 계속되었다. 형은 배웅하러 나온 오카다 부부를 붙들고 농담까지 했다.

"오카다, 오시게한테 무슨 전할 말은 없나?"

오카다는 요령부득인 얼굴로 "오시게 씨한테만입니까?" 하고 되물었다.

"그래, 자네의 원수인 오시게한테 말이네."

형이 이렇게 대답하자 오카다는 그제야 알아차렸다는 듯이 웃음을 터뜨렸다. 같은 의미로 수수께끼가 풀린 오카네도 웃었다. 어머니의 예언대로 배웅하러 나온 사노도 드디어 웃을 기회가 왔다는 듯이 거리낌 없이 입을 벌리고 크게 웃어 주위 사람을 놀라게 했다.

나는 그때까지 형수가 어떻게 형의 기분을 돌렸는지 물어보지 못했다. 그 후로 여태까지 한 번도 물어볼 기회가 없었다. 하지만 그런 신통한 수완을 가진 형수라서 형을 시종 그렇게 우습게 여길 수 있는 거라고 생각했다. 그리고 그녀는 일부러 그 수완을 부리기도 하고 거두기도 한다. 단지 때와 장소를 가릴 뿐만 아니라 오로지 자기 멋대로 부리기도 하고 거두기도 하는 게 아닐까 하는 의심이 들었다.

기차는 평소처럼 붐볐다. 우리는 칸막이가 된 침대칸 표 넉 장을 간신히 구했다. 네 자리가 한 방이어서 무척 편했다. 형과 나는 체력이 좋은 남자라는 이유로 두 여성에게 아래쪽 침대를 내주고 위쪽 침대에 누웠다. 내 밑에는 형수가 누워 있었다.

나는 어둠 속을 달리는 기차의 울림 속에서 내 밑에 있는 형수를 도저히 잊을 수가 없었다. 그녀를 생각하면 유쾌했다. 동시에 불쾌했다. 어쩐지 말랑말랑한 구렁이가 몸을 휘감고 있는 듯한 느낌도 들었다.

형은 통로 하나를 사이에 두고 건너편에 누워 있었다. 몸이 누워 있다기보다는 정말이지 정신이 누워 있는 듯이 여겨졌다. 그리고 그렇게 누워 있는 정신을 그 흐물흐물한 구렁이가 비스듬히 머리에서 발끝까지 휘감고 있는 것처럼 느껴졌다. 내 상상에서 그 구렁이는 때때로 따뜻해지기도 하고 차가워지기도 했다. 그리고 그렇게 휘감은 것이 느슨해지기도 하고 꽉 조여지기도 했다. 형의 안색은 구렁이의 열이 변할 때마다, 그리고 휘감은 강도가 변할 때마다 달라졌다.

나는 내 침대 위에서 반쯤 상상처럼, 반쯤 꿈처럼 그 구렁이와 형수를 연상하지 않을 수 없었다. 나는 역무원이 외치는 나고야, 나고야, 하는 소리에 느닷없이 시(詩)와 흡사한 이 잠에서 깨어난 것을 지금도 기억하고 있다. 그때 기차 소리가 뚝 그치고 동시에 쏴아 하는 빗소리가 들려왔다. 양말 바닥이 축축해지는 것을 느끼고 일어나보니 발 쪽 창문의 먼지막이 사(紗)가 쳐져 있었다. 나는 서둘러 창문을 닫았다. 다른 사람은 어떨까 싶어 물어보았으나 대답이 없었다. 다만 형수만이 비가 들이치는 것 같다고 해서 어쩔 수 없이 위에서 뛰어내려 창문을 닫아주었다.

2

"비가 오나 보네요?" 형수가 물었다.

"예."

나는 바람에 거의 한군데로 모인 두툼하고 축축한 커튼을 한쪽으로 활짝 열어젖혔다. 그 순간 어머니가 몸을 뒤치는 소리가 들렸다.

"지로, 여기가 어디냐?"

"나고야예요."

나는 바람이 들어오는 사가 쳐진 창문을 통해 사람의 모습이 거의 보이지 않는 빗속의 역을 바라보았다. 나고야, 나고야, 하고 외치는 소리가 아직도 멀리서 들렸다. 그러고 나서 저벅저벅하는 발소리가 혼자 살아 있는 듯이 들려왔다.

"지로, 하는 김에 내 발 쪽 창문도 닫아주렴."

"어머니 쪽도 유리창이 열려 있나요? 아까 불렀는데 푹 주무시고 계신 것 같아서……."

나는 형수 쪽을 정리하고 바로 어머니 쪽 창문으로 갔다. 두툼한 커튼을 한쪽으로 밀고 손으로 더듬어보니 뜻밖에도 유리창은 제대로 닫혀 있었다.

"어머니, 여기는 비 같은 건 들이치지 않아요. 괜찮아요, 보세요."

나는 이렇게 말하며 어머니의 발 쪽 유리창을 톡톡 손으로 두드려보았다.

"아니, 비가 들이치지 않는다고?"

"들이칠 리가 있겠어요?"

어머니는 미소를 지었다.

"언제부터 비가 내렸는지 난 전혀 모르고 있었구나."

어머니는 자못 붙임성 있는 듯이, 또 변명을 하는 듯이 말하고는 "지로, 수고했구나, 어서 자라. 이제 시간도 꽤 되었을 거 아니냐?" 하고 말했다.

시계는 12시를 지나고 있었다. 나는 다시 살며시 위쪽 침대로 올라갔다. 실내는 원래대로 다시 조용해졌다. 형수는 어머니가 입을 연 뒤로 아무 말도 하지 않았다. 어머니도 내가 침대로 올라가고 나서는 아무 말도 하지 않았다. 오직 형만은 처음부터 끝까지 한마디도 하지 않왔다. 그는 성자처럼 그저 편안히 자고 있었다.[1] 그가 그렇게 자는 모습이 내게는 지금도 의심스러운 일 중의 하나다.

형은 스스로 이따금 공언하듯이 다소 신경쇠약에 걸려 있었다. 그리고 시시때때로 불면에 시달렸다. 또한 솔직히 그것을 모든 가족들에게 하소연했다. 하지만 잠이 와서 곤란하다고 한 일은 여태껏 한 번도 없다.

후지 산이 보이기 시작하고 비 갠 구름이 열차를 거슬러 날아가는 경치를 다들 일어나서 신기한 듯이 바라볼 때도 형은 전후 사정을 상관하지 않고 기분 좋게 자고 있었다.

식당이 열려 승객 대다수가 아침 식사를 마친 후 나는 어머니를 모시고 어젯밤 이후 아무것도 먹지 않은 배를 채우러 좁은 복도를 따라 뒤쪽으로 갔다. 그때 어머니는 형수에게 "이제 적당히 이치로를 깨워서 같이 저쪽으로 오너라. 우린 먼저 저쪽으로 가서 기다리고 있을 테니까"하고 말했다. 형수는 평소대로 쓸쓸하게 웃으며 "네, 곧 뒤따라가겠어요"하고 대답했다.

우리는 실내를 청소하려는 급사를 뒤에 두고 식당으로 들어갔다. 식당은 아직 꽤 붐볐다. 들락날락하는 사람들이 끊임없이 좁은 통로에 북적거렸다. 내가 어머니에게 홍차와 과일을 권할 때쯤 형과 형수의 모습이 드디어 입구에 보였다. 불행히도 우리 옆에서 그들의 자리

---

1 영문학자이자 소세키의 제자인 하야시바라 고조(林原耕三)에 따르면, 이 장면이 부자연스럽다고 한 모리타 소헤이(森田草平)의 비평에 대해 소세키는 『행인』을 집필할 때 졸음 때문에 고생했다는 자신의 체험을 들며 모리타는 졸음이 오는 유형의 신경쇠약이 있다는 것을 모른다고 하야시바라에게 이야기했다. 하지만 소세키의 졸음은 교코 부인이 위장약이라며 건넨, 위험할 정도로 강력한 최면제에 의한 것으로 그것은 하야시바라의 약을 유용한 것이었다고 한다. 『행인』 마지막 부분에도 지로에게 편지를 쓰는 H씨 옆에서 숙면을 취하는 이치로의 모습이 그려져 있다.

를 찾을 수 있을 만큼 식탁은 비어 있지 않았다. 그들은 입구 쪽 자리에 마주 보고 앉았다. 그리고 보통의 부부처럼 웃으면서 이야기를 나누거나 창밖을 내다보았다. 나를 상대로 차를 홀짝이고 있던 어머니는 때때로 그 모습을 흡족한 듯 쳐다보았다.

우리는 이렇게 도쿄로 돌아왔다.

3

거듭 말하지만 우리는 이렇게 도쿄로 돌아왔다.

도쿄의 집은 평소대로 특별히 이렇다 하게 달라진 점은 없었다. 오사다는 옷소매를 걷어 매는 끈을 두르고 별고 없이 일하고 있었다. 머리에 수건을 쓰고 빨래를 하고 있는 그녀의 뒷모습을 보며 지금은 일단락 지어진 예전의 오사다를 떠올린 것은 돌아오고 이틀째 되는 날 아침이었다.

요시에(芳江)는 형 부부 사이에 생긴 외동딸이다. 집을 비울 때는 오시게가 맡아서 모든 걸 보살펴주고 있었다. 요시에는 원래 어머니나 형수를 잘 따랐지만 실제로는 오시게만으로도 부자유를 느끼지 않을 만큼 얌전한 아이였다. 나는 그게 형수의 기질을 물려받았거나 아니면 오시게의 애교 때문일 거라고 해석했다.

"오시게, 너 같은 애도 용케 요시에를 돌볼 수 있구나. 누가 뭐래도 천생 여자라니까" 하고 아버지가 말하니 오시게는 뾰로통한 얼굴로 "아버지도 정말 너무하다니까요" 하고 일부러 어머니를 찾아와 하소연하더라는 이야기를 기차 안에서 들었다.

나는 돌아오고 하루 이틀 지나 오시게에게 "아버지가 너한테 천생 여자라고 했다고 화를 냈다며?" 하고 물었다. 오시게는 "화났지요" 하고 대답하고는 아버지 서재의 꽃병 물을 갈면서 마른 행주로 물기를 닦았다.

"아직도 화났어?"

"아직이라뇨, 진작에 잊어버렸는걸요. ……예쁘네요, 이 꽃. 무슨 꽃이죠?"

"오시게, 하지만 천생 여자라고 한 건 칭찬하는 말이야. 여자답고 친절한 아이라는 말이거든. 그런 말에 화를 내는 사람이 어디 있어?"

"아무래도 상관없어요."

오시게는 오비로 감춘 엉덩이께를 좌우로 흔들며 두 손으로 화병을 들고 아버지의 방 쪽으로 갔다. 그게 내게는 마치 그녀가 엉덩이로 화가 나 있다는 걸 보여주려는 것 같아 우스웠다.

요시에는 우리가 돌아오자마자 바로 오시게의 손에서 어머니와 형수에게 건네졌다. 두 사람은 요시에를 서로 빼앗는 것처럼 안았다 내려놓았다 했다. 내가 평소부터 신기하게 생각한 것은, 겉으로 보기에 냉담하기만 한 형수에게 철없는 요시에가 용케도 이만큼 따르게 되었다는 눈앞의 사실이었다. 검은 눈동자에 숱이 많은 머리, 그리고 어머니의 피를 물려받아 유달리 창백한 볼을 가진 소녀는 따르기 쉽지 않은 제 엄마 뒤를 기적처럼 따라다녔다. 형수는 그것을 일본 제일의 자랑으로 삼아 집안의 모든 식구들에게 과시했다. 특히 남편에게는 과시한다는 의미를 넘어 오히려 잔혹한 앙갚음을 하는 듯이 보이기도 했다. 형은 사색을 멀리할 수 없는 독서가로서 대개는 서재 안에 있어서 아무리 마음속으로 이 소녀를 총애한다고 해도 그 총애의 보수인 친밀함의 정도는 무척 희박한 것이었다. 감정적인 형이 그것을 어딘지 불만스럽게 여기는 것도 무리는 아니었다. 형의 성격상 식탁 위에서 그런 기색을 얼굴에 드러내는 일도 간혹 있었다. 그러면 다른 사람보다 오시게가 가만있지 않았다.

"요시에는 엄마를 잘 따르는구나. 아빠 옆에는 왜 안 가니?" 하고 일부러 부자연스럽게 물었다.

"왜냐면……." 요시에가 말했다.

"왜냐면 뭐?" 오시게가 다시 물었다.

"왜냐면 무서우니까." 요시에는 일부러 작은 목소리로 대답했다. 오시게는 그 말에 더욱 화가 치밀었다.

"뭐? 무섭다고? 누가 무서운데?"

이런 문답이 잘도 이어져 5분이고 10분이고 계속될 때도 있었다. 이럴 때 형수는 결코 안색을 바꾸지 않았다. 늘 창백한 볼에 미소를 띠면서 어디까지나 예사로운 반응을 보였다. 나중에는 아버지나 어머니가 아이와 아이 아빠를 달래기 위해 형에게 과일이나 과자를 주게 하고는 "자, 그만하면 됐어. 아빠가 맛난 걸 주네" 하며 간신히 그 자리를 어물어물 넘기는 일도 있었다. 오시게는 그래도 화가 덜 풀렸는지 모두에게 뾰로통한 볼을 내보였다. 형은 혼자 말없이 서재로 물러가는 것이 보통이었다.

4

아버지는 그해 처음으로 누군가에게 나팔꽃 키우는 법을 배워 어딘가 색다른 꽃이며 잎을 열심히 완상했다. 색다르다고 해도 보통의 나팔꽃이 그저 오그라들어 볼품없어진 것으로 보일 뿐이어서 식구들 중 누구도 그것을 들여다보는 사람은 없었다. 다만 아버지의 열성과 아침에 일찍 일어나는 것, 쭉 늘어서 있는 화분, 깨끗한 모래, 그리고 마지막으로 몹시 뒤틀린 꽃이나 잎의 모양새에 감탄하는 것에 지나지 않았다.

아버지는 그 화분들을 툇마루에 늘어놓고 누구를 붙잡든 설명을 게을리하지 않았다.

"역시 재미있네요." 솔직한 형까지도 감탄한 듯 겉치레 인사말을 하지 않을 수 없었다.

아버지는 늘 우리와 멀리 떨어진 안채의 방 둘을 차지하고 있었다. 발이 처진 툇마루에는 언제든 나팔꽃이 늘어서 있었다. 따라서 "야, 이치로"라든가 "야, 오시게" 하며 우리를 일부러 그곳으로 부르곤 했다. 나는 형보다 훨씬 더 아버지 마음에 드는 찬사를 늘어놓으며 물러났다. 그리고 아버지가 안 듣는 데서는 "이거 참, 저런 나팔꽃을 칭찬해야 하다니, 정말 두 손 들었다니까. 아버지의 별난 취미에도 이제 질렸어" 하며 험담을 늘어놓았다.

대체로 아버지는 설명해주기를 좋아했다. 게다가 시간 여유가 있으면 누구든 상관하지 않고 벨을 눌러 불러서는 이런저런 이야기를 했다. 오시게는 아버지가 부를 때마다 "오라버니, 오늘은 제발 소원이니까 대신 가줘요" 하고 부탁하는 일이 종종 있었다. 그런 오시게에게 또 아버지는 알아듣기 힘든 이야기를 하는 걸 무척 좋아했다.

우리가 오사카에서 돌아왔을 때도 여전히 나팔꽃은 피어 있었다. 하지만 아버지의 취미는 이미 나팔꽃을 떠나 있었다.

"어떻게 된 거예요, 그 변종은?" 하고 내가 물어봐도 아버지는 쓴웃음을 지으며 "실은 나팔꽃도 별로라 내년부터는 그만둬야겠다" 하고 대답했다. 나는 대충 아버지가 자랑 삼아 우리에게 보여준 묘한 꽃이나 잎은 필시 그쪽 분야의 사람이 감정하면 제대로 된 게 아니었을 거라고 판단하고 거실에서 큰 소리로 웃었다. 그러자 오시게와 오사다가 아버지를 변호했다.

"그런 게 아니에요. 너무 손이 많이 가서 아버지도 더 이상 견디지 못한 거예요. 그래도 아버지나 되니까 그만큼 할 수 있었다고 다들 칭찬하던걸요."

어머니와 형수는 내 얼굴을 보고 자못 내 무지를 비웃듯이 웃음을 터뜨렸다. 그러자 옆에 있던 조그만 요시에까지 형수와 마찬가지로 의미심장하게 웃었다.

이런 사소한 일로 하루하루를 보내는 사이에 형과 형수 사이는 자연스럽게 우리의 마음에서 떠났다. 나는 진작 약속한 대로 형에게 가서 형수에 대해 설명할 필요가 없어진 것 같은 기분이 들었다. 어머니가 도쿄로 돌아가서 차분히 이야기하자고 한 복잡한 듯한 사건도 어머니의 입에서 쉽사리 나올 것 같지 않았다. 마지막으로 형수에 대해 그토록 정보를 얻고 싶어 하던 형도 점차 냉정을 되찾았다. 그 대신 부모나 나에게도 전만큼 말을 하지 않게 되었다. 더울 때도 대체로 서재에 틀어박혀 뭔가를 열심히 하고 있었다. 나는 때때로 형수에게 "형님은 공부하고 있어요?" 하고 물었다. 형수는 "네, 아마 다음 학기 강의 준비라도 하는 거겠죠" 하고 대답했다. 나는 아 그렇구나, 하고 생각하고 그 분주함이 계속 이어지도록 그의 마음을 완전히 그쪽으로 전환시킬 수는 없을까 하고 늘 생각했다. 형수는 평소대로 쓸쓸한 가을 풀처럼 그 주변을 얼쩡거렸다. 그리고 때때로 한쪽뿐인 보조개를 보이며 웃었다.

5

그러는 사이에 여름도 차츰 지나갔다. 밤마다 보는 별빛이 하루하루 깊어갔다. 벽오동 잎이 아침저녁 바람에 흔들리는 것이 피부에 와 닿는 것처럼 눈을 서늘하게 뒤흔들었다. 나는 가을에 접어들자 다시 태어난 사람처럼 때때로 유쾌한 기분을 느꼈다. 나보다 시적인 형은 일찍이 투명한 가을 하늘을 바라보며 아아, 사는 보람을 느끼게 하는 하늘이로구나, 하며 기쁜 듯이 새파란 머리 위를 올려다본 일이 있었다.

"형님, 드디어 사는 보람을 느끼게 해주는 계절이 왔네요." 나는 형의 서재 베란다에 서서 형을 보았다. 형은 베란다에 있는 등의자에 누워 있었다.

"아직은 진짜 가을 기분이 안 들어. 조금 더 있어야지" 하고 대답한 형은 무릎 위에 엎어둔 두툼한 책을 집어 들었다. 밥을 먹기 전의 저녁 무렵이었다. 나는 그대로 서재를 나와 아래층으로 내려가려고 했다. 그러자 형이 갑자기 나를 불러 세웠다.

"요시에는 아래에 있나?"

"있겠지요. 아까 뒤뜰에서 본 것 같거든요."

나는 북쪽 창문을 열고 아래를 내려다보았다. 아래에는 특별히 요시에를 위해 정원사가 만들어준 그네가 있었다. 하지만 조금 전에 있던 요시에의 모습은 보이지 않았다. "이런, 어디 갔지?" 내가 혼잣말을 하자 요시에의 날카로운 웃음소리가 목욕탕 안에서 들려왔다.

"아아, 목욕하고 있네요."

"나오하고 같이? 아니면 어머니하고?"

요시에의 웃음소리 사이로 분명히 여자치고는 너무 깊은 데서 나오는 형수의 목소리가 들려왔다.

"형수님이네요." 내가 대답했다.

"기분이 무척 좋은 거 같은데."

나는 무심코 이렇게 말한 형의 얼굴을 보았다. 그는 손에 들고 있던 큼직한 책으로 머리까지 가리고 있어서 이 말을 할 때의 표정은 전혀 볼 수 없었다. 하지만 형이 그렇게 말한 의미는 그 어조로 충분히 알 수 있었다. 나는 잠깐 망설인 뒤 "형님은 아이를 다룰 줄 모르니까요" 하고 말했다. 형의 얼굴은 여전히 책 뒤에 가려져 있었다. 형은 그걸 급하게 치우고는 바로 "내가 다룰 줄 모르는 건 아이만이 아니야" 하고 말했다. 나는 잠자코 형의 얼굴을 쳐다보았다.

"난 내 아이만 다룰 줄 모르는 게 아니야. 아버지나 어머니를 다루는 기술도 없어. 그건 고사하고 제일 중요한 내 아내조차 어떻게 다뤄야 할지 아직도 잘 모르겠거든. 이 나이가 되도록 학문을 한 탓에 그런 기교를 배울 틈이 없었지. 지로, 어떤 기교는 인생을 행복하게 하는 데 꼭 필요한 것 같더라."

"하지만 훌륭한 강의만 할 수 있다면 그걸로 모든 걸 보상하고도 남으니까 괜찮아요."

나는 이렇게 말하고 상황을 보아 물러가려고 했다. 그런데 형은 그만둘 기색을 보이지 않았다.

"난 강의 준비만 하려고 태어난 사람이 아니야. 하지만 강의 준비를 하거나 책을 읽거나 할 필요 때문에 정작 중요한 사람다운 기분을 사람답게 만족시킬 수 없게 되어버린 거지. 아니면 상대방이 만족시켜 줄 수 없게 되었거나."

형의 말 속에는 그가 주변 사람들을 저주하는 듯한 쓸쓸한 뭔가가 들어 있는 것 같았다. 나는 어떻게든 대답하지 않으면 안 되었다. 그러나 뭐라 대답해야 좋을지 감을 잡을 수 없었다. 단지 예의 그 형수 사건이 다시 문제가 되면 큰일이라는 생각만 했다. 그래서 비겁한 것 같지만 문답이 그쪽으로 흐르는 것을 억지로 막았다.

"형님은 너무 생각이 많아서 스스로 그렇게 생각하는 거예요. 그보다 이렇게 날씨도 좋고 하니까 이번 일요일쯤 어디로 소풍이나 가지 않을래요?"

형은 희미하게 "응" 하며 울적하게 승낙의 뜻을 표했다.

6

형의 얼굴에는 고독한 쓸쓸함이 넓은 이마를 따라 홀쭉한 볼로 흘러넘쳤다.

"지로, 난 옛날부터 자연이 좋은데 말이야, 그건 사람들과 맞지 않아서 어쩔 수 없이 마음이 자연 쪽으로 가게 된 거 아닐까?"

나는 형이 가여웠다. "그렇지는 않겠지요." 한마디로 부정했다. 하지만 그것으로 형이 만족할 리는 없었다. 나는 사이를 두지 않고 이렇게 덧붙였다.

"역시 집안 내력에 그런 경향이 있는 거지요. 아버지는 물론이고 저도 형님이 아는 대로고, 게다가 오시게도 신기하게 꽃이나 나무를 좋아해서 지금은 산수화 같은 걸 봐도 이따금 감격한 듯한 얼굴로 바라보는 일이 있거든요."

나는 되도록 형을 위로하려고 이런저런 이야기를 했다. 그때 아래에서 오사다가 올라와 저녁 먹으러 내려오라고 했다. 나는 오사다에게 "넌 요즘 무슨 기쁜 일이라도 있는지 묘하게 싱글벙글하는구나" 하고 말했다. 내가 오사카에서 돌아오자마자 오사다는 후텁지근한 하녀 방 구석진 곳에 틀어박혀 쉬이 얼굴을 내밀지 않았다. 그게 오사카에서 모두가 한마디씩 써서 보낸 그림엽서에 내가 오사다에게 "축하한다"라고 썼기 때문이라는 걸 알고 온 식구들이 한바탕 크게 웃었다. 그 때문인지 한집에 있으면서도 오사다는 이상하게 나를 피했다. 따라서 얼굴을 마주하면 나는 새삼스레 무슨 말인가 하고 싶어졌다.

"오사다, 뭐가 그리 기쁜 거지?" 나는 재미 삼아 추궁하듯이 물었다. 오사다는 손을 짚은 채 귀까지 빨개졌다. 형은 등의자에서 오사다를 보며 "오사다, 결혼 이야기에 얼굴을 붉힐 때가 여자한테는 그래도 꽃 같은 시절인 거야. 시집을 가보면 말이야, 결혼이란 얼굴이 빨개질 만큼 기쁜 일도 아니고 부끄러운 일도 아니거든. 그렇기는커녕 결혼해서 한 사람이 두 사람이 되면 혼자 있을 때보다 사람의 품격이 타락하는 경우가 많지. 심한 일을 당하는 경우도 있어. 그러니까 조심하는 게 좋아" 하고 말했다.

오사다에게는 형이 무슨 뜻으로 그런 말을 하는지 전혀 전달되지 않은 듯했다. 뭐라 대답해야 좋을지 몰라 오히려 망연자실한 표정인데다 눈에는 눈물이 그렁그렁했다. 형은 그걸 보며 "오사다, 쓸데없는 이야기를 해서 미안하다. 지금 내가 한 말은 농담이야. 지로처럼 분별

없는 사람한테나 해줄 말을 그만 너처럼 상냥한 아가씨한테 해버렸구나. 완전히 잘못 생각했어. 용서해. 오늘 저녁에는 맛있는 거라도 있나? 지로, 그럼 저녁이나 먹으러 갈까?" 하고 말했다.

오사다는 형이 등의자에서 일어나는 것을 보자마자 바로 자리에서 일어나 한발 앞서 쿵쿵거리며 계단을 내려갔다. 나는 형과 어깨를 나란히 하고 방에서 나왔다. 그때 형은 나를 보며 "지로, 일전의 문제도 아직 그대로 내버려두었구나. 책 보랴 강의 준비하랴 너무 바빠서 그만 들어보자는 생각만 하고 그대로 내버려둬서 미안하다. 조만간 차분히 물어볼 생각이니까 그때는 아무쪼록 얘기 좀 해줘라" 하고 말했다. 나는 '일전의 문제라는 게 뭐죠?' 하고 시치미를 떼고 싶었다. 하지만 그때는 그럴 만한 용기가 없어서 일단 듣기 좋은 대답만 해두었다.

"이렇게 시간이 지나고 나니까 어쩐지 김빠진 맥주처럼 이야기하기가 힘들어졌네요. 하지만 모처럼 한 약속이니 듣겠다고만 하면 못 할 것도 없지요. 그런데 형님이 말한 살 만한 보람이 있는 가을도 되었으니 그런 시시한 것보다는 우선 소풍이라도 가지 않겠습니까?"

"음, 소풍도 좋긴 한데……."

우리는 이런 이야기를 주고받으며 식탁이 마련되어 있는 아래층 방으로 들어갔다. 그리고 거기에서 요시에를 옆에 앉히고 있는 형수를 보았다.

7

식사하는 자리에서 아버지와 어머니는 우연히 또 오사다의 결혼 문제를 화제에 올렸다. 어머니는 미리 흰색 비단을 포목점에서 사두었으니 그것으로 가문(家紋)을 넣은 예복을 만들 생각이라고 했다. 오사다는 그때 식구들 뒤에 앉아 시중을 들고 있었는데 황급히 까만 쟁반을 밥통 위에 놓은 채 자리를 뜨고 말았다.

나는 그녀의 뒷모습을 보고 웃음을 터뜨렸다. 형은 반대로 씁쓸한 표정을 지었다.

"지로, 네가 함부로 놀리니까 그렇잖아. 저렇게 순진한 아가씨한테는 좀 더 섬세한 말을 쓰지 않으면 안 된단 말이야."

"지로는 마치 열광적인 구경꾼이나 마찬가지구나." 아버지가 비웃는 것 같기도 하고 나무라는 것 같기도 한 어조로 말했다. 어머니만은 혼자 이해할 수 없다는 얼굴을 하고 있었다.

"아니, 지로가 말이죠, 오사다의 얼굴만 보면 축하한다느니 기쁜 일이 있는 모양이라느니 하고 말하니까 그 애도 부끄러워하는 거예요. 방금도 2층에서 얼굴을 붉히게 하는 바람에 바로 도망쳤거든요. 오사다는 천성적으로 나오하고는 전혀 다르니까 우리도 그걸 감안해서 대하는 데 주의를 해야 합니다."

형의 설명을 들은 어머니는 비로소 아, 그렇구나, 하는 듯이 쓴웃음을 지었다. 진작 식사를 마친 형수는 일부러 내 얼굴을 보고 이상한 눈짓을 했다. 그것이 내게는 일종의 신호처럼 보였다. 나는 아버지가 평한 대로 열광적인 구경꾼이라는 경향을 갖고 있었지만 이때는 아버지나 어머니를 꺼려 형수의 신호에 응할 마음은 털끝만치도 일지 않았다.

말없이 쓱 일어난 형수는 방 출구에서 잠깐 돌아보며 요시에를 손짓으로 불렀다. 요시에는 바로 일어났다.

"어머, 오늘은 과자도 안 받고 가는 거니?" 오시게가 물었다. 요시에는 그 자리에 서서 어떡하지 하며 고민하는 것 같았다. 형수는 "요시에, 안 올 거야?" 하고 자못 점잖게 말하며 복도 밖으로 나갔다. 그때까지 망설이고 있던 요시에는 형수의 모습이 보이지 않게 되자마자 갑자기 결심한 듯 쿵쾅거리며 뒤를 쫓아갔다.

오시게는 요시에의 뒷모습을 자못 분한 듯이 지켜보았다. 아버지와 어머니는 엄격한 표정으로 자신들의 접시를 응시했다. 오시게는 형을 비스듬히 쳐다보았다. 하지만 형은 멍하니 먼 데를 바라보고 있었다. 다만 그의 미간에는 엷은 팔 자가 새겨져 있었다.

"오라버니, 그 푸딩 좀 주세요. 괜찮죠?" 오시게가 형에게 말했다. 형은 말없이 접시를 오시게 쪽으로 밀어주었다. 오시게도 말없이 푸딩을 스푼으로 깨작였는데 내 눈에는 먹고 싶지 않은데도 부아가 나서 억지로 먹고 있는 것으로만 보였다.

형이 자리에서 일어나 서재로 들어간 것은 그로부터 조금 뒤였다. 나는 귀를 기울여 그의 슬리퍼가 조용히 계단을 올라가는 소리를 들었다. 잠시 뒤 위쪽에서 서재 문이 탁 하고 닫히는 소리가 나더니 조용해졌다.

도쿄로 돌아오고 나서 나는 자주 이런 광경을 목격했다. 아버지도 그것을 눈치채고 있는 듯했다. 하지만 그것을 가장 걱정하는 사람은 어머니였다. 어머니는 형수의 태도를 간파하고 또 양보의 빛을 보이지 않는 오시게를 하루라도 빨리 시집보내 젊은 여자들 사이의 갈등을 피하고 싶은 기색을 얼굴에도 표정에도 거동에도 드러냈다. 다음으로는 되도록 빨리 며느리를 얻어 형 부부 사이에서 나라는 성가신 존재를 치우고 싶어 했다. 하지만 복잡한 세상은 어머니의 생각대로 돌아가지 않았다. 나는 여전히 빈둥거리고 있었고 오시게는 더욱더 형수를 원수처럼 대했다. 그런데 신기하게도 오시게는 요시에를 사랑했다. 하지만 그것은 형수가 집에 없을 때뿐이었다. 요시에도 엄마가 집에 없을 때만 오시게에게 매달렸다. 형의 이마에는 학자다운 주름이 점점 깊게 새겨졌다. 그는 점점 더 책과 사색에 빠져들었다.

8

이런 까닭에 어머니가 가장 가볍게 보고 있던 오사다의 결혼이 가장 먼저 정해진 것은 그녀의 기대와는 정반대였다. 하지만 늦든 빠르든 언젠가는 치워야 할 오사다의 운명을 일단락 짓는 것도 역시 아버지나 어머니의 의무라서 그들은 오카다의 호의를 기뻐할지언정 그것을 결코 나쁘게 생각할 이유는 없었다. 오사다의 결혼이 집안 문제가 된 것도 결국은 그 때문이었다. 오시게는 이 문제에 대해 걸핏하면 오사다를 붙들고 놓아주지 않았다. 오사다는 또 오시게에게만은 얼굴도 붉히지 않고 여러 가지로 의논을 하기도 하고 자신의 장래에 대해서도 이야기를 나누는 모양이었다.

어느 날 밖에서 돌아온 내가 목욕을 마치고 나오자 오시게가 "오라버니, 사노 씨는 대체 어떤 사람이에요?" 하고 예의 앞뒤를 가리지 않는 어투로 물었다. 이는 내가 오사카에서 돌아오고 나서 벌써 두 번째, 혹은 세 번째로 듣는 질문이었다.

"뭐야, 아닌 밤중에 홍두깨도 아니고. 넌 너무 경솔해서 탈이야."

화를 잘 내는 오시게는 잠자코 내 얼굴을 쳐다보았다. 나는 책상다

리로 앉아 미사와에게 보낼 엽서를 쓰고 있었는데 그 모습을 보고 잠
깐 붓을 멈췄다.

"오시게, 또 화난 거야? ……사노 씨는 말이야, 얼마 전에도 말한 것
처럼 금테 안경을 쓴 짱구야. 그걸로 된 거 아냐? 아무리 물어도 내 대
답은 같아."

"짱구고 안경을 썼다는 건 사진만 봐도 충분히 알 수 있잖아요. 굳
이 오라버니한테 듣지 않아도 알 수 있단 말이에요. 저도 눈이 있으니
까요."

그녀는 아직 화가 덜 풀린 듯한 말투였다. 나는 조용히 엽서와 붓을
책상 위에 놓았다.

"대체 뭘 묻고 싶은 건데?"

"도대체 오라버니는 뭘 연구한 거예요, 사노 씨에 대해서?"

오시게라는 여자는 논쟁이라도 시작되면 나를 동년배처럼 보는 버
릇인지 친밀함인지 맹렬한 기질인지 아니면 치기인지 모를 것을 드러
냈다.

"사노 씨에 대해서라고……?" 내가 물었다.

"사노 씨의 사람 됨됨이에 대해서 말이에요."

원래부터 오시게를 무시하고 있었는데, 이렇게 진지한 질문을 받고
보니 나는 마음속에 묵직한 건 하나도 모아두지 않고 있음을 인정해
야 했다. 나는 시치미를 떼고 궐련을 피우기 시작했다. 오시게는 분한
듯한 표정이었다.

"아무리 그래도 너무한 거 아니에요? 오사다 씨가 저렇게 걱정하는
데."

"그러니까 오카다가 확실하다고 보증한다잖아, 그러면 된 거 아냐?"

"오라버니는 오카다 씨를 얼마나 믿는데요? 오카다 씨는 기껏해야 장기의 말에 지나지 않잖아요."

"얼굴이 장기의 말이든 뭐든……."

"얼굴이 아니에요. 마음이 들떠 있어요."

나는 귀찮고 짜증이 나서 오시게를 상대하는 게 싫어졌다.

"오시게, 그렇게 오사다 걱정만 할 게 아니라 너나 얼른 시집갈 궁리를 하는 게 훨씬 더 현명해. 아버지나 어머니께는 오사다가 결혼하는 것보다 네가 시집가는 것이 얼마나 더 걱정을 덜어주는 일인지 모르겠어? 오사다 일은 아무래도 좋으니까 어서 너나 자리를 잡아서 조금이라도 효도할 생각을 해야지."

오시게는 아니나 다를까 울음을 터뜨렸다. 나는 오시게와 다툴 때마다 상대가 울지 않으면 반응이 없는 것 같아 어쩐지 좀 허전했다. 나는 아무렇지 않게 담배를 피웠다.

"그럼 오라버니도 얼른 장가를 가서 독립하면 되잖아요. 그게 제가 결혼하는 것보다 얼마나 더 부모님께 효도하는 건지 몰라요? 이상하게 올케 편만 들고……."

"넌 형수한테 너무 대들어."

"당연하잖아요. 큰오라버니의 동생이니까요."

9

나는 미사와에게 보낼 엽서를 쓰고 나서 목욕하고 나와 곧바로 볼을 면도할 생각이었다. 오시게에게 투덜거리는 것도 성가셔진 것을 핑계로 "오시게, 미안하지만 목욕탕에서 양칫물 그릇에다 뜨거운 물 좀 떠다 주지 않을래?" 하고 부탁했다. 오시게는 양칫물 그릇에 물을 떠올 만큼 한가한 판국이 아닌 듯했다. 그보다는 열 배나 엄숙한 인생 문제를 생각하는 사람처럼 시치미를 떼고 뾰로통해 있었다. 나는 오시게는 신경 쓰지 않고 손뼉을 쳐서 하녀에게 뜨거운 물을 가져오게 했다. 그러고 나서 책상 위에 여행용 거울을 세워두고 상아 손잡이가 달린 면도칼을 늘어놓고 뜨거운 물로 적신 볼을 일부러 우스꽝스럽게 볼록하게 만들었다.

어쩐지 새롭다는 듯이 내가 면도솔을 휘두르며 비누 거품으로 얼굴 전체를 하얗게 칠하자 조금 전부터 옆에 앉아 이 모습을 보고 있던 오시게는 흐흑 하고 비극적인 소리를 내며 울기 시작했다. 나는 오시게의 성격으로 보아 조만간 이렇게 될 거라고 생각하며 은근히 이 비명 소리를 예상하고 있었다. 그래서 점점 더 볼에 공기를 가득 넣고 면도 날로 하얀 비누 거품을 기분 좋게 밀어내기 시작했다. 오시게는 그걸 보고 부아가 치미는지 점점 더 시끄러운 소리로 울었다. 결국에는 "오라버니" 하며 날카로운 소리로 나를 불렀다. 나는 오시게를 무시하고 있기는 했지만 그 날카로운 소리에는 약간 놀랐다.

"왜?"

"왜라뇨, 왜 그렇게 사람을 무시하는 건데요? 이래 봬도 전 오라버니의 동생이란 말이에요. 올케는 아무리 오라버니가 편을 들어봤자 원래 남 아닌가요?"

나는 면도기를 내려놓고 비누 거품투성이의 볼을 오시게 쪽으로 돌렸다.

"오시게, 넌 흥분해 있어. 네가 내 동생이고 형수가 남의 집에서 시집온 사람이라는 것쯤은 네가 가르쳐주지 않아도 알고 있어."

"그러니까 저한테 얼른 시집이나 가라느니 하는 쓸데없는 말은 그
만두고 오라버니나 얼른 오라버니가 좋아하는 올케 같은 사람을 얻으
면 될 거 아니에요?"

나는 손바닥으로 오시게의 머리를 한 대 갈겨주고 싶었다. 하지만
온 집안이 소란스러워지는 것이 두려워 쉽사리 손을 댈 수도 없었다.

"그럼 너도 얼른 형님 같은 학자를 찾아서 시집을 가면 되겠네."

오시게는 이 말을 듣자마자 느닷없이 달려들 것 같은 무시무시한
기세를 보였다. 그리고 띄엄띄엄 눈물을 흘리면서 자신의 결혼이 오
사다보다 늦어져서 이렇게 놀림을 당하는 거라고 말한 뒤 나를 형제
자매에게 동정도 없는 야만인이라고 평했다. 나도 원래는 오시게의
상대가 될 만큼의 욕쟁이였다. 하지만 마지막에는 결국 끈기가 달려
서 입을 다물고 말았다. 그래도 오시게는 내 옆을 떠나지 않았다. 그
리고 사실은 물론이고 사실이 낳은 터무니없는 상상까지 마음대로 지
껄여댔다. 그중에서 오시게가 가장 자신 있어 하는 것은 뭐니 뭐니 해
도 나와 형수를 한데 묶어 빈정거리는 고약한 심술이었다. 나는 그게
무엇보다 싫었다. 그때 나는 마음속으로 아무리 못생긴 여자라도 상
관없으니 오시게보다 빨리 결혼해서 부부 관계가 어떻다는 둥 남녀의
사랑이 어떻다는 둥 재잘거리는 여자 혼자만 달랑 남겨두고 싶은 마
음이 들었다. 그리고 그렇게 하는 것이 또 어머니가 걱정하는 대로 사
실은 형 부부에게도 좋을 거라고 진지하게 생각해보기도 했다.

나는 지금도 비를 맞아 불어터진 것 같은 오시게의 뾰루퉁한 얼굴을
기억하고 있다. 오시게는 또 비눗물이 담긴 쇠 대야에 얼굴을 처박았
다고밖에 할 수 없는 나의 괴상한 얼굴을 도저히 잊을 수 없다고 한다.

10

오시게는 분명히 형수를 싫어했다. 이는 학문에 전념하느라 고독한 형에 대한 동정이 강하기 때문이라는 걸 누구나 수긍했다.

"어머니라도 안 계시면 어떻게 될까요? 정말 안됐어요."

무슨 일이든 감출 줄 모르는 오시게는 예전에 내게 이렇게 말했다. 이는 물론 내가 볼을 비누 거품으로 새하얗게 하고 그녀와 다투기 전인, 오래전의 일이었다. 그때 나는 오시게를 상대해주지 않았다. 다만 "형님처럼 분별 있는 사람이 가정 일로 너한테 걱정 끼칠 일은 없을 테니까 잠자코 있어. 아버지도 어머니도 옆에 있으니까" 하고 훈계라도 하는 듯이 타일렀다.

나는 그때부터 이미 오시게와 형수는 물과 불 같은 개성의 차이로 도저히 원만하게는 같이 지내기 힘들 거라고 주의 깊게 보고 있었다.

"어머니, 오시게도 얼른 시집보내지 않으면 안 되겠어요" 하고 나는 어머니에게 충고하는 것 같은 참견을 한 적까지 있다. 그때 어머니는 왜냐고도 뭐라고도 묻지 않았지만 내 말의 의미를 충분히 알아들었다는 눈빛으로 "네가 말하지 않아도 아버지나 나나 무척 걱정하고 있는 참이다. 오시게만이 아니야. 네 색싯감도 뒤에서 얼마나 고생해가면서 찾고 있는지 모를 거다. 하지만 이런 일은 인연이 중요하니까……" 하며 내 얼굴을 찬찬히 들여다보았다. 나는 어머니가 하는 말의 의미고 뭐고 아무것도 모른 채 그냥 "예에" 하고 어린애처럼 물러났다.

오시게는 무슨 일이든 금세 정색을 하고 대드는 대신 겉과 속이 따로 없는 솔직하고 좋은 성품을 지녀서 어머니보다는 오히려 아버지의 사랑을 받았다. 물론 형에게도 귀여움을 받고 있었다. 오사다의 결혼

이야기가 나왔을 때도 "먼저 오시게부터 치우는 게 순서겠지" 하는 것이 아버지의 의견이었다. 형도 대체로 거기에 동의했다. 하지만 모처럼 이름까지 들먹이며 혼담이 들어온 오사다를 위해서는, 흔치 않은 기회를 놓치는 것은 결국 두 사람 모두에게 손해라는 어머니의 의견이 실제로 지당한 것이어서 이치에 밝은 형은 금방 의견을 굽혔다. 다소 형의 의견을 받아들인 아버지도 무사히 납득했다.

하지만 잠자코 있던 오시게에게는 그것이 심히 불쾌했던 모양이다. 그러나 오시게가 이번 결혼 문제에 대해서는 어떤 일이든 흔쾌히 오사다의 의논 상대가 되어주는 것을 보면 그녀가 선수를 빼앗긴 오사다에게 악감정을 품고 있지 않다는 것은 분명한 사실이었다.

오시게는 그저 형수 옆에 있는 것이 싫은 것처럼 보였다. 아무리 부모가 있는 집이라도, 아무리 어린애 같은 짓을 마음껏 할 수 있다고 해도, 냉담한 형수가 잘난 체하는 표정으로 바라보는 것은 무엇보다 힘들었던 모양이다.

이런 기분으로 신경을 곤두세우고 있을 때 오시게는 우연히 여성 잡지인가를 빌리기 위해 형수 방으로 들어갔다. 그리고 거기서 형수가 오사다를 위해 바느질하고 있던 혼수용 기모노를 보았다.

"아가씨, 이거 오사다 씨 거예요. 예쁘죠? 아가씨도 어서 사노 씨 같은 분을 만나 시집가세요" 하며 형수는 바느질하고 있던 기모노를 안팎을 뒤집어 보여주었다. 그 태도가 오시게에게는 일부러 보라는 듯이 짓궂게 자랑하는 것처럼 보였다. 빨리 혼처를 정해 이런 것이라도 지을 각오를 하라는 짓거리처럼 보이기도 했다. 언제까지 시누이라는 지위를 이용해서 남을 괴롭힐 셈이냐고 비꼬는 것처럼 해석되기도 했다. 마지막으로 사노 씨 같은 분을 만나 시집가라는 말을 들은 것이 가장 신경에 거슬렸다.

오시게는 울면서 아버지 방으로 하소연하러 갔다. 아버지는 성가시다고 생각한 모양인지 형수에게는 한마디도 캐묻지 않고 이튿날 오시게를 미쓰코시 백화점[2]에 데리고 갔다.

11

그러고 나서 이삼일 지나 아버지에게 손님 두어 명이 찾아왔다. 아버지는 평소 사교적인 데다 직업상의 필요에서 상당히 폭넓게 여기저기를 드나들었다. 공무(公務)에서 물러난 지금도 그 타성인지 영향인지 지인들과의 왕래는 그칠 새가 없었다. 물론 늘 얼굴을 비치는 사람 중에 유명한 사람이나 세력가는 그다지 보이지 않았다. 그때의 손님은 귀족원[3] 의원 한 사람과 어느 회사의 감사 한 사람이었다.

아버지는 이 두 사람과 우타이 친구인 듯 그들이 올 때마다 우타이를 하며 즐겼다. 오시게는 아버지의 명령으로 잠깐 북을 배운 적이 있어서 그럴 때는 자주 손님 앞에 불려 나가 북을 쳤다. 나는 그 시건방진 표정을 아직도 잊지 않고 있다.

"오시게, 넌 북은 잘 치는데 표정이 아주 엉망이야. 나쁜 말은 안 할테니까 시집가거든 당분간은 절대 북을 치지 마라. 남편이 아무리 우

---

2 『산시로』 등에는 미쓰코시 고후쿠텐(포목점)으로 등장하는데 이 무렵에는 이미 백화점으로서의 형태를 갖추었다.

3 구(舊)헌법 시대의 입법기관으로 중의원과 함께 제국의회를 구성했다. 지금의 참의원에 해당하는데 당시의 의원은 일반 선거로 뽑는 게 아니라 황족, 화족(華族), 칙선(勅選, 제국학사원 회원과 고액 납세자), 이렇게 세 종류로 구성되었으며 전후에 폐지되었다.

타이에 미쳤다고 해도 그렇게 새침을 떨었다가는 정나미가 떨어질 테
니까" 하고 일부러 악담을 해준 적이 있다. 그러자 옆에서 듣고 있던
오사다가 눈을 동그랗게 뜨고 "어머, 어쩜 그리 심한 말을, 너무하네
요" 하고 말해서 나도 좀 말이 지나쳤나, 하고 생각했다. 하지만 격정
적인 오시게는 평소와 다르게 내 말에 전혀 신경 쓰지 않는 것 같았
다. "오라버니, 그래도 표정은 아직 훌륭해요. 북이 엉망이지. 전 우타
이 손님이 오는 것만큼 싫은 건 없어요" 하고 일부러 내게 설명해주었
다. 오시게의 표정에만 주의하고 있던 나는 그때까지 그녀의 북이 그
렇게 서툰 줄은 모르고 있었다.

　그날도 손님이 오고 나서 한 시간 반쯤 지나자 예정대로 우타이가
시작되었다. 나는 곧 오시게가 불려 갈 것이라 생각하고 놀려줄 생각
으로 거실 쪽으로 나갔다. 오시게는 열심히 회석(會席) 요리상[4]을 닦
고 있었다.

　"오늘은 둥둥 안 쳐?" 내가 일부러 묻자 오시게는 묘하게 시치미를
뗀 표정으로, 서 있는 나를 올려다보았다.

　"그야 지금 밥상을 내가는걸요. 바쁘다며 거절했어요."

　나는 부엌이나 거실이 어수선한 가운데 장난이 지나쳐 어머니에게
꾸중을 듣는 것도 안 좋겠다 싶어 다시 방으로 돌아갔다.

　저녁을 먹고 잠깐 산책을 나갔다가 돌아와 내 방에 들어가기도 전
에 어머니에게 붙잡혔다.

　"지로, 마침 잘 왔다. 안방으로 가서 아버지 우타이 좀 들어드려라."

　나는 아버지의 우타이를 듣는 건 익숙해서 한 곡쯤 듣는 것쯤이야

---

4 회석 요리를 내가는 사방 36센티미터쯤 되는 상으로 붉거나 검은 옻칠을 했으며 다리가 없다.

싫을 것도 없었다.

"뭘 하는데요?" 어머니에게 물었다. 어머니는 나와는 정반대로 우타이를 아주 싫어했다. "뭔지는 모르겠는데, 어서 가봐. 다들 기다리고 있으니까" 하고 말했다.

나는 자세한 사정을 다 알고 나서 안방으로 가려고 했다. 그런데 어두한 툇마루에 오시게가 가만히 서 있었다. 나는 무심결에 "야아……" 하며 큰 소리를 지를 뻔했다. 오시게는 황급히 손을 내저으며 신호처럼 내 입을 막았다.

"왜 그렇게 어두운 데서 혼자 서 있는 건데?" 내가 오시게의 귀에 입을 대고 물었다. 그녀는 곧바로 "아무튼요" 하고 대답했다. 하지만 내가 그 대답에 만족하지 않고 여전히 그 자리에 그대로 서 있는 걸 보고 "아까부터 몇 번이나 나오라고 자꾸 재촉하는 거예요. 그래서 어머니한테 미리 말해서 몸이 좀 안 좋은 걸로 해두었어요."

"왜 하필이면 오늘 그렇게 안 하려는 건데?"

"그거야 이제 북 치는 게 싫어졌으니까요, 시시해서. 게다가 지금 하는 건 어려워서 도저히 못 하거든요."

"기특하게 너 같은 여자도 겸손의 도를 조금은 터득한 걸 보니 장하구나" 하는 말을 남기고 나는 안방으로 들어갔다.

12

안방에는 예의 손님 두 사람이 도코노마 앞에 앉아 있었다. 둘 다 기품 있는 용모의 사람으로 살짝 벗어지기 시작한 머리가 뒤쪽에 걸려 있는 단유(探幽)[5]의 세 폭짜리 족자 그림과 잘 어울렸다.

그들은 둘 다 하카마 차림에 하오리는 벗어놓은 채였다. 세 사람 중에서 하카마를 입지 않은 사람은 아버지뿐이었는데, 그런 아버지도 하오리만은 입지 않았다.

나는 면식이 있는 사람이라 정면의 손님에게 인사를 겸해서 "아무쪼록 잘 듣겠습니다" 하며 고개를 숙였다. 손님은 다소 송구스러운 체하며 "이거, 참……" 하며 머리를 긁적이는 시늉을 했다. 아버지가 내게 오시게에 대해 물어서 "아까부터 두통이 좀 있는 것 같아서 인사하러 나오지 못하는 걸 아쉬워하고 있습니다" 하고 대답했다. 아버지는 손님 쪽을 보면서 "오시게가 몸이 안 좋다니, 꼭 도깨비의 곽란(癨亂)[6]이로군" 하며 이번에는 내게 "아까 쓰나(어머니의 이름) 얘기로는 배가 아프다고 했는데 그게 아니라 두통이라고?" 하고 되물었다. 나는 아뿔싸 싶었으나 "아마 둘 다겠지요. 위장의 열로 머리가 아프기도 하니까요. 하지만 걱정할 만한 병은 아닌 것 같습니다. 곧 낫겠지요" 하고 대답했다. 손님은 야단스러울 만큼 오시게에 대한 동정의 말을 쏟아놓은 뒤 "그건 유감스럽지만 시작할까요" 하고 말했다.

듣는 이로는 나보다 먼저 형 부부가 예의 바르게 옆으로 나란히 앉아 있어서 나는 짐짓 점잔을 빼고 형수 다음 자리에 앉았다. "뭘 한대요?" 하고 앉으면서 물었더니 이런 방면에는 아무런 소양도 취미도 없는 형수는 "잘은 모르지만 〈가게키요(景淸)[7]〉라는데요" 하고만 대답하고 입을 다물었다.

---

5 에도 시대의 화가 가노 모리노부(狩野守信, 1602~1674)의 법호다. 화려한 화풍으로 무가의 환영을 받았으며 막부의 보호를 받아 가노파가 번영하는 기초를 쌓았다.

6 평소에 튼튼한 사람이 병에 걸린 것을 야유하는 표현.

손님 중에 불그레한 얼굴에 풍채가 좋은 남자가 주인공인 가게키요 역을 맡고, 그 옆의 귀족원 의원이 조역인 마을 사람 역을 맡고, 아버지는 집주인이라 가게키요의 '딸'과 그녀의 종자(從者)인 '사내' 역을, 단역이라 생각해서인지 두 개를 맡았다. 우타이를 좀 들을 줄 아는 나는 처음부터 어떤 〈가게키요〉가 될까 하고 걱정했다. 형은 무슨 생각을 하고 있는지 심히 요령부득인 얼굴로 조락하기 시작한 지난 세기의 육성을 꿈처럼 듣고 있었다. 형수의 고막에는 가장 중요한 '쇼몬(松門)'[8]조차 인간이라기보다는 오히려 으르렁거리는 짐승의 소리로 불쾌하게 들린 듯했다. 나는 진작부터 이 〈가게키요〉라는 우타이에 흥미를 갖고 있었다. 왠지 용맹스러운 듯하기도 하고 애처로운 것 같기도 한 기분이 맹인인 가게키요의 강력한 말투에서, 또 아버지를 찾아서 멀리 미야자키의 휴가(日向)까지 내려가는 딸의 태도에서 눈물이 되어 내 눈을 적신 적이 한두 번 있었다.

하지만 그것은 훌륭한 배우가 열의를 갖고 각자의 역할을 맡은 경우로, 지금 듣고 있는 위태위태하고 더듬더듬 넘어가는 〈가게키요〉에는 거의 동정심조차 일지 않았다.

얼마 후 〈가게키요〉의 전투 이야기도 끝나고 우타이 한 곡도 순조롭게 결말에 이르렀다. 나는 그 곡을 어떻게 평해야 좋을지 몰라 다소 불안해졌다. 형수는 평소의 과묵함과 달리 "용맹한 곡이네요" 하고 말했다. 나도 "그러네요" 하고 대답해두었다. 그러자 필시 한마디도 하

---

7 요쿄쿠(謠曲)의 곡명. 헤이케(平家)가 몰락한 후 맹인이 된 가게키요는 미야자키에서 비파법사(헤이케 이야기에 가락을 붙여 이야기하며 비파를 타는 맹인 중)로서 여생을 보내고 있다. 그곳에 딸 히토마루(人丸)가 찾아온다. 영락한 자신의 처지를 부끄러워하던 가게키요는 마을 사람들의 권유로 딸을 만나 예전의 무용담을 들려주고, 가마쿠라로 돌아가는 딸을 배웅한다.
8 〈가게키요〉의 첫머리에 주인공인 가게키요가 등장하는 부분이다.

지 않을 것이라 여겼던 형이 갑자기 불그레한 얼굴의 손님에게 "과연 나도 헤이케로다 말하고, 라든가 비로소, 라고 하는 구절이 있었습니다만, 과연 나도 헤이케로다, 하는 말이 무척 재미있었습니다" 하고 말했다.

형은 원래부터 솔직한 사람인 데다 자신의 교육과 관련해서도 거짓말하지 않는 걸 품성의 한 부분으로 알고 있을 정도의 사람이라 그 비평을 의심할 여지는 추호도 없었다. 하지만 불행히도 그의 비평은 우타이를 잘하고 못하고의 문제가 아니라 문장이 좋고 나쁨에 속하는 이야기라 상대의 반응은 거의 없었다.

이런 상황에 익숙한 아버지는 "이야, 그 부분은 무척 재미있게 들었네" 하고 손님의 우타이 솜씨를 일단 칭찬하고 나서 "실은 그것에 대해 생각난 게 있는데, 아주 흥미로운 이야기가 있다네. 바로 그 문구를 현대풍으로 바꾸고 가게키요를 여자로 한 거니까 우타이보다 훨씬 깊이가 있고 우아하지. 게다가 사실이고" 하고 말했다.

13

아버지는 사교가인 만큼 이런 묘한 이야기를 머릿속에 많이 넣고 있었다. 그래서 손님이라도 오면 술잔을 주고받으며 그것을 임기응변으로 활용하곤 했다. 오랫동안 아버지 옆에서 살고 있는 나도 이 여자 가게키요에 대한 이야기는 처음 듣는 것이었다. 나는 무심코 귀를 기울이며 아버지의 얼굴을 쳐다보았다.

"바로 얼마 전의 일인데, 또 실제로 있었던 일이니까 이야기를 하자면 그 이야기의 발단은 훨씬 오래되었네. 오래되었다고 해도 겐페이 (源平)[9] 시대부터 말하려는 게 아니니까 그 점은 안심해도 좋은데, 아무튼 지금으로부터 25, 6년 전, 그러니까 내가 막 월급쟁이 생활을 시작할 무렵이라고 할까……."

아버지는 이런 서두를 꺼내 모두를 웃긴 다음 본론으로 들어갔다. 그것은 아버지의 친구라기보다는 오히려 훨씬 후배에 해당하는 남자의 염문 같은 이야기였다. 물론 조심스러워하며 그의 이름은 말하지 않았다. 나는 집에 들락거리는 여러 유형의 사람들의 이름이나 얼굴은 대충 기억하고 있었는데, 그런 일화가 있었던 사람만은 아무리 생각해도 어떤 상상도 떠오르지 않았다. 나는 마음속으로 아버지는 지금 표면상 그 사람과 아마도 교제하고 있지는 않을 거라고 의심했다.

여하튼 그 사람이 스무 살쯤에 일어난 일이라 그때 당사자는 고등학교에 막 들어갔을 때라든가 들어간 지 2년쯤 되었다든가 하는 식으로 아버지는 무척 애매하게 설명했다. 하지만 그건 우리가 신경 쓸 일이 아니었다.

"그 사람은 좋은 사람이었네. 좋은 사람도 여러 가지가 있지만, 아무튼 좋은 사람이었어. 지금도 그러니까 스무 살 무렵엔 필시 귀여운 도련님이었겠지."

아버지는 그 남자를 이렇게 대충 말해두고 그 남자와 그 집 하녀가 어떤 관계에 빠져든 운명을 아주 간단히 이야기했다.

"원래 그 녀석은 진짜 철부지라서 연애 같은 세련된 일은 그때까지 전혀 몰랐다고 하네. 본인 또한 여성이 자기 같은 사람을 연모하는 일

9 미나모토(源)와 다이라(平), 두 씨족이 서로 세력을 다투던 시대(11세기 말에서 12세기 말까지).

은 도저히 있을 수 없는 기적이라고 생각했다더군. 그런데 그 기적이 돌연 하늘에서 떨어져 깜짝 놀랐다네."

이야기를 들은 손님은 오히려 진지한 얼굴로 "그랬겠지" 하고 받아들였지만 나는 우스워서 견딜 수가 없었다. 쓸쓸한 듯한 형의 볼에도 웃음의 소용돌이가 떠돌았다.

"그런데 남자 쪽이 소극적이고 여자 쪽이 적극적이라서 더욱더 묘한 거지. 내가 그 녀석한테 그 여자가 자네한테 마음이 있다는 걸 깨달은 건 어떤 상황이었느냐고 물었더니 말일세, 진지한 얼굴로 이런 저런 말을 했는데 그중에서 가장 재미있다고 생각해서인지 아직도 기억하고 있는 건 말이야, 그 녀석이 기와 모양으로 구운 센베이인가 뭔가를 먹고 있는데 그녀가 와서 저한테도 그 센베이 좀 주세요, 라고 말하자마자 그 녀석이 베어 물고 남은 절반을 낚아채서 자기 입에 넣었을 때라더군."

아버지가 이야기하는 투는 물론 우스꽝스러움을 주로 하고 중요하고 진지한 쪽을 배경으로 끌어당겨서, 듣고 있는 손님을 비롯한 우리 세 사람도 그저 마음껏 웃기만 하면 그다음에는 아무것도 남지 않을 것 같았다. 게다가 손님들은 어딘가에서 웃는 기술을 수련하고 온 사람들처럼 잘 웃었다. 좌중에서 비교적 진지했던 이는 오로지 형 한 사람뿐이었다.

"아무튼 그 결과는 어떻게 되었습니까? 경사스럽게 결혼했습니까?" 하고 농담으로 여겨지지 않는 어투로 물었다.

"아니, 이제 그걸 이야기하려는 참이야. 아까도 말한 대로 〈가게키요〉의 정취가 나오는 부분은 이제부터거든. 지금 말한 건 서두에 불과하다니까." 아버지는 득의양양하게 대답했다.

14

아버지의 이야기에 따르면 그 남자와 여자의 관계는 여름밤의 꿈처럼 덧없는 것이었다. 그러나 인연을 맺었을 때 남자는 여자를 미래의 아내로 삼겠다고 분명히 말했다고 한다. 물론 이는 여자가 내세운 조건도 뭐도 아니었고 단지 분위기에 사로잡혀 남자의 입에서 저절로 튀어나온, 진심이지만 실행하기 힘든 감정적인 말에 지나지 않았다고 아버지는 굳이 설명했다.

"그건 말이야, 두 사람이 동갑이잖아, 게다가 한쪽은 부모에게 얹혀 살고 있는 전도유망한 학생이고 다른 한쪽은 남의 집 고용살이를 해서 살고 있는 가난한 하녀라 아무리 굳은 약속을 했다 해도 그 약속을 실행할 수 있을 때까지의 긴 세월 동안 어떤 문제가 발생하지 말란 법도 없는 일이거든. 그래서 여자가 물었다는 거야. 당신이 학교를 졸업하면 스물대여섯 살이 된다, 그러면 나도 같은 나이가 될 것이다, 그래도 받아들이겠느냐고 말이야."

아버지는 거기서 갑자기 이야기를 멈추고 무릎 아래에 있던 은 담뱃대에 담배를 채웠다. 아버지가 푸르스름한 연기를 콧구멍으로 한꺼번에 내뿜었을 때 나는 너무 답답해서 "그 남자는 뭐라고 대답했습니까?" 하고 물었다.

아버지는 손에 든 담뱃대의 재를 떨면서 "지로가 반드시 뭐라고 물을 줄 알았다. 지로, 재미있지? 세상에는 별의별 사람이 다 있거든" 하며 나를 쳐다보았다. 나는 그저 "예" 하고 대답했다.

"실은 나도 물어봤지, 그 남자한테. 자네, 뭐라 대답했나, 하고 말이야. 그러자 철부지가 이렇게 말하는 거야. 나는 내 나이도 그쪽 나이도 알고 있었네, 하지만 내가 졸업하면 여자가 몇 살이 되는지 거기까지는 생각하지 못했지, 하물며 내가 쉰 살이 되면 상대도 쉰 살이 되는 먼 미래의 일이 어떻게 머리에 떠올랐겠나, 하고 말이야."

"순진한 사람이군요." 형은 오히려 찬탄하는 투로 말했다. 지금까지 잠자코 있던 손님이 갑자기 형의 말에 찬성하며 "정말 순진하군"이라거나 "역시 젊은 사람은 정말 외골수라니까" 하고 말했다.

"그런데 그 녀석은 일주일도 지나지 않아 후회하기 시작한 거야, 뭐 여자는 태연했는데 그 녀석이 스스로 미안해진 거지. 철부지인 만큼 기개가 없는 꼴이라니, 참. 하지만 솔직한 사람이라 결국 여자에게 정식으로 약혼을 파기해달라고 말하고, 게다가 겸연쩍은 얼굴로 미안하다느니 뭐라고 하면서 사죄를 했다더군. 그렇게 되면 동갑이라고 해도 상대는 여자거든, '미안하다'느니 하는 어린애 같은 말을 들으면 귀엽기도 하겠지만 또 어이가 없기도 할 거 아니냐고."

아버지는 큰 소리로 웃었다. 손님도 덩달아 웃었다. 형만은 우스운 건지 씁쓸한 건지 이상한 표정을 지었다. 형의 마음에는 이런 이야기가 모두 엄숙한 인생 문제로 비치는 모양이었다. 형의 인생관에서 보면 아버지가 이야기하는 모습조차 어쩌면 경박하게 들렸을지 모른다.

아버지의 이야기에 따르면 여자는 얼마 있다가 곧 그 집 일을 그만두고 나가 다시는 얼굴을 비치지 않았는데, 남자는 그로부터 두세 달 동안 뭔가 골똘히 생각에 빠진 채 혼이 한곳에 들러붙은 것처럼 꼼짝하지 않았다고 한다. 한번은 여자가 근처에 왔다가 들렀을 때도 남 보기가 부끄러워서 그랬는지 한마디도 하지 않았다. 게다가 그때가 마침 점심때라서 여자가 옛날대로 식사 시중을 들었는데도 남자는 마치 초면인 사람이라도 만난 것처럼 말을 걸지 않았다.

여자도 그 이후로는 남자의 집 문턱을 결코 넘지 않았다. 남자는 마치 여자의 존재를 잊어버린 것처럼 학교를 졸업하고 가정을 꾸렸으며 이십 몇 년이 지난 최근까지도 여자와는 아무런 연락도 없이 지냈다.

15

"그걸로 끝나면 그냥 뭐 일화에 불과하지. 하지만 운명이라는 건 무서운 거라⋯⋯." 아버지가 다시 말을 이었다.

나는 아버지가 무슨 말을 꺼낼까 하고 아버지의 얼굴에서 눈을 뗄 수가 없었다. 아버지의 이야기를 개요만 간추리면 대강 이러했다.

남자가 여자를 완전히 잊어버린 이십 몇 년 뒤, 두 사람은 운명에 이끌려 우연히 만났다. 만난 것은 도쿄 한복판에서였다. 게다가 유라쿠자(有樂座)[10]에서 도자이메이진카이(東西名人會)[11]나 비온카이(美音會)[12]가 있었던 좀 쌀쌀한 저녁의 일이었다.

그때 남자는 아내와 딸을 데리고, 무대 정면의 몇 번째 자리인지는 모르겠지만 아무튼 예약해둔 자리에 나란히 앉아 있었다. 그런데 그들이 입장하고 5분도 지나지 않아 방금 말한 여자가 다른 여자의 손에 이끌려 들어왔다. 그들도 전화로 자리를 예약해두었는지 남자 옆의 예약석이라는 종이 표지가 붙은 자리로 안내받아 얌전히 앉았다.

---

10 도쿄의 고지마치 구(현재의 지요다 구) 유라쿠초에 있던 소극장. 1908년 당시로서는 새로운 서양식 건축물로 신극단의 활동 거점이 되었으며 1923년 간토 대지진으로 소실되었다.

11 일본 전통음악의 명인이 출연하는 연주회로 매년 봄가을에 열린다. 제1회는 1909년에 유라쿠자에서 개최되었다.

12 일본 전통음악과 함께 서양음악도 연주하는 음악회(제1회는 1907년).

두 사람은 그렇게 묘한 곳에서 묘하게도 바로 옆자리에 앉은 것이다. 더욱 묘하게 생각된 것은 여자가 옛날과 달리 표정 없는 맹인이 되고 말아 옆에 어떤 사람이 있는지 전혀 모른 채 그저 무대에서 들려오는 음악 소리에만 귀를 기울이고 있는, 남자로서는 상상도 할 수 없는 사실이었다.

남자는 처음에 자기 옆에 앉은 여자의 얼굴을 보고 20년 전의 기억이 거꾸로 되돌려진 것처럼 깜짝 놀랐다. 이어서 검은 눈동자로 지그시 자신을 보던 옛날의 모습이 어느새 사라져버린 여자의 모습을 알아차리고 다시 한번 깜짝 놀라며 불안감에 사로잡혔다.

10시가 지날 때까지 한자리에 거의 미동도 하지 않고 앉아 있던 남자는 무대에서 뭘 하는지 도통 귀에 들어오지 않았다. 그저 여자와 헤어지고 나서 오늘에 이르는 운명의 어두운 실을 이리저리 상상할 뿐이었다. 또한 여자는 자기 옆에 앉아 있는 옛 남자를 보지도 않고 알려고도 하지 않고 전혀 의식에 올릴 짬도 없이 그저 자연스럽게 조락해간 과거의 음악에, 젊었던 옛날을 회상하는 기색을 짙은 눈썹 사이에 가까스로 보여줄 뿐이었다.

두 사람은 돌연 만나고 돌연 헤어졌다. 남자는 헤어진 후에도 자주 여자를 떠올렸다. 특히 그녀가 맹인이 된 것이 마음에 걸렸다. 그래서 어떻게든 여자가 사는 곳을 알아내려고 했다.

"지나치게 고지식하고 열심인 사람이라 결국 성공했지. 그렇게 알아낸 사정도 듣기는 했는데 장황하고 번거로워서 잊어버렸어. 아무튼 그가 그다음에 유라쿠자에 갔을 때 안내하는 사람을 붙들고 이리저리 알아보느라 상당히 까다로운 수고를 끼쳤다더군."

"어디 있었나요, 여자는?" 나는 꼭 확인하고 싶어 물었다.

"그건 비밀이야. 이름이나 사는 곳은 일절 못 들은 걸로 하기로 했거든. 약속이니까 말이야. 그런 약속이야 상관없지만, 그 녀석이 그 맹인 여자가 있는 곳을 나더러 찾아가달라고 부탁하더란 말이지. 무슨 생각으로 그런 것인지는 모르겠지만 결국 안부 인사 같은 거였겠지. 본인에게 물으면 학문을 한 사람이니만큼 그럴싸한 구실을 얼마든지 댔겠지만 말이야. 요컨대 과거와 현재의 중간을 연결시켜 안심하고 싶었던 거지. 게다가 어떻게 해서 맹인이 되었는지, 그게 아마 가장 신경이 쓰였던 모양이고. 그렇다고 이제 와서 그 여자하고 새로운 관계를 맺을 생각은 없고, 게다가 처자식한테 체면도 있으니까 본인이 굳이 가고 싶지는 않았던 거지. 그뿐 아니라 그가 또 옛날에 그 여자와 헤어질 때 쓸데없는 말을 했거든. 나는 학문을 좀 해볼 생각이라 서른대여섯 살이 될 때까지는 아내를 얻지 않겠다, 그래서 얼마 전에 한 약속은 취소할 수밖에 없다, 하고 말이지. 그런데 그 녀석은 학교를 졸업하자마자 결혼했으니까 양심상 그리 마음이 좋지 않았겠지. 그래서 결국 내가 가기로 한 거야."

"어머, 어이없는 일이네요." 형수가 말했다.

"어이없는 일이지만 결국 갔지." 아버지가 대답했다. 손님들도 나도 흥미롭다는 듯이 웃음을 터뜨렸다.

16

아버지에게는 남들에게서 찾아볼 수 없는 일종의 소탈하고 익살스러운 면이 있다. 어떤 사람은 싹싹한 분이라고도 하고 또 어떤 사람은 스스럼없는 남자라고도 평했다.

"아버지는 오직 저런 것으로 자신의 지위를 쌓아 올렸지. 사실 그런 게 세상이잖아. 정식으로 학문을 하고 진지하게 생각을 정리해봤자 사회에서는 전혀 중히 여기지 않지. 그저 경멸할 뿐이야."

형은 예전에 푸념인지 빈정거림인지 아니면 풍자인지 사실인지 알 수 없는 이런 감회를 남몰래 내게 털어놓은 적이 있다. 성격으로 보면 형보다는 오히려 내가 아버지를 닮았다. 게다가 나이가 어려 형이 하는 말의 의미를 지금처럼 명료하게 이해하지 못했다.

아무튼 아버지가 남자의 부탁을 받고 흔쾌히 찾아가기로 한 것도 아마 타고난 호기심 때문이었을 거라고 나는 해석했다.

아버지는 곧 그 맹인의 집을 방문했다. 가기 전에 남자는 가져갈 선물이라며 종이에 싸서 색실로 묶은 백 엔짜리 지폐 한 장과 커다란 과자 상자 하나를 아버지에게 건넸다. 그것을 받아 든 아버지는 인력거를 타고 여자의 집으로 달려갔다.

여자의 집은 좁았지만 깔끔하고 또 살기 편하고 좋아 보였다. 툇마루 구석에 동그랗게 도려낸 화강암 조즈바치(手水鉢)[13]가 놓여 있고 수건걸이에는 약간 새것인 미쓰코시의 수건도 흔들거렸다. 식구도 적은 듯 조용하고 아무 소리도 들리지 않았다.

아버지는 볕이 잘 들지만 다실풍의 작은 방에서 처음으로 그 맹인을 만났을 때 잠깐 뭐라 말해야 좋을지 몰랐다고 한다.

"나 같은 사람이 말문이 막히다니, 어처구니없는 수치를 말하는 것 같지만 정말 난감했지. 아무튼 상대가 맹인이었으니까."

13 툇마루에서 가까운 뜰이나 다실 입구에 놓는, 손을 씻을 물을 담아두는 그릇.

아버지는 일부러 이렇게 말해 모두의 흥을 돋웠다.

아버지는 그 자리에서 결국 남자의 이름을 밝히고 예의 선물을 꺼내서 여자 앞에 놓았다. 여자는 눈이 안 좋아서 과자 상자를 어루만지기도 하고 쓰다듬기도 하면서 "이거 참, 친절하시게도……" 하며 공손하게 예를 표했는데, 그 위에 있는 종이로 싼 것을 손으로 집어 들자마자 다소 이상한 표정을 지으며 "이건요?" 하고 확인하듯이 물었다. 아버지는 예의 그런 성격이라 껄껄껄 웃으면서 "그것도 선물의 일부입니다. 아무쪼록 그것도 같이 받아주시지요" 하고 말했다. 그러자 여자가 색실의 매듭을 쥔 채 "혹시 돈 아닌가요?" 하고 되물었다.

"아니, 너무 약소해서, ……하지만 ○○씨의 변변치 않은 선물이니부디 받아주시지요."

아버지가 이렇게 말했을 때 여자는 종이에 싸인 그것을 다다미 바닥에 툭 떨어뜨렸다. 그리고 감은 눈동자를 딱 아버지 쪽으로 향하고 "저는 지금 과부이지만 얼마 전까지 어엿한 남편이 있었습니다. 아이는 지금도 건강합니다. 설령 어떤 관계가 있었다 하더라도 남한테 돈을 받아서는 오늘날까지 편하게 지내게 해준 남편의 위패에 면목이 없으니 돌려드리겠습니다" 하고 분명히 말하며 눈물을 떨어뜨렸다.

"그렇게 나오는 데는 정말 두 손 다 들었지" 하고 아버지는 모두의 얼굴을 쭉 둘러보았는데, 그때만은 아무도 웃지 않았다. 나도 마음속으로 아무리 아버지라도 역시 난감했을 거라고 생각했다.

"그때 나는 두 손을 들었지만, 아아, 가게키요가 여자였다면 역시 이런 사람이 아니었을까 하는 생각을 했지. 사실은 감동했어. 무슨 이유로 가게키요를 떠올렸나 하면 말이지, 단지 둘 다 맹인이기 때문만은 아니야. 정말이지 그 여자의 태도가 말이야……."

아버지는 생각하고 있었다. 아버지와 비스듬히 마주 보고 앉아 있던 불그레한 얼굴의 손님이 "마음가짐이 꼭 닮아서겠지" 하고 자못 어려운 수수께끼라도 푸는 듯이 말했다.

"전적으로 마음가짐이지." 아버지는 바로 승복했다. 나는 이것으로 아버지의 이야기가 결말에 이르렀나 싶어 "과연 재미있는 이야기입니다" 하고 전체를 평하는 듯한 어조로 말했다. 그러자 아버지는 "아직 뒷이야기가 있어. 뒤가 더 재미있지. 특히 지로 같은 젊은 사람이 들으면 말이야" 하고 덧붙였다.

17

아버지는 의외인 여자의 식견에 말허리가 잘려 어쩔 수 없이 자리를 뜨려고 했다. 그러자 여자는 비로소 여자다운 표정을 얼굴에 드러내며 매달리듯이 아버지를 붙잡았다. 그리고 언제 어디서 ○○가 자신을 보았느냐고 물었다. 아버지는 예의 유라쿠자에서 있었던 일을 숨김없이 맹인에게 들려주었다.

"바로 당신 옆자리에 앉아 있었다고 합니다. 당신은 전혀 몰랐겠지만 ○○는 처음부터 알아보았던 겁니다. 하지만 아내와 딸 앞이라 말을 붙이기도 힘들었겠지요. 그래서 그대로 집으로 돌아왔다고 하더군요."

아버지는 그때 처음으로 맹인의 눈물샘에서 흘러나오는 눈물을 보았다.

"실례지만 눈을 앓게 된 것은 상당히 오래전인가요?" 하고 물었다.

"이렇게 불편한 몸이 된 지는 이제 6년쯤 되었을까요. 남편이 죽고 나서 채 1년도 안 되었을 때의 일이었어요. 선천성 맹인과 달라서 그 때는 정말 불편했지요."

아버지는 위로할 수도 없었다. 잘은 몰라도 그녀의 남편은 도급업 자인가 뭔가로, 살아 있을 때 적잖은 돈을 썼는데도 상당한 재산을 남기고 간 모양이었다. 그녀는 그 덕분에 눈이 불편한 지금도 어엿하게 독립된 생활을 할 수 있는 걸 거라고 아버지는 설명했다.

그녀에게는 남에게 자랑할 만한 아들과 딸이 있었다. 아들에게는 고등교육을 시키지 못한 것 같지만 어떻든 긴자 근처에 있는 상회에 들어가 자립할 수 있을 만한 수입을 얻고 있는 모양이었다. 딸은 시타마치(下町)풍[14]으로 키워 노래나 샤미센을 터득하도록 그 연습에 전념하게 하는 것 같았다. 모든 것을 통해 ○○와는 먼 과거에 각인된 한 점의 기억 이외에 아무것도 공통으로 갖고 있는 것은 없는 것으로 보였다.

아버지가 유라쿠자 이야기를 했을 때 여자는 두 눈에 눈물을 글썽이며 "정말 맹인만큼 딱한 사람도 없지요" 하고 말했는데 그 말이 아버지의 가슴에 아프게 와 닿았다고 한다.

"○○씨는 지금 뭘 하고 계시나요?" 여자는 또 허공에 뭔가를 상상하는 것 같은 눈빛으로 아버지에게 물었다. 아버지는 ○○가 학교를 졸업하고 난 이후의 이력을 남김없이 들려준 후 "지금은 꽤 훌륭한 사람이 되었습니다. 저 같은 늙은이하고는 다르지요" 하고 대답했다.

여자는 아버지의 대답은 들으려고도 하지 않고 "필시 훌륭한 부인

14 에도 시대의 상가에서 볼 수 있었던 은근하고 멋있고 인정미가 있는 기풍이나 풍속.

을 맞이했겠군요" 하며 점잖게 물었다.

"예, 벌써 아이가 넷이나 됩니다."

"제일 위의 아이는 몇 살이나 되었나요?"

"글쎄요, 벌써 열두세 살쯤 되었을까요? 귀여운 여자아이지요."

여자는 입을 다물고 열심히 손을 꼽아가며 뭔가 계산하기 시작했다. 그 손가락을 바라보던 아버지는 갑자기 두려워졌다. 그리고 마음속으로 쓸데없는 말을 했고 이제 돌이킬 수도 없다고 생각했다.

여자는 잠시 뜸을 들이더니 그저 "다행이네요" 하고 한마디를 한 뒤에는 쓸쓸하게 웃었다. 그러나 그렇게 웃는 모습이 아버지에게는 울거나 화를 내는 것보다 더 이상한 느낌을 주었다고 한다.

아버지는 ○○의 집을 사실대로 알려주고 "잠깐 틈날 때 따님이라도 데리고 놀러 가보시지요. 꽤 괜찮은 집입니다. ○○도 밤에는 대개 만날 수 있다고 했으니까요" 하고 말했다. 그러자 여자는 순식간에 걱정스러운 표정을 지으며 "그렇게 훌륭한 집에 저희 같은 사람은 도저히 드나들 수 없겠지만" 하고 말하고는 잠시 생각에 잠겼는데, 곧 억누를 수 없는 듯 진지한 목소리로 "가지 않겠습니다. 그쪽에서 오라고 해도 저희가 사양하지 않으면 안 되겠지요. 하지만 평생의 소원으로 물어보고 싶은 게 딱 하나 있습니다. 이렇게 뵙는 것도 두 번 다시 없는 인연일 거라 생각하니 아무쪼록 그것만 들려주시고 기분 좋게 헤어졌으면 싶습니다" 하고 말했다.

18

아버지는 나이에 비해 배짱이 없는 사람이라 여자로부터 이런 말을 들었을 때는 얼마나 무시무시한 말을 늘어놓을까 싶어 적잖이 걱정했다고 한다.

"다행히 상대가 앞을 못 보는 사람이라 내가 얼마나 당황했는지를 알아채지 못하고 지나갔지." 아버지는 일부러 덧붙였다. 그때 그녀는 이렇게 말했다고 한다.

"보시는 대로 저는 눈을 못 쓰게 된 이후로 색이라는 색은 하나도 볼 수 없습니다. 세상에서 가장 밝은 해님조차 이제 볼 수 없게 되었지요. 잠깐 바깥으로 나가려고 해도 딸 신세를 지지 않으면 볼일을 볼 수 없습니다. 아무리 나이가 들어도 혼자 자유롭게 걸을 수 있는 사람이 얼마나 많은지를 생각하면 무슨 업보로 이런 업병(業病)에 걸렸나 싶어 정말 마음이 괴롭습니다. 하지만 이 눈은 멀어도 그다지 고통스럽다고 생각하지는 않습니다. 다만 양쪽 눈을 멀쩡히 뜨고 있으면서도 남의 마음을 알 수 없는 게 가장 괴롭습니다."

아버지는 "그렇고말고요" 하고 대답했다. "지당하지요" 하고도 대답했다. 하지만 여자가 한 말의 의미는 전혀 통하지 않았다. 아버지에게는 그런 경험이 전혀 없었다고 그는 분명히 말했다. 여자는 애매한 아버지의 말을 듣고 "그렇지 않습니까?" 하고 거듭 확인했다.

"그야 물론 그런 경우가 있겠지요." 아버지가 말했다.

"있겠지요, 라고만 해서는 당신도 ○○씨의 부탁을 받고 일부러 여기까지 와주신 보람이 없지 않나요?" 여자가 말했다. 아버지는 점점 더 궁한 처지에 몰렸다.

나는 이때 우연히 형의 얼굴을 보았다. 그리고 신경질적으로 긴장된 형의 눈빛과 형수의 살짝 냉소를 흘리고 있는 듯한 입술의 대조적인 모습을 비교하며 보다가 돌연 얼마 전부터 그들 사이에 응어리진 묘한 관계를 알아차렸다. 그 응어리 안에 나도 끌려 들어가 있다는 일종의 비관할 만한 공기의 냄새도 사정없이 내 코를 찔렀다. 나는 아버지가 좌중의 흥을 돋우기 위해서라고 하면서 하필이면 왜 이런 이야기를 하는 걸까 하는 생각에 점차 불안감이 일었다. 하지만 모든 일은 이미 늦었다. 아버지는 모르는 체하는 얼굴로 제멋대로 화제를 이어나갔다.

"나는 그래도 알 수 없어서 담백하게 여자한테 물어봤지. ○○의 부탁을 받고 일부러 여기까지 애써 찾아와서는 중요한 이야기를 듣지 않고 돌아가면 당신께는 물론이고 필시 ○○한테도 바라던 바가 아닐 테니 아무쪼록 당신의 속내를 마음껏 털어놓고 이야기해주지 않겠습니까? 그렇지 않으면 저도 돌아가서 ○○한테 이야기하기가 어려워지니까요."

그때 여자는 비로소 과감한 결단의 빛을 얼굴에 드러내며 "그럼 말씀드리지요. 당신도 ○○씨를 대신해서 일부러 찾아주신 정도니 필시 관계가 깊은 분임에 틀림없을 테니까요" 하는 서두를 꺼내고 나서 그녀의 속내를 아버지에게 털어놓았다.

○○가 결혼 약속을 했으면서 일주일도 지나지 않아 그것을 취소할 마음이 든 것은 주위 사정의 압박을 받아 어쩔 수 없어 거절한 건지 아니면 달리 마음에 들지 않는 구석이 생겨서, 그러니까 결혼 약속을 한 후에 갑자기 그 마음에 들지 않는 구석을 발견해서 거절한 건지, 있는 그대로의 사실을 듣고 싶다는 것이 여자가 가장 알고 싶어 하는

점이었다.

여자는 20년 이상 ○○의 가슴속에 감춰져 있는 그 비밀을 파내고 싶어 견딜 수가 없었던 것이다. 그녀에게는 천하의 모든 사람이 다 갖고 있는 두 눈을 잃고 남들로부터 거의 반편이 취급을 받는 것보다 한 번 장래를 약속한 사람의 마음을 확실히 손에 잡을 수 없었다는 것이 훨씬 더 고통스러운 일이었던 것이다.

"아버지는 어떻게 대답하셨어요?" 그때 형이 돌연 물었다. 그 얼굴에는 보통의 흥미라기보다는 이상한 동정이 담겨 있는 것 같았다.

"나도 어쩔 수 없어서, 그거야 괜찮다, 내가 보증한다, 본인에게 경박한 점은 전혀 없었다고 대답했지" 하고 아버지는 적당한 대답을, 형에게는 오히려 자랑스럽게 했다.

19

"여자는 그걸로 만족하던가요?" 형이 물었다. 내가 보기에 형의 이 질문에는 범접하기 힘든 힘이 담겨 있었다. 그 물음이 내게는 일종의 염력처럼 느껴졌다.

아버지는 알아챘는지 어땠는지 아무렇지 않게 이렇게 대답했다.

"처음에는 만족하지 못한 모습이더라. 물론 이쪽에서 하는 말이 그리 근거가 있는 것도 아니었으니까. 사실대로 말하자면 아까 말한 대로 남자는 완전히 철부지라 앞뒤 분별이고 뭐고 없었으니까 도저히 진지한 대답은 할 수 없었겠지. 하지만 그 녀석이 일단 여자하고 관계를 가진 후에 하지 않았으면 좋았을걸 하고 후회·건 아무래도 사실이었을 거야."

형은 아주 씁쓸한 표정으로 아버지를 보고 있었다. 아버지는 무슨 의미인지 양손으로 길쭉한 볼을 두 번쯤 쓰다듬었다.

"이 자리에서 이런 얘기를 하는 건 좀 조심스럽지만" 하고 형이 말했다. 나는 형의 입에서 무슨 이야기가 나올지, 사정에 따라서는 도중에 그 창끝을 좌중에게 폐가 안 되는 방향으로 돌리자는 생각을 하며 듣고 있었다. 그런데 형은 이렇게 말을 이었다.

"남자는 정욕을 만족시킬 때까지는 여자보다 격렬한 사랑을 상대에게 바치지만 일단 일이 성사되고 나면 그 사랑이 점점 내리막길로 치닫는 데 비해 여자는 관계가 이루어지면 그 이후에는 그 남자를 점점 더 연모하게 됩니다. 이것이 진화론으로 봐도, 세상일로 봐도 사실이 아닐까 싶습니다. 그래서 그 남자도 이 원칙에 지배되어 나중에 여자에게 마음이 떠난 결과 결혼을 거절한 게 아닐까요?"

"묘한 이야기네요. 저는 여자라서 그렇게 어려운 이치는 모르겠지만 처음 들어보는데요. 꽤나 재미있는 일도 다 있군요."

형수가 이렇게 말했을 때 나는 손님에게 보여주고 싶지 않은 불쾌한 표정을 형의 얼굴에서 발견했기 때문에 바로 그것을 무마하기 위해 무슨 말인가 해보려고 했다. 그런데 아버지가 나보다 빨리 입을 열었다.

"그거야 이치에서 보자면 여러 가지 해석이 가능할지 모르겠지만, 뭐랄까, 사실은 그 여자가 싫어진 게 분명하다고 해도 무엇보다 먼저 본인이 당황한 거지. 게다가 소심하고 무분별한 데다 솔직하기까지 하니까 그렇게까지 싫지 않아도 거절했을지도 모르고."

아버지는 이렇게 말하고는 홀가분한 표정을 지었다.

도코노마 앞에 우타이 책을 놓고 있던 한 손님이 그때 아버지를 보고 이렇게 말했다.

"하지만 아무튼 여자란 참으로 집념이 강하군그래. 이십 몇 년이나 그 일을 가슴속에 담아두고 있었으니까 말이야. 당신은 참으로 좋은 공덕을 쌓은 거다, 라고 말해 안심시켜주면 눈이 안 보이는 그 여자한테는 얼마나 기쁜 일이었을지 모르는 일이지."

"그게 모든 교섭의 재치지. 만사 그렇게 하면 쌍방을 위해 얼마나 좋은지 모르고 말이네."

다른 손님이 이어서 이렇게 말했을 때 아버지는 "이거 참 황송해서" 하고 머리를 긁적이며 "실은 방금 말한 대로 처음에는 그 정도 말로는 좀처럼 의심이 풀리지 않아서 나도 다소 난감했네. 그걸 여러 가지로 광택을 내고 엉터리로 갖다 붙이고 해서 결국 여자를 납득시켰는데 꽤나 힘들었지" 하고 다소 의기양양한 모습이었다.

잠시 후 손님들은 우타이 책을 보자기에 싸서 이슬에 젖은 문을 나섰다. 나중에 다 같이 세상 돌아가는 이야기를 하는 가운데 형만은 언짢은 얼굴로 혼자 서재로 들어갔다. 나는 평소처럼 쌀쌀하고 묵직한 소리를 내는 슬리퍼 소리를 하나하나 듣고 마지막에 탁 하고 닫히는 문소리에 귀를 기울였다.

20

이삼 주일은 그대로 지나갔다. 그사이 가을이 점점 깊어졌다. 뜰을 내다볼 때마다 색비름의 짙은 색이 눈에 비쳤다.

형은 인력거를 타고 학교에 갔다. 학교에서 돌아오면 대체로 서재로 들어가 뭔가를 했다. 가족이라고 해도 좀처럼 얼굴을 마주할 기회는 없었다. 볼일이 있으면 내가 2층으로 올라가 일부러 문을 여는 것이 상례가 되었다. 형은 언제나 큼직한 책에 눈을 주고 있었다. 그게 아니면 만년필로 깨알같이 뭔가를 쓰고 있었다. 식구들 눈에 가장 많이 띄는 것은 그가 멍하니 테이블에 턱을 괴고 앉아 있는 모습이었다.

형은 열심히 뭔가를 생각하고 있는 것 같았다. 그는 학자이고 또 사색가여서 잠자코 생각하는 것은 당연한 일처럼 여겨졌으나 문을 열고 그 모습을 본 사람은 너무나도 오싹한 느낌이 든다며 볼일이 다 끝나기를 기다리지 못하고 밖으로 나왔다. 가장 관계가 깊은 어머니조차 서재에 가는 것을 그리 달가워하지 않는 것 같았다.

"지로, 학자라는 사람들은 다 저렇게 비뚤어진 거니?"

이런 물음을 들었을 때 나는 학자가 아니라는 사실이 묘하게 행복하게 느껴졌다. 그래서 멋쩍은 나머지 그냥 헤헤 웃고 말았다. 그러자 어머니는 진지한 얼굴로 "지로, 네가 없으면 집은 더 쓸쓸해지겠지만, 어서 좋은 색시를 얻어 따로 살림을 차릴 궁리를 해야지" 하고 말했다. 나는 어머니의 말 뒤에, 나만 새로운 살림을 차려 독립하면 형의 기분이 조금은 나아질 거라는 의미가 숨어 있다는 것을 분명히 읽어낼 수 있었다. 나는 지금도 형이 그런 묘한 일을 생각하고 있을까 하고 의심도 해보았다. 그러나 나도 이제 가정을 꾸려야 할 나이고 또 현재의 수입으로 조촐한 살림 정도는 그럭저럭 꾸려갈 수 있는 처지라 진작부터 무관심한 내 머리에도 그런 생각이 언뜻언뜻 스쳤다.

나는 어머니에게 "예, 밖으로 나가는 일이야 어렵지 않아요. 내일이라도 당장 나가라고 하면 나갈게요. 하지만 색시는 강아지처럼 어떤 것이든 상관없으니까 그냥 길에 떨어져 있기만 하면 주워오는 식으로 구하는 건 저한테는 맞지 않아요" 하고 말했다. 그때 어머니가 "그거야 물론이지……" 하고 대답하려는 것을 내가 일부러 가로막았다.

"어머니 앞이긴 하지만 형님과 형수님 사이 말인데요, 거기에는 여러 가지로 복잡한 사정도 있고 또 제가 원래부터 형수님과는 좀 아는 사이라 어머니께는 걱정을 끼쳐드려 죄송하긴 한데, 근본적으로 말하자면 형님이 학문 이외의 일에 시간을 쓰는 걸 아까워하고 모든 일을 남한테 맡겨둔 채 아무 일에도 손을 대지 않고 화족(華族)[15]인 양 행세하는 것이 애초에 잘못이에요. 아무리 연구할 시간이 소중하고 학교 강의가 중요하다고 해도 평생 한곳에서 함께 생활해야 할 자기 아내 아닌가요? 형님한테는 또 학자에 걸맞은 의견이 있겠지만 학자도 못 되는 우리야 도저히 그런 짓은 할 수 없지요."

내가 열을 올리며 이런 시시한 구실을 늘어놓는 동안 어머니의 눈에는 어느새 눈물 같은 빛이 점차 고여들어 나는 깜짝 놀라 입을 다물고 말았다.

나는 낯짝이 두껍다고나 할까, 너무 스스럼없다고나 할까, 식구들이 그렇게나 어렵게 여기는, 이를테면 경원하는 듯한 형의 서재 문을 남들보다는 자주 두드리고 들어가 이야기를 나누었다. 안으로 들어가면 잠시 동안은 아무리 나라고 해도 조금은 영향을 받았다. 하지만 10분쯤 지나면 형은 마치 딴사람처럼 쾌활해졌다. 나는 언짢은 형의 심기를 이렇게 일전시키는 자신의 솜씨에 중점을 두고 마치 내 허영심을 만족시키기 위한 수단이라도 되는 듯한 태도로 일부러 그의 서재

---

15 사족(士族)이나 평민 위에 위치하는 신분. 당시 일본에는 화족령(1884년 제정)에 의해 공작, 후작, 백작, 자작, 남작이라는 작위가 있었다.

에 드나든 적도 있다. 고백하자면 돌연 형에게 붙잡혀 하마터면 사지
(死地)에 빠지게 될 뻔한 일을 겪은 것도 실은 그렇게 득의양양해하던
순간이었다.

21

그때 내가 무슨 이야기를 했는지 지금도 확실히 기억하지 못한다.
잘은 모르나 형이 당구의 역사에 대한 이야기를 하고 나서 루이 14세
무렵의 당구대 동판화까지 특별히 보여준 것 같다.

형의 방으로 들어가면 이런 문제를 화제로 그가 새롭게 얻은 지식
을 예, 예, 하며 듣는 것이 가장 안전했다. 물론 나도 말이 많은 편이
라 형과 다른 방면에서 르네상스니 고딕이니 하는 말을 짐짓 아는 체
하며 자랑해 보이는 일도 많았다. 그러나 대개는 세속을 벗어난 이런
이야기만 하고 서재를 나서는 것이 보통이었는데 그때는 무슨 바람이
불었는지 동판화 이야기 뒤에 형이 자신 있어 하는 유전이며 진화 등
에 대한 학설 이야기가 나왔다. 나는 아마 할 말이 없어 잠자코 듣고
있었던 것 같다. 그때 형이 "지로, 넌 아버지의 자식이지?" 하고 뜬금
없이 말했다. 나는 그게 어떻다는 거냐는 얼굴로 "그런데요" 하고 대
답했다.

"너니까 하는 얘긴데, 실은 아버지한테 묘하게 일종의 경박한 구석
이 있는 것 같지 않아?"

형이 아버지를 평하면 바로 그럴 거라는 것을 나는 전부터 알고 있
었다. 하지만 이런 경우 형에게 뭐라고 대답해야 좋을지 알 수가 없

었다.

"그거야 형이 말하는 유전이니 성격이니 하는 건 아마 아니겠지요. 지금의 일본 사회가 그런 성격이 아니면 통하지 않으니까 어쩔 수 없는 거 아닌가요? 세상에는 아버지하고는 비교가 안 될 만큼, 정말 참을 수 없이 경박한 사람들이 있어요. 형님은 서재와 학교에서 고상하게 지내니까 모를지도 모르겠지만요."

"그거야 나도 알고 있어. 네가 말한 대로야. 지금의 일본 사회는, 어쩌면 서양도 그럴지 모르겠지만 다들 겉만 번지르르하고 입만 살아 있는 사람들만 존재할 수 있게 생겨먹었으니까 어쩔 도리가 없지."

형은 이렇게 말하고 잠시 침묵 속에 머리를 파묻었다. 그러고 나서 나른한 듯한 눈을 들었다.

"하지만 말이야, 지로, 딱하지만 아버지의 성격은 타고난 거야. 아버지는 어떤 사회에서 살아도 그렇게 말고는 존재하기가 어렵다는 거지."

나는 학문을 해서 고상해지고 또 너무 세상 물정에 어두워진 형이 식구들로부터 괴짜 취급을 받을 뿐 아니라 육친인 부모로부터도 날마다 멀어져가는 것을 눈앞에서 보며 나도 모르게 고개를 숙이고 무릎을 뚫어지게 바라보았다.

"지로, 너도 역시 아버지 핏줄이야. 진지하고 성실한 기질이 전혀 없어." 형이 말했다.

나는 형과 마찬가지로 갑자기 짜증을 내는 야만적인 기질을 가졌지만 이때만큼은 형의 이런 말을 듣고도 분노의 감정이 손톱만큼도 일지 않았다.

"그건 심한데요. 저는 그렇다 쳐도 아버지까지 세상의 경박한 사람과 한통속으로 보는 건요. 형님은 혼자 서재에만 틀어박혀 있으니까 그렇게 비뚤어진 관찰만 하는 거 아닐까요?"

"그럼 예를 들어 보여줄까?"

형의 눈은 갑자기 빛을 발했다. 나는 나도 모르는 사이에 입을 다물었다.

"일전에 우타이 손님이 왔을 때 아버지가 맹인 여자 이야기를 했잖아. 그때 아버지는 뭐라는 사람을 대신해서 당당하게 갔으면서 그 여자가 이십 몇 년이나 풀지 못하고 번민한 문제를 단 한마디로 얼버무렸어. 난 그때 그 여자를 위해 마음속으로 울었다. 모르는 여자라 그만큼 동정심은 일지 않았지만 사실 아버지의 경박함에 울었던 거야. 정말 한심하다고 생각했거든."

"그렇게 여자처럼 해석하면 뭐든지 경박하게 보이겠지만……."

"그런 말을 하는 건 결국 아버지의 나쁜 점을 이어받은 증거가 될 뿐이야. 난 나오에 대해 너한테 부탁하고 그 보고를 언제까지고 기다렸어. 그런데 너는 언제고 이리저리 말만 돌리고 대답도 하지 않으면서 시치미를 떼고 있잖아……."

22

"시치미를 떼고 있다고 하면 제가 좀 억울한데요. 얘기할 기회도 없었고 또 이야기할 필요도 없었으니까요."

"기회는 매일 있었어. 너한테는 필요가 없을지 몰라도 나한테는 있으니까 일부러 부탁한 거 아냐?"

나는 그때 앞이 콱 막혔다. 실은 그 사건 이후 혼자 형 앞으로 가서 형수에 대해 진지하게 논하는 게 너무나도 고통스러웠다. 그래서 나는 억지로 화제를 다른 데로 돌리려고 했다.

"형님은 이미 아버지를 신용하지 않아요. 저도 그 아버지의 자식이라는 이유로 신용하지 않는 것 같은데, 와카노우라에서 말한 것과는 완전히 모순되는군요."

"뭐가?" 형은 다소 노기를 띠며 반문했다.

"뭐가라뇨, 그때 형님은 말하지 않았나요? 넌 솔직한 아버지의 피를 이어받았으니까 신용할 수 있다, 그러니 이런 일을 털어놓고 부탁하는 거라고 말이에요."

내가 이렇게 말하자 이번에는 형이 콱 막힌 듯한 모습을 보였다. 나는 이때다 싶어 일부러 말 속에 여느 때보다 더 힘을 주어 이렇게 말했다.

"그야 약속한 일이니까 형수에 대해 그때 있었던 일의 자초지종을 지금 여기서 이야기해도 전혀 지장이 없습니다. 원래부터 저는 너무 하찮은 일이라 기회가 오지 않으면 입을 열 생각도 없었고 또 입을 열어도 그저 한마디로 끝나는 일이라 형님이 신경 쓰지 않는다면 굳이 말할 필요가 없다고 생각해서 지금까지 삼가고 있었으니까요. 하지만 어떻게든 꼭 보고를 하라고 관명(官命)으로 출장 나온 속관(屬官)처럼 다그친다면 어쩔 수 없지요. 지금 당장이라도 제가 본 대로 말씀드리지요. 하지만 미리 말해두자면 제 보고에는 형님이 예상하는 이상한 환상 같은 건 절대 나오지 않습니다. 원래 형님 머리에 있는 환상 같은 건 객관적으로 아무 데도 존재하지 않으니까요."

형은 내 말을 들었을 때 평소와 달리 얼굴 근육을 거의 하나도 움직이지 않았다. 다만 테이블에 팔꿈치를 괸 채 가만히 앉아 있었다. 눈까지 내리깔고 있어서 나는 그의 표정을 전혀 알 수 없었다. 형은 이치에 밝은 것 같지만 또 그 이치에 맥없이 무너지는 경향이 있었다. 나는 그저 형의 안색이 살짝 창백해진 것을 보고 이는 필경 그가 나의 강력한 말에 굴복한 것이라 판단했다.

나는 거기에 있던 궐련갑에서 담배 한 개비를 꺼내 성냥으로 불을 붙였다. 그리고 내 코에서 나오는 푸르스름한 연기와 형의 얼굴을 같이 바라보았다.

"지로." 형이 드디어 말했다. 그 목소리에는 힘도 생기도 없었다.

"뭡니까?" 내가 대답했다. 내 목소리는 오히려 우쭐해져 있었다.

"이제 너한테 나오에 대해서는 아무것도 묻지 않으마."

"그런가요? 그러는 게 형님을 위해서도, 형수님을 위해서도 또 아버지를 위해서도 좋겠지요. 선량한 남편이 되세요. 그러면 형수님도 선량한 아내가 되겠지요." 나는 형수를 변호하듯이 또 형을 훈계하듯이 말했다.

"이런 바보 같은 자식!" 형은 돌연 큰 소리를 질렀다. 그 목소리는 아마 아래층까지 들렸겠지만 바로 옆에 앉아 있는 내게는 거의 예상 밖의 놀람을 심장에 박아 넣었다.

"넌 아버지의 자식이라 나보다 처세가 능할지 모르겠지만 교양 있는 사람하고는 교제할 수 없는 놈이야. 이제 와서 네놈 입에서 나오에 대한 이야기를 들으려고 할 것 같아? 경박한 놈 같으니라고."

나는 나도 모르게 의자에서 벌떡 일어났다. 나는 그대로 문 쪽으로 걸어갔다.

"아버지의 허위 고백 같은 걸 들은 후에 네놈의 보고 따위를 믿을 것 같아?"

나는 이런 격한 말을 등으로 받으면서 문을 닫고 어둑한 계단으로
나왔다.

23

그로부터 일주일쯤은 저녁 식사 때 말고 형과 얼굴을 마주한 적이
없다. 평소 식구들로부터 식탁을 활기차게 할 의무라도 갖고 있는 것
으로 여겨지던 내가 갑자기 입을 다물자 식탁은 이상하게 쓸쓸해졌
다. 어딘가에서 들려오는 귀뚜라미 울음소리마저 나란히 앉아 있는
사람의 귀에 쌀랑함의 상징처럼 울렸다.

이렇게 적막하게 모여 있는 가운데 오사다는 하루하루 다가오는 결
혼 날짜를 생각하는 것 외에 세상에 아무것도 없는 것처럼 쟁반을 무
릎 위에 올리고 식사 시중을 들었다. 쾌활한 아버지는 주위에 개의치
않고 자기 특유의 멋대로 된 이야기만 했다. 하지만 여느 때와 같은
반응은 어디에서도 나오지 않았다. 아버지도 그걸 기대하는 기색은
전혀 보이지 않았다.

한자리에 앉은 사람이 이따금 한꺼번에 소리를 내며 웃게 하는 것
은 오로지 요시에뿐이었다. 어머니는 이야기가 끊어져 자연히 불안해
질 때마다 "요시에, 넌……" 하면서 억지로 문제를 만들어내 일시적으
로 그 순간을 어물어물 넘기기 일쑤였다. 그러면 그 억지스러움이 곧
바로 형의 신경을 건드렸다.

나는 식탁에서 물러나 내 방으로 돌아갈 때마다 휴우 하고 한숨을

내쉬는 것처럼 담배를 피웠다.

'아, 지겨워. 일면식도 없는 사람들끼리 모여 밥을 먹는 것보다 지겹다니까. 다른 가정도 다 이렇게 불쾌한 걸까?'

나는 이따금 이런 생각을 하며 어서 집에서 나가자고 결심한 적도 있다. 식탁 분위기가 너무 냉랭할 때는 오시게가 쫓아오듯이 뒤를 따라 내 방으로 들어왔다. 오시게는 아무 말도 하지 않고 울음을 터뜨렸다. 어떤 때는 왜 형에게 얼른 사과하지 않느냐고 힐난하듯이 밉살스럽게 나를 째려보기도 했다.

나는 집에 있는 것이 점점 더 싫어졌다. 원래 나는 성미가 급한 주제에 결단력이 부족하지만 이번에야말로 하숙을 하거나 셋방을 얻어 나가 당분간 긴장을 풀어야겠다고 마음먹었다. 나는 의논하러 미사와를 찾아갔다. 그때 나는 그에게 "자네가 오사카에서 너무 오래 앓은 게 잘못이네" 하고 말했다. 그는 "자네가 나오 씨 옆에 오래 붙어 있는 게 잘못이지" 하고 대답했다.

나는 간사이 지방에서 돌아온 후 그를 만날 기회가 여러 번 있었으나 형수에 대해서는 지금껏 한 번도 말한 적이 없다. 그도 내 형수에 대해 입을 꾹 다물고 아무 말도 하지 않았다.

나는 그의 목에서 새어 나오는 형수의 이름을 처음으로 들었다. 또한 형수와 나 사이에 가로놓인 관계를 깊다고도 얕다고도 할 수 있게 표현한 그의 말을 들었다. 그래서 나는 미사와에게 놀람과 의심의 눈길을 던졌다. 그 안에 분노가 들어 있다고 해석한 그는 "화내지 말게" 하고 말했다. 그런 후에 "미치광이가 된 여자, 게다가 죽은 여자가 반했다고 우쭐했던 내가 더 안전하겠지. 그 대신 어쩐지 허전한 건 틀림없네. 하지만 성가신 일은 일어나지 않으니까 아무리 내가 반하든 누군가 나한테 반하든 별 지장이 없지" 하고 말했다. 나는 잠자코 있었다. 그는 웃으면서 "어떤가?" 하고 어깨를 잡고 흔들었다. 그의 태도가 진지한 건지 아니면 농을 하는 건지 나는 전혀 알 수 없었다. 진지하건 농을 하건 나는 그에게 모든 걸 설명하거나 변명할 마음이 일지 않았다.

그래도 미사와가 적당한 하숙집 한두 집을 소개해주어 돌아오는 길에 나는 그 방까지 보고 왔다. 집에 돌아오자마자 누구보다 먼저 오시게를 불러 "네가 충고한 대로 오라버니는 드디어 집을 나가기로 했다" 하고 알렸다. 오시게는 의외인 것 같기도 하고 예상한 것 같기도 한 표정을 미간에 모으며 지그시 내 얼굴을 바라보았다.

24

오누이로서 말하자면 나와 오시게는 그다지 사이가 좋은 편이 아니다. 내가 집을 나가기로 한 일을 제일 먼저 오시게에게 말한 것은 애정 때문이라기보다는 오히려 앙갚음으로 일부러 짓궂게 구는 마음이 앞서서였다. 그러자 순식간에 오시게의 두 눈에 눈물이 그렁그렁해졌다.

"빨리 나가세요. 그 대신 나도 어디든 상관없으니까 하루빨리 시집 갈 테니까요" 하고 말했다.

나는 잠자코 있었다.

"오라버니는 일단 집을 나가면 그대로 집으로 돌아오지 않고 바로 색시를 얻어 독립할 생각이지요?" 오시게가 다시 물었다.

나는 오시게 앞이라 "물론이지" 하고 대답했다. 그때 오시게는 지금껏 참았던 눈물을 무릎 위에 뚝뚝 떨어뜨렸다.

"왜 그렇게 우는 건데?" 나는 갑자기 자상한 목소리로 물었다. 사실 나는 이 일과 관련하여 오시게의 눈에서 한 방울의 눈물도 기대하지 않았던 것이다.

"그야 저만 남아……."

내게 분명히 들린 것은 단지 이 말뿐이었다. 그다음은 마구 흐느끼는 소리가 방해하여 거의 알아들을 수 없는 채로 내 고막을 때렸다.

나는 여느 때와 마찬가지로 담배를 피우기 시작했다. 그리고 오시게가 울음을 그치기를 얌전히 기다렸다. 오시게는 드디어 소매로 눈물을 훔치고 일어섰다. 오시게의 뒷모습을 보았을 때 불쑥 가여운 마음이 들었다.

"오시게, 너하고는 늘 싸움만 했지만 이제는 지금까지처럼 서로 으르렁거릴 기회도 좀처럼 없을 거야. 그러니 화해해야지. 악수나 할까?"

나는 이렇게 말하고 손을 내밀었다. 오시게는 오히려 쑥스럽다는 듯이 망설였다.

나는 앞으로 차차 아버지나 어머니에게 집을 나가겠다는 결심을 털어놓고 일일이 허락을 구해야 한다고 생각했다. 다만 마지막에 형에게 가서 그 결심을 반드시 되풀이해서 말할 필요가 있었기에 그것만이 마음에 걸렸다.

어머니에게 털어놓은 것은 아마 그다음 날이었을 것이다. 어머니는 돌연한 내 결심에 깜짝 놀란 듯이 "어차피 나간다면 색시라도 정해진 다음에 나갈 거라고 생각했는데, 뭐 어쩔 수 없는 일이지" 하고 말한 뒤 망연히 내 얼굴을 쳐다보았다. 나는 곧 그길로 아버지 방으로 가려고 했다. 뒤에서 어머니가 황급히 불러 세웠다.

"지로, 설사 네가 집을 나간다고 해도……."

어머니의 말은 거기서 막히고 말았다. 나는 "뭔데요?" 하고 되물은 터라 그 자리에 서 있지 않을 수 없었다.

"형한테는 벌써 말했니?" 어머니는 급히 엉뚱한 말을 꺼냈다.

"아뇨." 내가 대답했다.

"형한테는 차라리 네가 직접 얘기하는 편이 나을지도 모르겠다. 선불리 아버지나 내가 말을 전했다가는 오히려 감정이 상할지도 모르니까."

"예, 저도 그렇게 생각하고 있어요. 되도록 깔끔하게 나갈 생각이니까요."

나는 이렇게 말해두고 바로 아버지 방으로 들어갔다. 아버지는 장문의 편지를 쓰고 있었다.

"일전에 오사카의 오카다한테서 다시 오사다의 결혼에 대한 문의가 와서 그 답장을 쓴다, 쓴다, 하면서 결국 지금까지 내버려둔 터라 오늘은 일단 그 일을 꼭 해치워야지 싶어서 지금 쓰고 있는 참이다. 말이 나온 김에 말해두는데, 네가 쓰는 배계(拜啓)[16]의 계(啓) 자는 틀렸어. 흘려 쓰려면 거기 있는 것처럼 흘려 쓰는 거다."

긴 편지의 한쪽 끝이 마침 내가 앉아 있는 무릎 앞까지 와 있었다. 나는 계 자를 옆으로 보았지만 어디가 틀렸는지 도무지 알 수가 없었다. 나는 아버지가 붓을 놀리는 동안 도코노마에 꽂혀 있는 노란 국화며 그 뒤에 있는 족자를 속으로 품평했다.

---

16 '삼가 아룁니다'라는 뜻으로 편지 첫머리에 쓰는 말이다.

25

아버지는 긴 편지를 끝에서부터 되감으며 "무슨 볼일이라도 있는
거냐? 또 돈 얘기 아니야? 돈이라면 없다" 하고 말하고 봉투에 수취인
의 주소와 이름을 적었다.

나는 아주 간략하게 내 결심을 말하고 나서 "오랫동안 신세를 졌
습니다만……" 하는 형식적인 말을 그 뒤에 살짝 덧붙였다. 아버지는
"음, 그래?" 하고 대답했다. 잠시 후 봉투 귀퉁이에 우표를 붙이고는
"그 벨 좀 눌러다오" 하고 내게 부탁했다. 나는 "제가 부칠게요" 하고
말하고는 편지를 받아 들었다. 아버지는 "네 하숙집 주소를 써서 어머
니한테 건네줘라" 하고 일렀다. 그러고 나서 도코노마의 족자에 대해
이런저런 설명을 했다.

나는 그 설명만 듣고 아버지 방에서 나왔다. 이제 인사를 해야 할
사람은 형과 형수만 남았다. 형에게는 일전의 일이 있고 난 다음에는
거의 친숙하게 말을 나눈 적이 없었다. 나는 형에게 화를 낼 만한 용
기가 없었다. 화를 낼 수 있다면 일전에 욕을 먹고 형의 서재에서 나
올 때 이미 격분했어야 한다. 나는 뒤에서 작은 석고상이 날아오는 일
쯤에 겁을 먹을 사람이 아니다. 하지만 그때만은 화를 낼 만한 용기의
수원(水源)이 이미 말라버린 것 같았다. 나는 방으로 들어간 유령이
쓱 방에서 다시 나오는 것처럼 힘없이 물러났다. 그 후에도 형의 서
재 문을 두드리고 흔쾌히 사과할 만한 배짱은 조금도 생기지 않았다.
이렇게 해서 나는 매일 언짢은 표정을 짓고 있는 형의 얼굴을 저녁 식
탁에서만 볼 뿐이었다.

요 근래에는 형수와도 좀처럼 말을 나누지 않았다. 요 근래라기보

다는 오사카에서 돌아온 뒤라는 게 맞을지도 모른다. 형수는 자신의 옷장 같은 것을 놓은 작은 방을 혼자 쓰고 있었다. 하지만 그녀와 요시에가 둘이서만 노는 일은 시간으로 따지면 하루 중 얼마 되지 않았다. 그녀는 대체로 어머니와 함께 바느질을 하거나 그 밖의 일을 도우며 하루하루를 보냈다.

아버지와 어머니에게 내 장래 일을 털어놓은 다음 날 아침 화장실에서 목욕탕으로 통하는 툇마루에서 나는 형수와 딱 마주쳤다.

"도련님, 하숙하신다면서요? 집이 싫은 거예요?" 형수가 불쑥 물었다. 그녀는 어느새 어머니에게 내가 한 말을 전해 들은 듯한 말투였다. 나는 아무렇지 않게 "예, 잠깐 나가 있기로 했어요" 하고 대답했다.

"그러는 편이 성가시지 않고 좋겠지요."

그녀는 내가 무슨 말을 하나 싶어 가만히 내 얼굴을 쳐다보고 있었다. 그러나 나는 아무 말도 하지 않았다.

"그리고 어서 색시를 얻으세요." 그녀가 다시 말했다. 나는 그래도 잠자코 있었다.

"빠른 게 좋아요, 도련님. 제가 찾아봐드릴까요?" 하고 다시 물었다.

"그럼 부탁드립니다." 나는 비로소 입을 열었다.

형수는 나를 깔보는 것 같기도 하고 또 놀리는 것 같기도 한 엷은 웃음을 얇은 입술 양끝에 보이고 일부러 발소리를 크게 내며 거실 쪽으로 갔다.

나는 잠자코 목욕탕과 화장실 사이에 있는 회삼물 바닥 귀퉁이에 기대어 세워진 큼직한 놋대야를 바라보았다. 이 놋대야는 지름이 60센티미터도 넘어 내 힘으로 들어 올리는 것조차 힘겨울 만큼 무겁고 컸다. 나는 어렸을 때부터 이 놋대야를 보고 아마 어른들이 목욕할 때 쓰는 물건일 거라고만 상상하며 혼자 즐거워했다. 놋대야는 지금 먼지로 지저분해져 초라했다. 낮은 유리문 너머에는, 또한 내가 어렸을 때부터 잊을 수 없는 추해당(秋海棠)이 변함없는 해마다의 빛을 쓸쓸히 보여주고 있었다. 나는 이것들 앞에 서서 초가을이면 형과 함께 현관 앞의 대추나무에서 대추를 따 먹곤 하던 일을 떠올렸다. 나는 아직 청년이지만 내 배후에 이미 이만큼 순수한 과거가 쭉 이어져 있다는 것을 발견했을 때 그때와 지금의 비교가 저절로 가슴에 흘러넘쳤다. 그리고 이제 골목대장이었던 형과 불쾌한 말을 나누고 이 집을 나가야만 하는 변화에 생각이 미쳤다.

26

그날 내가 사무실에서 돌아와 오시게에게 "형님은?" 하고 묻자 "아직이에요" 하는 대답이 돌아왔다.

"오늘은 어디 들렀다 오는 날인가?" 하고 다시 물었을 때 오시게는 "글쎄요, 잘 모르겠어요. 서재로 가서 벽에 붙어 있는 시간표를 보고 올까요?" 하고 말했다.

나는 그냥 형이 돌아오면 알려달라는 부탁만 해두고 아무한테도 말하지 않고 방으로 들어갔다. 양복을 벗고 옷을 갈아입는 것도 귀찮아 그대로 드러누워 있다가 어느새 잠이 들어버렸다. 그리고 남에게 설명할 수도 없을 만큼 복잡하게 변화하는 불안한 꿈에 사로잡혀 있는데 오시게가 급하게 깨웠다.

"큰오라버니가 왔어요."

오시게의 이 말이 귀에 들어왔을 때 나는 바로 일어났다. 하지만 의식이 몽롱하여 계속 꿈을 꾸고 있었다. 오시게는 뒤에서 "세수라도 좀 하세요" 하고 말해주었다. 확실치 않은 내 의식은 굳이 그렇게 할 용기가 필요하다는 것조차 느끼게 해주지 않았다.

나는 그대로 형의 서재로 들어갔다. 형도 아직 양복을 입은 채였다. 그는 문소리를 듣고 갑자기 입구로 눈을 돌렸다. 그 눈빛은 어떤 기대를 분명히 드러내고 있었다. 형이 외출했다가 돌아오면 형수가 갈아입을 평상복을 든 채 요시에를 데리고 올라오는 것이 그 무렵의 습관이었다. 나는 어머니가 형수에게 '이런 식으로 해라' 하고 이르는 것을 옆에서 들은 적이 있다. 멍한 상태에서도 나는 형의 그 눈빛으로 평상복보다 형수와 요시에를 기다리고 있었다는 것을 알 수 있었다.

나는 잠이 덜 깬 상태였기에 아무렇지 않게 형의 방문을 불쑥 열 수 있었는데, 형은 문지방 앞에 서 있는 내 모습을 보고 조금도 노여운 기미를 드러내지 않았다. 하지만 그저 잠자코 내 양복 차림을 지켜보기만 할 뿐 선뜻 말을 꺼낼 기색은 없었다.

"형님, 잠깐 할 얘기가 있는데요……" 결국 내가 말을 꺼냈다.

"이쪽으로 들어와."

형의 말은 차분했다. 또한 내 귀에는 일전의 일은 전혀 마음에 두지 않는 것처럼 들렸다. 형은 나를 위해 일부러 의자 하나를 내 앞에 놓고 손짓으로 불렀다.

나는 일부러 앉지 않고 의자 등에 손을 얹은 채 아버지나 어머니에게 한 것과 거의 같은 말로 인사를 했다. 형은 존경할 만한 학자의 태도로 그 말을 조용히 들었다. 나의 간단한 설명이 끝나자 형은 기쁘지도 슬프지도 않은 평소 손님을 응대하는 듯한 태도로 "자, 거기 앉아"

하고 말했다.

　형은 검은색 모닝코트를 입고 향기가 그리 좋지 못한 여송연을 피우고 있었다.

　"나가면 나가는 거지. 너도 이제 어엿한 어른이니까" 하며 잠시 연기만 뿜어대고 있었다. 그러고 나서 "하지만 다들 내가 너를 쫓아냈다고 생각하면 곤란해" 하고 말을 이었다. "그렇지 않습니다. 그냥 제 사정으로 나가는 거니까요" 하고 나는 대답했다.

　잠에 취해 멍하던 머리가 이때는 점차 또렷해졌다. 되도록 빨리 형 앞에서 물러나고 싶은 마음에 뒤를 돌아 방 입구를 보았다.

　"나오도 요시에도 지금 목욕하고 있으니까 아무도 안 올라올 거야. 그렇게 안절부절 불안해하지 말고 차분히 얘기해봐, 전등이라도 켜고."

　나는 일어나 방 안을 환하게 했다. 그러고 나서 형이 피우고 있는 여송연을 하나 꺼내 불을 붙였다.

　"하나에 8전이야. 꽤나 안 좋은 담배지?" 형이 말했다.

27

　"언제 나갈 생각인데?" 형이 다시 물었다.

　"이번 토요일쯤 나갈까 합니다." 내가 대답했다.

　"혼자 나가는 거야?" 형이 다시 물었다.

　이 기이한 질문을 받았을 때 나는 잠시 멍하니 형의 얼굴을 지켜보았다. 형이 일부러 이렇게 무례하게 빈정거리는 건지, 아니면 그의 머리가 약간 이상해진 건지를 알지 않고서는 나도 어느 방향으로 치고 나가야 좋을지 마음을 정할 수가 없었다.

형의 말은 평소부터 빈정거림으로 가득 찬 상태로 내 귀를 덮쳤다. 그러나 그것은 형의 지력(智力)이 보통 사람보다 너무 예민하게 작동하는 결과일 뿐 달리 악의가 있어서가 아니라는 것은 나도 잘 알고 있었다. 다만 이 한마디만은 고막을 때리더니 언제까지고 거기서 따끔따끔 쑤시듯이 뜨겁게 울렸다.

형은 내 얼굴을 보고 멋쩍게 웃었다. 나는 그 웃음에서도 히스테리성 번개가 있음을 알았다.

"물론 혼자 나갈 생각이겠지? 아무도 데려갈 필요는 없으니까."

"물론이죠. 혼자가 되어 좀 새로운 공기를 마시고 싶을 뿐입니다."

"새로운 공기는 나도 마시고 싶어. 하지만 새로운 공기를 마시게 해줄 곳은 이 넓은 도쿄에 한 군데도 없지."

나는 반쯤 스스로 고립해 있는 형을 가엾게 여겼다. 그리고 반쯤은 형의 과민한 신경을 슬퍼했다.

"잠깐 여행이라도 다녀오는 건 어때요? 좀 개운해질지도 모르니까요."

내가 이렇게 말했을 때 형은 조끼 주머니에서 시계를 꺼냈다.

"아직 식사 시간까지는 여유가 좀 있구나" 하면서 형은 다시 의자에 앉았다. 그리고 "야, 지로, 이제 자주 이야기할 기회도 없을 테니까 식사 준비가 될 때까지 여기서 이야기나 하자" 하며 내 얼굴을 보았다.

나는 "예" 하고 대답했지만 엉덩이는 조금도 내려놓지 않았다. 게다가 얘깃거리도 없었다. 그러자 형이 불쑥 "너, 파올로와 프란체스카[17]의 사랑을 알고 있지?" 하고 물었다. 나는 들어본 것 같기도 하고 아닌 것 같기도 해서 당장은 대답을 할 수 없었다.

형의 설명에 따르면 파올로는 프란체스카의 시동생으로 그 둘이 남편의 눈을 피해 서로 사랑한 결과 마침내 남편에게 들켜 죽임을 당한다는 슬픈 이야기인데 단테의 『신곡』에 쓰여 있다고 했다. 나는 그 슬픈 이야기에 대한 동정보다는 군이 이런 이야기를 하는 형의 심사에 대해 일종의 불쾌한 의심을 품었다. 형은 고약한 냄새가 나는 담배 연기 사이로 내내 내 얼굴을 바라보면서 13세기인지 14세기인지 알 수 없는 먼 옛날 이탈리아 이야기를 했다. 나는 그동안 가까스로 불쾌한 마음을 억누르고 있었다. 그런데 이야기가 일단 끝나자 형은 생각지도 못한 질문을 내게 불쑥 던졌다.

"지로, 세상은 왜 중요한 남편의 이름은 잊어먹고 파올로와 프란체스카만 기억하는지 그 이유를 알아?"

나는 어쩔 수 없이 "역시 산카쓰 한시치(三勝半七)[18] 같은 것이겠지요" 하고 대답했다. 형은 의외의 대답에 잠깐 놀란 듯했으나 "나는 이렇게 해석해" 하며 드디어 말을 꺼냈다.

"인간이 만든 부부라는 관계보다는 사실 자연이 만들어낸 연애가 더 신성하니까, 그래서 시간이 흘러감에 따라 좁은 사회가 만들어낸 답답한 도덕을 벗어버리고 커다란 자연의 법칙을 찬미하는 목소리

17 단테의 『신곡』 지옥편에 나오는 인물. 라벤나 국왕의 딸 프란체스카와 리미니 국왕의 장남 잔초토는 두 나라의 화친을 위해 정략결혼을 한다. 프란체스카는 잘생긴 시동생 파올로와 서로 사랑하게 되고 끝내 남편에게 발각되어 둘 다 죽임을 당한다.
18 1695년 유녀 산카쓰와 염색업자 한시치가 동반 자살한 이야기로 조루리나 가부키로도 각색되었다. 동반 자살한 이유는 한시치가 친족으로부터 결혼을 강요당했기 때문인데, 무대에서는 한시치에게 이미 아내가 있고 산카쓰가 빚 때문에 남에게 넘어가는 것을 슬퍼했기 때문이라고 각색했다. 따라서 잊힌 남편에 해당하는 인물이 등장하지 않는 점에서 이치로의 질문과는 어긋난다.

만이 우리 귀를 자극하도록 남겨진 게 아닐까? 물론 그 당시에는 다들 도덕에 가세하지. 두 사람 같은 관계를 부정하다며 비난하고. 하지만 그건 그 사정이 생긴 순간을 치유하기 위한 도덕에 쫓긴, 이를테면 지나가는 소나기 같은 것이고, 뒤에 남는 것은 아무래도 청천(靑天)과 백일(白日)[19], 즉 파올로와 프란체스카야. 어때, 그렇게 생각하지 않아?"

28

연배로 보나 성격으로 보나 평소의 나라면 형의 주장에 손을 들어 찬성했을 것이다. 하지만 이 경우, 형이 왜 일부러 파올로와 프란체스카를 문제 삼는지, 그리고 왜 두 사람이 영원히 회자되는 이유를 거창하게 설명하는지 그 의도를 알 수 없었기에 자연스러운 흥미는 전적으로 불쾌함과 불안감에 지워지고 말았다. 나는 어금니에 뭐가 낀 것처럼 개운치 않은 형의 설명을 듣고 결국 그게 어떻다는 말인가, 하는 마음이 일었다.

"지로, 그러니까 도덕에 가세하는 사람은 일시적 승리자인 건 틀림없지만 영원한 패배자야. 자연에 따르는 사람은 일시적 패배자지만 영원한 승리자고……."

나는 아무 말도 하지 않았다.

"그런데 나는 일시적 승리자도 될 수 없어. 물론 영원히 패배자인

19 맑은 하늘과 빛나는 태양이라는 뜻으로, 결백하고 떳떳하지 못한 구석이 없는 마음을 비유하는 표현이다.

거고."

그래도 나는 대답하지 않았다.

"스모 기술을 배워도 사실 힘이 없는 사람은 안 되잖아. 그런 형식에 얽매이지 않아도 확실한 실력만 있으면 그런 사람이 꼭 이기지. 이기는 게 당연해. 스모의 사십팔수(四十八手)[20]는 인간의 잔재주에 불과하거든. 힘은 자연이 준 선물이지……."

형은 이런 식으로 그림자를 밟고 힘을 쓰는 듯한 철학을 줄기차게 논했다. 그리고 자기 앞에 앉아 있는 나를 기분 나쁜 안개로 온통 가두고 말았다. 나는 이 몽롱한 것을 물리치는 것이 굵은 삼노끈을 물어 끊는 것보다 힘들었다.

"지로, 너는 지금도 미래에도 영원히 승리자로 존재하려고 생각하겠지?" 형이 마지막으로 말했다.

나는 불끈불끈 화를 잘 내는 사람이지만 형만큼 노골적으로 돌진하지는 않는 성격이다. 특히 이때는 상대가 도대체 제정신인지 아니면 너무 흥분해서 심상치 않은 정신 상태가 된 건지, 우선 그것을 걱정하지 않으면 안 되었다. 더구나 형의 정신 상태를 그렇게 만든 장본인으로는 아무래도 내가 지목된다는 사실을 더더욱 괴롭게 받아들이지 않으면 안 되었다.

나는 결국 끝까지 한마디도 안 하고 형의 말을 듣기만 했다. 그리고 그렇게까지 의심한다면 차라리 형수와 헤어지는 게 개운하고 좋을 거라는 생각도 했다.

그때 요시에의 손을 잡은 형수가 형의 평상복을 들고 평소와 다름

---

20 스모에서 승부를 결정짓는 48가지 기술.

없이 계단을 올라왔다.

문지방에 모습을 드러낸 형수는 목욕탕에서 막 나온 것인지 평소의 창백하던 볼에 기분이 좋을 만큼 발그레하게 핏기가 돌았고 살결이 고운 피부는 만져보고 싶을 만큼 부드러움을 띠고 있었다.

그녀는 내 얼굴을 보았다. 하지만 내게는 한마디도 하지 않았다.

"많이 늦어졌어요. 아마 불편하셨을 거예요. 마침 목욕을 하고 있어서 바로 옷을 가져올 수 없었어요."

형수는 이렇게 말하며 형에게 인사했다. 그리고 옆에 서 있던 요시에에게 "자, 아버지께 다녀오셨어요, 하고 인사해야지" 하고 일렀다. 요시에는 어머니가 시키는 대로 "다녀오셨어요" 하며 머리를 숙였다.

나는 오랫동안 형수가 형에게 이만큼 가정의 부인다운 애교를 보여준 예를 알지 못한다. 나는 또 이 애교로 누그러진 형의 기분이 그의 눈에 강하게 모인 예도 알지 못한다. 형은 남들 앞에서 대단히 자존심이 강한 사람이다. 하지만 어렸을 때부터 형과 함께 자란 나는 그의 정수리에서 움직이고 있는 구름의 왕래를 잘 알 수 있었다.

나는 뜻밖에 구조선이 나타난 기쁨을 가슴에 숨기고 형의 방을 나왔다. 나갈 때 형수는 일면식도 없는 손아랫사람에게 인사라도 하는 것처럼 내게 살짝 고개를 숙일 뿐이었다. 내가 형수로부터 이렇게 냉담한 인사를 받은 것 또한 드문 일이었다.

29

이삼일 지나 나는 드디어 집을 나왔다. 아버지, 어머니, 형제가 사는 오랜 역사를 지닌 집을 나왔다. 나올 때는 거의 아무것도 느끼지 못했다. 어머니와 오시게가 헤어짐을 아쉬워하는 듯 울적한 표정을 짓는 게 오히려 싫었다. 그들이 일부러 나의 자유로운 행동을 방해하는 것 같았다.

형수만은 쓸쓸하게나마 웃어주었다.

"벌써 가시게요? 그럼 건강하세요. 가끔 놀러 오시고요."

어머니와 오시게의 어두운 얼굴을 본 뒤에 이 한마디 애교 있는 말을 들었을 때는 나도 다소 유쾌해졌다.

나는 하숙으로 옮기고 나서도 예전처럼 매일 유라쿠초의 사무실로 나갔다. 나를 그곳에 주선해준 사람은 예의 미사와였다. 사무실 주인은 예전 미사와의 보증인이었던 (형의 동료인) H의 숙부 되는 사람이었다. 이 사람은 오랫동안 외국에 나가 있었고 국내에서도 상당한 경험을 쌓은 대가였다. 희끗희끗한 머리에 손가락을 넣어 마구 비듬을 떨어내는 버릇이 있어 마주 앉은 사이에 화로라도 있으면 때때로 불속에서 묘한 냄새를 풍겨 상대를 무척 난감하게 하는 일이 있었다.

"자네 형님은 요즘 뭘 연구하고 있나?" 하고 이따금 내게 물었다. 나는 어쩔 수 없이 "혼자 서재에 틀어박혀 뭔가 하는 모양입니다" 하고 아주 대략적인 대답을 하는 게 보통이었다.

오동나무 잎이 다 떨어진 어느 날 아침, 그는 돌연 나를 붙들고 "자네 형님은 요즘 어떤가?" 하고 다시 물었다. 이런 그의 질문에는 아주 익숙한 나도 그때만큼은 너무 갑작스러운 탓에 잠시 할 말을 잃었다.

"건강은 어떤가?" 그가 다시 물었다.

"건강은 그리 좋은 편이 아닙니다." 내가 대답했다.

"좀 조심하지 않으면 안 되지. 너무 공부만 하는 건 안 좋아" 하고 그가 말했다.

나는 그의 얼굴을 가만히 지켜보며 눈썹과 눈빛에서 일종의 진지함을 발견했다.

나는 집을 나오고 나서 아직 한 번밖에 집에 가지 않았다. 그때 살짝 어머니를 잘 안 보이는 데로 불러 형의 상태를 물어보니 "요즘은 좀 좋아진 것 같더라. 가끔 뒤뜰로 가서 요시에를 그네에 태우고 밀어주기도 하고 말이야……" 하고 말했다.

나는 그것으로 조금은 안심했다. 그 이후로 식구들 누구와도 얼굴을 마주할 기회를 만들지 않고 지금까지 지내온 것이다.

점심시간에 간단한 음식을 시켜 먹고 있으니 B 선생님(사무실 주인)이 또 갑작스럽게 "자넨 하숙한다고 했지?" 하고 물었다. 나는 그저 간단히 "예" 하고 대답해두었다.

"왜지? 집이 더 넓고 편하지 않나? 아니면 무슨 성가신 일이라도 있는 건가?"

나는 머뭇거리며 아주 애매한 대답을 했다. 그때 삼킨 빵조각 하나가 마치 물기가 하나도 없는 것처럼 파삭파삭하게 느껴졌다.

"하지만 혼자 지내는 게 차라리 마음 편할지도 모르지. 여럿이 북적이는 것보다는 말이야. ……그런데 자넨 아직 독신이지? 어떤가, 얼른 색시라도 얻는 건?"

나는 B 선생님의 이 말에 평소대로 마음 편한 대답을 할 수 없었다. 선생님은 "자네, 오늘은 아주 의기소침한 것 같군그래" 하고 말하고는 화제를 바꿔 다른 사람들과 얼토당토않은 시시한 이야기를 하기 시작했다. 나는 내 앞에 있는 찻잔 안에 서 있는 차 줄기[21]를 무슨 징조라도 되는 양 응시한 채 좌우에서 이는 웃음소리를 듣지도 않고 또 안 듣지도 않은 채 묵묵히 앉아 있었다. 그리고 마음속으로 나야말로 요즘 신경과민 상태가 아닐까 하며 유쾌하지 못한 걱정을 했다. 하숙에 있으며 너무 고독한 탓에 머리가 이렇게 이상해진 것이라고 생각하고, 돌아가면 오랜만에 미사와라도 찾아가서 이야기를 나누려고 생각했다.

30

그날 밤 미사와의 집 2층으로 안내된 나는 마음 편히 책상다리를 하고 앉아 있는 그의 모습을 보고 부럽다는 생각을 했다. 미사와의 방은 환한 전등과 따뜻한 화로로 초겨울의 추위로부터 완전히 격리된 것처럼 보였다. 나는 그의 지병이 가을바람이 점차 세차짐에 따라 차츰 호전되었다는 것을 안색과 모습을 통해 진작부터 알고 있었다. 하지만 지금의 나와 비교하여 그가 이렇게 느긋하게 지내고 있을 줄은 몰랐다. 높고 더운 하늘을 흠칫흠칫 올려다보며 지낸 오사카의 병원을 떠올리면 당시의 그와 지금의 나는 거의 처지가 바뀐 것이나 다름없었다.

미사와는 최근에 아버지를 여읜 결과 자연스럽게 한 집안의 주인이 되어 있었다. H씨를 통해 B 선생님으로부터 그를 쓰고 싶다는 요청이 왔을 때도 그는 먼저 자신을 뒤로 돌리는 호의에선지 아니면 사치

21 차를 찻잔에 부을 때 곧추 뜨는 차의 줄기. 일본에서는 이 차 줄기가 찻잔 안에서 세로로 떠 있는 것을 '차 줄기가 섰다'라고 하며 길조로 여긴다. 차 줄기가 섰을 때 남몰래 마셔야만 행운이 생긴다고 믿는다.

스럽게 가리는 것이었는지 모처럼의 자리를 내게 양보했다.

나는 전등에 비친 그의 방을 둘러보고 그 벽을 빈틈없이 장식하고 있는 풍아한 부식 동판화와 수채화 등에 대해 잠시 그와 이야기를 나누었다. 하지만 어찌 된 일인지 예술상의 논의는 10분도 지나지 않아 자연스럽게 그치고 말았다. 그러자 미사와는 내게 불쑥 "그런데 자네 형님 말이야" 하고 말을 꺼냈다. 나는 여기서도 또 형 애긴가, 하고 깜짝 놀랐다.

"형이 어떤데?"

"아니, 특별히 어떻다는 건 아닌데……."

미사와는 이렇게만 말하고 그냥 내 얼굴만 바라보았다. 나는 자연히 그의 말과 B 선생님의 말을 속으로 연결시켜보지 않을 수 없었다.

"그렇게 운만 떼지 말고 말할 거면 다 말해주지 않겠나? 형이 대체 어떻다는 건가? 오늘 아침에도 B 선생님한테서 같은 질문을 받고 묘한 기분이 들었던 참이네."

미사와는 안달하는 듯한 내 얼굴을 여전히 끈기 있게 바라보다가 이윽고 "그럼 얘기하지" 하고 말했다.

"B 선생님이 한 이야기나 내가 하는 이야기나 역시 같은 H씨한테서 나왔을 것 같은데, H씨의 이야기는 또 학생한테서 나온 거라더군. 그거야 어쨌든 자네 형님 강의는 평소부터 명료하고 새로워서 학생들한테 무척 평이 좋다는데, 그 명료한 강의 중에 역시 명료하기는 하지만 도무지 앞뒤가 안 맞는 부분이 한두 군데 나온다나 봐. 그리고 학생이 그걸 질문하면 자네 형님은 원래 솔직한 사람이라 몇 번이고 몇 번이고 되풀이해서 그걸 설명하려고 하는데, 도저히 알아들을 수가 없다고 하네. 결국에는 이마에 손을 대고 아무래도 요즘 머리가 좀 나빠져서…… 하며 멍하니 유리창 밖을 쳐다보면서 언제까지고 서 있기만 해서 학생도 그럼 나중에 다시 하지요, 하면서 스스로 물러난 일이 아무튼 몇 번이나 있었다는 거야. H씨는 나한테 다음에 나가노(내성)를 만나면 좀 주의해서 보는 게 좋다, 어쩌면 심한 신경쇠약일지도 모르니까, 라고 했는데, 나도 그만 잊어먹고 있다가 방금 자네 얼굴을 보고 나서야 생각난 거네."

"그게 언제쯤 일인가?" 나는 조급하게 물었다.

"바로 자네가 하숙을 하기 시작한 무렵의 일인 것 같은데 확실한 것은 기억나지 않네."

"지금도 그런 건가?"

미사와는 답답해하는 내 얼굴을 보고 위로하듯이 "아니네, 아니야" 하고 말했다.

"그건 아주 일시적인 일이었던 모양이네. 요즘은 평소와 전혀 다르지 않게 된 것 같다고 H씨가 이삼일 전에 나한테 얘기했으니까 이제 안심해도 될 거네. 하지만……."

나는 집을 나올 때 내 가슴에 새겨진 형과의 만남을 나도 모르게 떠올렸다. 그리고 그때 내 의심이 어쩌면 학교에서 증명된 것이 아닐까 하는 생각이 들어 무척 불안하고 또 두려웠다.

31

나는 애써 형에 대해 잊으려고 했다. 그러자 문득 오사카의 병원에서 미사와에게 들은 정신병에 걸린 '아가씨'가 연상되기 시작했다.

"그 아가씨의 재(齋)에는 맞춰 갔나?" 하고 물어보았다.

"맞춰 갔네. 맞춰 가긴 했는데 사실 그 아가씨의 부모가 아주 무례하고 불쾌한 사람들이었네." 미사와는 주먹이라도 휘두를 것 같은 자세로 말했다. 나는 깜짝 놀라 그 이유를 물었다.

그는 그날 미사와가(家)를 대표하여 쓰키지의 혼간지(本願寺) 경내의 위패를 모신 절에 참배했다. 어둑한 본당에서 긴 독경이 있고 난 후 미사와도 참석자의 한 사람으로 하얀 위패 앞에 한 줄기 향을 피웠다. 미사와의 말에 따르면 자기만큼 성의를 갖고 젊고 아름다운 그 여자의 영전에 공손히 절한 사람은 없었을 거라는 얘기였다.

"부모거나 친척이라는 자들이 그저 조용한 축제라도 즐기는 기분으로 아주 태평하더라니까. 정말이지 눈물을 흘린 사람은 생판 남인 나뿐이었네."

나는 미사와가 그렇게 분개해서 말하는 걸 듣고 약간 우스꽝스럽기도 했지만 겉으로는 그저 "아, 그랬군" 하고 말았다. 그러자 미사와는 "아니, 그뿐이라면 뭐 화를 내지도 않았을 거네. 하지만 부아가 치민 것은 그다음이었네."

미사와는 일반적인 예에 따라 재가 끝난 후 절 가까이에 있는 어느 요릿집에 초대받았다. 거기서 식사하는 중에 그녀의 아버지라는 사람이나 어머니라는 여자가 그에게 하는 이야기가 묘하게 마음에 걸렸다. 아무런 악의도 없었던 미사와는 처음에 그들이 넌지시 빈정대는 것을 전혀 알아채지 못했는데 시간이 지남에 따라 차차 그 의도를 깨닫게 되었다.

"아무리 바보라도 정도가 있지. 노골적으로 말하면 그 아가씨를 불행하게 한 원인은 내게 있다, 정신병에 걸리게 한 것도 나다, 이런 식이었네. 그리고 헤어지게 된 전 남편은 전혀 책임이 없는 것처럼 생각하는 것 같으니 정말 무례하지 않은가?"

"왜 그렇게 생각하는 걸까? 그럴 리가 없는데 말일세. 자네가 오해한 거 아닌가?"

"오해?" 하고 미사와는 큰 소리를 말했다. 나는 하는 수 없이 입을 다물었다. 미사와는 자꾸만 그 부모들의 어리석은 점을 늘어놓았다. 그 여자의 남편 된 사람의 경박함을 계속해서 매도했다. 나중에는 이렇게 말했다.

"그렇다면 왜 처음부터 나한테 주려고 하지 않았느냔 말이야. 자산이나 사회적 지위만 노리고⋯⋯."

"대체 자네는 달라고 해본 적이라도 있는 건가?" 내가 도중에 말을 잘랐다.

"없네." 미사와가 대답했다.

"그 아가씨가, 그 아가씨의 촉촉하고 커다란 눈이 내 가슴을 끊임없이 오가게 된 건 이미 정신병에 걸리고 나서의 일이었으니까. 나한테 일찍 들어오라고 부탁하기 시작하고 나서의 일이었으니까."

이렇게 말하는 미사와는 여전히 그 여자의 아름답고 커다란 눈동자를 눈앞에 그려보는 것처럼 보였다. 만약 그 여자가 지금도 살아 있다면 어떤 어려움을 무릅쓰고라도 어리석은 부모의 손에서, 또는 경박한 남편의 손에서 영원히 그녀를 빼앗아 자신의 품에서 따뜻하게 해주겠다는 강한 결심이 굳게 다문 그의 입 언저리에 드러났다.

나의 상상은 그때 그 아름다운 눈을 가진 여자보다는 오히려 내가 잊으려 하고 있던 형에게 되돌아갔다. 그리고 그 여자의 정신에 재액을 초래한 광기가 귀에 울리면 울릴수록 형의 머리가 마음에 걸렸다.

와카야마로 가는 기차 안에서 형은 그 여자가 미사와를 좋아했음에 틀림없다고 단언했다. 정신병으로 마음의 거리낌이 사라져서라고 그 이유까지 설명했다. 형은 어쩌면 형수를 그런 정신병에 걸리게 하고 싶다, 속내를 털어놓게 하고 싶다, 하고 생각하는지도 모른다. 옆에서 보기에 그렇게 생각하는 형은 이미 신경쇠약에 걸렸고, 그 결과 다소 정신에 광기를 띠기 시작하여 스스로 끔찍한 말을 집안에 퍼뜨리며 미쳐 돌아다니지 않는다고도 말할 수 없다.

나는 미사와의 얼굴을 보고 있을 여유가 없었다.

32

나는 진작 어머니의 부탁을 받고 다음에 만약 미사와의 집에 가게 되면 그에게 오시게를 아내로 맞이할 생각이 없는지 넌지시 알아보고 오겠다고 약속했다. 그러나 그날 밤은 도저히 그럴 기분이 아니었다. 내 심정을 모르는 미사와는 오히려 내게 자꾸만 결혼을 권했다. 내 머리는 또 미사와에게 마음이 내키는 대답을 할 만큼 차분하거나 맑지 못했다. 미사와는 때를 보아 어떤 후보자를 내게 소개하겠다고 말했다. 나는 건성으로 대답하고 그의 집을 나왔다. 밖은 바람이 종횡으로 불고 있었다. 하늘을 올려다보자 별이 가루처럼 보잘것없는 힘을 모아 바람에 저항하면서 빛나고 있었다. 나는 적적한 가슴에 두 손을 대고 하숙으로 돌아왔다. 그리고 곧장 차가운 이불 속으로 파고들었다.

그러고 나서 이삼일이 지나도 여전히 형이 마음에 걸려 머리가 도무지 자신과 조화를 이루지 못했다. 나는 결국 반초(番町)로 찾아갔다.

직접 형을 만나는 것이 싫어서 2층에는 끝내 올라가지 않았지만, 어머니를 비롯한 다른 식구들과는 그동안의 안부를 묻는 식으로 아무렇지 않게 예전대로 세상 돌아가는 이야기를 나누었다. 형이 끼지 않은 가족의 단란한 모습은 오히려 내게 편안하고 따스한 느낌을 주었다.

나는 돌아가기 직전에 잠깐 어머니를 옆방으로 불러 형의 근황을 물어보았다. 어머니는 요즘 형의 신경이 꽤 안정되었다며 기뻐했다. 나는 어머니의 한마디로 가까스로 안심하기는 했지만 어머니가 눈치채지 못한 특수한 점에서 어쩐지 뭔가 이상이 생긴 것 같아 오히려 그게 마음에 걸렸다. 그렇다고 형을 만나 그를 시험해볼 용기는 물론 나지 않았다. 미사와에게서 들은, 형의 강의가 한때 이상했다는 이야기도 어머니에게는 전할 수 없었다.

나는 아무런 할 말이 없는데도 멍하니 어둑한 방의 장지문 뒤에 추운 듯이 서 있었다. 어머니도 나와 함께 그곳에서 움직이지 않았다. 게다가 어머니 쪽에서 내게 뭔가 할 말이 있는 것처럼 보였다.

"다만 얼마 전에 살짝 감기에 걸렸을 때 이상하게 실없는 말을 하긴 했지만 말이야" 하고 말했다.

"무슨 말을 했는데요?" 내가 물었다.

어머니는 거기에는 대답하지 않고 "뭐 열 때문에 그런 거니까 걱정할 일은 아니야" 하고 내 물음을 뭉개버렸다.

"열이 그렇게 높았어요?" 나는 다시 다른 걸 물었다.

"그게 말이야, 열은 38도인가 38.5도 정도였으니까 그럴 리는 없겠다 싶어서 의사한테 물어봤더니 신경쇠약에 걸린 사람은 열이 조금만 있어도 머리가 이상해진다더라."

의학의 기초적인 지식마저 없는 나는 비로소 이 이야기를 접하고 나도 모르게 눈살을 찌푸렸다. 하지만 방이 어두워서 어머니에게 내 얼굴은 보이지 않았다.

"하지만 얼음으로 이마를 식혔더니 그 덕분에 열이 곧 내려가 안심하긴 했지만……."

나는 열이 내려가지 않았을 때의 형이 어떤 헛소리를 했는지 그걸 알고 싶어서 여전히 으스스한 장지문 뒤에 서 있었다.

옆방은 전등 불빛으로 환했다. 아버지가 요시에에게 무슨 말을 해서 놀릴 때마다 다 같이 웃는 소리가 쾌활하게 들렸다. 그런데 돌연 그 웃음소리 사이로 "야, 지로" 하고 아버지가 나를 부르는 소리가 들렸다.

"어머니한테 또 용돈이라도 달라고 조르는 거냐? 여보, 그렇게 무턱대고 지로의 감언이설에 넘어가면 안 돼." 아버지가 큰 소리로 말했다.

"아니에요, 그런 게 아니에요." 나도 지지 않고 큰 소리로 대답했다.

"그럼 뭐냐, 그렇게 어두운 데서 어머니를 붙잡고 속닥속닥 이야기하는 건. 어서 환한 데로 와서 낯짝 좀 보여라."

아버지가 이렇게 말했을 때 환한 방에 모인 식구들이 한꺼번에 와 하고 웃었다. 나는 어머니로부터 듣고 싶은 것도 묻지 못하고 아버지의 명령대로 예, 하고는 식구들 앞에 모습을 드러냈다.

33

그러고 나서 한동안은 B 선생님의 얼굴을 봐도, 미사와의 집에 놀러 가도 형 이야기는 전혀 화제에 오르지 않았다. 나는 다소 안심했다. 그리고 되도록 집안일을 잊으려고 했다. 하지만 하숙 생활의 무료함을 이겨내는 것이 무엇보다 힘들어서 자주 미사와의 시간을 뺏으러 불쑥 찾아가기도 하고 그를 불러내기도 했다.

미사와는 질리지도 않고 언제까지고 정신병에 걸렸다는 예의 그 아가씨 이야기를 했다. 나는 주책없이 지껄이는 그 이상한 사랑 이야기를 들을 때마다 꼭 형과 형수가 떠올라 저절로 불쾌해졌다. 그래서 때로는 또 그 얘기야, 하는 기색을 겉으로도 말로도 드러냈다. 미사와도 지지 않았다.

"자네도 자네 사랑 이야기를 하면 그걸로 피장파장 아닌가?" 하고 나를 놀렸다. 나는 하마터면 그와 길에서 다툴 뻔했다.

이렇게 미사와에게는 정신병에 걸린 아가씨가 그림자처럼 따라다녀서 나는 진작에 어머니로부터 부탁받은 오시게에 관한 이야기를 꺼낼 여지가 없었다. 사이가 좋지 않은 나는 오시게의 얼굴은 누가 봐도 보통 이상일 거라고 생각했지만 안타깝게도 그 소중한 아가씨와는 얼굴 생김새가 전혀 달랐다.

나의 조심스러움과는 반대로 미사와는 태평하게 내게 신붓감 후보자를 추천했다. "다음에 어디서 한번 보지 않겠나?" 하고 권한 일도 있다. 나도 처음에는 그저 건성으로 대답했지만 나중에는 진지하게 그 여자를 만나보자는 생각이 들었다. 그런데 미사와가 아직 기회가 생기지 않았으니까 조금만 더, 조금만 더, 하며 자꾸 만날 날짜를 뒤로 미루는 바람에 나는 기분이 상한 끝에 결국 그 여자의 환상에서 멀어지고 말았다.

반대로 오사다의 결혼은 점차 사실이 되어 나타날 만큼 목전에 다가왔다. 오사다는 어지간히 나이를 먹었는데도 식구들 중에서 가장 순진한 여자였다. 이렇다 할 특색은 없지만 무슨 말을 해도 곧 얼굴을 붉히는 데에 이상하게 애교스러운 점이 있었다. 나는 미사와와 밤이 이슥한 추운 거리를 걷다 돌아와 하숙의 차가운 이불 속으로 기어들면서 때때로 오사다를 떠올렸다. 그리고 오사다도 이렇게 차가운 이불을 당겨 덮으면서 지금쯤 가까운 미래로 다가온 따뜻한 꿈을 꾸며 아무도 눈치채지 못한 웃는 얼굴을 벨벳 깃 속에 반쯤 파묻고 있을 거라고 상상했다.

오사다가 결혼하기 이삼일 전에 오카다와 사노는 얼음을 가르는 듯한 기차 안에서 몸을 떨며 신바시 역에 내렸다. 오카다는 마중 나온 내 얼굴을 보고 야아, 이거, 하며 불렀다. 그러고 나서 "지로 씨는 여전히 태평하네요" 하고 말했다. 오카다는 자신이 얼마나 태평한지를 자각하지 못하는 사람처럼 보였다.

이튿날 반초에 갔더니 오카다 한 사람 때문에 온 집안이 떠들썩하고 활기찼다. 형도 다른 일과 다르다는 의미에선지 별로 언짢은 얼굴도 하지 않고 그 소용돌이에 휩쓸린 채 잠자코 있었다.

"지로 씨, 이제 와서 하숙을 하다니, 그런 바보 같은 사람이 어디 있습니까? 집안이 쓸쓸해질 뿐이지 않습니까? 그렇지 않나요, 오나오 씨?" 하고 오카다는 형수에게 말을 걸었다. 이때만은 형수도 역시 이상한 표정을 지으며 잠자코 있었다. 나도 뭐라 할 말이 없었다. 형은 오히려 냉담하게 모든 일에 상관하지 않겠다는 기색을 보였다. 오카다는 이미 취해서 무슨 일이든 구애받지 않고 실없이 입을 놀렸다.

"물론 이치로 씨도 좋지 않다고 생각해요. 그렇게 서재에만 틀어박혀 공부하고 있어봤자 소용없지 않습니까? 뭐 그만큼 학문을 했으면 어딜 가도 남한테 뒤지지 않을 테니까요. 하지만 지로 씨를 비롯해서 오나오 씨나 아주머님도 좋지 않은 것 같네요. 이치로 씨는 서재 말고는 싫다, 싫다, 하면서도 제가 와서 이렇게 끌어내면 간단히 2층에서 내려와서 저와 재미있게 이야기해주지 않습니까? 그렇죠, 지로 씨?"

오카다는 이렇게 말하며 형 쪽을 보았다. 형은 잠자코 쓴웃음을 지었다.

"그렇죠, 아주머님?"

어머니도 잠자코 있었다.

"그렇죠, 오시게 씨?"

오카다는 대답을 들을 때까지 차례로 물어보는 것 같았다. 오시게는 바로 "오카다 씨, 당신은 아무리 나이를 먹어도 재잘거리는 병이 낫지 않네요. 시끄러워요" 하고 말했다. 그래서 다들 웃음을 터뜨렸고 나는 안도의 한숨을 내쉬었다.

34

"삼촌, 잠깐 와보세요." 요시에가 옆방에서 조그만 손을 내밀고 나를 불렀다. "뭔데?" 하고 일어나서 가보니 요시에는 어디선가 커다란 헝겊 주머니를 끄집어내서는 "이건 오사다 고모 거예요. 보여줄까요?" 하고 자랑스럽게 나를 보았다.

요시에는 헝겊 주머니 안에서 벨벳을 댄 네모난 갑을 꺼냈다. 나는 그 안에 있는 진주 반지를 손에 들고 흐음, 하면서 바라보았다. 요시에는 "이것도요" 하며 이번에는 적갈색 갑을 꺼냈는데, 그건 내가 빨래나 그 밖에 여러 가지로 신세를 진 답례로 오사다에게 사준 보석 없는 단순한 금반지였다. 요시에는 또 "이것도요" 하며 수자직을 한 지갑을 꺼냈다. 그 지갑에는 무늬처럼 그려 넣은 국화꽃이 금실로 가득 수놓여 있었다. 그녀는 다음으로 비교적 크고 길쭉한 오동나무 상자를 꺼냈다. 그것은 금과 적동(赤銅)과 은으로 만든 담쟁이덩굴 잎사귀 모양의 쇠장식이 붙어 있는 오비도메[22]였다. 마지막으로 요시에는 빗과 비녀 같은 장식품을 보여주며 "이건 난갑(卵甲)[23]이에요. 진짜 대모갑(玳瑁甲)이 아니래요. 진짜 대모갑은 너무 비싸서 안 하기로 했대요" 하고 설명했다. 나는 난갑이라는 말을 알 수 없었다. 물론 요시에도 몰랐다. 하지만 여자아이인 만큼 "이건 제일 싼 거예요. 진짜 대모갑을 얇게 깎아서 붙인 것보다 싸요. 계란 흰자를 붙인 거니까요" 하고 말했다. "계란 흰자를 어디다 어떻게 붙이는 건데?" 하고 묻자 요시에는 "그런 건 몰라요" 하며 짐짓 새침을 떨며 말하고는 재빨리 헝겊 주머니를 끌고 옆방으로 가버렸다.

어머니는 내게 오사다가 당일 입을 기모노를 보여주었다. 엷은 자줏빛이 도는 남빛 비단으로 담쟁이덩굴 문양에다 옷자락 무늬는 대나무였다.

"이건 너무 차분한 거 아닌가요, 나이에 비해?" 내가 어머니에게 물었다. 어머니는 "하지만 너무 돈이 많이 드니까" 하고 대답했다. 그리고 "이래 봬도 25엔이나 들었어" 하고 덧붙여서 아무런 지식이 없는 나를 놀라게 했다. 옷감은 작년 봄 교토의 포목 장수가 짊어지고 왔을 때 흰색 옷감을 세 필쯤 마련해서 얼마 전까지 옷장 서랍에 넣어두었

22 기모노의 오비를 고정하기 위해 두르는 끈으로 양끝이 물리도록 귀금속으로 만든 장식을 단다.
23 달걀 흰자로 만든 모조 대모갑.

다고 한다.

오사다는 조금 전부터 모두가 모인 자리에 얼굴을 내밀지 않고 있었다. 나는 아마 쑥스러워서일 거라고 상상하며 그렇게 쑥스러워하는 모습을 여기서 한번 보고 싶었다.

"오사다는 어디 있어요?" 어머니에게 물었다. 그러자 형이 "아, 참, 잊고 있었다. 가기 전에 오사다한테 할 얘기가 있었는데" 하고 말했다.

다들 이상한 표정을 짓는 가운데 형수의 입술에는 두드러지게 냉소의 그림자가 잠깐 나타났다. 형은 누구도 상관하는 기색 없이 "잠깐 실례하지" 하고 오카다에게 말하고는 2층으로 올라갔다. 그 발소리가 사라지고 얼마 지나지 않아 오사다는 우리가 있는 방 문지방 앞까지 와서 오카다에게 정중하게 인사했다.

"자, 이쪽으로" 하며 가볍게 인사하는 오카다에게 오사다는 "지금 잠깐 서재로 가봐야 해서요. 또 나중에" 하고 대답하며 일어섰다. 상기된 듯 무척 빨개진 그녀의 얼굴을 본 식구들은 딱해 보여선지 어떤 건지 굳이 붙잡으려고도 하지 않았다.

형이 2층으로 올라가는 발소리는 그렇게 크지는 않았지만 늘 슬리퍼를 끌어서 딱딱 울리는 소리가 아래층에서도 잘 들렸다. 오사다는 맨발인 데다 여성의 조신한 천성을 드러내는 탓인지 발소리가 전혀 들리지 않았다. 문을 여닫는 소리도 내 귀에는 전혀 들려오지 않았다.

그들 두 사람은 서재에서 30분쯤 뭔가 이야기를 나누었다. 그사이에 형수는 평소의 냉담함과는 반대로 평소보다 기분 좋게 이야기하거나 웃거나 했다. 하지만 그 뒤에 언짢음을 숨기려는 부자연스러운 노력이 강하게 잠재되어 있다는 것을 나도 쉽게 알 수 있었다. 오카다는 태연하게 앉아 있었다.

나는 오사다가 형과 이야기를 끝내고 우리가 있는 방 옆을 지날 때 그 발소리를 우연히 듣고 볼일이라도 있는 사람처럼 불쑥 복도로 나갔다. 딱 마주친 오사다의 얼굴은 여전히 부끄러워하는 듯이 빨갛게 물들어 있었다. 오사다는 눈을 내리깔고 내 옆을 스치듯이 빠져나갔다. 그때 나는 오사다의 눈꺼풀에 눈물이 어린 흔적을 분명히 본 것 같았다. 하지만 서재로 들어간 오사다가 형과 마주 앉아 무슨 이야기를 했는지, 그것은 지금까지도 알 도리가 없다. 나뿐만이 아니라 그 자세한 사정을 알고 있는 사람은 그들 두 사람 외에 아마 세상에 한 사람도 없을 것이다.

35

부모님은 내게 오사다의 결혼식에 친척의 한 사람으로 참석하라고 했다. 그날은 마침 비가 부슬부슬 내려 혼례에는 어울리지 않는 아주 스산한 날씨였다. 평소보다 일찍 일어나 반초로 가서 보니 오사다의 의상이 다다미 여덟 장짜리 방에 어수선하게 흐트러져 있었다.

화장실에 갔다가 돌아오는 길에 목욕탕 입구를 들여다보니 유리문이 반쯤 열려 있고 그 안에서 오사다가 화장을 하고 있는 모습이 언뜻 보였다. 그리고 "어머, 거기 손대면 안 돼" 하는 오사다의 목소리가 들렸다. 요시에가 재미 삼아 무슨 장난이라도 하는 모양이었다. 나도 요시에 흉내를 내볼까 하는 생각도 했지만 때가 때인지라 그만 삼가기로 하고 거실로 돌아왔다.

잠시 후에 다시 다다미 여덟 장짜리 방으로 가서 보니 다들 옷을 갈아입고 있었다. 요시에가 "저기, 오사다 고모는 손에도 분을 발랐어요" 하고 모두에게 떠들어댔다. 사실 오사다는 얼굴보다 손발이 더 검붉었던 것이다.

"아주 새하얘졌구나. 남편을 속이는 거니 좋지 않지." 아버지가 놀렸다.

"내일이면 새신랑이 필시 깜짝 놀랄 거예요." 어머니가 웃었다. 오사다도 고개를 숙이고 쓴웃음을 지었다. 그녀는 처음으로 머리를 시마다로 올렸다. 그게 내게는 예기치 않게 참신한 느낌을 주었다.

"이 머리에 그렇게 무거운 걸 꽂으면 무척 괴롭겠네요." 내가 말하자 어머니는 "아무리 무거워도 평생에 한 번뿐이니까……" 하며 가문을 넣은 내 검은색 예복과 흰 깃이 서로 어울리는지 몹시 신경을 썼다. 오사다의 오비는 형수가 뒤로 돌려 꽉 매주었다.

형은 예의 그 고약한 냄새가 나는 궐련을 피우며 넓은 툇마루를 이리저리 돌아다녔다. 형은 이 결혼에 전혀 흥미가 없는 듯한, 또는 마음속으로 그의 독특한 비평을 하고 있는 듯한, 뭐라 판단하기 힘든 태도를 드러내며 이따금 우리가 있는 방을 들여다보았다. 하지만 문지방 앞에 멈출 뿐 절대 안으로는 들어오지 않았다. '준비는 아직 멀었나?' 하고 재촉하지도 않았다. 형은 프록코트에 실크해트를 쓰고 있었다.

드디어 나갈 때 아버지는 가장 깨끗한 인력거를 골라 오사다를 태워주었다. 11시에 식이 있을 예정이었는데 우리의 도착이 약간 늦어지는 통에 오카다는 일부러 다이진구(太神宮)[24]의 현관 입구까지 나와 기다리고 있었다. 모두가 한꺼번에 우르르 대기실로 들어가자 거기에

---

24 당시의 고지마치 구(지금의 지요다 구) 유라쿠초에 있던 히비야(日比谷) 다이진구인 듯하다.

는 신랑이 전당포에 맡겨진 물건처럼 혼자 의자에 앉아 있었다. 곧 일어나 한 사람 한 사람에게 인사를 하는 동안 나는 대기실에 있는 테이블이며 융단이며 칠하지 않은 나무로 된 격자무늬 천장을 바라보았다. 맨 끝에는 발이 처져 있고 그 안에는 뭔가 있는 것 같았지만 아주 어두워서 뭐가 있는지 짐작할 수가 없었다. 그 앞에는 학과 파도가 가득 그려진 경사스러운 두 폭짜리 금박을 입힌 병풍이 둘러쳐져 있었다.

신부와 중매인의 부인이 앞, 그리고 신랑과 중매인, 그다음으로 친척이 이어진다고 하카마와 하오리를 갖춰 입은 남자가 나와서 순서를 가르쳐주었는데, 정작 중요한 중매인인 오카다는 오카네를 데려오지 않아서 "그럼 대단히 번거롭겠지만 이치로 씨와 오나오 씨가 맡아주시면 안 될까요, 이 자리에서만요" 하고 오카다가 아버지에게 의논했다. 아버지는 간단히 "괜찮겠지" 하고 대답했다. 형수는 평소와 마찬가지로 "어떻게 하든 상관없어요" 하고 말했다. 형도 "상관없어요" 하고 말했지만 그러고 나서 "하지만 우리 같은 부부가 중매인이 되면 두 사람한테는 좀 안 좋겠지요" 하고 덧붙였다.

"안 좋다니요, 제가 하는 것보다 영광이지요. 안 그래요, 지로 씨?" 오카다가 평소처럼 가벼운 어조로 말했다. 형은 뭔가 그 이유를 말하고 싶은 것 같은 기색을 보였지만 바로 생각을 고쳐먹었는지 "그럼 난생처음으로 중대한 임무를 맡아볼까? 하지만 아무것도 모르니까" 하자 "뭐 그쪽에서 뭐든 다 가르쳐줄 테니까 어려울 건 없을 거다. 너희들은 아무것도 안 해도 되게 다 준비되어 있어" 하고 아버지가 설명했다.

36

홍예다리를 건너는 데서 앞사람이 뭔가에 막혀 일동이 잠깐 멈춰선 기회를 틈타 내가 살짝 오카다의 프록코트 뒷자락을 잡아당겼다.

"자네는 정말 태평하군" 하고 말했다.

"뭐가요?"

오카다는 스스로 중매인을 맡았으면서 아내를 데려오지 않은 부주의함을 조금도 떠올리지 못한 것 같았다. 내게서 태평하다고 한 이유를 들었을 때 그는 쓴웃음을 짓고 머리를 긁적이며 "실은 데려오려고도 생각했지만 뭐 어떻게든 되겠지 하고……" 하고 대답했다.

홍예다리를 내려와 안으로 들어가는 입구에서 신부는 한쪽 면에 붙여진 거울 앞에 앉아 검게 칠해진 대야에 손을 담가 씻었다. 뒤에서 발돋움을 하며 오사다의 모습을 보았을 때 나는 역시 이래서 행렬이 늦는구나 싶은 생각과 동시에 웃음을 터뜨리고 싶어졌다. 애써 정성껏 분을 바른 오사다의 손도 이 신성한 물 한 국자로 무참하게 원래대로 검붉게 되고 말았던 것이다.

신전 좌우에는 별실이 있었다. 그 오른쪽으로 형이 사노 씨를 데리고 들어갔다. 그 왼쪽으로는 형수가 오사다를 데리고 들어갔다. 그리고 좌우에서 나와 자리에 앉는 것을 보니 형 부부는 진지한 얼굴로 마주 보고 앉았다. 물론 신랑 신부도 조심스러운 모습으로 마주했다.

식단을 정면으로 하고 뒤쪽에 쭉 늘어선 아버지, 어머니, 우리들은 이 두 가지 의미를 지닌 부부와 물감으로 빈틈없이 칠한 고운 북, 안쪽에 어떤 것을 감추고 있는지 모르는 발을 조용히 바라보았다.

형은 속으로 무슨 생각을 하고 있을까 하고 옆에서 보니 평소와 다른 점은 하나도 없었다. 형수는 물론 일부러 꾸민 기색도 없이 자연 그대로 얌전을 빼고 있었다.

그들은 이미 과거 몇 년 동안 그들 나름대로 부부라는 사회적으로 중요한 경험을 해온 오래된 부부였다. 그리고 그들이 해온 경험은 인생이라는 역사의 일부분으로서 그들에게는 두 번 다시 하기 힘든 귀중한 것이었을지도 모른다. 하지만 아무리 봐도 꿀과 같은 달콤한 것은 아니었던 듯하다. 그 쓸쓸한 경험을 가진 오래된 부부가 그다지 행복하지 못했던 운명의 몫을 젊은 남녀의 머리 위에 할당하여 또다시 불행한 부부를 새로 만들 생각일까?

형은 학자다. 또한 감정이 풍부하고 예민한 사람이다. 그 창백한 이마 속에서 어쩌면 그런 정도의 일을 생각하고 있었는지도 모른다. 아니, 그 이상으로 깊은 생각을 하고 있었는지도 모른다. 또는 모든 결혼을 저주하면서 신랑과 신부의 손을 맞잡게 해야 하는 중매인의 희극과 비극을 동시에 느끼며 앉아 있었는지도 모른다.

아무튼 형은 진지하게 앉아 있었다. 형수도, 사노 씨도, 오사다도 진지하게 앉아 있었다. 곧 식이 시작되었다. 미코(巫女)[25] 한 사람이 도중에 복통 때문에 돌아갔다고 해서 시중드는 사람이 그 일을 대신했다.

내 옆에 앉아 있던 오시게가 "큰오라버니 때보다 좀 쓸쓸하네요" 하고 속삭였다. 그때 소(簫)와 북을 놓았고 미코가 좌우로 드나드는 모습도 나비처럼 너울너울한 것이 화려하게 보였다.

"네가 시집갈 때는 그때만큼 떠들썩하게 해주지." 나는 오시게에게 말했다. 오시게는 웃었다.

---

25 신사(神社)에서 신관(神官)을 보좌하는 미혼 여성.

식이 끝나고 모두 대기실로 돌아왔을 때 오사다는 우리가 서 있는 데도 굳이 융단에 손을 짚고 정중하게 지금까지 신세를 진 것에 대한 감사 인사를 했다. 오사다의 눈에는 쓸쓸한 눈물이 가득 고여 있었다.

갓 결혼한 부부와 오카다는 곧 낮 기차로 오사카를 향해 떠났다. 나는 비 내리는 플랫폼에서 이삼일 하코네 근처에서 머물 예정인 오사다를 배웅한 후 아버지, 형과 헤어져 혼자 하숙으로 돌아왔다. 그리고 길을 가면서 내게도 당연히 차례가 돌아올 결혼 문제를 인생의 불행한 수수께끼인 것처럼 생각했다.

37

누가 채가기라도 한 듯이 오사다가 사라져버린 뒤의 집은 변함없는 공기에 휩싸여 있었다. 내가 본 바로는 오사다가 온 집안에서 가장 태평한 사람이었다. 오사다는 오랫동안 신세를 진 우리 집에서 아침저녁으로 쓸고 씻고 헹구며 하녀인지 식모인지 모를 지위에 만족하는 10년 세월을 보낸 후 특별히 불평하는 기색도 없이 사노와 함께 비 내리는 날 기차로 도쿄를 떠났다. 오사다의 속마음도 평소 그녀가 되풀이하여 익숙해진 일처럼 명료하고 기계적인 것이었던 모양이다. 온 가족이 한자리에 모인 단란한 시간이어야 할 예의 저녁식사 식탁이 한때 울적한 회색 공기로 휩싸였을 때도 오사다만은 그 가운데에 앉아 평소와 조금도 다르지 않게 음식을 나르는 쟁반을 무릎 위에 올려놓은 채 태연하게 대기하고 있었다. 결혼하기 며칠 전에 서재로 부른 형에게 갔다 왔을 때 오사다의 얼굴을 물들인 색과 그녀의 눈꺼풀에 가득한 눈물이 그녀의 미래를 위해 뭘 말해주는 건지는 모르지만, 그녀의 기질에서 보면 그로 인한 영향이 오래갈 것 같지는 않았다.

오사다가 떠난 것과 함께 겨울도 지나갔다. 지나갔다기보다는 우선 별일 없이 끝났다고 하는 게 적절할지도 모른다. 군데군데 남아 있는 눈, 마른 가지를 흔드는 바람, 조즈바치를 채운 얼음, 어느 것이나 예년의 모습을 규칙적으로 내 눈에 비친 후 스러지고 사라졌다. 자연의 추운 과정이 이렇게 되풀이되는 동안 반초의 집은 꼼짝 않고 가만히 있었다. 그 집에 있는 사람과 사람의 관계도 그럭저럭 지금까지와 마찬가지로 유지되었다.

물론 내 위치에도 변화는 없었다. 다만 오시게가 때때로 놀러 왔다가 불평을 늘어놓고 갔다. 오시게는 올 때마다 "오사다 씨는 어떻게 지낼까요?" 하고 물었다.

"어떻게 지내다니? 너한테 아무 연락도 안 왔어?"

"오긴 와요."

들어보니 결혼한 후의 오사다에 대해 오시게는 나보다 훨씬 풍부한 정보를 갖고 있었다.

나는 또 오시게가 올 때마다 형에 대해 묻는 것을 잊지 않았다.

"형님은 어때?"

"어떻다니요, 오라버니야말로 나빠요. 집에 와도 큰오라버니는 만나지도 않고 가버리잖아요."

"일부러 피하는 게 아니야. 가도 늘 집에 없으니까 어쩔 수 없는 거지."

"거짓말하지 마요. 요전에 왔을 때도 서재에는 들어가보지도 않고 도망갔으면서."

오시게는 나보다 솔직한 만큼 새빨개졌다. 나는 그 사건 이후 어떻게든 형과 원래대로 친한 사이가 되었으면 좋겠다고 마음으로는 바랐지만 실제로는 그와 반대로 어쩐지 다가가기 어려운 느낌이 들어 정말 오시게의 말마따나 집에 가서 형에게 인사할 기회가 있어도 되도록 만나지 않고 돌아오는 일이 많았다.

오시게에게 추궁당하자 나는 무언의 항복을 표하는 것처럼 아하하하 하고 웃거나 일부러 짧은 콧수염을 어루만지거나 때로는 언제나처럼 담배에 불을 붙이고 애매한 연기를 내뿜거나 했다.

그런가 하면 오히려 오시게 쪽에서 돌연 "큰오라버니도 꽤나 괴짜예요. 이제야 저는 오라버니가 싸우고 나간 것도 무리가 아니라는 생각이 들어요" 하고 말했다. 아닌 밤중에 홍두깨 격으로 오시게가 이렇게 깜짝 놀라게 하면 나는 마음속 깊은 데서 내 편이 한 사람 늘어난 것 같은 생각에 기뻤다. 하지만 겉으로는 오시게의 의견에 맞장구를 칠 만큼의 치기도 없었다. 엄하게 꾸짖을 만큼 잘난 체하고 싶은 마음도 없었다. 그저 오시게가 돌아간 후 순식간에 지금까지의 생각이 거꾸로 되어 형의 정신 상태가 주위에 미칠 영향이 자꾸만 걱정되었다. 살아 있는 것들로부터 점점 고립되어 책 속으로 끌려 들어가는 것처럼 보이는 형을 평소보다 배나 딱하게 여기는 일도 있었다.

38

어머니도 한두 번 찾아왔다. 처음에 왔을 때는 무척 기분이 좋았다. 옆방에 있는 법학사는 어디에 다니며 무슨 일을 하는지 등 나도 확실히 모르는 일을 자못 중요한 듯이 물어보기도 했다. 그때 어머니는 집의 근황에 대해 아무 말도 하지 않고 "요즘에는 여기저기서 감기가 유행한다니까 조심해라. 아버지도 이삼일 전부터 목이 아프다고 목에 찜질을 하고 나가셨어" 하며 주의를 주고 갔다. 나는 어머니가 돌아간 후 형 부부를 떠올릴 틈도 없었다. 그들의 존재를 잊은 나는 기분 좋게 목욕을 하고 저녁을 맛있게 먹었다.

그다음에 찾아왔을 때 어머니의 모습은 전과는 좀 달랐다. 어머니는 오사카에 다녀온 이후, 특히 내가 하숙 생활을 하게 된 이후 내 앞에서 형수에 대한 평을 일부러 피하는 눈치였다. 나도 어머니 앞에서는 마음이 꺼림칙해서인지 굳이 필요하지 않는 한 형수의 이름을 되도록 입 밖에 내지 않았다. 그런데 그렇게 주의 깊은 어머니가 그때 나를 보며 불쑥 "지로, 너한테만 하는 얘긴데, 나오의 마음씨는 대체 좋은 거냐, 나쁜 거냐?" 하고 물었다. 추측한 대로 뭔가 시작된 거라고 짐작한 나는 섬뜩했다.

하숙 생활을 시작한 후 나는 형에 대해서도 형수에 대해서도 신중하지 못한 말을 무책임하게 내뱉을 용기가 전혀 없었기 때문에 어머니는 내게서 무엇 하나 만족할 만한 재료를 얻지 못한 채 돌아갔다. 나도 어머니가 갑자기 왜 그런 불쾌한 질문을 던졌는지 결국 요령부득인 상태로 어머니를 보내고 말았다.

"또 무슨 걱정스러운 일이라도 생긴 건가요?" 하고 물어도 어머니는 "아니, 별다른 일은 없는데……" 하고만 대답하고는 내 얼굴을 빤히 쳐다볼 뿐이었다.

나는 어머니가 돌아간 후 자꾸만 그 질문이 신경 쓰였다. 하지만 전후 사정이며 어머니의 태도를 종합해서 생각해봐도 도무지 우리 집에 새로운 사건이 일어났다고 생각할 수는 없다고 판단했다.

어머니도 너무 걱정한 나머지 결국 형수를 이해할 수 없게 된 것이다.

마침내 이렇게 해석한 나는 무서운 꿈에라도 사로잡힌 듯한 기분이었다.

오시게도 찾아오고 어머니도 찾아왔지만 형수만은 결국 한 번도 내 방 화로에 손을 쬐지 않았다. 형수가 일부러 찾아오는 걸 삼가는 취지는 나도 충분히 이해할 수 있었다. 내가 반초의 집에 갔을 때 형수는 "도련님의 하숙은 고등 하숙이라면서요? 방에는 근사한 도코노마가 있고 뜰에는 멋진 매화나무가 심어져 있다던데요?" 하고 물었다. 그러나 '다음에 보러 갈게요'라고는 말하지 않았다. 나도 '보러 오세요'라고는 말하기 어려웠다. 물론 형수의 입에 오른 매화나무는 어딘가의 밭에서 뽑아와 그대로 옮겨 심은 것으로 보이는 무의미한 것이었다.

형수가 찾아오지 않는 것과는 다른 의미에서, 또는 같은 의미에서 내 방에서는 형의 얼굴을 결코 볼 수 없었다.

아버지도 찾아오지 않았다.

미사와는 이따금 찾아왔다. 나는 어떤 기회를 이용하여 넌지시 미사와에게 오시게를 아내로 맞이할 뜻이 있는지 떠보았다.

"글쎄, 그 아가씨도 이제 혼기가 찼으니까 슬슬 어디론가 여읠 필요가 있겠군그래. 어서 좋은 자리를 찾아서 기쁘게 해주게."

미사와는 그저 이렇게만 말하고 데려갈 기색은 없었다. 나는 그것으로 단념하고 말았다.

긴 듯하나 짧은 겨울은 일이 생길 듯하면서도 생기지 않는 내 앞에 지나가는 비, 서릿발이 녹은 땅, 강바람…… 등 이미 정해진 일정을 평범하게 되풀이하며 이렇게 지나간 것이다.

번뇌

1

음험한 겨울이 춘분 바람에 날아가버렸을 때 나는 추운 움막에서 얼굴을 내민 사람처럼 환한 세계를 바라보았다. 내 마음 어딘가에는 이 환한 세계 역시 방금 지나온 겨울과 마찬가지로 평범하다는 느낌이 들었다. 하지만 숨을 쉴 때마다 봄 냄새가 맥(脈) 안으로 흘러드는 상쾌함을 잊어버릴 만큼 나는 늙지 않았다.

나는 날씨가 좋을 때마다 방의 장지문을 활짝 열어놓고 거리를 내다보았다. 또 차양 끝에 가로놓인 창공을 아래에서 열어젖히듯이 바라다보았다. 그리고 어디론가 멀리 떠나고 싶었다. 학교를 다니고 있을 때라면 이미 봄방학을 이용해 여행을 떠날 준비를 했겠지만 직장을 다니고 있는 지금의 나는 도저히 그런 자유를 바랄 수 없었다. 어쩌다가 찾아오는 일요일조차 하루 종일 하숙방에서 잠이 덜 깬 얼굴을 주체하지 못하다가 산보조차 나가지 못하는 일도 있었다.

나는 반쯤 봄을 맞이하면서 반쯤 봄을 저주하는 심정이었다. 하숙으로 돌아와 저녁을 먹고 나서는 화로 앞에 앉아 담배를 피우면서 멍하니 자신의 미래를 상상하기도 했다. 그 미래를 짜는 실 중에는 내게 교태를 부리는 화려한 색이, 새로 재 속에 묻어둔 사쿠라(佐倉)산 숯의 불꽃과 함께 어른어른 타오르는 것이 보통이었지만 때로는 온통 변색되어 어디까지나 재처럼 광택을 잃었다. 나는 어쩌다가 이런 상상의 꿈에서 돌연 현재의 나로 되돌아오는 일이 있었다. 그리고 운명이 이 현재의 나와 미래의 나를 어떤 수단으로 연결시켜나갈까 하는 생각을 했다.

내가 하숙집 하녀 때문에 갑작스럽게 놀란 것은 마침 그런 식으로 현실과 공상 사이를 헤매며 가만히 화로에 손을 쬐고 있던 어느 날 초저녁이었다. 주의를 나 자신에게만 집중하고 있었던 탓인지 실제로 하녀가 복도로 걸어오는 발소리를 듣지 못했다. 그녀가 뜻밖에 쓰윽 하고 장지문을 열었을 때야 비로소 나는 우연처럼 눈을 들어 그녀의 얼굴을 마주 보았다.

"목욕이야?"

나는 바로 이렇게 물었다. 그런 이유 말고는 하녀가 그 시간에 내 방의 장지문을 열 리 없다고 생각했기 때문이다. 그러자 하녀는 일어나면서 "아뇨" 하고는 입을 다물었다. 나는 하녀의 눈가에서 일종의 웃음을 보았다. 그 웃음에는 상대를 농락할 수 있는 순간의 유쾌함을 여성적으로 탐하고 있는 묘한 번뜩임이 있었다. 나는 하녀를 향해 날카롭게 "뭐야, 우두커니 서서?" 하고 말했다. 하녀는 바로 문지방 앞에 무릎을 꿇었다. 그리고 "손님이 오셨습니다" 하고 다소 진지하게 대답했다.

"미사와지?" 내가 물었다. 나는 어떤 일로 미사와가 찾아오기를 예상하고 있었다.

"아뇨, 여자분입니다."

"여자?"

나는 미심쩍다는 듯 하녀에게 눈썹을 찌푸려 보였다. 하녀는 오히려 시치미를 떼고 있었다.

"이쪽으로 모시고 올까요?"

"어떤 사람이야?"

"모르겠습니다."

"모른다고? 이름도 안 물어보고 무턱대고 손님을 방으로 안내하는 게 어디 있어?"

"하지만 물어봐도 말씀을 하지 않는걸요."

하녀는 이렇게 말하고 다시 조금 전처럼 눈가에 심술궂은 웃음을 띠었다. 나는 화로에서 손을 떼고 벌떡 일어났다. 문지방 앞에 무릎을 꿇고 있는 하녀를 물리치듯이 하며 입구까지 나갔다. 그리고 봉당 구석에 코트를 입은 채 추운 듯 서 있는 형수의 모습을 보았다.

2

그날은 아침부터 흐렸다. 게다가 쭉 이어지던 좋은 날씨를 단번에 내쫓듯이 찬바람이 불었다. 나는 사무실에서 돌아오는 길에 외투 깃을 세우고 걸으면서 비가 오지나 않을까 걱정했다. 그 비가 조금 전 저녁 밥상에 앉을 때부터 부슬부슬 내리기 시작했다.

"이렇게 추운 날 밤에 용케 나오셨네요?"

형수는 "네" 하고만 대답했다. 나는 지금까지 앉아 있던 방석을 뒤집어 1미터쯤 되는 도코노마 앞에 놓고 "자, 이쪽으로 앉으시죠" 하고 권했다. 그녀는 코트의 한쪽 소매를 주르르 벗으면서 "그렇게 손님 대하듯이 하는 건 싫어요" 하고 말했다. 나는 다기를 씻어 오게 하려고 벨을 누른 손을 떼며 그녀의 얼굴을 보았다. 추운 창밖 공기에 차가워진 볼은 여느 때보다 창백하게 내 눈동자에 비쳤다. 늘 쓸쓸한 한쪽뿐인 보조개도 평소와는 다른 의미의 쓸쓸함을, 사라지는 순간 언뜻언뜻 내비쳤다.

"자, 괜찮으니 거기 앉으세요."

그녀는 내 말대로 방석 위에 앉았다. 그리고 하얀 손가락을 화로에 쬤다. 그녀는 그 모습에서 상상되는 것처럼 손끝이 아름다운 여자였다. 그녀가 갖고 태어난 도구 중에서 처음부터 내 주의를 끈 것은 가냘픈 그 손과 발이었다.

"도련님도 손을 내밀어 불 좀 쬐세요."

나는 왠지 주저하며 손을 내밀지 못했다. 그때 창밖에서 스산한 빗소리가 들려왔다. 낮 동안 세차게 불던 북서풍이 비가 내리기 시작하면서 뚝 그쳐서인지 세상은 의외로 조용했다. 그저 띄엄띄엄 홈통을 때리는 낙숫물 소리만 뚝뚝 울렸다. 형수는 평소의 차분한 태도로 방안을 둘러보며 "역시 좋은 방이네요. 그리고 아주 조용해요" 하고 말했다.

"밤이라 좋게 보이는 거예요. 낮에 와보세요, 어지간히 지저분한 방입니다."

나는 잠시 형수와 마주 앉아 있었다. 하지만 지금 고백하자면 마음속은 결코 이야기를 나누는 모습에 드러난 만큼 평온한 것이 아니었다. 형수가 하숙으로 찾아올 거라고는 추호도 예상하지 못했던 것이다. 공상조차 해보지 않았다. 봉당 입구에서 그녀의 모습을 보았을 때 나는 깜짝 놀랐다. 그리고 그 놀람은 기쁨의 놀람보다는 오히려 불안한 놀람이었다.

'왜 왔을까? 이렇게 추운 날 일부러 왜 찾아온 거지? 왜 군이 밤이 되어 불을 켠 시간에 찾아온 걸까?'

이것이 그녀를 본 순간에 든 의혹이었다. 처음부터 이런 의혹에 사로잡힌 내 가슴에는 화로를 사이에 두고 그녀와 마주 앉아 있는 일상적인 태도 안에 끊임없는 압박이 있었다. 그것이 내 이야기나 어투에 불쾌하게 시치미를 떼는 느낌을 주었다. 나는 분명히 그것을 자각했다. 그리고 그렇게 시치미를 떼는 모습이 상대의 머리에 훤히 비치고 있다는 것도 자각했다. 하지만 어쩔 도리가 없었다. 나는 형수에게 "날이 다시 추워졌네요" 하고 말했다. "비가 오는데 용케 나오셨네요" 라고도 말했다. "왜 이 시간에 나오셨습니까?" 하고 물었다. 대화가 거기에 이르러서도 내 가슴에 조금의 빛도 던져주지 않았을 때 나는 경직되고 말았다. 그리고 모나리자를 닮은 수상쩍은 미소 앞에 그대로 못 박히지 않을 수 없었다.

"도련님은 한동안 만나지 못한 사이에 갑자기 딱딱해졌네요." 형수가 말을 꺼냈다.

"그렇지 않습니다." 내가 대답했다.

"아뇨, 그래요." 그녀가 되받았다.

3

나는 벌떡 일어나 형수의 뒤로 돌아갔다. 그녀는 폭이 1미터밖에 안 되는 도코노마를 등지고 앉아 있었다. 방이 좁아서 그녀의 오비가 거의 삼나무 장식 기둥에 닿을락 말락 했다. 내가 그 사이로 한 발을 넣었을 때 그녀는 답답한 듯이 몸을 앞으로 구부리며 "뭐 하세요?" 하고 물었다. 나는 한쪽 발을 허공에 띄운 채 도코노마 안에서 검은 칠을 한 찬합을 꺼내 그녀 앞에 내놓았다.

"하나 드셔보세요."

이렇게 말하며 뚜껑을 열려고 하자 그녀는 희미하게 쓴웃음을 흘렸다. 찬합 안에는 백설탕을 뿌린 모란떡(牡丹餠)[1]이 가지런히 담겨 있었다. 어제가 춘분이라는 걸 나는 이 모란떡을 받고서야 알았다. 나는 형수의 얼굴을 보며 진지하게 "안 드세요?" 하고 물었다. 그녀는 갑자기 웃음을 터뜨렸다.

"도련님도 너무하시네요. 그 오하기(御萩)는 어제 집에서 가져다준 거잖아요?"

나는 어쩔 수 없이 쓴웃음을 지으며 하나를 입에 넣었다. 그녀는 나를 위해 찻잔에 차를 따라주었다.

나는 이 모란떡으로 그녀가 오늘 성묘를 하러 친정에 다녀오는 길에 여기에 들른 거라는 걸 겨우 확인했다.

---

1 찹쌀과 멥쌀을 섞어 찐 다음 동그랗게 빚어 팥소나 콩가루 등을 묻힌 떡. 오하기(お萩)라고도 한다. 생김새가 모란꽃과 비슷해서 모란떡(牡丹餠, 보타모치)이라는 이름이 붙었다. 모란이 봄에 피는 꽃이라 춘분에 먹는 것을 보타모치, 추분에 먹는 것을 오하기라고 했으나 지금은 일반적으로 오하기로 불린다.

"정말 오랫동안 격조했습니다만, 그쪽은 별고 없습니까?"

"네, 고마워요. 뭐⋯⋯."

말수가 적은 그녀는 간단히 이렇게만 대답했지만 그다음에,

"격조한 걸로 치면 도련님은 반초에도 꽤 격조했지요" 하고 덧붙이고는 일부러 내 얼굴을 쳐다보았다.

나는 반초와는 완전히 멀어져 있었다. 처음에는 집안일이 걱정되어 일주일에 한두 번 가지 않으면 마음이 놓이지 않을 정도였는데, 어느새 중심에서 벗어나 밖에서 슬쩍 바라보는 버릇이 생겼다. 그리고 그렇게 바라보는 동안 적어도 아무 일 없이 지나갔다는 자각이 무소식을 무사한 것의 원인처럼 생각하게 했다.

"왜 예전처럼 자주 들르지 않나요?"

"일이 좀 바빠서요."

"그래요? 정말요? 그게 아닐걸요."

나는 형수에게 이렇게 추궁당하는 걸 견딜 수 없었다. 게다가 나는 그녀의 심리를 알 수 없었다. 다른 사람은 어쨌든 간에 형수만은 이 점에서 나를 추궁할 용기가 없을 거라고 지금까지 굳게 믿고 있었기 때문이다. 나는 큰맘 먹고 '형수님은 너무 대담해요'라고 말할까 생각했다. 하지만 진작 상대로부터 소심하다고 얕보이고 있는 나는 끝까지 비겁했다.

"정말 바쁩니다. 사실 얼마 전부터 공부 좀 해볼까 싶어 슬슬 준비를 시작한 참이라 요즘에는 아무 데도 갈 마음이 들지 않습니다. 언제까지 이런 일을 하면서 우물쭈물 있어봐야 시시하기만 할 테니 지금은 책이라도 좀 읽어두고 머지않아 외국에라도 나가볼 생각이거든요."

이 대답의 뒷부분은 정말 내 희망이었다. 나는 어디라도 좋으니 그저 멀리 떠나고 싶다는 생각만 하고 있었다.

"외국이라면, 서양요?" 형수가 물었다.

"뭐 그렇죠."

"좋겠네요. 아버님께 부탁드려서 얼른 그렇게 하세요. 제가 말씀드려볼까요?"

나는 소용없다는 걸 알면서도 그런 일을 환상처럼 생각하고 있었는데, 그녀의 말을 듣자 갑자기 "아버지는 소용없어요" 하고 고개를 가로저었다. 그녀는 잠시 입을 다물었다. 이윽고 울적한 어투로 "남자는 참 홀가분하네요" 하고 말했다.

"전혀 홀가분하지 않습니다."

"하지만 싫어지면 어디든지 멋대로 날아갈 수 있잖아요?"

4

나는 어느새 손을 내밀어 화롯불을 쬐고 있었다. 화로는 약간 높고 두툼했지만 겉이 나무로 된 상자 모양의 보통 화로와 같은 크기라서 두 사람이 마주 보고 손을 쬐면 얼굴과 얼굴의 거리가 너무 가까워진다. 형수는 자리에 앉을 때부터 춥다며 새우등처럼 가슴 위를 약간 앞으로 숙이고 앉아 있었다. 그녀의 이런 자세는 여성스럽다는 것 외에 어떤 비난도 할 수 없는 것이었다. 하지만 그 결과 나는 자연스럽게 뒤로 몸을 젖히는 느낌으로 앉아 있지 않으면 안 되었다. 그런데도 나는 그녀의 후지 산 모양 이마를 이만큼 가까이서, 그리고 오랫동안 응시한 적은 없었다. 그녀의 창백한 볼 빛깔은 내게 불꽃처럼 눈부셨다.

비교적 답답한 이런 자세로 나는 그녀로부터 느닷없이 그녀와 형의 관계가 내가 집을 나온 후에도 여전히 좋지 않은 방향으로만 나아간다는 안 좋은 이야기를 들었다. 그녀는 지금까지 이쪽에서 묻지 않으면 결코 형에 대해 입을 열지 않는 주의를 취하고 있었다. 설사 이쪽에서 물어도 "여전해요"라든가 "뭐 걱정하실 정도는 아니에요"라고 대답하고 그저 웃기만 하는 것이 보통이었다. 그런데 완전히 거꾸로 되어 내가 가장 괴로워하는 문제의 진상을 그쪽에서 적극적으로 털어놓은 것이라 비겁한 나는 느닷없이 황산을 뒤집어쓴 것처럼 얼얼했다.

그러나 일단 실마리를 찾았을 때 나는 가능한 한 시시콜콜 캐물으려고 했다. 하지만 말의 낭비를 꺼리는 그녀는 그렇게 이쪽 생각대로 하게 해주지 않았다. 그녀가 말하는 것은 주로 그들 부부 사이에 가로놓인 서먹함의 섬광에 지나지 않았다. 그리고 서먹함의 원인에 대해서는 끝내 한마디도 하지 않았다. 이유를 물으면 그녀는 그저 "왜 그런지 모르겠어요"라고 말할 뿐이었다. 실제로 그녀는 그걸 모르는지도 몰랐다. 또한 알면서도 일부러 말하지 않는 건지도 몰랐다.

"어차피 제가 이렇게 바보로 태어나서 그런 거라 어쩔 수 없어요. 아무리 어떻게 해봤자 되는대로 되는 수밖에 다른 도리가 없으니까요. 그렇게 생각하고 체념하면 그만이에요."

그녀는 처음부터 운명이라면 두려워하지 않는다는 종교심을 갖고 태어난 사람 같았다. 그 대신 남의 운명도 두려워하지 않는 성격으로 보이기도 했다.

"남자는 싫어지기만 하면 도련님처럼 어디든지 날아갈 수 있지만 여자는 그럴 수 없으니까요. 저 같은 사람은 마치 부모가 화분에 심어놓은 나무 같아서 한번 심어지면 누가 와서 움직여주지 않는 한 도저히 움직일 수 없어요. 가만히 있을 뿐이지요. 선 채 말라 죽을 때까지 가만히 있는 것 외에 다른 도리가 없어요."

나는 가엾게 보이는 이 호소의 이면에서 헤아릴 수 없는 여성의 강함을 전기처럼 느꼈다. 그리고 그 강함이 형에게 어떻게 작용할지에 생각이 미쳤을 때는 나도 모르게 오싹했다.

"형님은 그냥 기분이 나쁜 거겠죠? 그 밖에 달라진 점은 아무것도 없는 건가요?"

"글쎄요, 그야 뭐라고도 할 수 없어요. 사람이니까 언제 어떤 병에 걸릴지 모르는 일이고요."

그녀는 곧 오비 사이에서 조그만 여자용 시계를 꺼내 들여다보았다. 방 안이 조용해서 뚜껑을 닫는 소리가 의외로 크게 귀에 울렸다. 마치 부드러운 피부 표면에 날카로운 바늘 끝이 닿는 것 같았다.

"이제 가야겠어요. ……도련님, 난처했죠? 이렇게 불쾌한 이야기를 해서. 전 지금까지 이런 얘긴 아무한테도 안 했어요. 오늘 친정에 가서도 입을 다물었을 정도니까요."

입구에서 기다리고 있는 인력거꾼의 초롱에는 그녀의 친정집 문장 (紋章)이 붙어 있었다.

5

그날 밤은 밤새 비가 조용히 내렸다. 베개를 두드리는 듯한 낙숫물 소리를 들으며 나는 언제까지고 형수의 환영을 그렸다. 짙은 눈썹과 눈동자가 떠오르면 창백한 이마나 볼이 자석에 들러붙는 쇳조각 같은 속도로 금방 그 주위에 나타났다. 그녀의 환영은 몇 번이고 부서졌다. 부서질 때마다 다시 같은 순서로 곧장 되풀이되었다. 나는 끝내 그녀의 입술 색까지 선명하게 보았다. 그 입술 양끝의 근육이 소리 없는 말의 부호처럼 희미하게 떨리는 것을 보았다. 그리고 육안의 주의를 벗어나려는 미세한 소용돌이가 보조개로 다가갈까 부서질까 망설이는 모습으로 끊임없이 파도치는 그녀의 볼을 생생하게 보았다.

나는 그만큼 생생한 그녀를 그만큼 열렬하게 상상했다. 그리고 낙숫물 소리가 똑똑 울리는 가운데 종잡을 수 없는 여러 가지 일을 생각하며 달아오른 머리를 괴롭히기 시작했다.

그녀와 형의 관계가 악화되는 이상 내 몸이 어디로 어떻게 날아가든 내 마음은 결코 안온할 수 없었다. 나는 이 점에 대해 그녀에게 좀 더 구체적인 설명을 요구했지만 보통의 여자처럼 소소한 사실을 호소의 재료로 삼지 않는 그녀는 거의 내 요구를 무시하는 것처럼 상대해주지 않았다. 결과적으로 말하면 나는 애태우려고 그녀의 방문을 받은 것이나 다름없었다.

그녀의 말은 모두 그림자처럼 어두웠다. 그런데도 번개처럼 간결한 번쩍임을 내 가슴에 처박았다. 나는 그 그림자와 번개를 한데 모아 혹시 그사이에 짜증이 심해진 끝에 형이 형수에게 지금껏 없었던 난폭한 일이라도 저지른 게 아닐까 하고 생각했다. 구타라는 글자는 징계나 학대라는 글자와 나란히 놓고 보면 꺼림칙하고 잔혹한 울림을 갖고 있다. 형수는 요즘 여자라 형의 행위를 완전히 그런 의미로 이해하고 있을지도 모른다. 내가 그녀에게 형의 건강 상태를 물었을 때 그녀는 사람이라 언제 어떤 병에 걸릴지도 모른다고 냉담하게 말하고 물러갔다. 내가 형의 정신 작용을 걱정하여 그런 질문을 했다는 것은 그녀도 알고 있었을 것이다. 따라서 평소보다 훨씬 더 냉담한 그녀의 대답은, 아름다운 자신의 몸에 가해진 채찍 소리를 남편의 미래에 메아리치게 하는 복수의 소리로도 들렸다. ……나는 무서웠다.

내일이라도 반초로 가서 어머니에게 살짝 그들 두 사람의 근황을 물어봐야 한다고 생각했다. 하지만 형수는 이미 분명히 말했다. 그들 부부 관계의 변화에 대해서는 아무도 모른다. 또한 아무한테도 알린 일이 없다고 분명히 말했던 것이다. 그림자 같고 번개 같은 말 속에서 그런 정황이 어렴풋이 새겨진 것은 세상에 내 가슴 단 하나뿐이었다.

그토록 말수가 적은 형수가 왜 내게만 그 이야기를 한 것일까? 그녀는 평소 차분하다. 오늘 밤에도 평소처럼 차분했다. 흥분한 나머지 호소할 데가 없어 일부러 나를 찾아온 것으로는 보이지 않는다. 우선 호소라는 말부터가 그녀의 태도와 어울리지 않았다. 결과적으로 보면 나는 조금 전에 말한 대로 그녀 때문에 애를 태우게 되었으니까.

그녀는 화롯불을 쬐고 있는 내 얼굴을 보고 "왜 그렇게 거북한 자세로 있으세요?" 하고 물었다. 내가 "별로 거북하지 않습니다" 하고 대답했을 때 그녀는 "하지만 몸을 뒤로 젖히고 있잖아요?" 하며 웃었다. 그때 그녀의 태도는 가느다란 검지로 화로 너머에서 내 볼을 쿡쿡 찌르기라도 할 듯이 허물없었다. 그녀는 다시 나를 부르며 "깜짝 놀랐죠?" 하고 말했다. 비 내리는 추운 밤에 불쑥 찾아와 나를 놀라게 해준 것이 자못 유쾌한 장난이라도 되는 것처럼 말했다.

나의 상상과 기억은 뚝뚝 떨어지는 낙숫물의 박자 속에 밤이 이슥해질 때까지 꼬리에 꼬리를 물고 한없이 맴돌았다.

6

그로부터 사나흘간 내 머리는 끊임없이 형수의 유령에 쫓겨 다녔다. 사무실 책상 앞에 서서 중요한 도면을 그릴 때조차 나는 그 재앙을 물리칠 수단을 알지 못했다. 어떤 날은 하루 종일 다른 사람 손을 빌려 일하는 것 같은 답답한 기분까지 느꼈다. 이렇게 스스로 자신을 떠난 기분으로 겉으로만 남들처럼 해나가는데도 주위 사람들은 왜 이상하게 여기지 않는지 의심해보기도 했다. 나는 꽤 오래전부터 사무실에서는 쾌활한 남자로 통용되지 않게 되었다. 특히 근래에는 말도 거의 하지 않았다. 그래서 지난 사나흘간 일어난 변화 역시 남의 주의를 끌지 않고 넘어갔을 거라고 생각한다. 그리고 자신과 주위가 완전히 차단된 사람의 쓸쓸함을 혼자 느꼈다.

나는 그동안 한 사람의 형수를 여러 가지로 보았다. 그녀는 남자조차 초월할 수 없는 것을 시집온 그날부터 이미 초월해 있었다. 그녀에게는 어쩌면 처음부터 초월해야 할 담도 벽도 없었을 것이다. 처음부터 얽매이지 않는 자유로운 여자였다. 지금까지 그녀의 행동은 어떤 것에도 구애받지 않는 자연 그대로의 모습을 발현한 것에 지나지 않았던 것이다.

어떤 때는 또 그녀가 모든 것을 가슴속에 넣어두고 쉽사리 자신을 드러내지 않는 이른바 야무진 사람처럼 비쳤다. 그런 의미에서 보면 그녀는 흔해빠진 야무진 사람의 단계를 훨씬 넘어서 있었다. 그 차분함, 품위, 과묵함, 누가 평해도 그녀는 너무 야무진 사람임에 틀림없었다. 놀랄 만큼 뻔뻔한 사람이기도 했다.

어떤 순간 그녀는 인내의 화신처럼 내 앞에 섰다. 그리고 그 인내에는 고통의 흔적조차 찾아볼 수 없는 고상함이 숨어 있었다. 그녀는 눈살을 찌푸리는 대신 미소를 지었다. 쓰러져 우는 대신 단정히 앉았다. 마치 그렇게 앉아 있는 자리 밑에서 자신의 발이 썩는 것을 기다리는 사람처럼. 요컨대 그녀의 인내는 인내라는 의미를 넘어서 거의 천성에 가까운 어떤 것이었다.

한 사람의 형수가 내게는 이렇게 여러 가지로 보였다. 사무실 책상 앞, 점심 식탁 위, 돌아오는 전차 안, 하숙의 화롯가 등 다양한 곳에서 다양하게 바뀌어 보였다. 나는 남모르는 고통을 다른 사람에게 말하지 못해 괴로웠다. 그사이 큰맘 먹고 반초로 가서 대체적인 상황을 살펴보는 것이 어찌 되었든 순서라는 생각이 자주 떠올랐다. 하지만 비겁한 나는 감히 그렇게 할 만한 용기가 없었다. 눈앞에 무서운 것이 있는 걸 알면서 일부러 보지 않기 위해 눈을 감은 것이다.

그런데 닷새째가 되는 토요일 오후에 별안간 아버지가 사무실로 전화를 해왔다.

"지로냐?"

"그렇습니다."

"내일 아침에 잠깐 하숙으로 가도 되겠느냐?"

"예에?"

"지장이 있는 거냐?"

"아뇨, 별로……."

"그럼 기다리고 있어라, 알았지? 그럼 끊는다."

아버지는 그렇게 전화를 끊었다. 나는 적잖이 당황했다. 무슨 용건인지조차 확인해볼 여유가 없었던 나는 전화기에서 떨어지고 나서 후회했다. 만약 용건이 있다면 부르면 될 일인데, 하고 곧바로 이상하게 생각해보기도 했다. 아버지가 직접 이쪽으로 온다는 이례적인 일이 얼마 전 형수가 찾아온 것과 무슨 관계가 있을 것 같아 내 가슴은 한층 불안해졌다.

하숙으로 돌아오니 오사카의 오카다에게서 온 엽서 한 장이 책상 위에 놓여 있었다. 그들 부부가 사노와 오사다를 데리고 교외에서 즐거운 한나절을 보낸 기념으로 보내온 엽서였다. 나는 책상 앞에 앉아 오랫동안 그 그림엽서를 바라보았다.

7

일요일에는 실컷 늦잠을 자는 버릇이 든 나도 다음 날 아침만은 비교적 일찍 일어났다. 아침을 먹고 나서 신문을 보았더니 기차를 기다리는 동안 사서 바삐 훑어볼 때처럼 볼 만한 게 하나도 없어 시시했다. 곧바로 신문을 내던졌다. 그러나 5, 6분도 지나지 않아 다시 신문을 집어 들었다. 담배를 피우기도 하고 흐릿해진 안경을 정성껏 닦기도 하는 등 이런저런 일을 하며 아버지가 오기를 기다렸다.

아버지는 쉽사리 오지 않았다. 나는 아버지가 아침에 일찍 일어난다는 것을 잘 알고 있었다. 어렸을 때부터 아버지의 성급함에는 충분히 길들어 있었다. 마음이 가라앉지 않은 나는 전화라도 걸어서 어떻게 된 일인지 아버지의 사정을 들어볼까 하는 생각도 했다.

어머니에게 허물없는 나도 아버지는 평소부터 꺼렸다. 하지만 진짜 속을 들여다보면 자상한 어머니가 엄격한 아버지보다 오히려 무서웠다. 나는 아버지에게 야단을 맞거나 잔소리를 들을 때 송구스럽게 여기면서도 속으로는 역시 남자는 남자구나 하는 생각을 하는 일이 종종 있었다. 하지만 이 경우에는 평소와 달랐다. 아무리 아버지라도 그리 우습게 볼 수는 없었다. 전화를 걸려던 나는 결국 걸지 못하고 말았다.

아버지는 결국 10시쯤 되어서야 찾아왔다. 하오리와 하카마를 너무 말쑥하게 차려입기는 했으나 표정은 의외로 온화했다. 어렸을 때부터 아버지 곁에서 자란 나는 아버지의 안색만 봐도 무슨 일이 있는지 없는지 금방 판단할 수 있는 요령을 터득하고 있었다.

"좀 더 일찍 오실 줄 알고 아까부터 기다리고 있었어요."

"아마 이불 속에서 기다렸겠지? 이른 거야 아무리 일러도 놀라지 않겠지만 네가 딱해서 일부러 늦게 나온 거다."

아버지는 내가 따라준 차를 마시는 듯 핥는 듯 입으로 가져가며 방 안을 유심히 둘러보았다. 방에는 책상과 책장과 화로가 있을 뿐이었다.

"방이 좋구나."

아버지는 우리에게도 자주 이렇게 붙임성 있는 말을 하곤 했다. 아버지가 오랫동안 사교를 위해 익숙하게 사용하던 말은 어느새 거리낄 게 없는 가정에까지 들어온 것이다. 그만큼 메마른 겉치레 말이라 그게 내게는 '잘 있었냐' 정도로밖에 들리지 않았다.

아버지는 폭이 1미터밖에 안 되는 도코노마를 들여다보고 거기에 걸린 족자를 보았다.

"딱 좋구나."

그 족자는 특별히 여기 도코노마에 장식하기 위해 아버지에게 빌려 온 반절(半切)짜리 조그만 그림이었다. 아버지가 "이거라면 가져가도 좋아" 하며 내준 것인 만큼 내게는 딱 좋고 말고 할 것도 없이 요상한 것이었다. 나는 쓴웃음을 지으며 바라보았다.

그림에는 엷은 먹으로 막대기 하나가 비스듬히 그려져 있었다. 그 위에 "이 막대기 스스로 움직이지 못하고 건드리니 움직이네"하는 찬(讚)이 붙어 있었다. 요컨대 그림이라고도 글씨라고도 할 수 없는 보잘것없는 것이었다.

"넌 웃겠지만 이래 봬도 은근한 멋이 있는 거야. 다실 도코노마에 걸어둘 만한 근사한 족자니까 말이다."

"누가 쓴 거죠?"

"그야 모르지, 언젠가 다이토쿠지(大德寺)² 주지인가 누군가……."

"그렇군요."

아버지는 이것으로 족자에 대한 해설을 끝내려고 하지 않았다. 다이토쿠지가 어떻다느니 황벽종(黃檗宗)³이 어떻다느니 내게는 전혀 흥미롭지 않은 이야기를 들려주었다. 마지막에는 "이 막대기의 의미를 알겠느냐?"하고 말해 나를 성가시게 했다.

8

그날 나는 아버지에게 이끌려 우에노의 효케이칸(表慶館)⁴을 구경했다. 지금까지 아버지를 따라 그런 곳을 가본 적은 몇 번 있었지만 설마 그것 때문에 아버지가 일부러 하숙까지 찾아왔을 것 같지는 않았다. 나는 아버지와 함께 하숙집 문을 나서 우에노로 가는 길에도 이

---

2 교토에 있는 임제종의 절.
3 임제종, 조동종과 함께 일본의 3대 선종 중 하나.

제 곧 아버지의 입에서 진짜 용건이 나올 것임에 틀림없다고 예상했다. 하지만 도저히 내가 직접 물어볼 용기는 나지 않았다. 형의 이름도, 형수의 이름도 아버지 앞에서는 금지된 단어처럼 내 성대를 꽉 동여맸다.

효케이칸에서 아버지는 리큐(利休)⁵의 편지 앞에 서서 무엇 무엇을 하게 하시고…… 인가, 하는 식으로 모르는 글자를 억지로 띄엄띄엄 읽었다. 천황가의 소장품인 왕희지(王羲之)⁶의 글씨를 보았을 때 아버지는 "음, 과연" 하고 감탄했다. 그 글씨가 또 내게는 지극히 따분해 보여서 "사람의 마음을 아주 든든하게 해줄 만하네요" 하고 말했더니 아버지는 "왜지?" 하고 반문했다.

우리는 2층의 큰 방으로 들어갔다. 그러자 거기에 오쿄(應擧)⁷의 그림이 열 폭 정도 쭈욱 걸려 있었다. 신기하게도 쭉 이어진 것으로 오른쪽 끝의 바위 위에 서 있는 학 세 마리와 왼쪽 구석에 날개를 펼치고 날고 있는 한 마리 외에는 거리로 치면 4, 5미터가 온통 파도로 채워져 있었다.

"장지문에 붙였던 걸 떼어내서 족자로 만든 거로군."

한 폭마다 남아 있는, 손에 닳은 여닫는 부분의 흔적과 문고리를 떼

---

4 1900년 황태자(훗날 다이쇼 천황)의 결혼을 기념하여 도쿄 우에노 공원 내의 제실(帝室) 박물관(지금의 도쿄국립박물관) 부지에 세워진 일본 최초의 본격적인 미술관으로 메이지 말기의 서양식 건축물을 대표하는 건물이다. 소세키는 1911년 제자인 데라다 도라히코(寺田寅彦)와 이곳을 방문했다.

5 센노 리큐(千利休, 1522~1591). 일본 전국 시대 다도(茶道)의 완성자다.

6 중국 진(晉)나라의 유명한 서예가로 그의 서풍은 나라 시대에 일본에 전해져 일본 서도의 규범이 되었다.

7 마루야마 오쿄(圓山應擧, 1733~1795). 에도 중기의 화가로 근현대의 교토 화단에까지 그 계통이 이어지는 '마루야마파'의 시조. 사생(寫生)을 중시한 친근감 있는 화풍이 특색이다.

어낸 부분의 하얀 자국을 아버지는 내게 가리켰다. 아버지 덕분에 나는 넓은 방 한가운데 서서 그 웅대한 그림을 그린 옛 일본인에 대한 존경심을 겨우 깨달았다.

2층에서 내려왔을 때 아버지는 옥이며 고려자기에 대해 설명했다. 가키에몬(柿右衛門)[8]이라는 이름도 들었다. 가장 보잘것없는 것은 논코[9]의 찻종지였다. 지친 우리는 드디어 효케이칸을 나왔다. 효케이칸 앞을 뒤덮듯이 오른쪽에 우뚝 솟아 있는 검푸른 소나무 한 그루를 보며 깨끗한 샛길을 느릿느릿 걸었다. 그래도 중요한 용건에 대해 아버지는 한마디도 하지 않았다.

"이제 곧 꽃이 피겠구나."

"예, 피겠지요."

우리는 다시 어슬렁어슬렁 도쇼구(東照宮)[10] 앞까지 왔다.

"세이요켄(精養軒)[11]에서 식사나 할까?"

시계를 보니 벌써 1시 반이었다. 어렸을 때부터 아버지를 따라 외출할 때마다 반드시 어딘가에서 뭔가 먹는 습관이 밴 나는 성인이 된 뒤에도 함께 나오는 것과 뭔가를 먹는 것을 떼어놓고 생각할 수 없었다. 하지만 그날만은 어쩐 일인지 얼른 아버지와 헤어지고 싶었다.

8 에도 시대 초기의 도공 사카이다 가키에몬(酒井田柿右衛門, 1596~1666)을 말한다.
9 교토의 도공 기치자에몬(吉左衛門)의 속칭.
10 우에노 공원에 있는, 도쿠가와 이에야스를 모신 신사.
11 도쿄 우에노 공원 안에 있는 서양 요릿집으로 1876년에 생겨 지금까지도 운영되고 있다. 신바시와 요코하마 간 철도가 개통되고 문명개화가 본격적으로 시작된 1872년, 프랑스 요릿집 세이요켄이 도쿄 쓰키치에서 처음으로 문을 열었다. 당시의 일본인은 쇠고기를 먹지 않아 서양 요리가 아주 진기한 시대였으나 세이요켄이 탄생한 이후 프랑스 요리는 메이지 사람들에게 널리 사랑받게 되었다. 1876년에는 우에노 공원이 생기면서 현재의 장소에 '우에노 세이요켄'이 탄생했다. 그 이후 로쿠메이칸(鹿鳴館) 시대의 화려한 사교장으로서 국내외의 왕후귀족이나 각계의 명사가 모여들었고 때로는 역사적 회담의 무대가 되기도 했다.

지나던 길에 보지 못했던 세이요켄의 입구에는 어느새 오색 깃발이 빈틈없이 장식된 줄을 가로세로로 화려하게 해놓고 실크해트를 쓴 손님을 맞이하고 있었다.

"오늘은 무슨 일이 있나 본데요. 아마 전체를 빌린 걸 거예요."

"아, 그렇군."

아버지는 걸음을 멈추고 나무 사이로 어른거리는 오색 깃발을 바라보다 가까스로 생각난 모양으로 "오늘이 23일이지?" 하고 물었다. 그날은 23일이었다. 그리고 형의 지인인 K라는 사람의 결혼 피로연 날이기도 했다.

"깜빡 잊고 있었구나. 일주일쯤 전에 초대장이 왔었는데. 이치로하고 나오 두 사람 앞으로 말이야."

"K씨가 아직 결혼을 하지 않았던가요?"

"그럼. 잘은 모르지만 설마 두 번째는 아니겠지."

우리는 산을 내려가 결국 그 왼편에 있는 서양 요릿집으로 들어갔다.

"여긴 거리가 잘 보이는구나. 어쩌면 이치로가 실크해트를 쓰고 지나갈지도 모르겠다."

"형수도 같이 오나요?"

"글쎄, 어떨지."

2층 창가 가까이에 자리 잡은 우리는 꽃으로 장식된 키 작은 꽃병을 앞에 두고 널찍한 미하시(三橋) 거리[12]를 내려다보았다.

---

12 우에노히로코지(上野廣小路)를 말한다. 우에노 공원의 동남쪽으로, 시노바즈(不忍) 연못에서 가깝다.

9

식사를 하는 중에 아버지는 기분 좋게 이야기했다. 그러나 용건다
운 딱딱한 이야기는 커피를 마실 때까지 끝내 아버지의 입에 오르지
않았다. 밖으로 나왔을 때 아버지는 그제야 알았다는 표정으로 건너
편의 하얗고 커다란 건물을 바라보았다.

"이야, 어느새 간코바(勸工場)¹³가 활동사진관¹⁴으로 변했군. 전혀
몰랐구나. 언제 바뀌었지?"

하얀 서양식 건물의 정면에 금색 글씨로 쓰여 있는 간판 주위가 무
수한 깃발의 그림자로 값싸게 꾸며져 있었다. 나는 직업상 자못 거창
하게 도쿄 한복판에 서 있는 이 조잡한 건축물을 한심한 눈으로 쳐다
보았다.

"정말 놀라워, 세상이 이렇게 빨리 변하다니. 그러고 보면 나도 언
제 죽을지 모르지."

화창한 일요일인 데다 시간이 시간인 만큼 거리에는 수많은 사람
들이 쏟아져 나와 있었다. 화려한 색과 생동하는 육체, 들뜬 발걸음이
모여드는 가운데서 이런 아버지의 말은 묘하게 주위와 조화를 이루지
못했다.

나는 반초와 하숙으로 방향이 갈리는 곳에서 아버지와 헤어지려고
했다.

13 메이지·다이쇼 시대에 상점들이 조합을 이뤄 한 건물 안에서 각종 상품을 팔던 곳으로 백
화점이 생기면서 쇠퇴했다. 우에노의 미하시 근처에는 간코바 하쿠힌칸(博品館)이 있었다.
14 일본에서 영화가 처음 상영된 것은 1896년이다. 러일전쟁 후에는 극영화도 제작되고 상설
활동사진관(영화관)도 출현했다. 간코바 하쿠힌칸이 있던 자리에 다이이치쿄소칸(第一競爭館)이
세워지고 1909년부터 영업을 시작했다.

"볼일이 있는 거냐?"

"예, 좀……."

"자, 잔말 말고 집까지 가자."

나는 모자챙에 손을 얹은 채 망설였다.

"잔말 말고 가자. 네 집이잖아? 가끔은 들러야 하는 법이다."

나는 멋쩍은 표정을 지으며 아버지의 뒤를 따라갔다. 아버지는 곧 뒤를 돌아보았다.

"집에서는 요즘 네가 오지 않아서 다들 이상하게 여기고 있다. 지로는 어떻게 된 거냐고 말이야. 삼가는 것도 정도껏 해야지 안 그러면 오히려 실례가 되는 법인데, 너는 너무 삼가지 않아서 안 들르는 거라 더 나쁜 거야."

"그런 건 아닙니다만……."

"아무튼 들르는 게 좋아. 변명은 집에 가서 어머니한테 실컷 하고. 내 역할은 그저 끌고 가는 거니까."

아버지는 성큼성큼 걸었다. 나는 속으로 마치 미성년자 같은 자신의 태도에 쓴웃음을 지으면서 잠자코 아버지와 보조를 맞추었다. 그날은 요전과는 딴판으로 남쪽으로 기운 태양이 가장 좋은 봄날이라고 할 만한 따스한 빛을 우리 위에 내리쬐고 있었다. 수달 깃을 단 묵직한 외투를 걸친 아버지도, 조금 두툼한 외투를 입은 나도 조금 전부터 걸은 탓에 약간 더운 느낌이었다. 그 봄의 한나절을 나는 아버지 덕분에 모처럼 이리저리 끌려 다녔다. 요즘에는 연로한 아버지와 이렇게 어깨를 나란히 하고 걸을 일이 통 없었다. 연로한 아버지와 앞으로도 이렇게 걸을 수 있을지 그것도 알 수 없었다.

나는 희미한 불안감 속에서 어렴풋한 기쁨과 그 기쁨에 동반되는 일종의 덧없음을 느꼈다. 그리고 갑작스럽게 내 가슴을 덮친 이 감상적인 기분에 되도록 자신을 맡기는 심정으로 걸음을 옮겼다.

"어머니는 놀라고 있다. 춘분 때 오하기를 보냈는데도 아무런 말도 없고 찬합도 돌려주지 않는다고 말이야. 잠깐이라도 좋으니까 왔으면 좋았을 텐데. 갑자기 올 수 없는 이유가 생긴 것도 아니었을 테고."

나는 아무 대답도 하지 않았다.

"오늘은 오랜만에 너를 데려가 식구들을 만나게 해주려고 말이야. 너, 최근에 형 만난 적 없지?"

"예, 실은 하숙을 하겠다고 말할 때 인사한 게 마지막입니다."

"그것 봐라. 그런데 하필이면 오늘 이치로가 집에 없을 텐데. 내가 우에노의 피로연을 잊고 있었던 게 잘못이지만 말이야."

나는 아버지를 따라 드디어 반초의 집 문으로 들어섰다.

10

방으로 들어가자 어머니는 내 얼굴을 보고 "어머, 어쩐 일이냐?" 할 뿐이었다. 나는 거의 우격다짐으로 여기로 끌려오면서도 아버지의 정을 고맙게 여기고 있었다. 그리고 은근히 집으로 가서 어머니를 만나는 순간의 광경을 기대하고 있었다. 그 기대가 이 한마디로 꺾인 것은 뜻밖이었다. 아버지는 집안의 누구와도 미리 상의하지 않고 오로지 자기 혼자만의 생각으로 이 고약한 아들에게 친절을 베풀어준 것이다. 오시게는 도망간 개를 보는 듯한 눈빛으로 나를 보았다. "아, 미아가 돌아왔네" 하고 말했다. 형수는 그저 "어서 오세요" 하고 평소대로 간단히 인사했다. 얼마 전 밤에 혼자 찾아온 일은 까맣게 잊어버렸다는 식으로 보였다. 나도 사람들 앞이라 그 일에 대해서는 한마디도 하지 않았다. 비교적 쾌활한 사람은 아버지였다. 아버지는 다소의 해학과 과장을 섞어 오늘 어떻게 나를 꾀어냈는지를 어머니나 오시게에게 자랑스럽게 말했다. 꾀어냈다는 말이 내게는 거창하고 우스꽝스럽게 들렸다.

"봄이 되었으니까 다들 좀 더 쾌활해지지 않으면 안 돼. 요즘처럼 입을 꾹 다물고 있다가는 꼭 유령이 사는 집처럼 울적해질 뿐이야. 오동나무 밭에도 근사한 집이 들어서는 때니까 말이다."

오동나무 밭이란 집 근처에 있는 모퉁이 땅을 가리키는 이름이다. 옛날부터 그곳에 살면 무슨 재앙이 생긴다는 말이 있어 얼마 전까지만 해도 공터였는데 최근에 어떤 사람이 사들여 큰 공사를 시작한 모양이었다. 아버지는 자신의 집이 제2의 오동나무 밭이 되는 걸 두려워하기라도 하는 듯 활기차게 옆 사람에게 말을 걸었다. 평소 아버지가 지내는 방은 안채의 두 칸이 이어진 커다란 방으로, 무슨 볼일이 있으면 어머니든 형이든 그곳으로 부르는 것이 상례였는데 그날은 여느 때와 달리 처음부터 그 방에는 들어가지도 않았다. 하카마와 하오리를 벗어던지고 자리에 앉은 채 오랫동안 우리를 상대로 이야기를 늘어놓았다.

오랫동안 살아서 익숙한 집도 이렇게 가끔 와서 보면 어쩐지 잃어버린 물건이라도 생각난 듯한 느낌이 들었다. 집을 나올 때만 해도 아직 추웠다. 방의 유리문은 대체로 이중으로 닫혀 있었고 뜰에는 온통 이끼를 지면에서 잔혹하게 떼어내는 서리가 내려 있었다. 지금은 바깥쪽 칸막이가 모조리 두껍닫이 안에 넣어져 있다. 안쪽도 좌우로 열려 있다. 집 안과 하늘이 최대한 이어지도록 해둔 것이다. 나무도 이 끼도 돌도 자연에서 직접 눈으로 날아들었다. 모든 것의 분위기가 나 갈 때와 달라져 있었다. 모든 것의 분위기가 하숙집과도 달랐다.

나는 마음에 간직한 과거의 것들 안에 앉아 오랜만에 부모와 여동 생, 형수와 함께 이야기를 나누었다. 가족 중에서 그 자리에 없는 사 람은 형뿐이었다. 조금 전부터 형의 이름은 아직 누구의 입에도 오르 지 않았다. 나는 그날 형이 K의 피로연에 초대받았다는 이야기를 들 었다. 형이 그 초대에 응했는지, 그래서 우에노로 갔는지, 말 그대로 집에 없는지조차 몰랐다. 내 앞에 있는 형수를 보고 그녀가 피로연 자 리에 가지 않았다는 사실만 확인했다.

나는 형의 이름이 화제에 오르지 않는 것을 걱정했다. 동시에 그의 이름이 나오는 것을 꺼렸다. 그런 심정으로 모두의 얼굴을 보니 순진 한 얼굴은 하나도 없는 것처럼 여겨졌다.

나는 잠시 후 오시게에게 "오시게, 잠깐 네 방 좀 보자. 예쁘게 해놨 다고 뽐냈으니까 한번 봐주지" 하고 말했다. 그녀는 "그럼요, 뽐낼 만 하게 해놨으니까 가서 보세요" 하고 대답했다. 하숙을 할 때까지 내가 거처했던, 집 안에서 가장 익숙한 예전의 내 방을 보기 위해 나는 일 어섰다. 예상한 대로 오시게가 뒤따라왔다.

11

오시게의 방은 자랑할 만큼 예뻐지지는 않았지만 내가 지내며 더럽 힌 옛날에 비하면 어딘가 우아한 분위기가 떠돌았다. 나는 책상 앞에 깔려 있는 화려한 무늬의 방석에 책상다리를 하고 앉아 "과연" 하면서 방 안을 둘러보았다.

책상 위에는 일본제 마졸리카[15] 접시가 있었다. 장미 조화가 시세션[16]식의 한두 송이 꽃을 꽂는 작은 꽃병에 꽂혀 있었다. 하얗고 커다란 백합을 수놓은 벽장식이 측면에 걸려 있었다.

"하이칼라[17]잖아?"

"하이칼라죠."

오시게의 새침한 얼굴에는 득의양양한 빛이 보였다.

나는 그때 잠시 오시게를 놀려주고 있었다. 5, 6분 지나고 나서 오시게에게 "요즘 형님은 어떻던?" 하고 아주 우연을 가장하여 물어보았다. 그러자 갑자기 목소리를 죽여 "그야 이상하죠" 하고 대답했다. 그녀의 성격은 형수와는 정반대여서 이런 경우에는 아주 유리했다. 일단 실마리를 찾기만 하면 그다음에는 이쪽에서 유도할 필요가 전혀 없었다. 감출 줄 모르는 그녀는 속에 있는 것을 모조리 이야기했다. 잠자코 듣고 있던 나도 끝내 귀찮을 정도였다.

"요컨대 형님이 식구들하고 그다지 말을 하지 않는다는 거지?"

"네, 그래요."

15 중세 이후 이탈리아에서 제작된 채색 도기. 모조품도 이렇게 불렸다.

16 secession. 19세기 말에 전통적인 아카데미즘에 대한 반항으로 빈에서 일어난 예술운동에서 발단한 것으로 직선을 주로 하며 색이나 모양의 단순화를 지향한 건축이나 도안 양식을 일컫는다. 일본에서는 1907년경부터 유행했다.

17 문명개화의 시대인 메이지 시대에 유행한 말이다. 서양에서 귀국한 사람 또는 서양풍의 문화를 좋아하는 사람이 주로 높이 세운 옷깃(high collar)의 셔츠를 입은 데서 유래한 말이다. 서양물이 들었다는 의미의 속어로 탄생했다가 나중에는 일반적으로 널리 사용되는 말이 되었다. 서양물이 들거나 유행을 좇으며 새로운 것을 좋아하는 것 또는 그런 사람이나 모습, 요컨대 서양식의 머리 모양이나 복장, 사고방식을 의미했다가 나중에는 새롭고 세련된 것이라는 일반적인 의미로도 쓰였다.

"그럼 내가 집에서 나갈 때와 마찬가지잖아?"

"그야 그렇죠."

나는 실망했다. 생각을 하면서 담뱃재를 마졸리카 접시에 거침없이 떨었다. 오시게는 못마땅한 표정을 지었다.

"그거 펜 접시예요. 재떨이가 아니란 말이에요."

내가 형수만큼 머리가 좋지 못한 오시게로부터 아무것도 얻은 게 없다는 것을 깨닫고 다시 아버지와 어머니가 있는 방으로 돌아가려고 했을 때 돌연 그녀로부터 묘한 이야기를 들었다.

그 이야기에 따르면 형은 요즘 텔레파시인가 뭔가를 진지하게 연구하고 있는 모양이었다. 형은 오시게를 서재 밖에 세워두고 스스로 자신의 팔을 꼬집은 후 "오시게, 지금 오라버니가 여길 꼬집었는데 네 팔도 거기가 아팠지?" 하고 묻거나 방 안에서 찻잔의 차를 혼자 마시면서 "오시게, 지금 네 목구멍에서는 뭔가 마실 때처럼 꿀꺽꿀꺽하는 소리가 안 났어?" 하고 물었다는 것이다.

"난 설명을 듣기 전까지 분명히 정신이 이상해진 거라고 생각하고 깜짝 놀랐어요. 오라버니는 나중에 프랑스의 뭐라는 사람이 한 실험이었다고 가르쳐주었어요. 그리고 너는 감수성이 둔해서 안 걸리는 거라는 거예요. 난 기뻤어요."

"그건 왜?"

"그야 그런 것에 걸리는 건 콜레라에 걸리는 것보다 싫거든요."

"그렇게 싫어?"

"당연하잖아요. 하지만 어쩐지 기분이 나빴어요. 아무리 학문이라도 그런 일을 하는 건요."

나도 우스우면서도 어쩐지 무서운 느낌이 들었다. 방으로 돌아오자 형수의 모습은 이미 보이지 않았다. 아버지와 어머니는 마주 앉아 나직한 목소리로 무슨 이야기를 나누고 있었다. 그 모습이 조금 전까지 혼자 집 안을 쾌활하게 만든 활기찬 사람의 모습으로는 보이지 않았다. "그렇게 키울 생각은 아니었는데 말이지" 하는 소리가 들렸다. "그래서는 곤란해요" 하는 소리도 들렸다.

12

나는 그 자리에서 아버지와 어머니로부터 형에 관한 대체적인 근황을 들었다. 그들이 말해준 사실은 오시게를 통해 얻은 지식을 뒷받침해주는 것 외에 별로 새로운 것은 없었지만, 그 모습이나 말이 너무나도 형의 존재를 걱정하는 것 같아 몹시 애처로웠다. 그들(특히 어머니)은 형 한 사람 때문에 집안 공기가 음울해지는 게 괴롭다고 했다. 여느 부모 이상으로 자식을 사랑해왔다는 자신감이 그들의 불평을 한층 짙게 만들었다. 그들은 암암리에 자식으로부터 이토록 불쾌감을 느낄 이유가 없다고 주장하는 것 같았다. 따라서 내가 그들 앞에 앉아 있는 동안 그들은 형에 대해 운운하는 것 외에 어느 누구도 비난하지 않았다. 평소부터 형에 대한 형수의 처사를 못마땅해하던 어머니조차 이때는 그녀에 대해 끝까지 불평 한마디 하지 않았다.

그들의 불평 중에는 동정에서 나오는 염려도 많이 포함되어 있었다. 그들은 형의 건강에 대해 적잖이 걱정하고 있었다. 그 건강에 다소 지배당하지 않으면 안 되는 그의 정신 상태에도 냉담할 수는 없었다. 요컨대 형의 미래는 그들에게 두려운 X였다.

"어떻게 된 걸까?"

의논할 때면 반드시 되풀이되는 말이 이것이었다. 사실 한 사람씩 떨어져 있을 때조차 가슴속에서 어렴풋이 되풀이해보는 두 사람의 말이었다.

"괴짜니까 지금까지도 이런 일이 자주 있기는 했어도 괴짜인 만큼 곧 낫기는 했는데 말이지. 하지만 이상해, 이번은."

형의 변덕스러움을 어렸을 때부터 잘 알고 있는 그들에게도 최근의 형은 이상했던 것이다. 그의 음울한 모습은 내가 하숙 생활을 시작할 무렵부터 오늘까지 잠시도 좋아지지 않은 채 쭉 이어져왔다. 그리고 점점 더 험악한 방향으로만 곧장 나아갔다.

"정말 곤란해, 나도. 화가 나기도 하지만 딱하기도 하거든."

어머니는 호소하듯이 나를 보았다.

나는 아버지나 어머니와 의논한 끝에 형에게 여행이라도 권해보기로 했다. 그들이 자신들 재주로는 도저히 안 되겠다고 해서 나는 형과 제일 친밀한 H씨에게 부탁해보는 게 좋을 것 같다고 제안하여 두 사람의 찬성을 얻었다. 그런데 그 부탁을 어떻게든 내가 하지 않을 수 없게 되었다. 봄방학까지는 아직 일주일이 남아 있었다. 하지만 학교 강의는 이제 슬슬 끝나갈 즈음이었다. 어차피 부탁할 거라면 빨리 하지 않으면 안 되었다.

"그럼 이삼일 안에 미사와를 찾아가 H씨한테 말해달라고 할지 아니면 상황을 봐서 제가 직접 가서 얘기하든가 하죠, 뭐."

H씨와 그다지 친하지 않은 나는 아무래도 중간에 미사와를 넣을 필요가 있었다. 미사와가 학교에 다닐 때 H씨는 그의 보증인이었다. 학교를 졸업하고 나서도 늘 거의 가족처럼 그의 집에 드나들었다.

돌아가는 길에 잠깐 인사나 할까 싶어 형수의 방을 들여다보았더니 형수는 요시에를 앞에 두고 발가벗은 인형에게 예쁜 옷을 입혀주고 있었다.

"요시에, 정말 많이 컸구나."

나는 일어나면서 요시에의 머리에 손을 얹었다. 요시에는 한동안 얼굴을 보지 못한 삼촌이 갑자기 귀여워해주자 약간 수줍어하는 듯 입술을 일그러뜨리며 웃었다. 대문을 나설 때는 이래저래 5시에 가까웠는데, 형은 아직 우에노에서 돌아오지 않았다. 아버지는 오랜만이니 밥이라도 먹고 형을 만나고 가라고 했으나 나는 결국 그때까지 앉아 있을 수 없었다.

13

다음 날 사무실에서 돌아오는 길에 미사와를 찾아갔다. 마침 머리를 자르러 방금 나갔다고 해서 나는 사양하지 않고 방에 들어가 그를 기다리기로 했다.

"요 이삼일 부쩍 따뜻해졌네. 이제 슬슬 꽃도 피겠어."

그가 돌아올 동안 방으로 들어온 그의 어머니는 여느 때처럼 자상하게 말을 걸었다.

그의 방은 평소와 다름없이 그림이며 스케치 등으로 냄새가 코를 찌를 것 같았다. 그중에는 액자도 뭣도 없이 그냥 핀으로 벽에 붙여놓은 것도 있었다.

"뭔지 모르겠지만 좋아하는 거라 여기저기 마구 붙여놔서 말이야."

그의 어머니는 변명하듯이 말했다. 나는 옆의 책장 위에 동그란 단지와 나란히 놓여 있는 유화 한 폭에 눈길을 주었다.

거기에는 여자의 얼굴이 그려져 있었다. 여자는 까맣고 큼직한 눈을 갖고 있었다. 그리고 부드럽고 촉촉한 까만 눈의 몽롱함이 화폭 전체에 꿈결 같은 분위기를 떠돌게 했다. 나는 가만히 그림을 바라보았다. 그의 어머니는 쓴웃음을 지으며 나를 돌아보았다.

"저것도 얼마 전에 장난 삼아 그린 것이라서."

미사와는 그림 솜씨가 좋았다. 직업상 나도 물감을 사용하는 법쯤은 알고 있지만 예술적 소질을 풍부하게 지닌 점에서 나는 도저히 그의 적수가 되지 못했다. 나는 그 그림을 보며 가련한 오필리아[18]를 연상했다.

"재미있는 그림이네요" 하고 말했다.

"사진을 보고 그린 거라 감정이 잘 안 산다며 차라리 살아 있을 때 그렸다면 좋았을 거라고 말하던데. 불행한 사람으로 2, 3년 전에 죽었다네. 애써 소개해서 시집을 갔는데 인연이 아니었던 거지."

유화의 모델은 미사와가 말한 이혼하고 돌아온 아가씨였다. 그의 어머니는 내가 묻기도 전에 그녀에 대해 이것저것 말해주었다. 하지만 여자와 미사와의 관계는 한마디도 입에 담지 않았다. 여자가 정신병에 걸린 이야기도 전혀 하지 않았다. 나도 그런 이야기를 듣고 싶은 마음은 없었다. 오히려 내가 화제를 일단락 지으려고 했다.

그 아가씨에 대한 이야기에서 벗어나자마자 화제는 미사와의 혼담으로 넘어갔다. 그의 어머니는 기쁜 듯했다.

---

18 셰익스피어의 비극 『햄릿』에 나오는 인물로, 연인인 햄릿이 자신의 아버지를 살해하자 강물에 몸을 던져 스스로 목숨을 끊었다.

"그 애도 여러 가지로 걱정을 끼쳤지만 이번에는 드디어 정해져
서⋯⋯."

일전에 미사와에게 받은 편지에 일신상의 문제로 할 이야기가 있으
니 조만간 꼭 찾아오겠다고 쓰여 있었는데, 이 이야기를 듣고서야 무
슨 일이었는지 알 수 있었다. 나는 그의 어머니에게 그저 남들처럼 축
하한다는 말을 했지만 마음속으로는 신부 될 사람이 과연 이 유화에
그려진 여자처럼 까맣고 큼직하며 방울져 떨어질 만큼 촉촉한 눈을
갖고 있을까, 무엇보다 먼저 그걸 확인해보고 싶었다.

미사와는 생각했던 것과 달리 좀체 돌아오지 않았다. 그의 어머니
는 아마 돌아오는 길에 목욕탕이라도 간 걸 거라며 뭣하면 알아보고
오라고 할까, 하고 물었지만 나는 사양했다. 그러나 그녀에게 하는 내
이야기는 미안할 정도로 열의가 없었다.

미사와에게 어떠냐고 물었던 내 여동생 오시게는 아직 혼처도 정해
지지 않은 채 꾸물거리고 있다, 그런 나도 오시게와 마찬가지다, 애써
가정을 이룬 형과 형수는 잘 지내지 못하고 있다. ⋯⋯이런 걸 비교하
며 생각하자니 나는 도저히 쾌활해질 수 없었다.

14

그러는 사이에 미사와가 돌아왔다. 요즘은 몸 상태가 좋은 모양인
지 이발을 하고 목욕을 한 후의 혈색은 유난히 윤기가 흘렀다. 건강과
행복, 내 앞에 책상다리를 하고 앉은 그의 얼굴은 확실히 이 두 가지
를 말해주고 있었다. 그가 말하는 태도도 그에 필적할 만큼 활기찼다.

내가 가져온 불쾌한 이야기를 불쑥 꺼내기에는 지나치게 쾌활했다.

"자네, 무슨 일이라도 있나?"

그의 어머니가 자리를 뜨고 둘이 마주 보고 앉았을 때 그가 이렇게 물었다. 나는 망설이며 그에게 형의 근황을 말하지 않을 수 없었다. H씨에게 부탁해서 형에게 여행을 권해달라고 말해야 했다.

"아버지나 어머니가 걱정하고 계시는 걸 그냥 보고 있기만 하는 것도 딱해서."

이 마지막 말을 들을 때까지 그는 그럴듯하게 팔짱을 끼고 내 무릎을 바라보고 있었다.

"그럼 자네도 같이 가지 않겠나? 같이 가는 게 나 혼자 가는 것보다는 낫겠지, 자세한 이야기도 할 수 있고 말이야."

미사와에게 그만큼의 호의가 있다면 내게는 그보다 나은 것이 없었다. 그는 옷을 갈아입겠다며 곧 자리에서 일어났는데, 잠시 후 다시 장지문 뒤에서 얼굴을 내밀며 "이보게, 어머니가 오랜만이니까 자네한테 밥을 먹이고 싶다고 지금 준비를 하고 있다네" 하고 말했다. 나는 차분히 식사를 대접받을 기분이 아니었다. 하지만 그걸 거절한다고 해도 어딘가에서 밥은 먹어야 했다. 나는 애매한 대답을 하고 얼른 일어나고 싶은 엉덩이를 원래의 자리에 붙이고 있었다. 그리고 책장 위에 놓여 있는 여자의 얼굴을 힐끔힐끔 쳐다보았다.

"정말 아무것도 없는데 붙들어놓고 폐만 끼치는 게 아닌가 모르겠네. 집에 있는 것만 차린 거라서."

미사와의 어머니는 하녀에게 밥상을 나르게 하면서 다시 방에 얼굴을 내밀었다. 밥상 끝에는 오래된 것으로 보이는 구타니야키(九谷燒)[19] 술잔이 놓여 있었다.

그래도 미사와와 함께 집을 나선 것은 생각보다 이른 시각이었다. 전차에서 내려 5, 6백 미터 걸어 H씨의 집 응접실로 안내되었을 때 시계를 보니 아직 8시였다.

H씨는 거칠게 짠 비단 옷에 오글쪼글한 비단 허리띠를 칭칭 감은 채 의자 위에 책상다리를 하고 앉아 "귀한 손님을 데려왔군그래" 하고 미사와에게 말했다. 머리를 1, 2센티미터로 짧게 자른 동그란 얼굴의 그는 중국인처럼 뒤룩뒤룩 살이 찐 사람이었다. 중국인이 익숙지 않은 일본어를 할 때처럼 말투도 느렸다. 그리고 입을 열 때마다 살이 많은 볼이 움직여서 늘 싱글벙글 웃고 있는 것처럼 보였다.

그의 성격은 그의 태도가 보여주는 대로 느긋했다. 그리 튼튼하지 않은 의자 위에 일부러 두 발을 올려 책상다리를 한 채, 옆에서 보면 아주 불편한 자세로 태연히 앉아 있었다. 형과는 거의 정반대인 모습이나 기풍이 오히려 형과 그를 이어주는 일종의 힘이 되고 있었다. 그 어떤 것도 거스를 수 없는 그 사람 앞에서는 형도 거스를 마음이 일지 않을 것이다. 나는 형이 H씨에 대해 험담하는 것을 지금껏 한 번도 본 적이 없다.

"형님은 여전히 공부하고 계신가? 그렇게 공부만 해서는 안 되는데 말이지."

느긋한 그는 이렇게 말하며 자신이 뿜어낸 담배 연기를 바라보았다.

19 이시카와(石川) 현에서 만들어지는 색채가 화려한 자기.

15

이윽고 미사와의 입에서 용건이 나왔다. 나는 곧 그 뒤를 이어 중요한 점을 설명했다. H씨는 고개를 갸우뚱했다.

"거참 묘하군, 그럴 리가 없을 텐데 말이지."

그가 미심쩍어하는 것은 결코 거짓으로 보이지 않았다. 그는 어제 세이요켄에서 열린 K의 결혼식 피로연에서 형을 만났다. 그곳을 나올 때도 함께였다. 이야기가 끊이지 않아서 무심결에 두 사람은 나란히 걸었다. 나중에는 형이 피곤하다고 말했다. H씨는 자신의 집으로 형을 데려갔다.

"형님은 여기서 저녁을 먹었을 정도니까 말이네. 정말 평소와 다른 점은 전혀 없는 것 같았는데."

제멋대로 자란 형은 평소 집에서는 까다롭게 굴지만 밖에서는 아주 온순했다. 하지만 그것도 옛날의 형이었다. 지금의 그를 그저 제멋대로라는 말로 설명하는 건 지나치게 단순하다. 나는 어쩔 수 없이 형이 그때 H씨에게 주로 무슨 이야기를 했는지, 별 지장이 없는 한에서 그것을 물어보려고 했다.

"뭐 특별히 집안일 같은 건 한마디도 안 했네."

이것도 거짓말이 아니었다. 기억력이 좋은 H씨는 그때의 화제를 명료하게 기억하고 있어서 아주 담백하게 이야기해주었다.

형은 그때 자꾸 죽음이라는 것에 대해 이러쿵저러쿵했다고 한다. 형은 영국이나 미국에서 유행하는 사후 연구[20]라는 주제에 흥미를 갖고 그 방면으로 꽤 조사를 했다고도 한다. 하지만 형은 마테를링크[21]의 논문도 읽어보았지만 역시 보통의 스피리추얼리즘[22]과 마찬가지로 시시한 거라며 탄식했다는 것이다.

형에 관한 H씨의 이야기는 모두 학문이라거나 연구라는 측면에만 한정되어 있었다. H씨는 그것을 형의 본령으로서 당연한 것으로 여기는 모양이었다. 하지만 듣고 있는 나는 아무래도 이 형과 집에서의 형을 둘로 분리해 생각할 수가 없었다. 오히려 집에서의 형이 이런 연구를 하는 형을 낳았다고밖에 이해할 수 없었다.

"그야 동요는 하고 있지. 집안일과 관계가 있는지 없는지 그건 나도 잘 모르겠지만, 아무튼 사상적으로 동요하고 있고 안정을 찾지 못해 난처해하고 있다는 것만은 분명한 것 같네."

H씨는 결국 이렇게 말했다. 게다가 그는 형의 신경쇠약도 인정했다. 하지만 그것은 형이 숨기고 있는 것이 전혀 아니었다. 형은 H씨를 만날 때마다 거의 틀에 박힌 말처럼 그걸 호소했다고 한다.

"그러니까 이럴 때 여행은 아주 좋겠지. 그런 이유라면 한번 권해봄세. 하지만 금방 그렇게 하자고 할지는 모르겠네. 여간해서는 움직이지 않는 사람이라 어쩌면 어려울지도 모르겠지만."

H씨의 말에는 자신감이 없었다.

20 소세키는 마테를링크의 논문 외에도 『꿈과 유령』, 『사후의 삶』 등의 책을 읽었다고 『생각나는 것들』 17장에 쓰고 있다. 같은 장에서 소세키는 1910년 슈젠지에서 인사불성의 위독한 상태에 빠진 체험에 대해 "나는 한 번 죽었다"라고 썼다.

21 모리스 마테를링크(Maurice Maeterlinck, 1862~1949). 벨기에 태생의 시인이자 극작가. 『파랑새(L'Oiseau bleu)』(1908)로 유명하며 1911년에 노벨문학상을 받았다. 고미야 도요타카는 마테를링크의 논문은 "아마도 1913년 2월에 발행된 《Die neue Rundschau》에 실린 「Üeber das Leben nach dem Tode」일 것이다. 소세키는 이 잡지의 표지에 인쇄된 '마테를링크, 사후의 삶에 대하여'에 밑줄을 긋고 '영미 spiritualism의 소개 같은 것이다'라고 써놓았다"(고미야 도요타카, 「『행인』의 재료」)라고 전한다.

22 spiritualism. 유심론을 의미하는 경우도 있지만 여기서는 심령술[사후의 영혼이 초능력자(영매)를 매개로 현세에 출현하여 살아 있는 사람과 교감한다는 주장]을 가리킨다.

"선생님 말씀이라면 순순히 들을 것 같은데요."

"그렇지도 않네."

H씨는 쓴웃음을 지었다.

밖으로 나왔을 때는 그럭저럭 10시에 가까운 시각이었다. 한적한 고급 주택가에도 드문드문 사람 그림자가 비쳤다. 다들 산책이라도 하는 듯 한가로운 발소리를 내며 지나갔다. 하늘에는 별빛이 희미했다. 마치 졸린 눈을 깜박이는 듯이 희미했다. 나는 불투명한 뭔가에 휩싸인 기분이었다. 그리고 어스레한 거리를 미사와와 어깨를 나란히 하고 걸어 돌아왔다.

16

나는 목이 빠지게 H씨의 소식을 기다렸다. 도쿄의 신문들이 떠들썩하게 꽃 소식을 전하기 시작한 지 일주일이 되어도 H씨로부터는 아무 연락이 없었다. 나는 실망했다. 반초의 집에 전화를 걸어 물어보는 것도 싫었다. 멋대로 하라는 기분으로 가만히 있었다. 그럴 때 미사와가 찾아왔다.

"아무래도 잘 안 된 모양이야."

사실은 역시 내가 상상한 대로였다. 형은 H씨의 권유를 단호히 거절해버렸다. H씨는 어쩔 수 없이 미사와를 불러 그 결과를 내게 전하라고 부탁했다.

"그래서 일부러 와준 건가?"

"뭐 그렇지."

"정말 수고했네, 미안하게 됐군그래."

나는 더 이상 말을 할 기분이 아니었다.

"H씨는 그런 사람이니까 자기 책임인 것처럼 미안해하더군. 이번 일은 너무 갑작스러워서 제대로 안 되었지만 다음 여름방학에는 꼭 어딘가로 데려갈 생각이라고 했네."

나는 이런 위로의 말을 전해준 미사와의 얼굴을 보며 쓴웃음을 지었다. H씨처럼 아주 대범한 사람이 보기엔 봄방학이나 여름방학이나 마찬가지겠지만 가족으로 함께 생활하고 있는 식구들 눈에 여름방학은 먼 미래였다. 그 먼 미래와 현재 사이에는 커다란 불안이 숨어 있었다.

"하지만 뭐 어쩔 수 없지. 원래 이쪽에서 멋대로 된 프로그램을 마련해두고 거기에 꿰맞추려고 형을 멋대로 움직이려고 한 거니까."

나는 결국 포기했다. 미사와는 아무 말도 하지 않고 책상 모서리에 팔꿈치를 대고 턱을 괸 채 내 얼굴을 바라보았다. 그는 잠시 후 "그러니까 내가 말하는 대로 하는 게 좋을 거네" 하고 말했다.

얼마 전 H씨에게 형에 관한 일을 부탁하러 갔다가 돌아오는 길에 말이 없던 그는 돌연 길 한복판에서 나를 놀라게 했던 것이다. 지금까지 형에 관한 일에 한마디도 하지 않던 그가 그때 문득 내 어깨를 밀며 "자네 형님한테 여행을 가게 한다느니 쾌활하게 한다느니 하며 걱정하는 것보다 자네가 얼른 결혼하는 게 낫지 않겠나? 그렇게 하는 게 결국 자네한테도 이득일 거네" 하고 말했다.

미사와가 내게 결혼을 권한 것은 그날 밤이 처음은 아니었다. 나는 그에게 늘 상대가 없다는 대답만 했다. 그는 끝내 상대를 찾아주겠다는 말을 꺼냈다. 그리고 한때는 그 말이 사실이 될 뻔한 일도 있었다.

나는 그날 밤 그에게 역시 똑같은 대답을 했다. 그는 그걸 어느 때보다 냉담한 것으로 기억하고 있었던 것이다.

"그럼 자네 말대로 할 테니 정말 상대를 찾아줄 텐가?"

"정말 내 말대로 한다면 좋은 사람을 찾아주겠네."

그는 실제로 마음에 둔 사람이라도 있는 듯이 말했다. 조만간 그가 아내로 맞아들일 여자에게라도 들은 것이리라.

그는 더 이상 까맣고 큼직한 눈을 가진 정신병 아가씨에 대해서는 많은 이야기를 하지 않았다.

"자네의 장래 아내는 역시 그런 얼굴이겠지?"

"글쎄, 어떨는지. 아무튼 조만간 소개해줄 테니 그때 보게."

"결혼식은 언젠가?"

"어쩌면 그쪽 사정으로 가을까지 늦춰질지도 모르겠네."

그는 유쾌한 듯했다. 그는 다가올 자신의 생활에, 그가 갖고 있는 과거의 시(詩)를 던지고 있었다.

17

사월은 눈 깜짝할 사이에 지나갔다. 꽃은 우에노에서 무코지마(向島), 그리고 아라카와(荒川)[23] 순으로 차례로 피었다가 또 차례로 지고 말았다. 나는 한 해 중에서 사람들이 가장 좋아하는 이 꽃의 계절을 하는 일 없이 보내고 말았다. 그러나 달이 바뀌어 세상이 푸른 잎으로

23 모두 도쿄의 벚꽃 명소다.

뒤덮이고 나서 문득 지나간 봄을 돌아보니 무척 불만스러웠다. 그래도 하는 일 없이 보낼 수 있었던 것만으로도 다행이었다.

그 후 집에는 한 번도 발길을 하지 않았다. 집에서도 누구 한 사람 찾아오지 않았다. 전화는 어머니와 오시게에게서 한두 번 걸려왔지만 그것은 내가 입을 옷에 관한 용건에 지나지 않았다. 미사와는 한 번도 만나지 않았다. 오사카의 오카다로부터는 꽃이 한창일 무렵 또 그림엽서가 한 장 왔다. 저번과 마찬가지로 오사다나 오카네 씨의 서명도 쓰여 있었다.

나는 사무실을 다니는 동물처럼 지내고 있었다. 그런데 오월 말이 되어 미사와가 돌연 큼직한 초대장을 보내왔다. 결혼 청첩장일 거라 짐작하며 봉투를 뜯었다. 그런데 뜻밖에도 후지미초(富士見町)의 아악(雅樂) 연습소에서 보낸 안내장[24]이었다. "6월 2일 오후 1시부터 음악 연습회를 개최하오니 부디 왕림하시어 들어주십사고 안내드립니다"라고 쓰여 있었다. 지금까지 이런 방면에 관계가 있을 것 같지 않던 미사와가 어떻게 이런 안내장을 보내온 건지 도통 알 수가 없었다. 한나절 후 다시 그의 편지를 받았다. 편지에는 6월 2일에는 꼭 오라는 문구가 곁들여져 있었다. 꼭 오라고 할 정도이니 그 자신도 물론 갈 게 뻔하다. 나는 모처럼의 기회이니 일단 가볼까 하고 마음먹었다. 하지만 아악 자체에 대해서는 큰 기대를 하지 않았다. 그보다 내 기분 전환을 자극한 것은 미사와가 딴 일처럼 대수롭지 않게 수신인 뒤에 덧붙인 짧은 알림이었다.

"H씨는 거짓말을 하지 않는 사람이네. H씨는 결국 자네 형님을 설

---

24 소세키는 1911년 5월 30일 아악 연습소의 초대장을 받았다. 그 초대장의 문면이 거의 그대로 여기에 쓰였다.

득했다네. 오는 6월 학교 강의가 끝나는 대로 두 사람은 어딘가 여행을 떠나기로 약속을 했다고 하네."

나는 아버지를 위해, 어머니를 위해, 그리고 형 자신을 위해 기뻤다. 형이 H씨에게 여행을 가기로 약속할 마음을 먹었다면 단지 그것만으로도 그에게는 큰 변화였다. 거짓말을 싫어하는 형은 반드시 그 약속을 실행할 생각임에 틀림없을 것이다.

나는 아버지에게도 어머니에게도 사실 여부를 묻지 않았다. H씨에게도 그 소식을 확인해보지 않았다. 다만 미사와에게 좀 더 자세한 사정을 듣고 싶었다. 그것도 다음에 만날 때라도 상관없다는 생각에 그가 꼭 갈 거라는 6월 2일이 은근히 기다려졌다.

6월 2일은 하필 비가 내렸다. 11시경에는 잠깐 그쳤지만 계절이 계절인지라 활짝 개지는 않았다. 거리를 오가는 사람은 우산을 폈다 접었다 했다. 미쓰케(見附)[25] 밖의 버드나무는 연기처럼 긴 가지를 드리우고 있었다. 그 밑을 지나면 푸르께한 가루인지 곰팡인지 알 수 없는 것이 옷에 들러붙어 영원히 떨어지지 않을 것 같았다.

아악소(雅樂所)의 문 안에는 인력거가 잔뜩 늘어서 있었다. 마차도 한두 대 있었다. 하지만 자동차는 한 대도 보이지 않았다. 나는 현관 앞에서 안내인에게 모자를 건넸다. 그 사람은 금색 단추가 달린 제복 같은 것을 입고 있었다. 또 다른 안내인이 나를 관람석으로 데려가주었다.

"이쪽에 앉으세요."

그는 이렇게 말하고 다시 현관 쪽으로 돌아갔다. 의자는 아직 듬성

---

25 여기서는 우시고메(牛込) 미쓰케를 가리킨다. 미쓰케는 파수꾼이 망을 보는 장소인 성(城)의 가장 바깥 성문을 말한다. 에도 성에는 36개의 미쓰케가 있었다고 한다.

듬성 점령되어 있을 뿐이었다. 나는 되도록 사람들 눈에 띄지 않도록 뒷줄 좌석에 자리를 잡고 앉았다.

<h1 style="text-align:center">18</h1>

마음속으로 미사와를 기대하며 사방을 둘러보았으나 그의 모습은 어디에도 보이지 않았다. 물론 객석은 정면 외에 좌우 양 측면에도 있었다. 나는 현관에서 왼쪽으로 막다른 데까지 가서 오른쪽으로 꺾어 금박을 입힌 병풍이 세워져 있는 곳 앞을 지나 무대 정면의 자리로 안내되었던 것이다. 내 앞에는 가문을 넣은 예복 차림의 여자 두세 명이 있었다. 뒤에는 카키색 군복을 입은 사관(士官) 두 명이 있었다. 그 외에 예닐곱 명이 여기저기에 흩어져 앉아 있었다.

내 자리에서 한 자리 건너 옆에 앉은 일행 두 명은 무대 정면에 걸려 있는 막²⁶에 대한 이야기를 나누고 있었다. 그 막에는 아악과 아무런 연고도 없는 것처럼 보이는 이상한 문양이 세로로 여러 줄이나 염색되어 있었다.

"저게 오다 노부나가의 문장(紋章)이에요. 노부나가가 왕실의 쇠퇴를 개탄하여 저 막을 헌상한 것이 시초인데, 그 뒤로는 반드시 오이를 가로로 둥글게 자른 모양의 문양이 새겨진 막을 치게 되었다고 합니다."

막 위아래에는 자줏빛 바탕에 금색 당초무늬를 넣은 테두리가 둘려

---

26 아악 감상을 기록한 소세키의 일기에도 다음에 나오는 문장(紋章)이나 오다 노부나가(織田信長)에 대한 서술이 있다.

있었다.

막 앞을 보니 한가운데에 북이 놓여 있었다. 북은 녹색, 금색, 붉은
색으로 아름답게 채색되어 있었다. 그리고 얇고 둥근 틀 안에 넣어져
있었다. 왼쪽 끝에는 다리미 정도 크기의 종도 틀 안에 매달려 있었
다. 그 외에 거문고 두 대가 있었다. 비파도 두 대 있었다.

악기 앞은 파란 양탄자가 깔려 있는, 춤을 추는 곳이었다. 구조는
노(能)[27]와 마찬가지로 세 방향의 객석에서 완전히 분리되어 있었다.
그리고 그 중간의 끊어진 1미터 남짓 되는 공간은 해도 비치고 바람
도 통하도록 만들어져 있었다.

내가 신기한 듯이 그 모습을 보는 동안 관객은 한 사람 두 사람 끊
임없이 모여들었다. 그중에는 어느 음악회에서 보고 얼굴만 기억하는
N이라는 후작[28]도 있었다. "오늘은 교육회가 있어서 올 수 없었네" 하
고 아내인가 누군가에 대한 이야기를 옆에 있는 중대가리에 통통하게
살찐 키 작은 사람에게 하고 있었다. 이 통통하고 키 작은 사람이 K라
는 공작[29]이라는 것은 나중에 미사와에게 들어 알았다.

미사와는 무악(舞樂)이 시작되기 불과 5, 6분 전에 프록코트를 입고
와서 입구의 금박 병풍이 있는 데서 잠시 관람석을 둘러보며 망설이
다가 내 얼굴을 보자마자 곧장 옆으로 와서 앉았다.

그와 전후하여 키가 큰 한 젊은 남자가 혼기가 찬 여자 둘을 데리고
역시 무대 정면의 자리로 들어왔다. 남자는 프록코트를 입고 있었다.
여자는 물론 가문을 넣은 예복을 입고 있었다. 그 남자와 동행인 여자

27 일본의 전통적인 가면 음악극.
28 소세키의 일기에 따르면 당시 궁중 고문관이었던 나베시마 나오히로(鍋島直大)라고 한다.
29 소세키의 일기에 따르면 당시 귀족원 의원이었던 구조 미치자네(九條道實)라고 한다.

한 사람이 용모로 보아 많이 닮아서 그들이 오누이 사이라는 것을 금방 알 수 있었다. 그들은 대여섯 줄의 사람들 머리 너머로 미사와와 인사를 나누었다. 남자의 얼굴에는 최대한의 붙임성이 드러났다. 여자는 약간 얼굴을 붉혔다. 미사와는 일부러 자리에서 일어났다. 여성은 대체로 앞쪽 자리를 차지하기 때문에 그들은 끝내 우리 옆으로는 오지 않았다.

"저 사람이 내 아내가 될 사람이네." 미사와가 조그만 소리로 말했다. 나는 마음속으로 그 꿈결 같은 까맣고 큼직한 눈망울의 소유자였던 정신병 아가씨와 지금 4, 5미터 앞에 자리를 잡고 앉아 있는, 얼굴에 윤기가 도는 아가씨를 비교했다. 그녀는 내게 그저 검은 머리와 하얀 목덜미만 보인 채 앉아 있었다. 그조차도 사람 그림자에 가려 마음껏 볼 수 없었다.

"또 한 여자는 말이네." 미사와가 또 조그만 소리로 말하다 말았다. 그러고 나서 돌연 호주머니에 손을 넣어 하얀 종이와 만년필을 꺼냈다. 그는 바로 거기에 뭔가 쓰기 시작했다. 정면의 무대에는 이미 연주자들이 등장했다.

19

연주자들은 모자라고도 두건이라고도 할 수 없는 기발한 것을 쓰고 있었다. 요쿄쿠(謠曲)[30]인 후지다이코(富士太鼓)[31]를 알고 있는 나는,

---

30 가면 음악극인 노(能)의 가사에 가락을 붙여 부르는 것.

그것은 아마 도리카부토(鳥兜)[32]일 거라고 짐작했다. 머리 아래도 머리에 쓰는 것과 마찬가지로 현대를 초월하고 있었다. 그들은 비단으로 만든 가미시모(裃)[33] 같은 것을 입고 있었다. 그 가미시모에는 받치는 것이 없어 어깨 언저리는 부드러운 선을 이루며 몸에 딱 달라붙었다. 흰색 소매 끝에는 폭 10센티미터쯤 되는 붉은색 비단이 덧대어 있었다. 그들은 모두 발목을 매는 흰색 하카마를 입고 한결같이 책상다리를 하고 앉았다.

미사와는 무릎 위에서 뭔가 적은 흰 종이를 꼬깃꼬깃 구겼다. 나는 구겨진 그 종이 뭉치를 옆에서 바라보았다. 그는 한마디 설명도 하지 않고 정면을 바라보았다. 왼쪽 장막 뒤에서 파란 양탄자 위로 나타난 자는 미늘창을 들고 있었다. 그 사람도 음악을 연주하는 사람들과 마찬가지로 소매 없는 비단 옷을 입고 있었다.

미사와는 아무리 시간이 지나도 "또 한 여자는 말이네"라는 말의 뒷말을 잇지 않았다. 관람석에 있는 사람들은 모두 정숙을 유지했다. 옆자리에 앉은 사람과 이야기하는 것도 꺼려졌다. 나는 어쩔 수 없이 재촉하는 것을 참았다. 미사와도 짐짓 모르는 척 시치미를 떼고 있었다. 그는 나와 마찬가지로 여기에 얼굴을 처음 내민 것이라 약간 긴장한 것 같았다.

조심스러운 관객 앞에서 정해진 프로그램대로 단조롭고 고상한 손발 운동이 질리지도 않고 계속되었다. 하지만 그들의 복장은 제목이

---

31 연주자가 등장하는 요코쿠. 북 연주 역을 둘러싸고 살해당한 연주자 후지의 아내가 남편의 유품인 의상을 입고 원수로 간주한 북을 치며 광란의 춤을 추는 내용이다.
32 봉황의 머리를 본뜬 무악용 투구.
33 무사의 예복. 여기서의 연주자 의상과 달리 어깨 좌우가 크게 튀어나와 있다.

바뀔 때마다 조용하고 우아한 상대(上代)의 색채를 번갈아가며 우리 눈에 비치며 지나갔다. 어떤 사람은 관(冠)에 벚꽃을 꽂았다. 커다란 사(紗) 소매 밑으로 타오르는 듯한 오색 무늬를 내비쳤다. 황금으로 만든 큰 칼도 차고 있었다. 어떤 사람은 소맷부리를 동여맨 주홍색 옷 위에 중국산 비단으로 만든 소매 없는 하오리를 무릎께까지 내려뜨리고 있어 마치 비단으로 감싼 사냥꾼처럼 보였다. 어떤 사람은 도롱이 비슷한 파란 옷을 어지러이 입고 같은 파란색 삿갓을 허리에 차고 있었다. ……모든 것이 꿈만 같았다. 우리의 조상이 남기고 간 먼 옛날의 유품 같은 분위기가 풍겼다. 다들 신기해하는 표정으로 보고 있었다. 미사와도 나도 여우에 홀린 듯한 마음으로 앉아 있었다.

무악이 일단락되었을 때 누군가 차가 준비되었다고 말하자 주위 사람들이 자리에서 일어나 별실로 움직이기 시작했다. 조금 전 미사와와 결혼하기로 했다는 여자의 오라버니가 그곳으로 와서 능숙한 어조로, 차가 준비되었다고 한 사람과 이야기를 나누었다. 그는 이런 방면에 관계가 있는 사람인지 당일 안내를 맡은 사람들을 잘 알고 있었다. 미사와와 나는 그 사람에게서 지금까지 근방에 있던 화족이나 고관, 명사의 이름을 들었다.

별실에는 커피와 카스텔라, 초콜릿, 샌드위치가 있었다. 보통의 모임 때처럼 버릇없는 행동은 찾아볼 수 없었지만 그래도 다소 북적인 탓에 여자들은 자리에 앉은 채 일어나지 못한 사람도 있었다. 미사와와 그의 지인은 과자와 커피를 쟁반에 담아 일부러 두 아가씨에게 가져갔다. 초콜릿 은박지를 벗기며 문턱 위에 선 나는 멀리서 그 모습을 훔쳐보고 있었다.

미사와의 아내가 될 사람은 고개를 숙여 인사하며 커피 잔만 집어 들었고, 과자에는 손도 대지 않았다. 이른바 '또 한 여자'는 그 커피 잔에조차 쉽사리 손을 내밀지 못했다. 미사와는 쟁반을 든 채 이러지도 저러지도 못한 채 서 있었다. 여자의 얼굴은 조금 전에 봤을 때보다 자못 어린애다운 고통의 표정으로 가득 차 있었다.

20

나는 조금 전부터 '또 한 여자'에게 특별한 주의를 기울였다. 미사와의 눈치나 태도가 유력한 원인으로 작용한 것은 틀림없지만, 그게 아니라도 그녀는 내 시선을 끌기에 충분할 만큼 훌륭한 용모를 갖추고 있었다. 나는 무악을 보는 틈틈이 그녀와 미사와의 아내가 될 사람의 뒷모습을 바라보았다. 그들은 내가 앉아 있는 데서 일부러 눈동자를 돌리지 않아도 자연스럽게 볼 수 있는 아주 적당한 자리에 앉아 있었다.

이렇게 목덜미만 바라보고 있던 나는 이제 비교적 자유로운 장소에 서서 그들의 얼굴을 비스듬히 보기 시작했다. 어쩌면 정면으로 움직일 때가 올지도 모른다고 생각하며 초콜릿을 입에 넣고 은근히 그 순간을 포착하는 데 주의를 게을리하지 않았다. 하지만 그 여자도 미사와가 마음에 두고 있는 여자도 결국 이쪽을 보지 않았다. 나는 그들의 용모를 단지 측면에서 3분의 2만, 그것도 멀리서만 바라보았다.

잠시 후 미사와가 다시 쟁반을 들고 이쪽으로 돌아왔다. 내 옆을 지날 때 그는 미소를 지으며 "어떤가?" 하고 물었다. 나는 그저 "수고했네" 하고만 대답했다. 이어서 예의 키가 큰 오라버니가 찾아왔다.

"어떻습니까. 저쪽으로 가셔서 담배라도 태우시는 게? 끽연실은 저기 막다른 곳입니다."

나와 미사와 사이에 실마리가 풀리기 시작한 대화는 이것으로 다시 허사가 되어버렸다. 나와 미사와는 그에게 이끌려 끽연실로 들어갔다. 연기와 남자에게 점령된 비교적 좁은 그 방은 생각보다 북적거렸다.

나는 한 귀퉁이에서 단 한 사람 아는 얼굴을 발견했다. 연주자 가문의 성을 가진[34], 눈이 큰 남자였다. 무슨 협회의 주요한 일원으로 무대 위에서 그 커다란 눈을 교묘하게 이용하는 사람이었다. 그는 대사를 할 때와 같은 깊은 목소리로 누군가와 이야기를 나누고 있었는데 거의 우리와 엇갈리듯이 끽연실을 나갔다.

"드디어 배우가 되었다네."

"돈 좀 벌까?"

"그럼, 벌겠지."

"얼마 전에 뭔가를 한다는 이야기가 신문에 실렸던데 그 사람인가?"

"응, 그렇다네."

그가 나간 후 방의 중앙에 있던 세 사람은 이런 이야기를 나누었다. 미사와의 지인은 우리에게 그 세 사람의 이름을 가르쳐주었다. 그중 두 명은 공작이고 한 사람은 백작이었다. 그리고 세 사람 다 귀족 출신의 화족이었다. 그들의 대화로 추측해보건대 세 사람 다 연극이라는 예술에 대해 아무런 지식도 흥미도 갖고 있지 않은 듯했다.

---

34 소세키의 일기에 따르면 도기 데쓰테키(東儀鐵笛, 1869~1925)라고 한다. 도기(東儀)라는 성은 아악 가문 가운데 하나인데, 데쓰테키는 궁내성의 연주자로 들어간 후 쓰보우치 쇼요(坪內逍遙)가 주재하는 문예협회에 들어가 배우가 되었다.

우리는 다시 원래의 자리로 돌아와 서양음악[35]을 두세 곡 들은 후 5시가 되어서야 아악소를 나왔다. 주위에 사람이 없어졌을 때 미사와 는 드디어 '또 한 여자'에 대해 말하기 시작했다. 그의 말은 내가 처음 에 추측한 대로였다.

"어떤가, 마음에 들던가?"

"얼굴은 괜찮더군."

"얼굴만인가?"

"다른 건 모르겠지만 좀 구식 아닌가? 뭐든지 사양만 하면 그게 예 의라고 생각하는 것 같더군."

"가정이 가정이니까. 하지만 그런 사람이 틀림없는 걸세."

우리는 제방을 따라 걸었다. 제방 위의 소나무가 비를 머금어 하늘 에 검푸르게 비쳤다.

21

나는 미사와와 질리지도 않고 여자 이야기를 했다. 그가 아내로 맞 이할 사람은 궁내성(宮內省)[36]과 관련된 관리의 딸이었다. 동행한 여 자는 그녀와 사이가 좋은 친구였다. 미사와는 그녀와 의논하여, 특히 나를 위해 그 사람을 데리고 나온 것이었다. 나는 그에게서 그 여자의 가족이나 지위, 교육에 대해 얻을 수 있는 모든 지식을 얻었다.

---

35 메이지 유신 후 궁내성 아악부의 연주자가 서양음악을 배워 육해군의 군악대와 함께 연 주 활동을 했다.
36 1869년 설치되어 궁중 사무를 관장하던 관청.

나는 본말을 전도시키고 말았다. 아악소에서 미사와를 만날 때까지
는 H씨와 형이 올여름에 함께 떠나는 여행을 그날의 문제로 은근히
가슴속에 넣어두고 있었다. 그러나 아악소를 나올 때는 고작 덧붙여
진 곁다리 정도가 되어버렸다. 나는 그와 헤어지기 직전에야 비로소
네거리 모퉁이에 섰다.

"오늘 자넬 만나면 형에 대해 자세히 물어보려고 했는데, 드디어 H씨
의 말대로 된 거로군."

"H씨가 일부러 나를 불러 그렇게 말했을 정도니까 틀림이야 없겠
지. 염려 말게."

"어디로 가는 걸까?"

"그야 모르지. ……어디든 상관없잖은가, 가기만 한다면 말이야."

멀찍이서 보는 미사와의 눈은 형의 운명이야 처음부터 그리 대수로
운 문제가 아니라고 말하고 있었다.

"그보다는 자네 쪽 일을 적극적으로 척척 진행시켜야 하지 않겠
나?"

나는 혼자 하숙으로 돌아가면서 역시 형과 형수의 문제를 생각하지
않을 수 없었다. 그러나 그날 만난 여자에 관한 것도 어쩌면 그들 이
상으로 생각했는지 모른다. 나는 그녀와 한마디도 나누지 않았다. 결
국 그녀의 목소리도 들을 수 없었다. 미사와는 자연스럽게 두 사람을
시선이 오가는 한 공간에 있게 한 사실 외에 꾸민 듯한 흔적을 보이는
것이 싫다며 소개도 뭐도 하지 않았다. 그는 이렇게 말하고 나중에 내
게 양해를 구했다. 그의 방식은 그녀에게도 내게도 귀찮게 하거나 폐
를 끼치지 않을 만큼 간단하고 담백한 것이었다. 하지만 그래서 어딘
가 좀 허전했다. 나는 좀 더 어떻게 해주기를 바랐다. "하지만 자네의

뜻을 몰랐으니까" 하고 미사와는 변명했다. 그 말을 듣고 보니 그렇기도 했다. 나도 그 이상 그 여자를 목표로 나아갈 생각은 없었으니까.

그러고 나서 이삼일은 이따금 그 여자의 얼굴을 떠올렸다. 그렇다고 해서 다시 만나고 싶다거나 안달하는 열정은 생기지 않았다. 눈에 확 띄는 그날의 색채가 바래감에 따라 반초의 일이 여전히 중요한 문제가 되었다. 나는 멀리서 어설피 여자의 냄새를 맡은 반동으로 오히려 추레해졌다. 사무실을 오가며 까칠한 볼을 만져보고, 아무렇지 않게 전차에 올라탄 오소리 같다며 비관하기도 했다.

일주일쯤 지나 어머니에게서 전화가 왔다. 어머니는 어제 H씨가 놀러 온 일을 말해주었다. 형수가 감기 기운이 있어 어머니가 대신 대접을 하러 갔더니 H씨가 형과 함께 여행을 떠난다는 이야기를 꺼냈다고 했다. 어머니는 기뻐하는 듯한 어투로 내게 고맙다고 했다. 아버지도 안부를 전하더라고 했다. 나는 "정말 잘되었네요" 하고 대답했다.

나는 그날 밤 이런저런 생각을 했다. 여행이 형에게 유익할 것 같아서 H씨를 번거롭게 하면서까지 이만큼 일을 진행해왔는데, 속내를 고백하자면 내가 가장 걱정한 것은 나에 대한 형의 생각이었다. 형은 나를 어떻게 생각하고 있을까? 얼마나 나를 미워하고 있을까, 또 의심하고 있을까? 그게 가장 알고 싶었다. 따라서 마음에 걸리는 것은 미래의 형인 동시에 현재의 형이었다. 오랫동안 형과 만나지 못한 나는 현재의 형에 관한 직접적인 지식을 거의 갖고 있지 못했다.

22

나는 여행을 떠나기 전에 H씨를 한번 만나볼 필요를 느꼈다. 이쪽에서 부탁한 일을 순조롭게 진척시켜준 호의에 감사 인사를 하는 것이 도리이기도 했다.

나는 사무실에서 돌아오는 길에 다시 한번 그의 집 현관에서 명함을 내밀었다. 안내하러 나온 사람이 들어가나 싶었는데 H씨가 예의 통통한 몸을 이끌고 내 앞에 나타났다.

"실은 지금 강의 준비로 애를 먹고 있는 참이네. 혹시 급한 용무가 아니라면 오늘은 좀 실례를 했으면 하는데."

학자의 생활을 배려하지 못한 나는 H씨의 이 말로 문득 형의 일상을 떠올렸다. 그들이 서재에 틀어박히는 것이 꼭 가정이나 사회에 대한 모반이라고는 할 수 없었다. 나는 H씨에게 편한 날을 묻고 다시 찾아오기로 했다.

"그럼 미안하네만 그렇게 해주게. 되도록 빨리 강의를 끝내고 형님하고 같이 여행을 떠나려는 거니까 말이네."

나는 H씨 앞에 정중하게 머리를 숙이지 않으면 안 되었다.

그의 집을 다시 방문한 것은 그로부터 이삼일 지나 장마가 갠 저녁 무렵이었다. 뚱뚱한 그는 덥다며 유카타의 가슴을 배 윗부분까지 열어젖히고 앉아 있었다.

"글쎄 어디로 가지? 아직 바다로 갈지 산으로 갈지도 정하지 못했네만."

H씨인 만큼 행선지 같은 건 전혀 걱정하지 않는 것 같았다. 나도 거기에는 무관심했다. 하지만……

"그것에 대해 좀 부탁이 있습니다만."

대략적인 가정 사정은 일전에 미사와와 왔을 때 이미 H씨에게 얘기해두었다. 하지만 형과 나 사이에 가로놓인 일종의 특별한 관계에 대해서는 아직 한마디도 말하지 않았다. 그러나 아무리 시간이 지나도 그건 내가 H씨 앞에 털어놓아야 할 성질의 것이 아니라고 생각했다. 친한 미사와가 알고 있는 것조차 그 문제에 대해서는 거의 억측에 지나지 않았다. H씨는 미사와에게서 그 억측을 간접적으로나마 들었을지도 모르지만, 이쪽에서 노골적으로 말을 꺼내지 않는 한 그 진위와 정도를 확인할 방법은 전혀 없었다.

나는 형이 지금 나를 어떻게 보고 있는지, 어떻게 생각하고 있는지, 그것을 알고 싶어 견딜 수가 없었다. 그걸 알기 위해 이번에 H씨의 도움을 빌리려면 자연히 모든 걸 그 사람 앞에 펼쳐 보여주어야만 한다. 내가 미사와에게 아무 말도 하지 않고 마치 그를 빼돌리는 태도로 이렇게 혼자서만 H씨를 찾아온 것도 실은 그 일의 진상을 되도록 남에게 알리고 싶지 않아서였다. 하지만 미사와에게조차 양심에 꺼리는 일의 진상을 H씨 앞에 말할 수 있을 리 없었다.

나는 어쩔 수 없이 특수한 문제를 일반적인 문제로 바꾸었다.

"정말 폐가 될지도 모르겠습니다만 형하고 같이 여행하시는 동안 형의 거동이며 언어며 사상이며 감정에 대해 선생님께서 관찰한 내용을 되도록 상세히 써서 알려주실 수는 없겠습니까? 그 점이 명료해지면 집에서도 형을 대하는 데 무척 수월해질 것 같습니다만."

"글쎄, 절대 불가능한 일은 아니지만 좀 어려울 것 같은데. 무엇보다 시간이 없지 않을까? 그런 걸 할 시간 말이야. 설령 시간이 있다고 해도 그럴 필요가 있을까? 그보다 우리가 여행에서 돌아오면 천천히 들으러 오면 되지 않겠나?"

23

H씨의 말은 지당했다. 나는 고개를 숙이고 잠시 잠자코 있었는데, 결국 거짓말을 했다.

"실은 아버지나 어머니가 걱정하셔서, 가능하다면 장소를 옮길 때마다 여행 중의 상황을 알고 싶다고 하십니다만······."

나는 난처한 표정을 지었다. H씨는 웃음을 터뜨렸다.

"이보게, 그렇게 걱정할 일이 아니네. 괜찮아, 내가 보증하지."

"하지만 나이 드신 분들이라······."

"그거 참 난감하군. 그래서 늙은이가 싫다니까. 집에 가서 그렇게 말하게, 괜찮다고 말이야."

"무슨 좋은 방법이 없을까요? 선생님께 폐가 안 되고, 그리고 아버지나 어머니를 만족시킬 수 있는 그런 방법이요."

H씨는 다시 히죽히죽 웃었다.

"그렇게 편리한 방법이 어디 있겠나? ······하지만 모처럼의 부탁이니 이렇게 하세. 여행지에서 보고할 만한 일이 있으면 자네한테 편지를 하는 걸로. 만약 편지가 안 오면 평소대로라고 생각하고 안심하는 걸로. 그러면 되겠지?"

나는 H씨에게 그 이상은 바랄 수 없었다.

"그걸로 좋습니다. 하지만 사건이라는 의미를 흔히 말하는 뜻밖의 사건으로 생각하지 말고 선생님께서 관찰하게 될 형의 감정이나 사상

가운데 심상치 않다고 여기는 것으로 생각해주실 수 있겠습니까?"

"일이 꽤 성가시군. 하지만 뭐 상관없네, 그렇게 하지 뭐."

"그리고 어쩌면 저나 어머니나 집안일 같은 게 형의 입에 오를지 모릅니다만, 그걸 꺼리지 마시고 일일이 들려주셨으면 합니다만."

"응, 그야 지장이 없는 한 알려주도록 하지."

"지장이 있어도 상관없으니까 들려주시지요. 그렇지 않으면 식구들이 곤란하니까요."

H씨는 잠자코 담배를 피우기 시작했다. 나는 애송이 주제에 다소 말이 지나쳤다는 것을 깨달았다. 따분해진 느낌이 강하게 들었다. H씨는 뜰을 보고 있었다. 그 귀퉁이에 아키타에서 집주인이 가져와 심었다는 커다란 머위 대여섯 그루가 있었다. 비가 그친 초여름의 하늘이 언제까지고 환한 빛을 지상에 내리쬐고 있어서 그 굵은 머위 줄기가 거침없이 어둑한 가운데 푸르게 자라고 있었다.

"저기서 큼직한 두꺼비가 나온다네." H씨가 말했다.

잠시 세상 돌아가는 이야기를 나눈 후 나는 어두워지기 전에 자리에서 일어서려고 했다.

"자네 혼담은 어떻게 되었나? 얼마 전에 미사와가 와서 좋은 사람을 찾아주겠다며 자랑스럽게 얘기하던데."

"예, 미사와도 어지간히 남을 잘 챙겨주는 사람이니까요."

"그런데 아주 남만 챙겨주는 것은 아닌 것 같던데. 그러니 자네도 적당히 받아들이는 게 좋지 않겠나? 용모도 나쁘지 않다고 하니까 말이야. 자네 마음에 안 들던가?"

"마음에 안 드는 건 아닙니다."

H씨는 "아아, 역시 마음에 들었군그래" 하며 웃음을 터뜨렸다. 나

는 H씨의 집을 나서며, 그 일도 조속히 어떻게든 하지 않으면 미사와에게 도리가 아니라고 생각했다. 하지만 형 문제가 일단락이라도 지어지지 않는 이상, 도저히 그쪽에 신경 쓸 마음의 여유가 생기지 않을 터였다. 차라리 그 여자가 한눈에 반해준다면 하는 생각도 해보았다.

24

나는 다시 미사와를 찾아갔다. 하지만 마음을 정하고 찾아간 게 아니었으며, 사실은 한 걸음도 앞으로 내디딜 마음이 들지 않았다. 나는 어디까지나 우물쭈물하는 태도였다. 그리고 그저 막연하게 그 여자 이야기를 했다.

"어떻게 할 건가?"

미사와가 이렇게 물었지만 나는 결국 명확한 어떤 대답도 할 수 없었다.

"나는 직업상으로는 들뜬 마음으로 낭인처럼 살고 있지만 가정의 한 사람으로서는 이래 봬도 일정한 방침에 따라 자리를 착착 다져가고 있다고 생각하네. 그런데 자네는 정반대로군. 한 집안의 주인이 된다거나 남의 남편이 된다거나 하는 방면에는 일부러 의지의 작용을 둔화시키는 주제에 직업 문제가 되면 잽싸게 일을 해치우며 착실히 자리를 잡고 있으니 말이야."

"그렇게 착실히 자리를 잡고 있는 것도 아니라네."

나는 오사카의 오카다로부터 받은 편지에 그쪽에 적당한 자리가 있으니 오라는 권유가 있어서 어쩌면 지금의 사무실을 그만둘까 하는 생각을 하고 있었다.

"얼마 전까지만 해도 양행(洋行)을 한다고 아주 야단을 떨지 않았었나?"

미사와는 내 모순을 추궁했다. 지금 내게는 서양이나 오사카나 변화를 준다는 점에서는 큰 차이가 없었다.

"그렇게 만사 불확실하면 안 되네. 나만 자네의 결혼 문제를 진지하게 생각한다는 건 우스운 일이지. 거절하기로 하세."

미사와는 상당히 화가 난 모양이었다. 나 역시 내게 화가 나 견딜 수가 없었다.

"대체 그쪽에서 뭐라던가? 자넨 나만 비난하지만 나는 그쪽 의향을 전혀 모르잖은가?"

"알 턱이 없지. 아직 아무 얘기도 안 했으니까."

미사와는 다소 격앙되어 있었다. 그리고 그렇게 격앙되는 것도 당연했다. 그는 여자의 아버지나 오라버니에게도, 여자 자신에게도 나에 대해 아직 한마디도 알리지 않았다. 아무리 잘못되어도 그들의 체면이 손상당하지 않는 상황에서 여자와 나를 서로의 시선이 오가는 범위 안에 두었을 뿐이다. 그의 조치에는 전혀 인공적인 흔적을 남기지 않는, 거의 자연 그대로를 이용한 것에 지나지 않는다는 것이 그의 큰 자랑이었다.

"자네 생각이 정리되지 않는 한 어떻게 해볼 수가 없네."

"그럼 좀 더 생각해보겠네."

미사와는 애가 타는 모양이었다. 나도 자신이 불쾌했다.

H씨와 형이 함께 기차를 타고 도쿄를 떠난 것은 내가 미사와를 찾아간 날로부터 채 일주일도 지나지 않을 때였다. 나는 그들이 떠나는

시각도 날짜도 모르고 있었다. 미사와로부터도 H씨로부터도 아무 연락을 받지 못했던 나는 집에서 걸려온 전화로 그 소식을 처음 들었다. 그때 전화를 해온 사람은 뜻밖에도 형수였다.

"형님은 오늘 아침에 떠나요. 아버님이 도련님한테도 알려주라고 하셔서 전화를 드리는 거예요."

형수의 말투는 조금 딱딱했다.

"H씨하고 함께인 거죠?"

"네."

"어디로 간 겁니까?"

"잘은 모르지만 이즈(伊豆) 해안을 돈다는 얘기였어요."

"그럼 배로 갔나요?"

"아뇨, 역시 신바시에서……."

25

그날 나는 하숙으로 가지 않고 사무실에서 곧장 반초로 갔다. 어제까지 두려운 마음에 다가가지 못했는데 형이 떠났다는 소식을 듣자마자 곧바로 그쪽으로 발길을 옮기는 것이라 내 행동은 지나치게 타산적이었다. 하지만 나는 그걸 감출 생각도 없었다. 감추지 않으면 안 되는 사람은 집에 한 사람도 없는 것 같았다.

다실에서는 형수가 잡지의 권두화를 보고 있었다.

"오늘 아침엔 실례했습니다."

"어머, 깜짝이야, 누군가 했더니 도련님이군요. 지금 교바시(京橋)[37]

에서 오는 길인가요?"

"예, 더워졌네요."

나는 손수건을 꺼내 얼굴을 훔쳤다. 그러고 나서 윗도리를 벗어 다다미 위에 내던졌다. 형수는 부채를 집어 주었다.

"아버지는요?"

"아버님은 안 계세요. 오늘은 쓰키지(築地)³⁸에서 무슨 일이 있으시나 봐요."

"세이요켄요?"

"아닐 거예요. 아마 다른 요릿집일 것 같은데요."

"어머니는요?"

"어머님은 지금 목욕하세요."

"오시게는요?"

"아가씨도……."

형수는 결국 웃음을 터뜨렸다.

"목욕하나요?"

"아뇨, 없어요."

하녀가 와서 얼음 속에 딸기를 넣을지 레몬을 넣을지 물었다.

"집에서는 벌써 얼음을 먹나요?"

"네, 이삼일 전부터 냉장고³⁹를 쓰고 있어요."

그렇게 생각해서인지 형수는 일전에 봤을 때보다 살짝 수척해져 있었다. 볼살이 약간 빠진 것 같았다. 얼굴을 움직일 때 저녁 빛에 따라

---

37 여기서 교바시는 지로가 근무하는 사무실을 가리키는데 '돌아오고 나서' 29에는 '유라쿠초의 사무실'이라고 되어 있다. 소세키의 단순한 오기일 것이다.

38 교바시 구(현재의 주오 구)로 요정 등이 많았다.

그런 모습이 언뜻언뜻 내 눈을 스쳤다. 그녀는 왼쪽 뺨을 툇마루를 향하고 앉아 있었던 것이다.

"그래도 형님은 큰맘 먹고 용케 여행을 떠났네요. 저는 어쩌면 이번에도 미룰지 모른다고 생각했거든요."

"미룰 리 없지요."

형수는 이렇게 말하며 고개를 숙였다. 그리고 여느 때보다 한층 차분하게 가라앉은 나지막한 목소리로 말했다.

"그야 형님은 의리가 굳은 사람이라 H씨하고 약속한 이상 틀림없이 그걸 실행할 생각이었겠지만……."

"그런 의미가 아니에요. 그런 의미로 그렇게 미루지 않은 게 아니에요."

나는 멍하니 그녀의 얼굴을 쳐다보았다.

"그럼 어떤 의미로 미루지 않은 건데요?"

"어떤 의미라니……, 알고 있는 거 아니에요?"

나는 알 수 없었다.

"형님은 저한테 정나미가 떨어진 거예요."

"정나미가 떨어지게 하려고 여행을 떠났다는 건가요?"

"아뇨, 정나미가 떨어져서 여행을 떠났다는 거예요. 그러니까 저를 아내로 생각하지 않는 거죠."

39 전기 냉장고가 아니라 목제 냉장고다. 이 무렵(이 부분이 연재된 것은 1913년 가을) 목제 냉장고는 도쿄의 각 가정에도 보급되었다(일본에서 목제 냉장고가 판매되기 시작한 것은 1897년경이다). 목제 냉장고는 상단에 얼음, 하단에 식료품을 넣는데 상단에 넣어둔 얼음의 냉기로 하단의 식료품이 차가워지는 구조다. 그러므로 얼음이 없으면 냉장고를 사용할 수 없었다. 냉장고 회사에서 미리 '빙권(氷券)'을 구입해두면 여름에는 매일 얼음이 각 가정에 배달되었다. 참고로 일본에서 전기 냉장고는 1930년부터 생산되었지만 각 가정에 본격적으로 보급되기 시작한 것은 1950년대 후반이다.

"그러니까……."

"그러니까 저 같은 건 아무래도 좋은 거예요. 그래서 여행을 떠난 거고요."

형수는 이렇게 말하고 입을 다물었다. 나도 아무 말 하지 않았다. 그때 어머니가 목욕탕에서 나왔다.

"어머, 언제 온 거니?"

어머니는 두 사람이 앉아 있는 걸 보고 언짢은 표정을 지었다.

26

"이제 적당히 요시에를 깨우지 않으면 또 밤에 안 자서 힘들 거야."

형수는 잠자코 일어섰다.

"일어나면 바로 목욕을 시키거라."

"네."

그녀의 뒷모습은 복도를 돌아 사라졌다.

"요시에는 낮잠을 자나 보죠? 어쩐지 조용하다 싶었는데."

"왜 그런지 아까 토라져서 울더니 그대로 잠이 든 거야. 아무리 그래도 그렇지, 벌써 5시인데 적당히 깨워야지……."

어머니는 못마땅한 표정이었다.

나는 그날 모처럼 집에서 저녁을 먹었다. 쓰키지의 요릿집인지 요정인지로 불려 나갔다는 아버지는 물론 돌아오지 않았지만 오시게는 예정대로 돌아왔다.

"야, 빨리 와서 앉아. 다들 네가 목욕탕에서 돌아오길 기다렸어."

오시게는 툇마루에 털썩 주저앉아 유카타를 입은 가슴께에 부채질을 했다.

"그렇게 다그치지 않아도 되잖아요. 가끔 찾아오는 손님 주제에."

오시게는 새치름하게 일부러 코앞의 팔손이나무 쪽을 향하고 있었다. 어머니는 또 시작이냐, 하는 듯이 웃음을 지으며 나를 바라보았다. 나는 다시 놀리고 싶어졌다.

"손님이라고 생각하면 그 커다란 엉덩이만 보이지 말고 어서 이리 와서 앉아야지."

"시끄러워요."

"이렇게 더운데 대체 어디를 혼자 싸돌아다닌 거야?"

"어딜 가든 쓸데없는 간섭 좀 하지 말아요. 싸돌아다닌다니, 오라버니는 무엇보다 그 말투부터 천박하다니까요. ……좋아요, 오늘은 사카타(坂田) 씨 집에 가서 오라버니의 비밀을 다 듣고 왔으니까요."

오시게는 형을 큰오라버니, 나를 그냥 오라버니라고 불렀다. 처음에는 작은오라버니라고 불렀는데 '작은'이라는 말이 들을 때마다 묘하게 불쾌해서 나는 결국 그 '작은'이라는 말을 빼라고 했다.

"모두한테 얘기해도 좋아요?"

오시게는 목욕을 해서 달아오른 얼굴을 내 쪽으로 휙 돌렸다. 나는 두 번 연달아 눈을 깜빡였다.

"그런데 넌 지금 오라버니의 비밀이라고 분명히 말했잖아?"

"네, 비밀이에요."

"비밀이라면 얘기해선 안 되는 게 당연한 거 아냐?"

"그걸 얘기하니까 재미있는 거죠."

나는 앞뒤를 가리지 않는 오시게가 무슨 말을 꺼낼지 몰라 속으로 난감했다.

"오시게, 넌 논리학에서 말하는 컨트러딕션 인 텀스(contradiction in terms)[40]라는 말을 모르지?"

"상관없어요. 그런 시건방진 영어 같은 걸 써서 남이 모를 거라고 생각하고 말이에요."

"이제 둘 다 그만해. 뭐야 하나도 재미없어, 열대엿 살짜리 어린애도 아니고 말이야."

어머니는 드디어 두 사람을 나무랐다. 나도 그걸 좋은 기회로 삼아 곧바로 설전을 끝냈다. 오시게도 부채를 툇마루에 내던지고 얌전히 식탁 앞에 앉았다.

국면이 완전히 바뀐 뒤라서 비밀다운 비밀은 끝내 식사 중에 오시게의 입에서 흘러나올 기회가 없었다. 어머니도 형수도 거기에는 전혀 상관할 기색을 보이지 않았다. 헤이키치(平吉)라는 사내가 뒤뜰에서 나와 뜰에 물을 뿌렸다. "아직 그렇게 마르지 않았으니까 적당히 해두게" 하고 어머니가 말했다.

27

그날 밤 반초의 집을 나선 것은 등불이 켜진 지 얼마 되지 않은 초저녁 때였다. 그래도 식사를 마치고 나서 한 시간 반쯤 그 자리에 눌러앉아 다 함께 이야기를 나누었다.

---

40 논리학 용어로 명사 모순(용어상 모순). 두 명사의 내포가 서로 모순을 일으키는 것을 말한다. 지로는 '비밀'과 '이야기'가 명사 모순이라는 것이다.

나는 그 한 시간 반 동안 결국 오시게에게서 예의 그 비밀이 폭로당하는 처지에 놓이고 말았다. 그러나 그게 내게는 비밀도 뭣도 아닌 예의 결혼 문제였기 때문에 오히려 안심했다.

"어머니, 오라버니는 우리한테 숨기고 얼마 전 맞선을 봤대요."

"숨기고 맞선을 어떻게 본다는 거야?"

나는 어머니가 무슨 말을 하기 전에 오시게의 말을 가로막았다.

"아녜요, 확실한 소식통한테서 정확히 듣고 왔으니까 아무리 시치미를 떼도 이제 소용없어요."

확실한 소식통이라는 말이 오시게의 입에서 나왔을 때 나는 무심코 쓴웃음을 지었다.

"바보구나, 넌."

"바보라도 상관없어요."

오시게는 6월 2일에 있었던 사건을 어머니나 형수에게 줄줄 지껄이기 시작했다. 그게 아주 상세해서 나는 살짝 놀랐다. 어디서 그런 얘기를 듣고 온 걸까 하는 호기심이 강하게 내 반문을 재촉했다. 하지만 오시게는 그저 심술궂은 웃음만 흘리고 결코 출처를 밝히지 않았다.

"오라버니가 우리한테 입을 다물고 있는 건 분명히 털어놓기 힘든 이유가 있기 때문이에요. 안 그래요, 오라버니?"

오시게는 내 호기심을 만족시켜주지 않을 뿐 아니라 오히려 그쪽에서 나를 가지고 놀려고만 했다. 나는 "아무래도 상관없어" 하고 말했다. 어머니가 진지하게 일의 자초지종을 물었을 때 나는 간단히 사실대로 대답했다.

"그냥 그거뿐이에요. 게다가 그쪽에서는 전혀 모르고 있으니까 그런 줄 아세요. 오시게처럼 무책임한 말을 퍼뜨리면 저야 아무래도 상관없지만 그쪽에는 폐가 될지도 모르니까요."

어머니는 그쪽에 폐가 될 리 없다는 표정으로 덮어놓고 세세한 질문을 해대기 시작했다. 하지만 재산이 어느 정도일까, 친척 중에 가난한 사람이 있을까, 아니면 유전적으로 나쁜 병이 있는 건 아닐까 하는 것이어서 나는 전혀 대답할 수 없었다. 그뿐 아니라 나중에는 듣는 것조차 성가시고 지겨워졌다. 나는 결국 도망치듯이 반초의 집을 나왔다.

내가 그날 밤 어머니로부터 이런저런 질문을 받는 동안 형수는 내내 그 자리에 있었지만 그 문제에 대해서는 거의 한마디도 입을 열지 않았다. 어머니도 그녀에게 의견 같은 것은 한 번도 묻지 않았다. 두 사람의 그런 태도가 각자의 성격을 잘 드러내주었다. 하지만 그것은 단지 성격 차에서 비롯된 차이라고만은 생각되지 않았다. 형수는 완전한 국외자 같은 위치를 지키기 위해서인지 어쩐지 시종 요시에 돌보는 일에만 정신이 팔린 것 같았다. 날이 저물기만 하면 바로 잠드는 습관이 든 요시에는 낮잠을 너무 많이 자서 그런지 그날 밤에는 결국 내가 돌아올 때까지 모기장 안으로 들어가지 않았다.

하숙으로 돌아온 나는 의외로 방 안이 숨 막힐 듯이 덥다고 느꼈다. 일부러 전깃불을 끄고 어두운 곳에 잠자코 앉아 있었다. 아침에 떠난 형은 오늘 어디서 묵을까? H씨는 오늘 밤 어떤 이야기를 할까? 느긋한 H씨의 얼굴이 자연스럽게 눈앞에 떠올랐다. 그와 함께 야윈 형의 볼에 새겨진, 오랜만에 보는 미소가 보였다.

28

그 이튿날부터 H씨의 편지가 은근히 기다려졌다. 나는 하루, 이틀, 사흘, 손을 꼽아가며 날짜를 헤아렸다. 하지만 H씨로부터는 아무런 소식도 없었다. 그림엽서 한 장 오지 않았다. 나는 실망했다. H씨에게는 책임을 잊어버릴 만한 경박함이 없었다. 그러나 이쪽의 기대대로 그 책임을 고지식하게 실행해주지 않을 만한 느긋함은 있었다. 나는 애타는 쪽에 속한 한 사람으로서 멀리서 그를 바라보았다.

그런데 두 사람이 떠나고 나서 정확히 열하루 되던 날 밤 묵직한 봉투가 처음으로 내 손에 들어왔다. H씨는 촘촘하게 줄이 쳐진 서양 종이에 만년필로 뭔가 가득 써서 보내왔다. 장수만 봐도 두세 시간에 쓸 수 있는 편지가 아니었다. 나는 책상에 묶인 인형 같은 자세로 편지를 읽기 시작했다. 내 눈에는 조그맣고 까만 글자의 한 점 한 획도 놓치지 않으려는 결심이 불꽃처럼 빛났다. 내 마음은 편지지 위에 못 박혔다. 게다가 눈 위를 달리는 썰매처럼 그 위를 미끄러져 갔다. 요컨대 나는 H씨의 편지 첫 장 첫 줄부터 읽기 시작하여 마지막 장 마지막 구절에 이르기까지 시간이 얼마나 걸렸는지 전혀 느끼지 못했다.

편지는 아래와 같이 쓰여 있었다.

나가노 군을 데리고 여행을 떠날 때 자네에게 부탁받은 일을 일단 받아들이기는 했지만 막상 닥치고 보면 도저히 실행할 수 없을 거다, 또 할 수 있다고 해도 할 필요가 없을 거다, 아니면 필요나 불필요와 무관하게 그렇게 하는 건 바람직하지 않은 일이 아닐까, 하는 생각을 했네. 여행을 시작하고 나서 하루 이틀은 이 세 가지 사정 모두 또는 일부가 늘 작용하여 이래서는 모처럼의 약속도 지키지 못할 거라는 생각이 강해졌지. 그런데 사흘, 나흘이 지났을 때 좀 생각했네. 닷새, 엿새, 날이 지남에 따라 생각만이 아니라 약속대로 자네한테 편지를 쓰는 게 어쩌면 필요할지도 모른다는 생각을 하게 된 것이네. 물론 여기서 말하는 필요라는 말의 의미가 자네와 나에게는 상당히 다를지도 모르지만 그건 이 편지를 끝까지 읽으면 저절로 알게 될 테니까 설명하지는 않겠네. 그리고 당초 내가 품었던 바람직하지 않다는 윤리상의 느낌은 아무리 날이 지나도 없앨 수 없지만, 한쪽에 있는 필요의 정도가 자연스럽게 그것을 억누를 만큼 강해진 것 또한 분명하네. 아마 편지를 쓸 여유가 없을 것이다, ……이 장애만큼은 처음에 자네한테 말한 대로 언제까지고 달라붙어 떨어질 줄을 모르네. 우리 두 사람은 한방에서 자고 한방에서 밥을 먹고, 산보도 같이 나가고, 목욕도 목욕탕의 구조가 허락하는 한 함께 들어가고, 이렇게 따져보니 따로따로 행동하는 것은 변소에 갈 때 정도니 말일세.

물론 우리 두 사람은 아침부터 밤까지 특별히 계속 이야기를 나누는 것은 아니네. 각자 내키는 책을 들고 있을 때도 있고 잠자코 드러누워 있는 일도 있네. 하지만 사실 그 사람이 있는 데서 시치미를 떼고 그 사람에 대해 써서 그걸 슬쩍 남에게 알리는 일은 나로서는 하기 힘드네. 써야 할 필요를 느끼기 시작한 나도 거기에는 난처했네. 아무리 쓸 기회를 만들려고 해도 그런 기회가 있을 리 없으니 말일세. 하지만 우연은 끝내 내 손을 이끌고 내게 내가 필요하다고 생각하는 일을 하도록 만들어주었네. 나는 그다지 형을 꺼리지 않고 이 편지를 쓰기 시작했네. 그리고 같은 상태에서 이 편지를 다 쓸 수 있기를 바라네.

29

우리는 이삼일 전부터 이곳 베니가야쓰(紅が谷)⁴¹ 깊숙이 들어와 지친 몸을 계곡과 계곡 사이에 내맡겼네. 묵고 있는 곳은 내 친척이 소유하고 있는 조그만 별장이네. 주인은 8월이 되기 전에는 도쿄를 떠나기 힘들어 그 전이라면 언제든지 써도 좋다고 한 적이 있는데, 뜻밖에 여행 중에 이곳을 이용하게 되었네.

별장이라고 하면 듣기에 무척 좋을 것 같지만 사실 보기 흉하고 아주 비좁은 곳인데, 구조를 보면 꼭 도쿄 변두리에 있는 4, 50 엔 정도 하는 싸구려 관리 숙소라네. 그러나 시골인 만큼 부지 안은 다소 여유가 있다네. 뜰인지 텃밭인지 알 수 없는 것이 처마 밑에서 차츰 내리막 지형으로 건너편 울타리까지 이어져 있네. 그 울타리에는 산호수 열매가 가득 열려 있고 나뭇잎 사이로 옆집 초가지붕이 4분의 1쯤 보인다네.

그 처마 밑에서는 계곡 건너편의 산도 손에 잡힐 듯이 보이네. 이 산 전체가 어느 백작의 별장지로, 때로는 나무 사이로 유카타가 언뜻언뜻 보이기도 하고 여자 목소리가 벼랑 위에서 들리기도 하지. 그 벼랑 꼭대기에는 키 큰 소나무가 하늘을 찌를 듯이 우뚝 솟아 있네. 우리는 낮은 처마 아래서 아침저녁으로 그 소나무를

---

41 소세키는 1912년 여름에 친구 스가 도라오(菅虎雄)의 알선으로 이곳 별장을 빌려 가족과 함께 피서를 한 적이 있다. 이하의 서술은 그때의 체험이 소재가 되었다.

올려다보는 걸 고상한 과업이나 되는 양하며 지내고 있네.

지금까지 지나온 곳 중에서 자네 형님은 이곳이 가장 마음에 든 모양이네. 거기에는 여러 가지 의미가 있을지도 모르지만, 둘이서 독립된 집 한 채의 주인 행세를 할 수 있게 되었다는 기분이 교제에 익숙하지 못한 형님의 가슴에 일종의 안정을 준 것이 가장 큰 원인일 거라 생각하네. 지금까지 어디에 묵어도 잘 자지 못했던 형님은 이곳으로 온 날 밤부터 잘 자고 있네. 실제로 지금 내가 이렇게 만년필을 놀리고 있는 동안에도 쿨쿨 자고 있다네.

또 한 가지, 이곳에 와서 우연한 은혜를 입었다고 생각하는 것은 보통의 여관처럼 둘이서 내내 무릎을 맞대고 한방에서 나뒹굴지 않아도 된다는 점이네. 방금 말한 대로 집은 비좁기 짝이 없네. 문을 나가면 오른쪽 언덕 위에 있는 어느 부호가 지은 서양식 건물에 비하면 그야말로 성냥갑에 지나지 않지. 그래도 울타리를 둘러쳐 사방에서 분리되어 있는 독립된 집이네. 갑갑하기는 해도 방은 다섯 개쯤 있지. 형님과 나는 한방에 친 같은 모기장 안에서 잔다네. 하지만 여관과 달리 같은 시간에 일어날 필요는 없네. 한 사람이 일어나도 다른 한 사람은 자고 싶은 만큼 실컷 잘 수 있다네. 나는 형님을 가만히 내버려두고 옆방에 놓여 있는 옻칠한 책상 앞에 앉을 수 있는 거지. 낮에도 마찬가지네. 둘이 마주 앉아 있기가 힘들어지면 어느 한쪽이 멋대로 모습을 감추고 자신에게 편한 일을 편한 시간만큼 한다네. 그러고 나서 적당한 시간에 다시 나와 얼굴을 내민다네.

나는 이런 우연을 이용하여 이 편지를 쓰는 거네. 그리고 생각지도 못하게 이 우연을 이용할 수 있게 된 것은 자네를 위해 다행스러운 일이라고 생각하네. 동시에 그걸 이용할 필요를 알게 된 것은 나 자신을 위해 유감스러운 일이라고 생각하네.

내가 말하는 것은 순서로 보면 일기체로 정리되어 있지 않네. 분류라는 점에서 보면 과학적으로 구별될 수 없을지도 모르지. 하지만 그건 기차, 인력거, 여관, 모든 규칙적인 일을 방해하는 여행이라는 것의 장애와 태연자약하게 시작하기 힘든 이 일의 성격이 파괴적으로 작용한 결과라고 생각하는 것 외에 다른 도리가 없네. 단편적이라 하더라도 이제부터 적게 될 일을 자네에게 알릴 수 있는 것이 이미 내게는 의외의 일이라네. 전적으로 우연 덕분인 셈이네.

30

우리는 둘 다 그다지 여행을 좋아하는 사람들이 아니네. 따라서 우리가 짠 여정도 경험에 걸맞게 평범한 것이었네. 가깝고 편한 곳을 남들처럼 돌아다닐 수 있으면 그것으로 목적의 태반을 달성할 수 있다는 정도의 생각으로 우선 사가미(相模)[42]의 이즈 주변을 막연하게 마음에 두고 있었네.

그래도 내가 형님보다는 나은 편이었네. 나는 주요 장소와 그곳으로 가는 교통수단을 대충 알고 있었지만 형님은 지리나 방향을 거의 초월해 있었네. 형님은 고우즈(國府津)[43]가 오다와라에

---

42 옛 나라 이름. 가나가와 현의 대부분에 해당하는데 여정에서 보면 이곳은 바닷가 지대를 가리키는 듯하다.

못 미쳐서 있는지 지나서 있는지조차 몰랐네. 모른다기보다 오히려 개의치 않는 걸 거네. 그만큼 어느 한쪽에 무관심한 형님이 왜 인간사의 모든 방면에 그런 태연한 태도를 보여줄 수 없는가를 생각하면 사실 나도 묘한 느낌을 감출 수가 없네. 하지만 그건 딴 일이네. 이야기가 삼천포로 빠지면 되돌리기 힘드니 가능한 한 본류를 따르고 흐름에서 벗어나지 않도록 나아가기로 하겠네.

우리는 처음에 즈시(逗子)[44]를 기점으로 출발하기로 의논해두었네. 그런데 그날 아침 신바시로 달려가는 인력거 위에서 문득 내 생각이 바뀌었네. 아무리 평범한 여행이라도 맨 먼저 즈시로 가는 것은 너무나 평범하다는 생각이 들어 내키지가 않았던 거네. 나는 역에서 형님과 다시 의논했네. 나는 여정을 거꾸로 하여 먼저 누마즈(沼津)[45]에서 슈젠지(修善寺)[46]로 간 다음 산을 넘어 이토(伊東)[47] 쪽으로 내려가자고 했네. 오다와라와 고우즈의 앞뒤도 모르는 형님에게 다른 생각이 있을 리 없어 우리는 바로 누마즈까지 가는 표를 끊어 그대로 도카이도(東海道)행 기차에 올랐네.

기차에서는 보고할 만한 일이 별로 일어나지 않았네. 누마즈에 도착하고 나서도 목욕을 하거나 밥을 먹거나 차를 마시는 동안은 이렇다 하게 눈에 띄는 점도 없었네. 형님에 대해, 이건 어쩌면 가

---

43 오다와라(小田原)의 동쪽에 해당하기에 도쿄에서 보면 오다와라보다 가까운 쪽이다.
44 가마쿠라의 남쪽.
45 이즈 반도의 북서쪽에 있으며 바다와 면해 있다.
46 이즈 반도 중앙에 있는 온천지. 1910년 위궤양으로 입원한 소세키는 병세가 좀 안정되자 이 지역으로 전지요양을 떠났다. 하지만 오히려 병세가 악화하여 한때 위독한 상태가 되었다. 이 '슈젠지의 대환(大患)'이 소세키 문학의 전기가 되었다는 설이 있다.
47 이즈 반도 북동쪽에 있는 온천지. 슈젠지에는 철도가 깔려 있지 않아 누마즈에서 슈젠지를 거쳐 이토로 가기 위해서는 도보나 마차로 반도 중앙의 산지를 횡단해야 한다.

족에게 참고가 될지도 모르니 알려둘 필요가 있다고 생각하기 시작한 것은 그날 밤이 되어서였네.

잠을 청하기에는 너무 이른 시간이었네. 더 이상 이야기를 나누기에도 질렸지. 나는 여행 중에 누구나 경험하는 일종의 무료함에 휩싸였다네. 문득 도코노마 옆을 보니 거기에 묵직한 바둑판이 하나 있어서 곧장 그걸 방 한가운데로 가져갔네. 물론 형님을 상대로 바둑을 둘 생각이었지. 자네가 알지 어떨지 모르지만 나는 학창 시절 형님하고 자주 바둑을 두곤 했다네. 그 후 둘 다 약속이나 한 듯이 뚝 끊고 말았지만 그때 두 사람이 남아도는 시간을 재미있게 보내기 위해서는 바둑이 아주 적당한 도구임에 틀림없었네.

형님은 잠시 바둑판을 바라보았네. 그러고는 "그만두지" 하고 말했네. 나는 작정하고 달려들며 "그러지 말고 한번 해보지 않겠나?" 하고 밀어붙였네. 그래도 형님은 "아니, 그만두세" 하고 말하더군. 형님의 얼굴을 보니 눈과 눈썹 사이에 이상한 표정을 짓고 있었네. 바둑은 무슨, 하는 듯한 경멸 또는 무관심을 드러내는 표정이어서 나는 약간 이상한 기분이 들었네. 하지만 막무가내로 강요하는 것도 싫어서 결국 혼자 바둑돌을 집어 들고 흰 돌과 검은 돌을 번갈아가며 바둑판 위에 놓기 시작했네. 형님은 잠시 그걸 보고 있었네. 내가 여전히 말없이 계속 두어가자 형은 자리에서 벌떡 일어나 복도로 나갔네. 필시 변소에라도 가는 걸 거라고 생각해 형님의 거동에는 전혀 주의를 기울이지 않았네.

31

생각대로 형님은 곧 돌아왔네. 그리고 불쑥 "하세" 하고 말하기가 무섭게 내 손에서 바둑돌을 낚아채듯이 뺏어갔네. 나는 아무 눈치도 채지 못하고 "좋아" 하고 대답하고는 곧장 두기 시작했지. 우리의 바둑은 말할 것도 없이 미숙한 실력이라 돌을 놓는 것도 빠르고 승부가 나는 것도 간단했네. 한 시간에 족히 두 판쯤 승부가 날 정도여서 보고 있어도, 대국을 해도 답답하다는 생각은 결코 들지 않았네. 그런데 형님은 그렇게 재빨리 진행되는 바둑을 끝까지 참을성 있게 지켜보고 있는 게 힘들다며 결국 도중에 포기하고 말았네. 나는 다소라도 기분이 나빠진 건가 싶어 걱정했지만 형님은 그저 미소만 지을 뿐이었네.

잠자리에 들기 전에 나는 비로소 형님에게서 그때의 심리 상태에 대한 설명을 들었네. 형님은 바둑을 두는 것은 물론이고 뭘 하든 다 싫었다고 하네. 동시에 뭔가를 하지 않고는 배길 수 없었다고 하네. 그 모순이 이미 형님에게는 고통이었다네. 형님은 바둑을 두기 시작하면 필시 바둑 같은 걸 두고 있을 수 없는 기분에 휩싸이게 될 거라는 걸 이미 알고 있었다네. 하지만 또 두지 않고는 배길 수 없게 된 거네. 그래서 어쩔 수 없이 바둑판 앞에 앉았던 거라네. 그런데 바둑판 앞에 앉자마자 초조해졌네. 나중에는 바둑판 위에 어지럽게 놓인 검은 돌과 흰 돌이 자신의 뇌를 괴롭히기 위해 일부러 붙었다 떨어졌다, 끊어졌다 이어졌다 하는 괴물처럼 생각되었다고 하네. 형님은 하마터면 바둑판을 엉망진창으로 마구 휘저어 그 요물을 쫓을 뻔했다고 했네. 아무것도 몰랐던 나는 약간 놀라면서도 나쁜 짓을 했다고 생각했네.

"아니, 바둑만 그런 게 아니라네" 하며 형님은 내 잘못을 용서해주었네. 나는 그때 형님에게서 평소의 그에 대한 이야기를 들었네. 형님의 태도는 바둑을 도중에 그만두었을 때조차 차분했다네. 겉으로 보기에는 아무 이상이 없는 형님의 마음을 아마 자네 가족들은 이해할 수 없을지도 모르네. 적어도 이런 내게는 하나의 발견이었네.

형님은 책을 읽어도, 사색을 해도, 밥을 먹어도, 산보를 해도 스물네 시간 뭘 해도 거기에 안주할 수 없었다고 하네. 뭘 해도 이런 걸 하고 있을 수 없다는 기분에 쫓기게 된다고 하네.

"자신이 하고 있는 일이 자신의 목적이 되지 못하는 것만큼 괴로운 일은 없네" 하고 형님은 말했네.

"목적이 아니어도 수단이라도 되면 되지 않은가?" 하고 내가 말했네.

"그건 괜찮지. 어떤 목적이 있어야 수단이 정해지는 거니까" 하고 형님이 대답했네.

형님이 괴로워하는 것은 그가 뭘 해도 그게 목적이 되지 않을 뿐 아니라 수단조차 되지 않는다고 생각해서네. 그냥 불안한 거지. 그러니 가만히 있을 수 없는 거네. 형님은 차분히 누워 있을 수 없으니까 일어난다고 하네. 일어나면 그냥 일어나 가만히 있을 수 없으니까 걷는다고 하네. 걸으면 그냥 걷고 있을 수 없으니까 달린다고 하네. 이미 달리기 시작한 이상 어디까지 가도 멈출 수 없다고 하네. 멈출 수 없는 것뿐이라면 그래도 괜찮겠지만 시시각각 속력을 높이지 않으면 안 된다고 하네. 그 극단을 생각하면 두렵

다고 하네. 식은땀이 날 만큼 두렵다고 하네. 무서워서 견딜 수 없
다고 하네.

32

나는 형님의 설명을 듣고 깜짝 놀랐네. 하지만 태어나서 아직
한 번도 그런 종류의 불안을 경험해본 적이 없는 나는 이해는 해
도 동정은 가지 않았네. 나는 두통을 모르는 사람이 머리가 깨질
것 같은 고통의 호소를 들었을 때와 같은 기분으로 형님의 이야
기에 귀를 기울였네. 나는 잠시 생각했네. 생각하는 동안 인간의
운명이라는 것이 어렴풋이나마 눈앞에 떠올랐네. 나는 형님을 위
해 좋은 위안거리를 찾았다고 생각했네.

"자네가 말하는 불안은 인간 전체의 불안이고, 유독 자네 한 사
람만 괴로워하는 게 아니라는 걸 깨달으면 그만 아닌가? 결국 그
렇게 유전(流轉)해가는 게 우리의 운명이니까 말이네."

나의 이 말은 막연할 뿐 아니라 아주 불쾌하게 미적지근한 것
이었네. 형님의 날카로운 눈에서 나오는 경멸의 일별과 함께 묻
힐 수밖에 없었네. 형님은 이렇게 말했네.

"인간의 불안은 과학의 발전에서 오네. 나아가기만 하고 그칠
줄 모르는 과학은 일찍이 우리에게 그치는 것을 허락해준 적이
없지. 도보에서 인력거, 인력거에서 마차, 마차에서 기차, 기차에
서 자동차, 그리고 비행선, 비행기, 아무리 가도 쉽게 해주지 않
네. 어디까지 끌려갈지 알 수 없지. 정말 두렵네."

"그야 두렵겠지" 하고 나도 말했네.

형님은 웃었네.

"자네가 두렵다는 것은 두렵다는 말을 써도 지장이 없다는 의미일 거네. 실제로 두려운 게 아니겠지. 다시 말해 머리로 느끼는 두려움에 지나지 않을 거란 말이네. 하지만 내가 느끼는 건 다르네. 내가 느끼는 건 심장의 두려움이네. 맥박이 뛰는 살아 있는 두려움이지."

나는 형님의 말에 추호도 허위의 분자가 섞여 있지 않다는 것을 보증하네. 하지만 형님의 두려움을 도저히 내 혀로 맛볼 수는 없네.

"모든 사람의 운명이라면 자네 혼자 그렇게 두려워할 필요가 없지 않나?" 하고 내가 말했네.

"필요가 없어도 사실이 존재하네" 하고 형님은 대답했네. 게다가 다음과 같은 말도 했네.

"인간 전체에게 몇 세기 후에 찾아올 운명을, 나는 혼자 내 한 평생 안에 경과해야 하니까 두려운 거네.[48] 한평생이라면 그래도 괜찮지만, 10년이든 1년이든 줄여서 말하면 한 달 내지 일주일이든 여전히 같은 운명을 경과해야 하니까 두려운 거네. 자네는 거짓말이라고 생각할지 모르지만, 내 생활 어디를 어떤 단편으로 잘라서 봐도 설령 그 단편의 길이가 한 시간이든 30분이든 그게 반드시 같은 운명을 경과하고 있으니까 두려운 거네. 요컨대 나

48 『산시로』에 "메이지의 사상은 서양의 역사에 나타난 300년의 활동을 고작 40년이라는 기간에 되풀이하는 것이다"라는 구절이 있다. 이치로의 불안과 겹치는 곳이 있는 이러한 인식을 소세키는 강연 「현대 일본의 개화」 등에서도 표명했다.

는 인간 전체의 불안을 나 한 사람에게 모으고 또 그 불안을 1분 1초의 짧은 시간에 응축시킨 두려움을 경험하고 있네."

"그건 안 되지. 마음을 좀 더 편하게 가져야지."

"안 된다는 것쯤은 나도 잘 알고 있네."

나는 형님 앞에서 잠자코 담배를 피우고 있었네. 나는 마음속으로 어떻게든 형님을 그 고통에서 구해내고 싶다고 생각했지. 나는 그 밖의 일은 다 잊었네. 지금까지 가만히 내 얼굴을 지켜보고 있던 형님은 그때 갑자기 "자네가 나보다 훌륭하네" 하고 말했네. 나는 사상적인 면에서 형님이야말로 나보다 뛰어나다고 느끼고 있던 때라서 그 찬사에는 기뻐하거나 고맙게 여기는 마음이 일지 않았네. 나는 여전히 잠자코 담배를 피우고 있었네. 형님은 점차 안정을 되찾았네. 그러고 나서 두 사람이 한 모기장 안으로 들어가 잠을 청했네.

33

이튿날도 우리는 같은 곳에 묵었네. 아침에 일어나자마자 해변을 걸었는데 그때 형님은 잠들어 있는 것 같은 깊은 바다를 바라보며 "바다도 이렇게 조용하니 좋군" 하고 기뻐했네. 요즘 형님은 뭐든지 움직이지 않는 것이 정겹다고 하네. 그런 의미에서 물보다는 산을 마음에 들어 했네. 마음에 든다고 해도 보통 사람이 자연을 즐길 때의 마음과는 조금 다른 것 같네. 그건 다음에 드는 형님의 말로 알 수 있을 거네.

"이렇게 수염을 기르거나 양복을 입거나 시가를 물거나 하는 것은 겉으로 보기에 자못 어엿한 신사 같지만, 실제로 내 마음은 묵을 곳 없는 거지처럼 아침부터 밤까지 헤매고 있네. 24시간 내 내 불안에 쫓기고 있지. 한심할 정도로 진정되지 않네. 끝내는 세상에서 나만큼 수양이 안 된 딱한 사람도 없을 거라고 생각하네. 그런 때에 전차 같은 데서 문득 눈을 들어 건너편을 보면 자못 근심 없는 듯한 얼굴을 맞닥뜨리는 일이 있네. 내 시선이 일단 사념이 없는 멍한 얼굴에 쏟아진 순간 나는 절실하게 기쁨이라는 자극을 온몸에 받는다네. 내 마음은 가뭄에 타들어가는 벼이삭이 단비를 만난 듯이 되살아나지. 동시에 그 얼굴, 아무것도 생각하지 않는, 완전히 태연자약한 그 얼굴이 무척 고상해 보인다네. 눈이 처지거나 코가 납작하거나 얼굴 생김새가 어떻든 간에 굉장히 고상하게 보이는 거지. 나는 거의 종교심에 가까운 경건한 마음으로 그 얼굴 앞에 무릎을 꿇고 감사의 뜻을 표하고 싶어지네. 자연에 대한 나의 태도도 전적으로 마찬가지네. 예전처럼 그저 아름다우니까 즐긴다는 마음은 지금의 내게는 생길 여유가 없네."

그때 형님은 전차 안에서 우연히 눈에 띈 고귀한 얼굴 부류에 나를 더했다네. 나는 생각지도 못한 뜻밖의 일이라며 사양했네. 그러자 형님은 진지한 태도로 이렇게 말했다네.

"자네도 하루 중 손해도 이득도 필요하지 않는, 선도 악도 생각하지 않는 그저 자연 그대로의 마음을 자연 그대로 얼굴에 드러내는 일이 한두 번은 있겠지? 내가 고귀하다는 건 그때의 자네를 말하는 거네. 그때에 한해서야."

형님은 이런 말을 듣고도 못 미더워하는 나를 위해 구체적인 증거를 제시해줄 생각에선지 어젯밤 두 사람이 잠자리에 들기 전의 나를 예로 들었네. 형님은 그때 대화를 하다 보니 그만 너무 흥분했다고 고백했네. 하지만 내 얼굴을 봤을 때 격해진 마음이 점차 진정되었다고 했네. 내가 수긍하든 말든 거기에는 신경 쓸 필요가 없고, 그저 그때의 나에게서 좋은 영향을 받아 일시적으로나마 괴로운 불안에서 벗어날 수 있었다고 형님은 단언했다네.

그때의 나는 앞에서 말한 대로네. 그저 담배를 피우며 잠자코 있을 뿐이었지. 나는 그때 모든 일을 잊었네. 단지 어떻게든 형님을 그 불안에서 구해내고 싶다는 생각을 했을 뿐이네. 하지만 내 마음이 형님에게 전해질 거라고는 생각하지 않았네. 또한 전달하겠다는 마음도 물론 없었지. 그래서 아무 말도 하지 않고 잠자코 담배를 피우고 있었던 거네. 그러나 거기에 순수한 진심이 있었는지도 모르네. 형님은 내 얼굴에서 그 진심을 읽어냈는지.

나는 형님과 모래사장을 천천히 걸었네. 걸으면서 생각했지. 형님은 조만간 종교의 문으로 들어가서야 비로소 마음의 안정을 찾을 사람이 아닐까? 좀 더 강력한 말로 같은 의미의 말을 되풀이하자면, 형님은 지금 종교가가 되기 위해 고통을 겪고 있는 게 아닐까?

34

"자넨 요즘 신이라는 것에 대해 생각해본 적 없나?"

나는 끝내 형님에게 이런 질문을 던졌네. 내가 여기서 '요즘'이라고 못 박은 것은 학창 시절의 오래된 회상 때문이었네. 그 시절에는 둘 다 아직 생각이 정리되지 않은 풋내기였지만, 그래도 나는 사색에 빠지곤 하던 형님과 자주 신의 존재에 대해 이야기를 나누었다네. 이야기가 나온 김에 말하자면 형님의 머리는 그 시절부터 다른 사람과 좀 달랐네. 형님은 멍하니 산보를 하다가 문득 자신이 지금 걷고 있다는 사실을 깨닫게 되면 그게 풀 수 없는 문제가 되어 생각하지 않을 수 없게 되었다네. 걸으려고 생각하면 걷는 것은 자신임에 틀림없지만 그렇게 걷자고 생각하는 마음과 걷는 힘은 과연 어디에서 불쑥 샘솟는지, 형님에게는 그게 커다란 의문이었던 거네.

두 사람은 그런 일에서 신이라든가 제1원인[49]이라는 말을 자주 사용했네. 이제 와서 생각하면 알지도 못한 채 사용했던 거지. 하지만 하도 입에 올려 익숙해진 결과 나중에는 신도 어느새 진부해지고 말았네. 그러고 나서 두 사람 다 약속이나 한 듯이 말하지 않게 되었네. 말하지 않게 된 지 몇 년이나 되었을까? 나는 조용한 여름날 아침, 짙은 색을 가라앉히고 있는 바다라는 커다란 용기(容器) 앞에 서서 형님과 마주하면서 다시 신이라는 말을 입에 올렸다네.

그러나 형님은 그 말을 까맣게 잊고 있었네. 떠올릴 기미조차 없었지. 내 질문에 대한 대답으로는, 그저 희미한 쓴웃음이 그 빈정대는 입가를 스쳤을 뿐이네.

나는 형님의 그 태도에 난감해할 만큼 겁쟁이는 아니었네. 또

---

49 철학 용어로 모든 것이 생성되는 궁극적인 원인을 말한다.

한 생각하는 바를 다 말하지 못하고 물러날 만큼 서먹한 사이도
아니었지. 나는 한발 앞으로 나아갔네.

"어디서 굴러온 말뼈다귀인지도 모르는 사람의 얼굴을 보고서
도 때때로 고마운 마음이 든다면, 충만한 신의 모습을 한순간도
떠나지 않고 배례할 수 있는 경우엔 몇 백 배 더 행복해질지 모르
는 일 아닌가?"

"그런 의미 없는 말뿐인 논리가 무슨 도움이 되겠나? 그렇다면
어디 한번 신을 내 앞에 데려와 보여주게."

형님의 말투에도 미간에도 초조함 비슷한 것이 가늘게 떨리
고 있었네. 형님은 돌연 발밑에 있는 조그만 돌멩이를 집어 들고
4, 5미터나 되는 파도가 밀어닥치는 물가로 뛰어갔네. 그리고 그
돌멩이를 바다 멀리 던졌네. 바다는 조용히 그 조그만 돌멩이를
받았네. 형님은 보람 없는 노력에 분노를 터뜨리는 사람처럼 두
번 세 번 같은 동작을 되풀이했네. 형님은 해변으로 밀려든 다시
마인지 미역인지 모를 해조류 사이를 개의치 않고 뛰어다녔네.
그러고 나서 다시 내가 서 있는 곳으로 돌아왔네.

"난 죽은 신보다 살아 있는 인간이 더 좋아."

형님은 이렇게 말했네. 그리고 괴로운 듯이 숨을 헐떡였네. 나
는 형님을 데리고 다시 슬슬 숙소로 돌아왔네.

"인력거꾼이든 밀꾼[50]이든 도둑놈이든 내가 고맙게 여기는 찰
나의 얼굴이 곧 신 아닌가? 산이든 강이든 바다든 내가 숭고하다
고 느끼는 순간의 자연이 곧 신 아닌가? 그 밖에 어떤 신이 있겠

---

50 여기서 밀꾼(立人坊)은 언덕길 아래에서 기다리고 있다가 지나가는 수레의 뒤를 밀어주고
수고비를 받는 사람을 말한다.

나?"

형님의 이런 논리를 들은 나는 그저 "아, 그렇군" 하고 대답할 뿐이었네. 형님은 그때 어딘가 불만스러운 표정을 지었네. 그러나 나중에는 역시 나에게 감동한 듯한 기색을 보였네. 사실을 말하자면 내가 형님에게 꼼짝 못하게 되어 감동할 뿐이었는데 말이지.

35

우리는 누마즈에서 이틀쯤 지냈네. 내친김에 오키쓰(興津)[51]까지 가보는 게 어떻겠느냐고 물었더니 형님은 싫다고 했네. 여정에 대해서는 모든 걸 내 생각에 맡기던 형님이 그때만은 왜 내 제안을 단호히 거절했는지 나로서는 도무지 알 수가 없었네. 나중에 그 설명을 들었더니 미호노마쓰바라(三保の松原) 같은 선녀의 날개옷 전설이 얽힌 곳은 싫다는 거였네. 형님은 묘한 머리를 가진 사람임에 틀림없네.

우리는 결국 미시마(三島)[52]까지 되돌아왔네. 거기서 오히토(大仁)[53]행 기차로 갈아타고 드디어 슈젠지로 갔다네. 형님은 처음부터 이 온천이 무척 마음에 든 모양이었네. 하지만 중요한 목적지에 도착하자마자 형님은 "아이고, 이런" 하고 실망의 소리를 내뱉었네. 사실 형님이 좋아한 건 슈젠지라는 이름이지 슈젠지라는

---

51 누마즈의 서쪽으로 바다에 면해 있다.
52 누마즈의 동쪽에 있다.
53 이즈 반도의 중앙 지역. 슈젠지의 북쪽에 있다.

곳이 아니었던 거네. 사소한 일이지만 이 또한 얼마간 형님의 특징이 될 테니 이야기하는 김에 덧붙여둠세.

알다시피 이 온천장은 산과 산이 서로 껴안고 있는 틈에서 골짜기 아래로 움푹 파인 듯한 낮은 동네에 있다네. 일단 그곳에 들어간 사람은 어디를 봐도 푸른 벽으로 코앞이 막혀 있어 어쩔 수 없이 위를 올려다볼 수밖에 없네. 고개를 숙이고 걸으면 땅바닥의 색조차 제대로 눈에 들어오지 않을 만큼 갑갑하지. 지금까지 바다보다는 산이 더 좋다던 형님은 슈젠지에 와서 산으로 둘러싸이기가 무섭게 갑자기 갑갑해하기 시작했네. 나는 곧 형님을 데리고 밖으로 나가보았네. 그러자 보통의 마을이라면 우선 길에 해당하는 곳이 온통 강바닥이고, 푸른 물이 바위에 부딪히면서 그 가운데를 흐르고 있었네. 그러니 걷는다고 해도 마음껏 걸을 여지는 물론 없었지. 나는 강 한가운데에 있는 바위 사이에서 나오는 온천[54]으로 형을 데려갔네. 남자도 여자도 어수선하게 한데 몸을 담그고 있는 것이 재미있었기 때문이네. 불결한 것도 이야기의 소재가 될 정도였네. 형님과 나는 역시 유카타를 벗어던지고 그곳에 들어갈 용기는 없었네. 하지만 탕 안에 있는 까만 사람들을 바위 위에 서서 호기심 많은 사람처럼 언제까지고 바라보고 있었네. 형님은 기분이 좋은 모양이었네. 바위에서 물가로 걸쳐진 위험한 판자를 밟으며 오던 길로 돌아갈 때 형님은 '선남선녀'라는 말을 썼네. 그게 농담 섞인 형용사가 아니라 정말 그렇게 생각했던 모양이네.

---

54 슈젠지 온천의 돗코노유(獨鈷の湯)를 가리킨다. 가쓰라가와(桂川)의 바위 사이에서 솟아나는 온천으로 승려 구카이(空海)가 발견했다고 전해지며 당시에는 남녀 공동 욕장이었다.

이튿날 아침 이쑤시개를 문 채 같이 옥내 목욕탕에 몸을 담갔을 때 형님은 "어젯밤에도 잠이 안 와서 고생했네" 하고 말했네. 나는 지금의 형님에게 잠을 잘 수 없는 것이 가장 해롭다고 생각하고 있어서 나도 모르게 그만 그걸 문제 삼고 말았네.

"잠이 안 오면 어떻게든 자야지, 자야지, 하며 초조하게 구는 거 아닌가?" 하고 내가 물었네.

"정말 그렇다네. 그러니 더욱 잠이 달아나버리지" 형님이 대답했네.

"자네, 잠을 못 자면 누군가한테 미안한 일이라도 있나?" 하고 내가 다시 물었네.

형님은 이상한 표정을 지었네. 돌이 깔린 욕조 가장자리에 걸터앉아 자신의 손이며 배를 바라보고 있었지. 형님은 알다시피 그다지 통통한 편이 아니네.

"나도 더러 잠을 못 자는 일이 있는데, 잠을 못 자는 것도 유쾌한 법이네" 하고 내가 말했네.

"그건 어째선가?" 이번에는 형님이 물었지. 나는 그때 형님을 위해 내가 외우고 있던 등영조무수(燈影照無睡) 심청문묘향(心淸 聞妙香)[55]이라는 옛사람의 시구를 읊었네. 그러자 형님은 갑자기 내 얼굴을 보더니 히죽히죽 웃었네.

"자네 같은 사람이 그런 정취를 아나?" 하며 수상쩍다는 기색을 보였다네.

---

55 당나라 시인 두보의 「대운사찬공방(大雲寺贊公房)」에 나오는 시구. '깜박이는 등불에 잠 못 이루고 오묘한 향기에 마음까지 맑아지네'라는 뜻.

36

그날 나는 다시 형님을 이끌고 이번에는 산으로 갔다네. 위를 보며 산으로 가고 아래를 향해 탕으로 들어가는 것 외에 달리 할 일이라곤 없는 곳이었으니까.

형님은 야윈 다리를 채찍처럼 사용하며 오솔길을 능숙하게 걸었네. 그 대신 지치는 것도 남보다 배는 빠른 것 같았네. 뚱뚱한 내가 느릿느릿 뒤에서 올라가면 나무뿌리에 걸터앉아 지쳤다고 말했네. 형님은 남을 기다려준 것이 아니네. 숨이 가빠 어쩔 수 없이 쓰러진 거지.

형님은 이따금 멈춰 서서 우거진 수풀 안에 피어 있는 백합을 바라보았네. 한번은 하얀 꽃잎을 특별히 가리키며 "저건 내 소유네" 하고 말했네. 나는 그게 무슨 의미인지 몰랐지만 굳이 물어볼 생각도 일지 않아 결국 꼭대기까지 올라갔지. 둘이서 거기에 있는 찻집에서 쉬고 있을 때 형님은 또 발아래로 보이는 숲이며 계곡을 가리키며 "저것들도 모두 내 소유네" 하고 말했네. 두 번이나 같은 말을 되풀이하자 나는 비로소 미심쩍은 생각이 들었지. 하지만 그 미심쩍은 생각은 그 자리에서 바로 풀 수가 없었네. 내 질문에 대한 형님의 대답은 그저 쓸쓸한 미소에 지나지 않았지.

우리는 찻집의 긴 걸상에 잠시 죽은 듯이 누워 있었네. 그사이 형님이 무슨 생각을 했는지는 모르네. 나는 그저 맑은 하늘에 흘러가는 흰 구름만 보고 있었지. 내 눈은 반짝반짝했네. 차츰 돌아가는 길의 더위가 걱정되기 시작했네. 나는 형님을 재촉하여 다시 산을 내려왔네. 그때였네. 형님이 돌연 뒤에서 내 어깨를 붙잡고 "자네 마음과 내 마음은 대체 어디까지 통하고 있고 어디서부터 떨어져 있을까?" 하고 물었던 것은. 내가 걸음을 멈추는 것과 동시에 왼쪽 어깨가 잡히고 두세 번 세게 흔들렸네. 나는 몸에 느끼는 동요를 마찬가지로 마음으로도 느꼈지. 나는 평소부터 형님을 사색가라고 생각했네. 함께 여행을 떠나고 나서는 종교에 들어가려고 하나 들어가는 입구를 몰라 난처해하는 사람처럼 해석해보기도 했네. 내가 마음에 동요를 느꼈다는 것은, 과연 형님의 이 질문이 그런 입장에서 나온 것일까, 하고 갈피를 잡지 못했기 때문이네. 나는 무슨 일이건 그다지 개의치 않는 성격이네. 또 무슨 일이건 그다지 놀라지도 않는 아주 둔감한 사람이지. 하지만 떠나기 전에 자네에게 여러 가지 의뢰를 받은 터라 형님에 대해서만은 이상하게 예민해지고 싶었네. 나는 다소 예사로운 길에서 벗어날 것만 같아졌네.

"Keine Brücke führt von Mensch zu Mensch."[56]

(사람과 사람 사이에 놓는 다리는 없다.)

나는 문득 외우고 있던 독일 속담을 대답에 사용했네. 물론 반쯤은 문제를 성가시게 만들고 싶지 않다는 고의의 계략도 섞여 있었겠지만. 그러자 형님은 "그렇겠지, 지금의 자네는 그렇게 대답할 수밖에 없겠지" 하는 것이었네. 나는 곧바로 "그건 어째선가?" 하고 되물었네.

"자신에게 성실하지 못한 자는 결코 타인에게 성실할 수 없는 거라네."

---

56 독일 속담이라고 하는데 출전은 알 수 없다.

나는 형님의 이 말을 나의 어디에 적용해야 할지 몰랐네.

"자네는 내 보호자가 되어 일부러 같이 여행하고 있는 거 아닌가? 나는 자네의 호의에 감사하네. 하지만 그런 동기에서 나오는 자네의 언동은 성실을 가장한 거짓에 지나지 않는다고 생각하네. 친구로서의 나는 자네로부터 멀어질 뿐이지."

형님은 이렇게 잘라 말했네. 그리고 나를 거기에 남겨둔 채 혼자 지체 없이 산길을 뛰어 내려갔네. 그때 나도 형님의 입에서 튀어나온 "Einsamkeit, du meine Heimat Einsamkeit!"(고독이여, 너 나의 고향인 고독이여!)[57]라는 독일어를 들었네.

37

나는 걱정에 휩싸여 숙소로 돌아왔네. 형님은 방 한가운데에 창백한 얼굴로 누워 있었네. 나를 보고도 말을 하지 않고 꿈쩍도 하지 않았지. 나는 자연을 존중하는 사람을 자연 그대로 두는 방침을 취했네. 조용히 형님 머리맡에서 담배 한 대를 피웠네. 그러고 나서 기분 나쁜 땀을 흘렸기에 수건을 들고 목욕탕으로 갔네. 내가 욕조 가장자리에 서서 몸을 씻고 있으니 형님이 뒤따라 들어왔네. 두 사람은 그때 처음으로 말을 나눴네. 나는 "피곤하지?" 하고 물었네. 형님은 "지쳤네" 하고 대답했네.

점심 밥상 앞에 앉을 무렵부터 형님의 기분은 점차 회복되었

---

57 독일의 철학자 니체의 『차라투스트라는 이렇게 말했다』 제3부 첫머리에 나오는 말이다.

네. 나는 결국 형님에게 조금 전 산길에서 둘 사이에 벌어진 연극 같은 과장된 행동에 대해 언급했네. 형님은 처음에 쓴웃음을 지었네. 하지만 나중에는 앉음새를 고치고 진지해졌네. 그리고 사실 고독감을 견딜 수 없노라고 우겨댔네. 나는 그때야 비로소 형님의 입에서 그가 비단 사회에 나가서만이 아니라 가정에서도 똑같이 고독하다는 아픈 고백을 들었네. 형님은 친한 나에게 의심을 갖고 있는 이상으로 모든 식구들을 의심하는 것 같았네. 형님의 눈에는 자네 아버님도 어머님도 거짓된 인물인 거지. 부인은 특히 그렇게 보이는 모양이네. 형님은 얼마 전 부인 머리에 손을 댔다고 했네.

"한 번 때리니 가만있더군. 두 번 때려도 가만있었네. 세 번째에는 대들 거라고 생각했는데 여전히 반항하지 않더군. 내가 때리면 때릴수록 그쪽은 레이디다워지는 거네. 그 때문에 나는 점점 무뢰한 취급을 당하지 않을 수 없게 되는 거지. 내 인격의 타락을 증명하기 위해 어린 양에게 분노를 터뜨리는 것이나 다름없는 일이네. 남편의 분노를 이용하여 자신의 우월을 과시하려는 상대는 너무 잔혹한 거 아닌가? 자네, 여자는 완력에 호소하는 남자보다 훨씬 잔혹하다네. 나는 여자가 나한테 얻어맞았을 때 왜 일어나서 대들지 않았는지를 생각하네. 대들지 않아도 좋으니 한마디라도 왜 따지지 않았는지를 생각하네."

이런 말을 하는 형님의 얼굴은 고통에 차 있었네. 이상하게도 형님은 이토록 분명하게 자신이 아내에게 가한 불쾌한 행동을 이야기하면서도 군이 그 행동을 하게 된 원인에 대해서는 구체적으로 거의 아무것도 말하지 않았네. 형님은 그저 자신의 주위가 거짓으로 이루어져 있다고 했네. 하지만 그 거짓을 내 눈앞에 제시할 생각은 하지 않았지. 나는 왜 이 막연한 울림을 가진 거짓이라는 글자 때문에 형님이 그토록 흥분하는지가 의심스러웠네. 형님은 내가 거짓이라는 말을 사전으로 알고 있을 뿐이니 그렇게 경솔한 의심을 한다며 현실에 어두운 나를 나무랐네. 형님이 보기에 나는 현실에 어두운 사람인 거네. 나는 구태여 형님에게서 거짓의 구체적인 내용을 들으려고도 하지 않았네. 따라서 형님의 가정에 어떤 성가신 문제가 뒤엉켜 있는지 나는 전혀 모르네. 기꺼이 들어야 할 내용도 아닐 거고 또 듣지 않아도 가정의 일원인 자네에게는 알릴 필요가 없는 일이라 생각했기 때문에 그냥 그대로 내버려둔 것이네. 다만 참고 삼아 한마디 일러두자면, 형님은 그때 부모님이나 부인에 대해 추상적으로나마 언급했는데도 자네에 대해서는 지로라는 이름조차 입에 담지 않았네. 그리고 오시게인가 하는 누이에 대해서도 아무 말도 하지 않았네.

38

내가 형님에게 말라르메 이야기[58]를 한 것은 슈젠지를 떠나 오다와라로 간 날 밤의 일이네. 자네와는 전공이 다르니 어쩌면 실

---

58 스테판 말라르메(Stéphane Mallarmé, 1842~1898). 프랑스의 대표적인 상징파 시인. 다음에 나오는 말라르메 이야기 역시 소세키가 외국 잡지에서 본 것이다. 그 잡지는 앞에서 나온 마테를링크의 논문이 실린 것과 같은 잡지로, 그해 8월 호에 실린 Aldert Hass의 「Pariser Bohemezeitschriften」이라는, 그리고 '1896년의 추억'이라는 소제목이 붙은 수필에 나오는 이야기이다.

례가 되지 않을까 싶어 덧붙이는데, 말라르메는 프랑스의 유명한 시인이네. 이런 나도 실은 그 이름밖에 모르네. 그러니 이야기라고 해봤자 작품 비평 같은 건 아니네. 도쿄를 떠나기 전에 늘 구입하는 외국 잡지를 펼쳐 잠깐 훑어보니 거기에 이 시인의 일화가 있었네. 재미있다 싶어 기억하고 있어서 나는 그만 그 이야기를 들어 형님의 반성을 촉구해보고 싶어진 거였네.

말라르메라는 사람에게도 젊은 숭배자가 많았네. 그들은 자주 그의 집에 모여 밤늦도록 그의 이야기에 귀를 기울였는데, 아무리 많은 사람들이 밀어닥쳐도 그가 앉는 자리는 반드시 난로 옆의 흔들의자로 정해져 있었네. 이는 오래된 습관으로 정해진 규칙처럼 아무도 어기는 자가 없었다는 거네. 그런데 어느 날 밤 새로운 손님이 찾아왔다네. 필시 영국의 시먼스[59]였을 거라고 하는데, 그 손님은 그때까지의 습관을 전혀 몰랐기 때문에 어떤 자리의 어떤 의자에 앉든 마찬가지일 거라고 생각한 건지, 당연하다는 듯이 말라르메가 앉아야 할 그 특별한 의자에 앉고 말았다네. 말라르메는 불안해졌다네. 평소처럼 이야기에 집중할 수가 없었지. 좌중의 흥은 깨지고 말았다네.

"이 얼마나 답답한 일인가?"

나는 말라르메 이야기를 하고 나서 이 한마디로 단안을 내렸네. 그리고 형님을 향해 "자네의 답답함은 말라르메보다 정도가 심하네" 하고 말했네.

형님은 예민한 사람이네. 미적으로도 윤리적으로도 지적으로

---

59 아서 시먼스(Arthur William Symons, 1865~1945). 영국의 시인으로 프랑스의 상징파, 고답파의 영향을 받았으며 영국 상징시 운동의 선구자가 되었다.

도 지나치게 예민하여 결국 자신을 괴롭히기 위해 태어난 듯한 결과에 빠져 있지. 형님에게는 갑이든 을이든 상관없다는 무던한 구석이 없네. 반드시 갑이나 을 어느 한쪽이 아니면 받아들일 수가 없는 거네. 게다가 갑이라면 갑의 형태든 정도든, 색조가 형님이 생각하는 대로 딱 맞아떨어지지 않으면 수긍하지 못하는 거지. 형님은 자신이 예민한 만큼 자신이 그렇게 생각한, 철사처럼 아슬아슬한 선 위를 건너며 생활하고 있네. 그 대신 상대도 똑같이 아슬아슬한 철사 위를 헛디디지 않고 나아가지 않으면 참지 못하지. 하지만 이것이 형님의 제멋대로 된 성격에서 온 거라고 생각하면 잘못이네. 형님의 기대대로 움직여주는 세상을 상상해보면 그건 지금 세상보다 훨씬 앞선 세상이어야 하네. 따라서 형님은 미적으로도 지적으로도, 또는 윤리적으로도 자신만큼 앞서지 못한 세상을 꺼리고 싫어하는 거네. 그러니 단순히 제멋대로 된 성격과는 다른 걸세. 의자를 빼앗기고 불안해진 말라르메의 답답함은 아닐 거라는 거지.

하지만 괴로움은 어쩌면 그 이상일지도 모르네. 나는 어떻게든 그 괴로움에서 형님을 구해내고 싶다고 늘 생각하네. 형님도 스스로 그 괴로움을 견뎌내지 못하고 물에 빠진 사람처럼 오로지 발버둥만 치고 있지. 내게는 마음속의 그 싸움이 잘 보인다네. 그러나 천부의 능력과 교양의 연마로 가까스로 날카로워진 형님의 눈을 그저 안정을 줄 목적으로 다시 어둡게 해야 한다는 사실이 인생에서 어떤 의의를 가질 수 있겠나? 설령 의의가 있다고 한들 인간으로서 할 수 있는 일이겠나?

나는 잘 알고 있었네. 생각하고, 생각하고 또 생각한 형님의 머

리에는 피와 눈물로 쓰인 종교라는 두 글자가 최후의 수단으로
아우성치고 있다는 것을 알고 있었던 거네.

39

"죽거나 미치거나, 아니면 종교에 입문하거나, 내 앞에는 이 세
가지 길밖에 없네."

형님은 역시 이렇게 말했네. 그때 형님의 얼굴은 오히려 절망
의 골짜기를 향해 가는 사람처럼 보였지.

"하지만 종교에는 아무래도 입문할 수 없을 것 같네. 죽는 것
도 미련에 막힐 것 같고. 그렇다면 미치광이지. 그런데 미래의 나
는 그만두고, 현재의 나는 제정신일까? 진작에 어떻게 된 게 아닐
까? 난 무서워 견딜 수가 없네."

형님은 일어나서 툇마루로 나갔네. 난간에 기대어 거기서 보이
는 바다를 한동안 바라보았지. 그러고 나서 방 앞으로 두세 번 왔
다 갔다 한 후 다시 원래의 자리로 돌아왔네.

"기껏 의자 하나 잃고 마음의 평화가 흐트러진 말라르메는 행
복한 사람이지. 난 이제 대부분 잃었네. 겨우 내 소유로 남아 있
는 이 육체마저(이 손이나 발마저) 거리낌 없이 나를 배신할 정도니
까."

형님의 이 말은 적당히 하는 형용이 아니네. 예전부터 내성(內
省)의 힘이 강했던 형은 너무 생각한 결과 지금은 그 힘의 위압
에 괴로워하는 거라네. 형님은 자신의 마음이 어떤 상태에 있든

일단 그걸 돌아보고 음미하지 않고는 결코 앞으로 나아갈 수 없는 거네. 그러니 형님의 목숨은 그 흐름이 매순간 뚝뚝 끊기는 거네. 밥을 먹고 있을 때 1분마다 벨이 울려 전화를 받는 거나 마찬가지로 괴로울 게 틀림없네. 하지만 중단시키는 것도 형님의 마음이라면 중단되는 것도 형님의 마음이니까 형님은 결국 두 개의 마음에 지배당하고 있고 그 두 개의 마음이 시어머니와 며느리처럼 아침부터 밤까지 비난하거나 비난당하니 한시도 안심할 수가 없는 거네.

나는 형님의 이야기를 듣고서야 아무것도 생각하지 않는 사람의 얼굴이 가장 고상하다고 했던 형님의 마음을 이해할 수 있었네. 형님이 그런 판단에 이른 것은 전적으로 생각한 덕분이네. 하지만 생각한 덕분에 그 경계에는 들어갈 수가 없네. 형님은 행복해지고 싶어 그저 행복에 대한 연구만 한 것이네. 그런데 아무리 연구를 거듭해도 행복은 여전히 강 건너편에 있었던 거네.

나는 결국 형님 앞에서 신이라는 말을 꺼냈네. 그리고 생각지도 않게 돌연 형님에게 머리를 얻어맞았네. 하지만 이는 오다와라에서 일어난 마지막 장면이네. 머리를 얻어맞기 전에 아직 한 대목이 있으니 우선 그것부터 보고하려고 하네. 그런데 앞에서도 말한 대로 자네와 나는 전공이 전혀 다르니 경우에 따라선 내가 하는 말이 자네에게는 이상하게 아는 체하는 듯한 쓸데없는 말로 들릴지도 모르겠네. 그래서 자네에게는 별 관련도 없는 외국어를 쓸 때는 더욱 망설이게 되는데, 그래서 불필요하다고 생각되는 한 되도록 그런 단어는 생략하고 있으니 자네도 그런 줄 알고 허심탄회하게 읽어주기 바라네. 자네 마음에 조금이라도 경박하다는 의심이 든다면 애써 적는 글이 앞뒤에 걸쳐 아무런 도움이 되지 못할 염려가 있어서라네.

내가 아직 학교에 다니던 무렵 어떤 책에서 무함마드에 대해 전해 내려오는 이야기를 읽은 적이 있네. 무함마드는 건너편에 보이는 커다란 산을 자신의 발밑으로 불러들여 보이겠다고 말했다 하네. 그걸 보고 싶은 사람은 몇 월 며칠 어디로 모이라고 했다네.

40

그날이 되어 수많은 군중이 무함마드 주위를 에워쌌을 때 그는 약속대로 커다란 소리를 질러 건너편 산에게 이쪽으로 오라고 명령했네. 그러나 산은 꿈쩍도 하지 않았지. 무함마드는 점잖은 사람으로, 다시 똑같은 호령을 했네. 그래도 산은 여전히 가만히 있었네. 무함마드는 결국 세 번째 호령을 반복해야 했네. 하지만 세 번을 불러도 움직일 기미가 보이지 않는 산을 보았을 때 그는 군중에게 말했지. "나는 약속대로 산을 불러들였다. 하지만 산은 오고 싶지 않은 것 같다. 산이 와주지 않는 이상 내가 갈 수밖에 다른 도리가 없다." 무함마드는 이렇게 말하고 산 쪽으로 성큼성큼 걸어갔다고 하네.

이 이야기를 읽을 당시 나는 아직 어렸다네. 나는 아주 우스운 이야기를 들었다고 생각하고 그 이야기를 여기저기 하고 다녔네. 그런데 그중에 한 선배가 있었네. 다들 웃었는데 그 선배만은 "아,

좋은 이야기야. 종교의 본뜻은 거기에 있지. 그게 다야" 하고 말했네. 나는 알지도 못하면서 그 말에 귀를 기울였다네. 내가 오다와라에서 형님에게 그 이야기를 한 것은, 그로부터 몇 년 후인데 이야기는 같아도 더 이상 웃기기 위한 게 아니었네.

"왜 산 쪽으로 걸어가지 않나?"

내가 형님에게 이렇게 말해도 형님은 잠자코 있었네. 나는 형님에게 내 생각이 제대로 전해지지 않았나 싶어 덧붙였네.

"자넨 산을 불러들이는 사람이네. 불러들이고 오지 않으면 화를 내는 사람이지. 발을 동동 구르며 분해하는 사람이네. 그리고 산을 나쁘게 비판하는 일만 생각하는 사람이지. 왜 산 쪽으로 걸어갈 생각은 안 하나?"

"혹시 그쪽이 이쪽으로 와야 할 의무가 있다면 어떤가?" 형님이 말했네.

"그쪽에 의무가 있든 말든 이쪽에 필요가 있다면 이쪽이 가면 되는 일 아닌가?" 내가 대답했네.

"의무가 없는 곳에 필요가 있을 리 없지." 형님이 주장했네.

"그럼 행복을 위해 가는 거지. 필요 때문에 가고 싶지 않다면 말이네." 내가 다시 대답했네.

형님은 다시 입을 다물었네. 내 말의 의미를 형님은 잘 알고 있었지. 하지만 시비, 선악, 미추의 구별에서 자신이 지금까지 키워온 높은 기준을 생활의 중심으로 삼지 않으면 살아갈 수 없는 형님은 그걸 선뜻 내던지고 행복을 구할 마음이 들지 않는 거네. 오히려 거기에 매달려 행복을 얻으려고 초조해하는 거지. 그리고 그 모순도 형님은 잘 알고 있네.

"자신을 생활의 중심으로 생각하지 않고 깨끗이 내던지면 좀 더 편해질 거네." 내가 다시 형님에게 말했네.

"그럼 뭘 중심으로 살아가지?" 형님이 물었네.

"신이지." 내가 대답했네.

"신이란 뭔가?" 형님이 다시 물었네.

나는 여기서 잠깐 고백하지 않으면 안 되네. 나와 형님이 주고받은 이런 문답을 읽게 될 자네에게는 내가 자못 종교가인 듯 비칠지도 모르겠지만, 그리고 내가 어떻게든 형님을 신앙의 길로 이끌려고 애쓰고 있는 것으로 보일지도 모르겠지만, 사실 나는 예수와도 무함마드와도 전혀 인연이 없는 지극히 평범한 사람에 지나지 않네. 종교라는 것을 그다지 필요로 하지도 않고 멍하니 자란 자연의 야인이네. 아무튼 이야기가 그쪽으로 향하는 것은 전적으로 형님이라는 심각한 번민가를 옆에 두고 있었기 때문이네.

41

내가 형님에게 얻어맞은 원인도 바로 거기에 있었네. 사실 나는 신을 제대로 모르는 주제에 신이라는 말을 입에 담았네. 형님으로부터 반문을 받았을 때 그건 천(天)이나 명(命)이라는 의미와 같은 거라고 막연히 대답해두었다면 그래도 나았을지 모르지. 그런데 앞뒤 이야기의 맥락상 내게는 그런 설명을 할 여유가 없었네. 그때의 문답은 아마 다음과 같은 순서로 진행되었을 거네.

나 : "세상일이 자기 생각대로만 되는 게 아니라면 거기에 자신

이외의 의지가 작동하고 있다는 사실을 인정해야겠지.”

“인정하고 있네.”

나 : “그리고 그 의지는 자네의 의지보다 훨씬 위대하지 않은 가?”

“위대할지도 모르지, 내가 지니까. 하지만 대체로 내 의지보다 선하지도 않고 아름답지도 않고 진실하지도 않네. 나는 그들에게 질 리가 없을 텐데도 지네. 그러니 화가 나는 걸세.”

나 : “그건 약한 사람들끼리의 심한 경쟁을 말하는 거 아닌가? 내 말은 그게 아니라 좀 더 큰 것을 가리킨다네.”

“그렇게 애매한 게 어디 있겠나?”

나 : “없으면 자네를 구제할 수 없는 거지.”

“그럼 잠시 있다고 가정하고…….”

나 : “모든 걸 거기에 위임하는 거지. 아무쪼록 잘 부탁드린다고 말하면서. 이보게, 인력거를 타면 인력거꾼이 떨어뜨리지 않게 잘 끌어주겠지 하고 안심하며 그 안에서 잘 수는 없나?”

“나는 인력거꾼만큼 신용할 수 있는 신을 모르네. 자네도 그렇지 않나? 자네가 하는 말은 전적으로 나를 위해 마련한 설교지, 자네 자신에게 실행할 경전은 아니잖은가?”

나 : “그렇지 않네.”

“그럼 자네는 완전히 자아를 내던지고 있군.”

나 : “뭐, 그렇지.”

“죽든 살든 신이 알아서 잘 처리해줄 거라고 믿고 안심하는 거로군.”

나 : “뭐, 그런 셈이지.”

나는 형님에게 이렇게 추궁당했을 때 점차 위태로워지는 느낌이 들었네. 하지만 앞뒤의 기세가 자신을 한창 지배하고 있는 상태라 어떻게 할 도리가 없었네. 그러자 형님이 돌연 손을 들어 내 따귀를 찰싹 때렸네.

나는 알다시피 신경이 상당히 둔한 성격이네. 덕분에 오늘까지 그다지 남과 다툰 적도 없고 또 남을 화나게 하지도 않고 지내왔지. 둔한 탓이기도 하겠지만, 나는 어렸을 때도 부모님에게 맞아본 적이 없네. 성인이 되고 나서도 물론이지. 난생처음 얼굴에 손찌검을 당한 나는 그때 나도 모르게 발끈했네.

"무슨 짓인가?"

"그것 보게."

나는 이 '그것 보게'라는 말을 이해할 수 없었네.

"난폭하잖은가?" 하고 나는 말했네.

"그것 보라고. 신을 전혀 신뢰하지 않고 있잖은가? 역시 화를 내지 않는가? 사소한 일로 마음의 균형을 잃어버리지 않는가? 안정이 뒤집히지 않는가?"

나는 아무 대답도 하지 못했네. 또 뭐라고도 대답할 수 없었네. 그사이에 형님은 가만히 자리에서 일어났네. 내 귀에는 통탕거리며 계단을 뛰어 내려가는 형님의 발소리만 남았네.

42

나는 하녀를 불러, 같이 온 손님은 어디로 갔느냐고 물어보았네.

"방금 밖으로 나가셨어요. 아마 해변으로 가셨겠지요."

하녀의 대답이 내 예상과 일치했기에 나는 더 이상 걱정하지 않고 거기에 벌렁 드러누웠네. 그러자 횃대 끝에 걸려 있는 형님의 여름 모자가 바로 눈에 들어왔네. 형님은 이렇게 더운 날씨에 모자도 쓰지 않고 어딘가로 뛰쳐나간 것이네. 자네처럼 형님의 일거수일투족을 걱정하는 사람이 본다면 벌렁 나자빠져 있던 그때의 내 모습은 너무 한가했는지도 모르겠네. 그건 물론 나의 둔한 신경이 벌인 짓임에 틀림없네. 하지만 오로지 둔한 것만으로 설명하는 것 말고 좀 더 참고가 될 만한 점도 섞여 있는 것 같으니 그걸 잠깐 말하겠네.

나는 형님의 머리를 믿고 있었네. 나보다 예민한 형님의 이해력에 존경을 표하고 있었지. 형님은 때로 보통 사람이 이해할 수 없는 말을 불쑥 던진다네. 그걸 이해할 수 없는 사람이나 교육이 부족한 사람의 귀에는 어딘가 금이 간 종소리처럼 이상하게 들리겠지만, 형님을 잘 알고 있는 내게는 오히려 습관적인 말보다 고마운 것이었네. 나는 평소부터 거기에 형님의 특색이 있다는 걸 알아차렸네. 그래서 자네에게 걱정할 필요가 없다고 그렇게 강력하게 거리낌 없이 단언했던 거네. 그렇게 해서 함께 여행을 떠났네. 여행을 떠나고 나서의 형은 지금껏 내가 서술해온 대로인데, 나는 여행지에서 형님을 위해 조금씩 예전의 생각을 정정하지 않으면 안 되었네.

형님의 머리가 나보다 확실하고 반듯하다는 것에 대해서는 지금도 의심할 여지가 전혀 없다고 생각하네. 하지만 인간으로서 지금의 형님은 처음과 비교하면 어딘가 흐트러져 있는 것 같네.

그리고 그렇게 흐트러진 원인을 생각해보면, 확실하고 반듯했던 그의 두뇌 작용 자체에서 나온 것이네. 내 입장에서 보면 반듯한 머리에는 경의를 표하고 싶고 또 흐트러진 마음에는 의심을 품게 되지만 형님 입장에서 보면 반듯한 머리가 곧 흐트러진 마음이네. 그래서 나는 혼란스럽네. 머리는 확실하지만 정신은 어쩌면 좀 이상할지도 모른다, 신용할 수 있다, 하지만 신용할 수 없다. 이렇게 말하면 자네는 그걸 만족할 만한 보고로 받아들일 수 있을까? 이 외에 달리 말할 수 없는 나 스스로도 이미 곤경에 빠지고 말았네.

나는 계단을 쿵쿵거리며 뛰어 내려간 형님을 내버려두고 벌렁 드러누웠네. 나는 그만큼 안심하고 있었네. 모자도 쓰지 않고 나갔으니 곧 돌아올 게 뻔하다고 생각한 거네. 하지만 형님은 예상대로 그리 쉽사리 돌아오지는 않았네. 그러자 나도 결국 큰대 자로 누워 있을 수 없게 되었네. 나는 끝내 분명한 불안감을 품고 일어났네.

해변으로 나가자 해는 어느새 구름에 가려 있었네. 흐릿하게 찌푸리기 시작한 하늘과 그 아래에 있는 바다와 해변이 같은 회색을 띠어 어쩐지 울적해 보이는 가운데 묘하게 미적지근한 바람이 비린내를 풍기며 불어왔네. 나는 그 회색을 채색하는 한 점으로 건너편의 파도가 밀어닥치는 물가에 웅크리고 있는 형님의 하얀 모습을 발견했네. 나는 잠자코 그쪽으로 걸어갔네. 내가 뒤에서 말을 걸었을 때 형님은 바로 일어나 "아까는 실례했네" 하고 말했네.

형님은 정처도 없이 그 근방을 한없이 걸어 다니다가 지칠 대로 지친 나머지 그 자리에 주저앉고 말았다고 했네.

"산으로 가세. 이제 여기도 질렸어. 산으로 가세."

형님은 당장이라도 산으로 가고 싶어 하는 것 같았네.

43

우리는 그날 밤 결국 산으로 가게 되었네. 산이라고 해도 오다와라에서 금방 갈 수 있는 곳은 하코네(箱根)[60]밖에 없네. 나는 그 통속적인 온천장으로 가장 통속적이지 않은 형님을 데려간 거네. 형님은 처음부터 필시 떠들썩할 게 틀림없다고 말했네. 그래도 산이니 이삼일은 견딜 수 있을 거라고 했네.

"견디러 온천장에 가다니 안타까운 얘기로군."

그때 형님의 입에서 나온 자조 섞인 말이었네. 생각했던 대로 형님은 도착한 날 밤부터 옆방 손님들이 떠드는 소리를 견디지 않으면 안 되었네. 그 사람들은 도쿄 사람인지 요코하마 사람인지 모르겠지만, 말투로 보면 장사꾼이나 청부업자, 거간꾼 같은 부류 같았네. 때때로 엉뚱하게 큰 소리를 질렀네. 방약무인하게 떠들어댔지. 그런 일에 신경 쓰지 않는 나조차도 적이 질리고 말았네. 그 덕분에 그날 밤에는 형님도 나도 까다로운 이야기는 전혀 하지 않고 잠을 자버렸네. 결국 옆방 사람들이 우리의 사색을 파괴하기 위해 떠들어댄 셈이었지.

60 하코네야마(箱根山) 일대의 온천지로 오다와라 서쪽에 해당한다.

이튿날 아침 내가 형님에게 "어젯밤에는 잘 잤나?" 하고 묻자 형님은 고개를 저으며 "잠은 무슨. 자네가 정말 부럽네" 하고 대답했네. 나는 도저히 잠들 수 없는 형님의 귀에 대고 밤새도록 요란하게 코를 골았다고 하네.

그날은 새벽녘부터 가랑비가 내렸네. 10시쯤 되자 본격적으로 쏟아지기 시작했지. 정오가 좀 지나서는 다소 거칠어질 낌새마저 보였네. 그러나 형님은 벌떡 일어나더니 옷자락을 허리띠에 질렀네. 이제부터 산속을 걸을 거라는 거였네. 무시무시한 비를 맞으며 깎아지른 깊은 계곡을 무턱대고 걷겠다고 주장했네. 고생 천만한 일이라고 생각했지만 형님을 만류하는 것보다 내가 형님의 뜻에 찬성하는 것이 더 번거롭지 않을 것 같아 그만 "좋지" 하며 나도 옷자락을 허리띠에 질렀다네.

형님은 곧장 숨이 막힐 것 같은 바람을 향해 돌진했네. 물소리인지 하늘 소리인지 뭐라 비유할 수 없는 울림 속을, 지면에서 튀어 오르는 고무공 같은 기세로 서슴없이 뛰어갔네. 그리고 혈관이 터질 것만큼 큰 소리로 그저 와아 하고 외치는 거네. 그 기세가 어젯밤 옆방 손님들보다 몇 배나 맹렬했는지 모른다네. 그 소리도 그들보다 훨씬 야수 같았네. 게다가 그 원시적인 외침은 입을 나오자마자 금세 바람에 휩쓸려 가버렸네. 그것을 비가 또 뒤쫓아와 산산조각을 내버렸네. 형님은 잠시 침묵으로 돌아왔네. 하지만 여전히 걸어 다녔지. 숨이 차서 더 이상 걸을 수 없을 때까지 걸어 다녔네.

우리가 물에 빠진 생쥐꼴이 되어 여관으로 돌아온 것은 나간 지 한 시간쯤 되었을까, 아니면 두 시간쯤 되었을까? 나는 몸속 깊숙한 데까지 차가워졌네. 형님은 입술 색이 변해 있었네. 목욕탕에 들어가 몸이 따뜻해졌을 때 형님은 연신 "통쾌하군" 하고 말했네. 자연에 적의가 없으니 아무리 정복당해도 통쾌하겠지. 나는 그저 "수고했네" 하며 욕조 안에서 기분 좋게 발을 뻗었네.

그날 밤에는 예상과 달리 옆방이 쥐 죽은 듯 조용했네. 하녀에게 물어보니 형님을 괴롭혔던 어젯밤의 손님들은 어느새 떠났다고 했네. 내가 형님에게서 생각지도 않은 종교관을 들은 것은 그날 밤의 일이었네. 나는 살짝 놀랐네.

44

자네도 현대의 청년이니 종교라는 고리타분한 말에 그다지 동정을 갖고 있지는 않을 거네. 나도 까다로운 말은 되도록 하지 않고 넘어가고 싶네. 하지만 형님을 이해하기 위해서는 반드시 그걸 언급하지 않으면 안 되네. 자네에게는 흥미도 없을 것이고 또 의외의 일일 수 있겠지만 그걸 삼간다면 정작 중요한 형님을 이해할 수 없게 될 것이니 이 부분을 건너뛰지 말고 참고 읽어주게. 참기만 한다면 자네도 쉽게 이해할 수 있는 일이네. 읽고 형님을 제대로 이해한 뒤에 어르신들이 납득할 수 있도록 알려주게. 나는 형님에 대해 지나치게 마음고생을 하는 어르신들을 정말 안타깝게 생각하네. 하지만 지금은 자네를 통하지 않고는 있는 그대로의 형님을 자네 식구들에게 알릴 방법이 없으니 귀에 선 글이겠지만 자네도 좀 진지한 마음으로 읽어주기 바라네. 내가 취향이 별나서 까다로운 글을 쓰는 게 아니네. 까다로운 것이 살아 있는 형님의 일부라 어쩔 수가 없는 거라네. 그 둘을 떼어놓으면 피와 살로 이루어진 형님도 존재하지 않게 되는 거네.

형님은 신이든 부처든 뭐든 자신 이외에 권위 있는 것을 건립(建立)하는 걸 싫어하네(이 건립이라는 단어도 형님이 사용한 그대로를 내가 따라서 쓰는 거네). 그렇다고 니체처럼 자아를 주장하느냐 하면 그렇지도 않네.

"신은 자기다"라고 형님은 말하네. 형님이 이렇게 강력하게 단안을 내리는 모습을, 모르는 사람이 뒤에서 들으면 좀 이상하다고 생각할지도 모르겠네. 형님은 이상하게 여겨지더라도 어쩔 수 없을 만큼 격렬한 어투를 사용하네.

"그럼 자신이 절대라고 주장하는 것과 마찬가지 아닌가?" 하고 내가 비난했네. 형님은 끄떡도 하지 않았네.

"나는 절대다" 하고 말하는 거네.

이런 문답을 거듭하면 할수록 형님의 모습은 점점 이상해졌네. 모습만이 아니었네. 하는 말도 점차 심상치 않아졌지. 상대가 만약 나 같은 사람이 아니었다면 형님은 마지막까지 가보지도 못하고 순수한 미치광이로 일치감치 매장되었을 거네. 하지만 나는 쉽사리 내칠 만큼 형님을 얕보지 않았네. 나는 결국 형님을 밑바닥까지 밀어붙였지.

형님의 절대라는 말은 철학자의 머리에서 나온 종이 위의 공허한 숫자가 아니었네. 자신이 그 경지에 들어가 직접 경험할 수 있는, 확실히 심리적인 것이었네.

형님은, 순수하게 마음의 안정을 얻은 사람은 구태여 구하지 않아도 자연스럽게 그 경지에 들어갈 수 있다고 말하네. 한번 그 경지에 들어가면 우주도 만물도, 모든 대상이라는 것이 모조리 없어지고 오로지 자신만 존재하게 된다고 했네. 그리고 그때의 자신은 있는지 없는지 분간할 수 없는 거라고 하네. 위대한 것 같기도 하고 또 미천한 것 같기도 하다고 하네. 뭐라고도 명명할 수 없는 거라고 하네. 즉 절대라는 거지. 그리고 그 절대를 경험하는 사람이 갑자기 경종(警鐘) 소리를 듣게 되면 그 소리가 곧 자신이라는 거네. 말을 바꿔 같은 의미를 표현하자면 절대가 곧 상대가 된다는 거지. 따라서 자기 이외에 물건을 두고 남을 만들어 괴로워할 필요가 없어지고 또 괴로움을 당할 염려도 생기지 않는다는 거네.

"근본 취지는 죽어도 살아도 같은 것이 되지 않으면 도저히 안심을 얻을 수 없다는 거지. 모름지기 현대를 초월해야 한다고 말하는 재사(才士)[61]야 어떻든 간에 나는 반드시 생사를 초월하지 않으면 안 된다고 생각하네."

형님은 거의 이를 악무는 기세로 분명히 이렇게 말했네.

---

61 일찍부터 시와 비평에 뛰어난 재능을 발휘한 다카야마 조규(高山樗牛, 1871~1902)를 말한다. 그의 수필 『무제록(無題錄)』에 "모름지기 현대를 초월해야 한다"라는 구절이 있는데, 이는 당시 조규를 상징하는 유명한 말이었다. 소세키는 조규의 비평에는 "작자를 계발하는 건 아무것도 없다"라고 평했다.

45

나는 이 경우에도 내 머리가 형님에게 미치지 못한다는 사실을 고백하지 않을 수 없네. 나는 나라는 인간이 과연 형님이 말하는 경지에 도달할 만한 사람인지를 아직 생각해보지 못했네. 명료한 순서로 자연스럽게 거기에 귀착해가는 형님의 이야기를 들었을 때 아, 역시 그런 거구나, 하고 생각했네. 또 그런 게 아닐 거라고도 생각했네. 아무튼 나는 이러쿵저러쿵 시비를 가릴 만한 자격을 갖추지 못한 사람에 지나지 않네. 나는 열렬히 말하는 형님 앞에 묵묵히 앉아 있었네. 그러자 형님의 태도가 바뀌었지. 내 침묵이 날카로운 형님의 창끝을 무디게 한 일은 지금까지도 몇 번 있었네. 그리고 그건 모두 우연에서 온 것이었네. 물론 형님처럼 총명한 사람에게 어떤 의도에서 입을 다물어 보이는 기교를 부린다면 금세 간파당할 게 뻔하기에 내가 둔한 것도 때로는 이득이 되었을 거네.

"이보게, 나를 그저 말만 잘하는 사람으로 경멸하지는 말게" 하고 말하며 형님은 갑자기 내 앞에 손을 짚고 엎드렸네. 나는 뭐라 대답해야 할지 막막했네.

"자네 같은 중후한 사람이 보면 나 같은 사람은 확실히 경박한 수다쟁이일 거네. 하지만 나는 이래 봬도 입으로 하는 말을 실행하고 싶어 하네. 실행하지 않으면 안 된다고 밤낮으로 계속 생각하고 있다네. 실행하지 않으면 살아 있을 수 없다고까지 진지하게 생각하고 있네."

나는 여전히 뭐라 대답해야 할지 몰라 난감해하고 있었네.

"이보게, 내 생각이 잘못되었다고 생각하나?" 형님이 물었네.

"그렇게 생각하지 않네." 내가 대답했네.

"철저하지 못하다고 생각하나?" 형님이 다시 물었네.

"근본적인 것 같네." 내가 다시 대답했네.

"하지만 어떻게 하면 이렇게 연구적인 내가 실행적인 나로 바뀔 수 있을까? 제발 가르쳐주게." 형님이 부탁했네.

"나한테 어떻게 그런 힘이 있겠나?" 생각지도 못한 나는 거절했네.

"아니, 있네. 자넨 실행적으로 태어난 사람이네. 그러니 행복한 거지. 그래서 그렇게 차분히 있을 수 있는 거라네." 형님이 거듭 말했네.

형님은 진지해 보였네. 나는 그때 망연히 형님을 보고 말했네.

"자네의 지혜는 나보다 훨씬 뛰어나네. 나는 도저히 자넬 구할 수가 없어. 나보다 둔한 사람에게라면 어쩌면 내 힘이 미칠 수 있을지도 모르지. 하지만 나보다 총명한 자네한테는 아무 소용이 없네. 요컨대 자네는 마르고 키가 크게 태어난 사람이고 나는 땅딸막하게 생긴 사람이네. 내 흉내를 내서 뚱뚱해지려고 한다면 자네는 키를 줄이는 수밖에 다른 도리가 없을 거네."

형님의 눈에서는 눈물이 뚝뚝 떨어졌네.

"나는 분명히 절대의 경지를 인정하네. 하지만 내 세계관이 분명해질수록 절대는 내게서 멀어지고 만다네. 요컨대 나는 도면을 펴놓고 지리를 조사하는 사람이었네. 그런데도 각반을 차고 산하를 두루 돌아다니는 현장 사람들과 같은 경험을 하려고 무척 안달하고 있네. 난 멍청한 거네. 나는 모순되었어. 하지만 멍청한 줄도 알고 모순된 줄 알면서도 여전히 발버둥치고 있는 거네. 난 바보야. 자네는 인간으로서 나보다 훨씬 훌륭하네."

형님은 다시 내 앞에 손을 짚고 엎드렸네. 그리고 마치 사죄라도 할 때처럼 머리를 조아렸지. 형님의 눈에서 눈물이 뚝뚝 떨어졌네. 나는 몸 둘 바를 몰랐네.

46

하코네를 떠날 때 형님은 "이런 데는 두 번 다시 오고 싶지 않네" 하고 말했네. 지금까지 지나온 곳 가운데 형님의 마음에 들었던 곳은 아직 한 군데도 없었네. 형님은 누구와 어디를 가든 쉬이 싫증을 내는 사람일 거네. 그도 그럴 테지. 형님에게는 자신의 몸이며 마음부터가 이미 마음에 들지 않으니까. 형님은 자신의 몸이며 마음을, 자신을 배반하는 수상한 것인 양 말하네. 그게 장난삼아 입에서 나오는 대로 아무렇게나 지껄인 말이 아니라는 것은 오늘까지 여러 날을 함께 숙식해온 내겐 잘 이해가 된다네. 그런 내게 있는 그대로의 보고를 받는 자네도 충분히 납득할 거라고 생각하네.

이런 형님과 내가 용케 같이 여행을 하고 있다고 생각할지도 모르겠네. 생각해보면 나도 그게 신기할 정도라네. 앞에서 말한 것처럼 형님을 머릿속에 깊이 넣어두고만 있다면 아무리 둔한 나라도 상대하기가 힘들 거네. 하지만 사실 나는 지금 형님과 이렇게 마주 보고 지내는 것이 그다지 고통스럽지 않네. 적어도 옆에서 상상하는 것보다는 훨씬 편하다고 생각하네. 그러나 그 이유가 뭐냐고 묻는다면 대답하기가 좀 궁하기는 하네. 자네도 그런 형님에 대해 똑같은 경험을 하지 않았나? 만약 똑같은 경험을 하지 않았다면 골육을 나눈 자네보다는 타인인 내가 더 형님과 친밀한 성격을 갖고 태어난 것이겠지. 친밀하다는 것은 그저 사이가 좋다는 의미가 아니네. 어딘지 섞여서 원만해지는 특성을 서로 분담하며 앞으로 나아간다는 뜻이네.

나는 여행을 떠나온 이후 끊임없이 형님의 비위를 건드리는 일을 하기도 하고 그런 말을 하기도 했네. 어떤 때는 머리를 얻어맞기도 했지. 그래도 나는 자네 가정의 모든 식구들 앞에서 형님은 아직 내게 정나미가 떨어지지 않았다는 사실을 분명히 말할 수 있다고 생각하네. 동시에 약간의 약점을 가진 형님을 나는 지금도 진심으로 경애하고 있다는 걸 굳게 믿어 의심치 않네.

형님은 나처럼 평범한 사람 앞에서 고개를 숙이고 눈물을 흘릴 만큼 바른 사람이네. 굳이 그렇게 할 만큼의 용기를 가진 사람이네. 굳이 그렇게 하는 것이 당연하다고 판단할 만큼의 식견을 갖춘 사람이지. 형님의 머리는 지나치게 명민하여 자칫하면 자신을 내버려두고 앞으로 가고 싶어 하네. 마음의 다른 도구가 그의 이지와 보조를 맞춰 앞으로 나아갈 수 없다는 데에 형님의 고통이 있는 거네. 인격에서 보면 거기에 빈틈이 있는 거지. 인격에서 보자면 거기에 파멸이 숨어 있네. 형님을 위해 이 부조화를 슬퍼하는 나는 모든 원인을 지나치게 작동하는 이지의 죄로 돌리면서도 역시 그 이지에 대한 경의를 버릴 수가 없네. 형님을 그저 까다로운 사람, 그저 제멋대로인 사람이라고만 해석해서는 아무리 시간이 흘러도 형님에게 가까이 다가갈 기회는 찾아오지 않을지도 모르네. 따라서 조금이라도 형님의 고통을 덜어줄 기회는 영원히 사라졌다고 볼 수밖에 없을 거네.

앞에서 말한 대로 우리는 하코네를 떠났네. 그리고 곧장 이곳 베니가야쓰의 작은 별장으로 왔네. 나는 그 전에 잠깐 고우즈에 머물 생각으로 암암리에 혼자 결정한 프로그램을 짜두었는데, 결국 형님에게는 그 말을 꺼내지 못하고 말았네. 고우즈에서도 다시 "이런 곳은 두 번 다시 오고 싶지 않네" 하며 화를 낼 것 같았으니까. 게다가 형님은 내가 이 별장 이야기를 꺼내자 자꾸만 여기에 묵고 싶어 했네.

47

무슨 일에나 쉽게 자극을 받는 주제에 어떤 자극에도 끝까지 견디지 못하는 지금의 형님에게는 초암(草庵) 같은 이 별장이 가장 적합한 곳인지도 모르겠네. 형님은 조용한 방에서 골짜기 하나를 사이에 둔 건너편의 높은 벼랑 위의 소나무를 올려다보며 "좋군" 하며 그 자리에 앉았네.

"저 소나무도 자네 소유네."

나는 위로하는 듯한 어조로 일부러 형님의 말투를 흉내 내보았네. 슈젠지에서는 도통 이해할 수 없었던 "저 백합은 내 소유네"라든가 "저 산도 골짜기도 내 소유네" 했던 형님의 말을 떠올렸기 때문이네.

별장에는 관리하는 할아범이 있었는데 그는 우리가 도착하자

자기 집으로 돌아갔네. 그래도 걸레질을 하거나 물을 긷기 위해 아침저녁으로 반드시 한 번씩은 와주었네. 사내 둘이라 물론 밥을 지을 수는 없었네. 우리는 할아범에게 근처 여관에서 세끼 식사를 갖다 달라고 부탁하기로 했네. 밤에는 전등이 있어서 남포등을 켜는 번거로움은 없었네. 이런 까닭에 아침에 일어나서 밤에 잠들 때까지 우리가 꼭 해야 할 일은 이부자리를 펴고 모기장을 치는 정도였네.

"밥을 해 먹는 것보다 편하고 한적하군" 하고 형님이 말했네. 사실 지금까지 지나온 산이나 바다 중에서 이곳이 가장 조용한 것은 틀림없었네. 형님과 잠자코 마주 앉아 있으면 바람 소리조차 들려오지 않는 일이 있었네. 다소 시끄럽다고 생각한 것은 산호수 나뭇잎 사이로 끼익끼익 하며 삐걱거리는 옆집의 두레우물 소리였는데 형님은 의외로 그 소리에는 무관심했네. 형님은 점차 안정을 찾아가는 것 같았네. 나는 좀 더 빨리 형님을 이곳으로 데려왔으면 좋았을걸, 하고 생각했네.

뜰 끝자락에 조그마한 텃밭이 있는데 거기에는 가지와 옥수수가 심어져 있네. 가지를 따서 먹을까 의논했지만 절이는 것이 귀찮아서 그냥 관두기로 했네. 옥수수는 아직 먹을 수 있을 만큼 여물지 않았네. 부엌문 쪽 우물 옆에는 토마토가 자라고 있네. 아침에 세수를 하러 나갔다가 그걸 따서 둘이서 먹었네.

형님은 더위가 한창일 때 이 뜰인지 밭인지 알 수 없는 땅으로 내려와 가만히 웅크리고 있는 일이 있네. 때때로 칸나 꽃의 향기를 맡아보기도 하네. 칸나 꽃에는 향기가 있을 리 없네. 시든 달맞이꽃 꽃잎을 보고 있는 일도 있네. 도착한 날에는 왼쪽 옆집인 부호 별장과의 경계에서 자라는 참억새 옆으로 가서 오랫동안 서 있었네. 나는 방에서 그 모습을 바라보고 있었는데, 아무리 해도 형님이 움직이지 않아서 끝내 툇마루에 있는 조리를 끌고 일부러 옆으로 다가가보았네. 옆집과 우리 거처의 경계는 높이가 1미터 80센티미터쯤 되는 둑인데 때가 때인 만큼 온통 참억새가 뒤덮고 있었네. 형님은 내가 다가가자 뒤를 돌아보며 아래쪽에 있는 참억새 뿌리를 가리켰네.

참억새 뿌리에는 게가 기어가고 있었네. 조그만 게였네. 엄지손톱 크기밖에 안 되었지. 한 마리가 아니었네. 한동안 보고 있으니 한 마리가 두 마리가 되고 두 마리가 세 마리가 되는 거였네. 나중에는 여기저기에 귀찮을 만큼 눈에 띄었네.

"참억새 잎을 건너가는 놈이 있네."

형님은 이런 관찰을 하며 여전히 꼼짝 않고 서 있었네. 나는 형님을 거기에 남겨두고 다시 원래의 자리로 돌아갔네.

형님이 이런 사소한 일에 정신이 팔려 거의 넋을 잃고 있는 모습을 보는 나는 심히 유쾌했네. 이제야 형님을 여행에 데려온 보람이 있다고 생각했을 정도네. 그날 밤 나는 형님에게 그런 의미의 말을 했다네.

48

"아까 자네는 게를 소유하지 않았나?"

내가 형님에게 돌연 이렇게 말하자 형님은 드물게도 하하하하

소리를 내며 유쾌한 듯 웃었네. 슈젠지 이후 내가 이따금 소유라는 말을 묘한 의미로 사용했기 때문에 단지 그걸 우스꽝스럽다고 해석하는 형님에게는 재미있게 들렸겠지. 재미있어하는 것은 화를 내는 것보다야 훨씬 낫지만 사실 나는 좀 더 진지한 거였네.

"절대적으로 소유하고 있었겠지?" 나는 바로 고쳐 말했네. 이번에는 형님도 웃지 않았네. 하지만 아직 아무런 대답도 하지 않았네. 입을 연 것은 또 나였네.

"자네는 일전에 절대, 절대, 하며 어려운 이야기를 했지만 뭐 그렇게 성가신 무리를 해서 절대 같은 데 들어갈 필요는 없지 않을까? 그런 식으로 게를 정신없이 보고 있기만 한다면 조금도 괴롭지 않을 것 같은데 말이야. 우선 절대를 의식하고, 그리고 그 절대가 상대로 변하는 찰나를 포착하고 거기서 두 개의 통일을 발견하는 건 상당히 힘든 일이겠지. 무엇보다 인간에게 가능한 일인지 어떤지 그것조차 불확실한 거 아닌가?"

형님은 아직 내 말을 막으려고 하지 않았네. 여느 때보다 상당히 차분한 것 같았네. 나는 한발 더 나아갔네.

"그보다 거꾸로 가는 게 편리한 거 아닌가?"

"거꾸로라니?"

이렇게 되묻는 형님의 눈에는 진심이 빛나고 있었네.

"그러니까 게에 정신이 팔려서 자신을 잊는 거지. 자신과 대상이 딱 맞아떨어지면 자네의 말대로 되는 거 아닌가?"

"그럴까?"

형님은 어쩐지 어설픈 대답을 했네.

"그럴까라니, 자네는 실제로 실행했잖은가?"

"아, 그렇군."

형님의 이 말은 역시 막연한 것이었네. 나는 그때 문득 내가 지금껏 쓸데없는 말을 했다는 걸 깨달았네. 사실 나는 절대라는 것을 전혀 모르네. 생각도 하지 않았네. 상상을 해본 기억도 없네. 그저 교육 덕분에 그런 말을 사용할 줄 알았을 뿐이네. 하지만 나는 인간으로서 형님보다 침착했네. 침착했다는 것이 형님보다 더 낫다는 의미로 들려서는 면목이 없으니 나는 형님보다 보통에 가까운 심리 상태였다고 고쳐 말하지. 그러니까 친구로서 내가 형님에게 할 수 있는 일은 그저 형님을 나 같은 평범한 처지로 돌려놓는 것뿐이네. 하지만 그것을 다른 말로 하면 비범한 사람을 평범한 사람으로 만든다는 어처구니없는 의미가 되기도 하네. 만약 형님이 고통을 호소하지 않는다면 나 같은 사람이 왜 형님에게 그런 문답을 하겠는가? 형님은 정직하네. 납득이 되지 않으면 끝까지 추궁한다네. 추궁해오면 나는 알 수 없게 되네. 그뿐이라면 그래도 괜찮지만 이런 비평적인 대화를 주고받으면 애써 실행적인 사람이 되기 시작한 형님을 다시 원래의 연구적인 태도로 돌려놓을 염려가 있네. 나는 무엇보다 먼저 그걸 걱정했네. 나는 천하의 온갖 예술품, 높은 산과 큰 강 혹은 미인, 무엇이든 상관없으니 형님의 마음을 몽땅 빼앗아 조금의 연구적 태도도 싹트지 못하게 할 만한 것을 형님에게 주고 싶네. 그리고 한 1년쯤 잠시도 쉴 새 없이 그 모든 세력의 지배를 받게 하고 싶네. 형님이 말하는 뭔가를 소유한다는 말은 필시 뭔가에 소유된다는 의미가 아닐까? 따라서 절대적으로 어떤 것에 소유되는 것은 곧 절대적으로 어떤 것을 소유하게 되는 걸 거라고 생각하네. 신을 믿지 않는 형님은 거기에 이르러서야 비로소 세상에 자리를 잡을 수 있겠지.

49

그제 밤에는 둘이서 해변을 거닐었네. 우리가 머무는 곳에서 해변까지는 3백 미터쯤 되네. 샛길을 지나 일단 큰길로 나갔다가 다시 그 길을 가로질러야 바다가 보인다네. 달이 뜨기에는 아직 이른 시각이었네. 파도는 예상외로 어둡게 움직이고 있었네. 눈이 어둠에 익숙해질 때까지는 물과 둔치의 경계를 확실히 알 수 없었네. 형님은 그 가운데를 무턱대고 척척 걸어갔네. 때때로 미적지근한 물이 발밑을 덮쳤지. 물가로 밀려드는 파도가 납작한 떡처럼 평평하게 퍼져서 의외로 멀리까지 기어올랐네. 나는 뒤에서 형님에게 "게다가 젖지 않나?" 하고 물었네. 형님은 명령이라도 내리듯이 "옷자락을 허리띠에 지르게" 하고 말했네. 형님은 조금 전부터 발을 적실 각오로 옷자락을 허리띠에 지른 것으로 보였네. 4, 5미터 떨어진 내게는 그것도 알 수 없을 만큼 사위는 어두웠네. 하지만 때가 때이기도 하고 피서지인 만큼 사람과 마주쳤네. 그리고 마주친 사람은 어김없이 남녀 쌍이었네. 그들은 약속이나 한 듯이 잠자코 어둠 속을 더듬어 왔지. 그러니 홀연히 우리 앞에 나타날 때까지는 전혀 알아챌 수 없었네. 그들이 스치듯이 우리 옆을 지나칠 때 눈을 들어 살펴보면 젊은 남녀뿐이었네. 나는 그런 쌍을 몇 번이나 만났네.

내가 형님에게서 오사다라는 사람의 이야기를 들은 것은 그때였네. 오사다 씨는 최근에 오사카로 시집을 갔다고 하니까 형님은 그날 저녁에 마주친 몇 쌍의 젊은 남녀로부터 새색시가 된 오사다 씨의 모습이라도 연상했겠지.

형님은 오사다 씨를 집안에서 가장 욕심이 적은 선량한 사람이라고 했네. 그런 사람이 행복하게 태어난 사람이라며 부러워했다네. 자신도 그렇게 되고 싶었다고 했네. 오사다 씨를 모르는 나는 뭐라고도 평할 수 없어 그저 그렇군, 하고만 대답해두었네. 그러자 형님은 "오사다 씨는 자네를 여자로 만든 듯한 사람이네" 하며 모래사장에 멈춰 섰네. 나도 멈춰 섰네.

건너편 높은 곳에서 희미한 등불 하나가 눈에 들어왔네. 낮에 보면 그 부근에 붉은색 건물이 나무 사이에 가려 보였다 안 보였다 했으니 그 등불도 아마 그 붉은색 서양식 건물의 주인이 켜두었을 거네. 밤의 짙은 어둠 속에서 단 하나만 떨어져 있는 별처럼 빛나고 있었네. 내 얼굴은 그 등불을 향하고 있었네. 형님은 다시 파도가 밀려드는 바다를 정면으로 바라보고 서 있었네.

그때 두 사람의 얼굴 위로 문득 피아노 소리가 들려왔네. 그곳은 모래사장에서 2미터쯤 되는 높이로 돌담을 규칙적으로 쌓아올린 곳에 있는 독채였는데, 뜰에서 해변으로 직접 드나들 수 있게 하기 위해선지 돌담 끝에는 계단이 뜰 앞까지 비스듬히 만들어져 있었네. 나는 그 돌계단으로 올라갔네.

뜰에는 집에서 새어 나오는 전등 불빛이 선처럼 떨어졌네. 그 희미한 빛을 받고 있는 지면은 온통 잔디밭이었네. 꽃도 여기저기에 피어 있는 듯했는데 뜰이 어두운 데다 넓어서 확실히 알 수는 없었네. 피아노 소리는 정면으로 보이는, 환하게 불이 켜진 서양식 건물의 한 방에서 흘러나오는 것 같았네.

"서양 사람의 별장인가 보군."

"그렇겠지."

형님과 나는 돌계단의 맨 위쪽 단에 나란히 앉았네. 들리는 것 같기도 하고 들리지 않는 것 같기도 한 피아노 소리가 이따금 우리 두 사람의 귀를 스쳤네. 둘 다 말이 없었지. 형님이 피우는 담배 끝이 이따금 빨개졌을 뿐이네.

50

나는 오사다 씨 이야기가 이어질 거라 생각하고 어둠 속에서 넌지시 형님의 목소리를 기다렸지만 형님은 담배에 매혹당한 사람처럼 이따금 궐련 끝을 빨갛게 할 뿐 좀처럼 입을 열지 않았네. 궐련을 돌계단 밑으로 던지고 내 쪽을 향했을 때는 이미 화제가 오사다 씨를 떠나 있었네. 나는 좀 의외라고 생각했네. 형님의 이야기는 오사다 씨와도 관계가 없을 뿐 아니라 피아노 소리와도, 넓은 잔디밭과도, 아름다운 별장과도, 그리고 피서와도, 여행과도 우리 주변의 모든 것과도, 현재와도 아무런 상관이 없는 옛 스님에 대한 것이었네.

스님의 이름은 분명히 향엄(香嚴)[62]이라고 했네. 흔히 말하듯이 하나를 물으면 열을 답하고 열을 물으면 백을 답했다는, 그야말로 총명하고 영리하게 태어난 사람이었다 하네. 그런데 그 총명함과 영리함이 오도(悟道)에 방해가 되어 시간이 아무리 지나도 득도할 수 없었다고 형님은 말했네. 깨달음을 모르는 내게도 그 의미는 잘 이해가 되었네. 자신의 지혜에 괴로움을 겪고 있는 형님은 더욱 통절하게 와 닿았겠지. 형님은 "정말이지 다지다해(多知多解)가 번민을 낳았던 거지" 하고 특별히 주의를 주었을 정도네.

몇 년 동안 백장(百丈) 선사[63]라는 큰스님 밑에서 참선한 이 스님은 결국 아무것도 얻지 못했는데 스승이 죽고 말았다네. 그래서 이번에는 위산(潙山)[64]이라는 사람 밑으로 갔다네. 위산은, 너처럼 의해식상(意解識想)[65]을 휘둘러 득의양양해하는 자는 도저히 못쓴다며 엄하게 꾸짖었다고 하네. 부모가 너를 낳기 전의 본래 모습[66]이 되어 나오라고 말했다 하네. 스님은 숙소로 돌아와 평소에 독파한 책 속의 지식을 남김없이 점검한 끝에, 아아, 그럼

---

62 당(唐)나라 말기의 승려로 생몰 연대는 알려져 있지 않다. 『백장청규(百丈淸規)』라는 저서로 이름난 선승 백장(百丈)의 가르침을 받다 그가 세상을 뜨자 위산(潙山)의 휘하에 들어갔다. 향엄의 그릇을 알아본 위산이 화두를 던졌다. "너는 백장이 하나를 물으면 열을 답하고, 열을 물으면 백을 답했다. 이는 이치와 지혜, 개념에 매달릴 뿐인 것으로 모두 쓸모없다. 부모가 낳기 전 너의 본래 모습은 무엇이냐." 향엄은 방으로 돌아와 온갖 서적과 선사들의 어록을 뒤졌지만 답을 찾을 수 없었다. 위산에게 답을 물었다. "내가 너에게 답을 한들 그것은 나의 말이지 너의 것이 아니다"라는 말만 돌아왔다. 자신의 재주 없음을 한탄한 향엄은 갖고 있던 책을 모두 불태운 뒤 더 이상 불법을 배우지 않겠다고 결심하고 스승 곁을 떠났다. 길거리에서 자고 먹으며 떠돌던 향엄은 어느 날 주변의 잡초와 나무를 베어 잠자리와 땔감을 마련하다가 무심코 던진 기왓장이 대나무에 부딪치는 소리에 일순 깨침을 얻었다. 감격에 겨운 향엄은 곧바로 몸을 바르게 하고 위산 스님이 계신 곳을 향해 절을 했다. 향엄격죽(香嚴擊竹)이라는 고사다.

63 당나라의 선승(720~814). 선승의 계율을 정한 『백장청규』라는 저서가 있다.

64 당나라의 선승(771~853). 열다섯 살 때 출가하여 백장 선사 밑에서 수행했다.

65 깨달음을 사색이나 인식이라는 지성의 작용에만 의지하는 것을 말하는 불교 용어. 불교에서 의(意)와 식(識)은 모두 정신의 속성으로, 의는 사색, 식은 인식의 작용을 말한다.

66 부모미생이전본래면목(父母未生以前本來面目)이라는 공안(公案)이 있다. '다지다해'나 '의해식상'을 넘어선 절대 경지를 가리킨다. 이는 실제로 참선한 소세키나 『문』의 소스케가 받은 공안이기도 하다.

속의 떡으로는 역시 주린 배를 채울 수 없구나, 하고 탄식했다고
하네. 그래서 지금까지 모은 책을 죄다 태워버렸다네.

"이제 포기했다. 앞으로는 그저 죽이나 먹으며 살자."

이렇게 말한 스님은 그 후 선(禪)의 'ㅅ' 자도 생각하지 않게 되
었다네. 선(善)도 버리고 악(惡)도 버리고 부모에게서 태어나기
전의 모습도 버리고 모든 것을 내던지고 말았지. 그러고 나서 어
느 한적한 곳을 찾아 조그마한 암자를 짓기로 했다네. 그는 거기
에 있는 풀을 베어냈네. 그루터기도 파냈지. 땅을 고르기 위해 거
기에 있는 돌멩이들을 집어 내던졌다네. 그런데 그 돌멩이 하나
가 대밭의 대나무에 맞아 딱 하는 소리를 냈다네. 그는 그 맑은
소리를 듣고 퍼뜩 깨달았다네. 그리고 일격에 소지(所知)를 잃도
다[67], 하며 기뻐했다네.

"어떻게든 향엄처럼 되고 싶네" 하고 형님이 말했네. 형님의 말
이 뭘 의미하는지는 자네도 잘 알 걸세. 일체의 무거운 짐을 내려
놓고 편해지고 싶다는 거였네. 형님에게는 그 무거운 짐을 떠맡
길 신이 없네. 그러니 쓰레기장이든 어디든 버리고 싶다고 하는
거네. 형님은 총명한 점에서는 이 향엄이라는 스님과 많이 닮았
네. 그러니 더더욱 향엄이라는 스님이 부러운 거겠지.

형님의 이야기는 서양 사람의 별장이나 하이칼라한 악기와는
아주 인연이 먼 것이었네. 형님이 어두운 돌계단에서 갯내를 맡
으며 왜 갑자기 그런 이야기를 꺼냈는지, 그건 나도 알 수 없네.
형님의 이야기가 끝났을 무렵에는 피아노 소리도 이미 들리지 않

---

67 한순간의 충격으로 '깨달음의 방해'가 되던 '다지다해'나 '의해식상'에서 해방되는 것. 이는
'향엄격죽'이라는 공안의 하나가 되었다.

왔네. 바닷물에 가깝기 때문인지 밤이슬 때문인지 유카타가 축축해졌지. 나는 형님을 재촉하여 다시 원래 길로 돌아왔네. 거리로 나왔을 때 나는 단골 과자 가게에 들러 만주[68]를 샀네. 만주를 먹으면서 어두운 길을 걸어 숙소까지 돌아왔네. 집을 봐달라고 부탁해둔 할아범의 집 아이는 모기에 물리는 것도 아랑곳하지 않고 쿨쿨 자고 있었네. 나는 남은 만주를 그 아이에게 주고 바로 돌려보냈네.

51

어제 아침을 먹을 때 밥통이 놓인 위치로 인해 내가 형님의 공기를 받아 들고 밥을 담아 주자 형님은 다시 오사다라는 이름을 입에 올렸네. 오사다 씨가 시집을 가기 전에는 바로 지금 내가 한 것처럼 늘 형님의 밥 시중을 들었다고 했네. 어젯밤에는 성격적인 면에서 오사다 씨에게 비교되고 오늘 아침에는 식사 시중으로 인해 또 오사다 씨에게 비유된 나는 나도 모르게 형님에게 질문을 해볼 마음이 들었네.

"자넨 그 오사다 씨라는 사람하고 이렇게 함께 살면 행복해질 수 있다고 생각하나?"

형님은 말없이 젓가락을 입으로 가져갔네. 나는 형님의 태도로 미루어보건대 아마 대답하기 싫어서일 거라고 생각해서 더 이상

---

68 중국의 만두(饅頭)가 일본의 전통 과자로 변형된 것으로 밀가루, 쌀 등의 반죽에 소를 넣고 찌거나 구워서 만든다. 소로는 고구마, 밤 등을 쓴다.

추궁하지 않았네. 그런데 밥을 두세 번 삼키고 나서 형님의 대답이 불쑥 튀어나왔네.

"난 오사다가 행복하게 태어난 사람이라고 했네. 하지만 내가 오사다로 인해 행복해질 수 있을 거라고는 말하지 않았네."

형님의 말은 무척 논리적으로 시종일관하고 옳아 보이네. 하지만 어두운 안쪽에는 이미 모순이 떠돌고 있네. 형님은 어떤 것에도 구애받지 않는 자연스러운 얼굴을 보면 감사하고 싶어질 만큼 기쁘다고 내게 분명히 말한 적이 있네. 그건 자신이 행복하게 태어난 이상 남을 행복하게 하는 일도 가능하다고 말하는 것과 같은 의미 아니겠나? 나는 형님의 얼굴을 보고 히죽히죽 웃었네. 그렇게 되면 형님은 그냥은 물러서지 않는 사람이네. 바로 달려드는 거지.

"아니, 정말 그렇다네. 의심하면 곤란해. 실제로 내가 말한 것은 말한 것이고, 말하지 않은 것은 말하지 않은 거니까."

나는 형님의 말을 거스르고 싶지는 않았네. 하지만 그렇게나 머리가 명민한 형님이 자신이 평소부터 경멸하는 언어상의 논리를 구사하고도 아무렇지 않게 있는 것은 좀 이상하다고 생각했네. 그래서 내가 속으로 생각하고 있던 형님의 모순을 망설이지 않고 말해주었네.

형님은 또 말없이 밥을 두어 번 입에 넣었네. 그때 형님의 공기는 다 비었는데 밥통은 여전히 형님의 손이 닿지 않는 내 옆에 있었네. 나는 다시 한번 밥 시중을 들 생각으로 형님의 코앞으로 손을 뻗었네. 그런데 이번에는 형님이 응하지 않았네. 그쪽으로 밀어달라고 했네.

나는 밥통을 그쪽으로 밀어주었네. 형님은 스스로 주걱을 들고 밥을 고봉으로 담았네. 그러고 나서 공기를 밥상 위에 놓은 채 젓가락도 들지 않고 내게 물었네.

"자네는 결혼 전의 여자와 결혼 후의 여자가 같은 여자라고 생각하나?"

이렇게 되자 나는 쉽사리 대답할 수가 없었네. 평소 그런 걸 생각해보지 않아서 그랬을 거네. 이번에는 내가 밥을 두세 번 연달아 입에 넣고 형님의 설명을 기다렸네.

"시집을 가기 전의 오사다와 시집을 간 후의 오사다는 전혀 다르다네. 지금의 오사다는 이제 남편 때문에 스포일(spoil)되고 말았다네."

"대체 어떤 사람한테 시집을 갔나?" 내가 도중에 물었네.

"어떤 사람한테 시집을 가든 여자는 시집을 가면 남자 때문에 부정해지는 거네. 그런 내가 이미 아내를 얼마나 못쓰게 만들었는지 모르네. 내가 못쓰게 만든 아내한테서 행복을 구하는 것은 너무 억지스러운 일 아니겠나? 행복은 시집을 가서 천진함을 잃게 된 여자한테 요구할 수 있는 게 아니네."

형님은 이렇게 말하자마자 공기를 집어 들고 고봉밥을 게걸스럽게 다 먹어치웠네.

52

이것으로 나는 여행을 떠나고 나서 오늘에 이르기까지의 형에 대해 가능한 한 자세히 썼다고 생각하네. 도쿄를 떠난 것이 바로 어제 같지만 손꼽아보니 벌써 열흘이나 되었네. 내 소식을 믿고 기다렸을 자네나 어르신들께는 이 열흘이 너무 길었을지도 모르겠네. 나도 그건 헤아리고 있네. 하지만 이 편지의 첫머리에서 말한 사정 때문에 이곳에 와서 자리를 잡기까지는 거의 붓을 잡을 여유가 없어 어쩔 수 없이 늦어지고 말았네. 그 대신 지난 열흘 중 형님의 모습은 이 편지에서 하루도 빠지지 않았네. 나는 정성껏 그날그날의 형님을 모조리 이 편지 한 통에 다 담았네. 그게 내 변명이네. 동시에 내 자랑이네. 나는 당초의 기대 이상으로 내 의무를 다할 수 있었다는 자신감과 함께 이 편지를 끝맺게 되었으니까.

내가 쓴 시간은 시곗바늘로 일의 분량을 계산해볼 수 없는 노력이라 숫자로는 말할 수 없네만 상당히 애를 쓴 것만은 분명하네. 나는 난생처음 이렇게 긴 편지를 썼네. 물론 단숨에 쓸 수는 없었네. 하루에 쓸 수도 없었네. 틈이 나는 대로 책상에 앉아 쓰다 만 것을 이어서 써나갔던 거네. 하지만 그건 아무것도 아니네. 만약 내가 본 형님과 내가 이해한 형님이 이 편지 한 통 안에서 살아 움직인다면 나는 지금보다 몇 배의 수고와 노력을 들인다고 해도 마다하지 않을 생각이네.

나는 친애하는 자네의 형님을 위해 이 편지를 쓰네. 그리고 마찬가지로 형님을 친애하는 자네를 위해 이 편지를 쓰네. 마지막으로 자애로움이 가득한 어르신들, 자네와 형님의 아버님이나 어머님을 위해서도 이 편지를 쓰네. 내가 본 형님은 아마 자네나 어르신들이 본 형님과 다를 거네. 내가 이해한 형님 역시 자네나 어르신들이 이해한 형이 아닐 거네. 만약 이 편지가 거기에 기울인 노력에 상당하다면 그 가치는 전적으로 거기에 있다고 생각해주게. 다른 각도에서 똑같은 사람을 보고 다른 방식의 반사를 받은 데 있다고 생각하고 참고해주게.

자네나 어르신들은 형님의 장래에 대해 특별히 명료한 지식을 얻고 싶다고 바랄지도 모르겠네만, 예언자가 아닌 나는 미래에 참견할 자격이 없네. 구름이 하늘을 어둑하게 덮었을 때 비가 내리는 일도 있을 거고 또 비가 내리지 않는 일도 있을 거네. 다만 구름이 하늘에 있는 동안 햇빛을 보지 못하는 것만은 분명한 사실이네. 자네나 어르신들은 형님이 곁에 있는 사람을 불쾌하게 한다며 딱한 형님에게 다소 비난의 의미를 돌리고 있는 모양이네만 자신이 행복하지 않은 사람에게 남을 행복하게 할 힘이 있을 리 없네. 구름에 싸인 태양을 보고 왜 따뜻한 빛을 주지 않느냐고 다그치는 것은 그렇게 다그치는 쪽이 억지일 걸세. 나는 이렇게 함께 있는 동안 가능한 한 형님을 위해 그 구름을 걷어내려 하고 있네. 자네나 어르신들도 형님에게 따뜻한 빛을 바라기 전에 우선 형님의 머리를 에워싸고 있는 구름을 걷어내주는 게 좋을 걸세. 만약 그걸 걷어낼 수 없다면 가족인 자네나 어르신들에게 슬픈 일이 생길지도 모르네. 형님 자신에게도 슬픈 결과가 되겠지. 나도 슬플 거네.

나는 지난 열흘간의 형님에 대해 썼네. 이 열흘간의 형님이 미래의 열흘간에 어떻게 될지가 문제고, 그 문제에는 아무도 답할 수 없네. 설령 다음 열흘간을 내가 보증한다고 한들 다음 한 달, 다음 반년의 형님을 누가 보증하겠는가? 나는 그저 지난 열흘간의 형님을 충실히 썼을 뿐이네. 머리가 예리하지 못한 내가 다시 읽어볼 여유도 없이 그저 붓 가는 대로 쓴 것이니 그 안에는 필시 모순도 있을 걸세. 머리가 예리한 형님의 언행에도 생각지도 못한 곳에 모순이 있을지도 모르네. 하지만 나는 단언하네. 형님은 진지하네. 결코 나를 속이려고 하지 않네. 나도 충실하네. 자네를 속일 생각은 손톱만큼도 없네.

　내가 이 편지를 쓰기 시작했을 때 형님은 쿨쿨 자고 있었네. 이 편지를 다 쓴 지금도 쿨쿨 자고 있네. 나는 우연히 형님이 자고 있을 때 이 편지를 쓰기 시작하여 우연히 형님이 자고 있을 때 마치게 된 나를 묘하게 생각하네. 형님이 이 잠에서 영원히 깨어나지 않는다면 어딘지 정말 행복할 것 같다는 생각이 드네. 동시에 만약 이 잠에서 영원히 깨어나지 않는다면 어쩐지 정말 슬플 것 같다는 생각도 드네.

혼신의 힘을 다해 살아가기

조경란(소설가)

> "아무리 좁은 세계라 하더라도 그 나름대로 사건은 일어난다.
> 그리고 그 자그마한 나와 넓은 세상 사이를 격리시키고 있는
> 이 유리문 안으로 이따금 사람들이 들어온다."
> ─『유리문 안에서』

1

여름 한 달을 도쿄에서 보내고 있는 지 수년째다. 이번 여름은 다른 해와는 같지 않았다. 나쓰메 소세키의 이 책, 『행인』에 관해 글을 쓰게 될 것을 알고 떠났기 때문이다. 해마다 그렇듯 나는 도쿄의 이곳저곳을 그야말로 발길 닿는 대로 걸어 다니곤 한다. 긴자, 신주쿠, 롯폰기, 우에노, 간다, 진보초. 다른 때는 아무 생각 없이 걷고 보고 앉아 있고는 했다. 이번에는 신주쿠 같은 곳에 가면 아, 여기서 나쓰메 소세키가 태어났지, 생각했고 우에노의 세이요켄 앞을 지날 때는 아, 여기가

『행인』에서 '나'가 따로 하숙을 구해 나갔을 때 아버지가 찾아와 밥을 먹으러 간 데지, 라는 생각들을 저절로 하게 되었다. 그러고 보니 교토나 오사카, 이즈, 하코네에 있을 때도 그곳을 지나갔거나 그곳에 있었던 나쓰메 소세키의 소설 속 인물들에 대해 떠올리곤 했던 것 같다. 조카들이나 가족들이 내가 일본의 어딜 가든 나쓰메 소세키 이야기를 너무 많이 한다고 투덜거려도 어쩔 수가 없다. 나에게 일본, 도쿄란 나쓰메 소세키를 빼놓고는 떠올릴 수 없는 곳이니까.

10여 년 전에 나는 미국 아이오와 대학의 국제문예프로그램에 참가하고 있었다. 일본에서 온 작가가 한 명 있었는데 어느 날 그가 나에게 일본 작가 중에 누구의 작품을 좋아하느냐, 뭐 그런 비슷한 질문을 했다. 그때 내가 한 대답은 지금도 한 자도 빼지 않고 기억할 수 있다. 같은 질문을 받는다면 나는 지금 같은 대답을 할 테니까. 내 대답을 듣고 그 젊은 일본 작가는 씩 웃었다. 그래, 뭔지 알겠어, 하는 표정으로 말이다. 그 1년 후 우리는 도쿄에서 다시 만났다. 그러자 이번에는 그가 나에게 이렇게 고백하듯 말했다. 글도 안 써지고 사는 것도 재미가 없어지고 40세가 넘어가는데 문득 이런 생각이 들었다, 나쓰메 소세키라면 지금 내 나이에 어떤 소설을 쓸까? 라고, 그래서 나쓰메 소세키의 『마음』을 기리고 패러디해서 쓴 장편소설이 있다고. 그 소설은 그 작가의 대표작 중 하나가 되었다.

그 이전의 나는 관악구의 작은 방에서 오직 책 읽기만으로 하루하루를 살아내곤 하던 문청(文靑)이었다. 20대 초반이면 젊다고 말해도 좋을 것이다. 어떤 이는 희망도 있고 미래도 있는 나이라고 말할지도 모른다. 그 당시의 나에게는 전혀 없는 것들이었다. 가능성도 꿈도 욕망도. 지금도 종종 나는 그 시절을 떠올리곤 하는데, 이따금 오싹해지는 순간도 있다. 그 막막했던 때 만약 내가 '책'이라는 거대한 생명을 만나지 못했더라면 인생이 어떻게 흘러가버렸을까 싶은 두려움이 들어서. 그 시절에 내가 만난 작가, 나에게 소설이란 무엇인가에 대해 들려주고 생각하게 한 작가 중의 한 사람, 그가 바로 나쓰메 소세키이다.

2

『행인』은 나쓰메 소세키가 마흔다섯 살이었던 1912년 12월부터 이듬해 4월까지《아사히 신문》에 연재했다가 건강 악화로 중단, 다시 가을부터 연재를 재개해 11월에 완성한 장편소설이다. 『행인』은 『춘분 지나고까지』, 『마음』과 더불어 나쓰메 소세키의 후기 '에고(ego) 3부작'이라고 일컬어지기도 한다. 그만큼 이 『행인』에서 작가는 화자인 나, 그리고 형인 이치로, 형수 나오와의 관계를 통해서 존재가 갖고 있는 에고이즘과 불신, 그리고 사람은 사람의 마음을 얼마나 알 수 있는가? 하는 존재론적 질문을 던진다. '친구', '형', '돌아오고 나서', '번뇌', 이렇게 네 개의 장(章)으로 나누어진 이 소설에서 각각 화자인 나와 친구 미사와와의 관계, 나와 형, 나와 가족, 형의 불안을 부각시켜서 보여준다. 특히 두 번째 장인 '형'에서 형인 이치로가 나를 불러 형수 나오의 마음을 시험해봐 달라고 하는 장면에서 소설은 곧장 클라이맥스로 달려가는 것처럼 보인다.

"형수님의 정조를 시험하다니요, ……그런 건 관두는 게 좋아요."
"왜지?"
"왜라니요, 너무 어처구니가 없잖아요."
"뭐가 어처구니가 없는데?"

"어처구니가 없지 않을지도 모르지만 필요하지 않은 일이잖아요."

"필요한 일이니까 부탁하는 거야."

(……)

"시험하다니, 어떻게 하면 시험당하는 건데요?"

"네가 나오와 단둘이 와카야마에 가서 하룻밤을 묵기만 하면 돼."

"말도 안 돼요." 나는 한마디로 물리쳤다. 그러자 이번에는 형이 입을 다물었다. 나도 물론 입을 다물고 있었다. 바다에 내리쬐는 석양빛이 점차 엷어지면서 여전히 남아 있는 열을 붉게 먼 저편으로 길게 뻗치고 있었다.

"싫어?" 형이 물었다.

"예, 다른 일이라면 모를까 그것만은 싫습니다." 나는 딱 잘라 말했다.

"그럼 부탁하지 않겠다. 그 대신 널 평생 의심하마." (147~148쪽)

형과 동생은 이런 대화를 나눈다. 동생 지로의 말처럼 처음 읽을 땐 이치로가 어처구니가 없게 느껴질지도 모르겠다. 그러나 그가 동생에게 사람의 마음을 어떻게 하면 알 수 있을까? 라고 물어볼 때, 혹은 이치로가 동생에게 "나는 무슨 일이 있어도 여자의 영혼, 이른바 정신 (spirit)을 얻지 못하면 만족할 수 없다"(138쪽)라고 말할 때 나는 비로소 그를 이해할 수 있다는 느낌을 받게 된다. 어쩌면 그것은 이치로가 『행인』에서 사람과 사랑의 믿음에 대해 끝없이 질문하고 답을 찾고자 하는, 작가에게 가장 큰 역할을 부여받은 인물이라는 것을 알게 되었기 때문인지도 모를 테지만 말이다.

사람은 철저하게 이기적이기도 이타적이기도 어렵다. 타인을 있는 그대로 받아들이기도 믿기도 어렵다. 가족이라고 해도 마찬가지다.

동생은 형을 설득하려고 하지만 실패한다. 게다가 형수 나오와 어쩔 수 없이 떠난 당일 여행길에서 태풍을 만나게 돼버린다. 연락도 할 수 없었던 하룻밤이 지나가고 지로의 의지와 상관없이 형의 불신은 커져만 간다. 이치로의 입장에서 보면 신뢰할 수 있는 건 이제 아무것도 없는 것 같다. 이치로는 자신의 태생적인 고독 속으로 더 깊게 빠져들고 가족들은 속수무책일 뿐이다. 정신을 얻지 못하면 만족할 수 없다는 이치로의 말은 이 책을 다 읽고 나도, 시간이 흘러도 잊을 수가 없다. 그것은 이치로가 염세적이거나 자기중심적인 사람이라서가 아니다. 그가 천천히 신에게 질문하고 신에게 다가가고 있는 게 느껴져서……, 그 절박함과 고통이.

그가 "인간이 만든 부부라는 관계보다는 사실 자연이 만들어낸 연애가 더 신성하니까, 그래서 시간이 흘러감에 따라 좁은 사회가 만들어낸 답답한 도덕을 벗어버리고 커다란 자연의 법칙을 찬미하는 목소리만이 우리 귀를 자극하도록 남겨진 게 아닐까?"(261~262쪽)라고 동생 지로에게 털어놓을 때 그는 한 발자국 더 신에게 가까이 다가가고 있는 것 같아 보인다. 그런 사람에게 남은 건 무엇일까? 책장을 넘길수록 나도 모르게 긴장되고 이치로가 원하는 그 무언가를 조금이나마 얻게 되기를 바라게 되는 것이다.

4장 '번뇌'에서 여행을 떠난 이치로가 "죽거나 미치거나, 아니면 종교에 입문하거나, 내 앞에는 이 세 가지 길밖에 없네"(381쪽)라고 한 말은 그래서 의미심장해지고 그 "미적으로도 윤리적으로도 지적으로도 예민"한 사람이 택할 수밖에 없는 삶의 방식에 이해와 안타까운 마음이 동시에 몰려든다. 그러나 지금까지 몇 번이고 거듭 이 책을 읽어온 나로서는 이치로라는 인물에게 근대를 살아가는 지식인의 광기니

도덕적 집착이니 하는 말들은 쓰고 싶지 않다. 그는 다만 다른 이들보다 조금 더 삶에 집착했고 몰두했을 뿐. 이『행인』은 형인 이치로나 형수인 나오, 화자인 지로의 이야기만은 아니다. 그야말로 이 생(生)을 지나가는 사람들, 우리들의 이야기에 가깝다. 고독과 절망에 싸여 있지만 어떻게든 살아보려고, 질문하고 답을 찾아보려고 안간힘을 써보는 사람들, "죽어도 살아도 같은 것이 되지 않으면 도저히 안심을 얻을 수 없"(394쪽)는 그런 사람들.

소위 나쓰메 소세키의 연애 3부작이라 일컬어지는『산시로』,『그 후』,『문』이라는 장편소설들과 이『행인』이 다른 점은 아마도 윤리 문제와 아집 때문에 타인을 불신하게 되는 인간 존재의 근본적인 어리석음과 고뇌를 고집스럽도록 우직하게 보여주었다는 데 있지 않을까. 그래서『행인』이후, 작가가 바로 연재한 소설『마음』을 읽으면 생각이 더 깊어질 수밖에 없게 된다. 오늘날 21세기에도 변함없이 우리가 직면하고 있는 이 실존적 불안과 고뇌에 대해서. 놀라운 것은 나쓰메 소세키가 이런 소설들을 쓴 게 벌써 100년 전이라는 것이다. 그의 소설들이 지금까지도 읽히고, 그가 여전히 일본 근대 문학의 대표 작가라는 사실이 변함없는 이유는 그 당시에 그가 소설 속에서 한 질문들이 여전히 우리들에게 중요한, 해결하지 못한 문제라는 데 있을지도 모른다. 나는 나쓰메 소세키의 소설이 현대적이다, 젊다, 감각적이다라고는 말하지 못한다.『행인』을 비롯해 나쓰메 소세키가 10여 년 동안 작가로 활동하며 쓴 많은 소설들은 고전적이고 사색적이다. 삶의 의미와 살아가는 이유에 대해서 생각하지 않을 수 없게 만든다. 그런 면에서 나쓰메 소세키의 소설은 보다 근본적이며 지적이고 우아하다. 특히나 사회성이 떨어지고 소심하며 내성적이고 고독한, 자기 자신이 세상에서 가장 먼 존재라는 걸 깨닫게 된 나 같은 독자들에게는 더더욱.

3

십대 때부터 나쓰메 소세키의 소설들을 읽고 성장한 나는 어느새 그가 사망한 나이에 가까워지고 있다. 20년째 읽고 쓰는 게 직업이지만 잠이 오지 않는 밤이 많다. 앞을 생각하면 더 그럴 때가 많다. 새로 나온 책들을 읽는 것 외에 예전에 읽었던 책들, 나에게 생각할 거리를 던지고 작가의 꿈을 키우게 한 책들을 읽고 또 읽으면서 그 어두운 밤들을 보낸다. 이따금 나쓰메 소세키가 죽기 직전에 두 제자 아쿠타가와 류노스케, 구메 마사오에게 쓴 편지 중 일부를 읽고 또 읽을 때가 있다.

서둘러서는 안 되네. 머리를 너무 써서는 안 되네. 참을성이 있어야 하네. 세상은 참을성 앞에 머리를 숙인다는 것은 알고 있나? 불꽃은 순간의 기억밖에 주지 않네. 힘차게, 죽을 때까지 밀고 가는 걸세. 그것뿐일세, 결코 상대를 만들어 밀면 안 되네. 상대는 계속해서 나타나게 마련일세, 그리고 우리를 고민하게 한다네. 소는 초연하게 밀고 가네. 무엇을 미느냐고 묻는다면 말해주지. 인간을 미는 것일세. 문사를 미는 것이 아닐세.
　－나쓰메 소세키, 『회상』, 하늘연못

『행인』을 다시 읽는 시간은 예전처럼 고독하지도 않고 정신이 황폐하다고도 느끼지 않았다. 한 사람이 어떻게 '개인'으로 존재할 수 있는지, 불신을 딛고 어떻게 타인과 소통할 수 있는지, 어디로 와서 어디로 가야 하는지에 대해서 그 어느 때보다 깊이 사색하게 되었기 때문이다. 아마도 시간이 더 흐른 뒤 이 책을 다시 읽는다면 그런 질문들에 대한 대답을 찾을 수 있을지도 모르겠다는 생각마저 든 것은 이 '지나가는 자', 『행인』이 준 예기치 못한 선물 같은 것은 아닐까.

나쓰메 소세키는 서른여덟 살이 돼서야 첫 작품을 쓰기 시작했고 그 후 지병이었던 위궤양 악화로 사망하기 전 10여 년 동안 열다섯 편의 중장편소설을 비롯해 단편소설, 에세이 등을 남겼다. 그가 일본의 국민 작가, 근대 문학의 아버지로 불리는 이유는 100여 년 전에 남긴 그 글들이 현재를 살아가는 우리에게 같은, 정신적이며 근본적인 질문을 던지고 있다는 데 있을 것이다. 타자를 타자로 온전히 인정하는 것, 가족과 사회 속에서 개인을 온전한 '자아'로 인정하는 그 모순적 방법과 해결은 근대와 현대, 서양과 동양, 개인 윤리와 사회 윤리라는 이분법으로는 설명될 수 있는 게 아닐 테니까.

또한 그의 어떤 소설을 읽어도 낯설지 않게 다가오는 이유는 그가 대부분의 소설들을 자신의 경험을 바탕으로 썼다는 데 있을지도 모른다. 일본 문학에 대해 말할 때 빼놓을 수 없는 것이 바로 작가 자신의 체험이나 경험을 적극적인 소재로 삼은 소설을 뜻한다는 '사소설(私小說)'이다. 『일본근대문학의 기원』을 쓴 가라타니 고진에 의하면 이 '사적인 것'이 나쓰메 소세키의 경우엔 '문학이란 무엇인가 하는 문제'를 문제 삼은 것이라고 한다.

『행인』이 독자로서의 나에게 진실을 알고 싶어 하는 자의 불안한 내면과 고뇌를 보여주고 실존을 어떻게 통찰해야 하는지에 대해 생각하게 해주었다면, 작가로서의 나에게는 그런 문제들에 대해 질문하는 법, 그리고 그런 무거움을 어떻게 평범하고 물이 흐르듯 자연스럽게 쓸 수 있는지에 대해 가르쳐주었다. 작고 하찮아 보이는 것들 속에도 사건이 있으며 그 중심에 인간성이 존재하고 있다는 것에 대해서도.

나쓰메 소세키가 1907년에 쓴 글 중에 「문예의 철학적 기초」가 있다. 그 글에서 그는 이런 말을 했다. "감정을 활동시키는 사람은 사물의 관계를 음미하는 사람이라고 말했습니다. 사물의 관계를 음미하는 사람은 사물의 관계를 분명히 하지 않으면 안 되고, 또 경우에 따라서는 이 관계를 개조하지 않으면 의미가 발생하지 않기 때문에 감정의 인간은 이미 지식과 이지의 인간이지 않으면 안 되기에 문학가는 철학자이면서 동시에 실행적(實行的) 인간, 곧 창작가임은 말할 필요도 없습니다." (나쓰메 소세키, 『문학예술론』, 소명출판사, 101쪽) 철학자이면서 동시에 실행적 인간. 이 대목에서 나는 깊이 고개를 끄덕거린다. 니체가 말한 것처럼 모든 철학은 전경(前景)의 철학이다. 소설도 그렇다. 삶이 그렇듯이. 길다고 말할 수는 없었던 49년의 생(生), 그는 창작가로서도 한 평범한 사람으로서도 혼신의 힘을 다해 살아갔을 것이다. 그렇지 않았다면 쓸 수 없었던 소설들을 우리는 지금 이 시대에 읽고 있다. 언젠가 그는 소설에 대해 말할 때 '여유 있는 소설'과 '여유 없는 소설'로 구분한 적이 있었다. 나쓰메 소세키의 소설은 '여유(餘裕)' 있는 소설일 거다. 그래서 언제든 우리는 포렴을 들추듯 나쓰메 소세키라는 희귀한 문 안으로 훌쩍 들어갈 수 있는 것이다.

나쓰메 소세키 연보

1867년 0세

2월 9일(음력 1월 5일) 현재의 도쿄 신주쿠(구 에도(江戶) 우시고메바바시타(牛込馬場下))에서 출생. 나쓰메 나오카쓰(夏目直克)와 후처 나쓰메 지에(夏目千枝) 사이에서 5남 3녀 중 막내로 태어남. 본명은 나쓰메 긴노스케(夏目金之助). 태어나자마자 요쓰야(四谷)의 만물상에 양자로 보내졌다가 곧 돌아옴.

1868년 1세

11월, 요쓰야의 시오바라 쇼노스케(鹽原昌之助)와 시오바라 야스(鹽原やす) 부부에게 다시 입양됨.

1870년 3세

천연두에 걸려 얼굴에 흉터가 약간 생김. 흉터는 평생 고민거리가 됨.

1872년 5세

시오바라가의 장남으로 호적에 오름.

1874년 7세

4월, 양부모의 불화로 양모와 함께 잠시 친가로 감.

11월, 아사쿠사(淺草)의 도다 소학교에 입학.

1876년 9세

양아버지가 아사쿠사의 동장에서 면직되어, 소세키는 시오바라가에

적을 둔 채 생가로 돌아옴.

5월, 이치가야(市ヶ谷) 소학교로 전학.

1878년 11세

2월, 친구들과 만든 잡지에 「마사시게론(正成論)」을 발표.

4월, 이치가야 소학교 졸업. 긴카(錦華) 학교 소학심상과(小學尋常科)

 로 전학하고 11월에 졸업.

1879년 12세

3월, 간다(神田)의 도쿄 부립 제1중학교에 입학.

1881년 14세

1월 21일, 생모 나쓰메 지에 사망.

봄에 도쿄 부립 제1중학교 중퇴.

4월경, 한학을 전문으로 가르치는 니쇼(二松) 학사로 전학.

1882년 15세

봄에 니쇼 학사 중퇴.

1883년 16세

봄에 도쿄 대학 예비문(현재의 도쿄 대학 전신 중 하나) 시험 준비를 위해
세이리쓰(成立) 학사에 입학.

1884년 17세

9월, 도쿄 대학 예비문 예과에 입학. 입학 직후 맹장염을 앓음.

1885년 18세

9월, 도쿄 대학 예비문 예과 3급으로 진급.

1886년 19세

7월, 복막염 때문에 학년 말 시험을 치르지 못하고 낙제.
9월, 에토(江東) 의숙 교사가 되어 의숙 기숙사에서 제1고등중학교(도
　쿄 대학 예비문의 후신)에 다님.

1887년 20세

3월에 맏형이, 6월에 둘째 형이 폐결핵으로 사망.
9월, 제1고등중학교 예과에 진급. 이 시기에 과민성 결막염을 앓음.

1888년 21세

1월, 성을 시오바라에서 나쓰메로 복적.

9월, 제1고등중학교 본과에 진학해서 영문학을 전공.

1889년 22세

1월부터 마사오카 시키(正岡子規)와 친해짐.

5월, 시키의 한시 문집인 『나나쿠사슈(七草集)』에 대해 한문으로 평을 씀. 9편의 칠언절구를 덧붙이면서 처음으로 '소세키'라는 호를 사용.

9월, 한문체의 기행문집 『보쿠세쓰로쿠(木屑錄)』 탈고.

1890년 23세

7월, 제1고등중학교 본과 졸업.

9월, 도쿄제국대학 영문학과 입학. 문부성 대비생(貸費生)이 됨.

1891년 24세

7월, 문부성 특대생이 됨. 셋째 형의 부인 도세(登世)가 입덧 때문에 죽자 큰 충격을 받음. 딕슨 교수의 부탁으로 『호조키(方丈記)』를 영역.

1892년 25세

4월 5일, 병역을 피할 목적으로 친가로부터 분가하여 본적을 홋카이도(北海道)로 옮김.

5월, 도쿄 전문학교(현재의 와세다 대학)의 강사가 됨.

8월, 마사오카 시키가 그의 고향인 시코쿠(四國) 마쓰야마(松山)에서 요양 중일 때 방문하여 다카하마 교시(高浜虛子)를 처음 만남.

1893년 26세

7월, 도쿄제국대학을 졸업하고 대학원에 진학.

10월, 도쿄 고등사범학교의 영어 촉탁 교사가 됨.

1894년 27세

12월 말~1895년 1월, 폐결핵에 걸려 가마쿠라(鎌倉)의 엔카쿠지(圓覺寺)에서 참선을 하며 치료에 임함. 일본인이 영문학을 한다는 것에 위화감을 느끼며 이즈음 신경쇠약 증세가 심해짐.

1895년 28세

4월, 시코쿠 에히메(愛媛) 현에 있는 보통중학교에 부임(월급 80엔).

8월~10월, 시키가 마쓰야마로 돌아와 소세키의 하숙집에서 함께 생활. 하이쿠에 열중하며 많은 가작(佳作)을 남김. 이곳에서의 경험은 『도련님(坊っちゃん)』의 소재가 됨.

12월, 귀족원 서기관장(현재의 참의원 사무총장) 나카네 시게카즈(中根重一)의 장녀 나카네 교코(中根鏡子)와 맞선을 보고 약혼.

1896년 29세

4월, 구마모토(熊本)의 제5고등학교 강사로 부임(월급 100엔).

6월 9일, 나카네 교코와 결혼. 구마모토에서 신혼 생활을 시작.

7월, 제5고등학교의 교수가 됨.

1897년 30세

4월, 교사를 그만두고 문학에 전념하고 싶다는 뜻을 시키에게 편지로 알림.

6월 29일, 아버지 나쓰메 나오카쓰 사망.

7월, 교코와 함께 도쿄로 감. 구마모토에서 도쿄까지의 장거리 여행이 원인이 되어 교코가 유산.

12월, 오아마(小天) 온천을 여행하며 『풀베개(草枕)』의 소재를 얻음.

1898년 31세

6월, 제5고등학교 학생으로 문하생이 된 데라다 도라히코(寺田寅彦) 등에게 하이쿠를 지도. 도라히코는 『나는 고양이로소이다(吾輩は猫である)』에 나오는 이학사 간게쓰의 모델로 알려짐.

7월, 교코가 히스테리 증세를 보이며 구마모토 현의 자택 가까이에 흐르는 시라카와(白川)의 이가와부치(井川淵) 하천에 뛰어들어 자살을 기도했지만 근처에 있던 어부가 구함.

1899년 32세

5월, 맏딸 후데코(筆子)가 태어남.

6월, 영어과 주임이 됨.

9월, 구마모토 주위에 있는 아소(阿蘇) 산을 여행하며 『이백십일(二百十日)』의 소재를 얻음.

1900년 33세

6월, 문부성으로부터 영문학 연구를 위해 2년 동안 영국 유학을 다녀오라는 명을 받음(유학비 연 1,800엔).

9월 8일, 요코하마에서 출항.

10월 28일, 런던 도착.

1901년 34세

1월 26일, 둘째 딸 쓰네코(恒子)가 태어남.

5~6월 화학자 이케다 기쿠나에(池田菊苗)가 런던을 방문해서 함께 하숙. 이케다의 영향으로 『문학론』 구상을 결심하고 귀국할 때까지 저술에 몰두.

7월, 신경쇠약 재발.

1902년 35세

3월, 장인 나카네 시게카즈에게 편지를 보내 영일동맹 체결에 들뜬 일본인들을 비판하고 대규모 저술 구상을 언급.

9월, 신경쇠약이 극도로 악화되고, 일본에도 나쓰메 소세키의 증세가 전해짐. 문부성은 독일 유학생 후지시로 데이스케(藤代禎輔)에게 소세키를 데리고 귀국하도록 지시.

11월, 마사오카 시키가 7년 동안 앓던 결핵으로 사망했다는 소식을 다카하마 교시의 편지를 받고 알게 됨.

12월 5일, 일본 우편선에 승선해서 귀국길에 오름.

1903년 36세

1월 24일, 도쿄 도착.

3월, 도쿄 혼고(本鄕) 구(현재의 분쿄 구) 센다기(千駄木)로 이사.

4월, 제1고등학교 강사가 됨(연봉 700엔). 또한 도쿄제국대학 영문과 교수를 겸함(연봉 800엔).

9월, 제1고등학교의 제자인 후지무라 미사오(藤村操)가 게곤(華嚴) 폭포에 몸을 던져 자살하는 사건이 발생. 다시 신경쇠약이 악화됨. 교코와 불화가 심해져 임신 중인 부인을 친정으로 보내고 별거.

10월, 셋째 딸 에이코(榮子)가 태어남.

1904년 37세

2월, 러일전쟁 발발.

7월, 어린 고양이 한 마리가 집에 들어오고, 교코가 귀여워함.

9월, 메이지(明治) 대학 고등예과 강사를 겸함(월급 30엔).

12월, 당시 《호토토기스(ホトトギス)》를 주재하고 있던 다카하마 교시로부터 작품 집필을 권유받고, 『나는 고양이로소이다』 1장을 문학 모임에서 낭독.

1905년 38세

1월~1906년 8월, 『나는 고양이로소이다』를 《호토토기스》에 발표. 1회분으로 끝날 예정이었지만 호평을 받아 11회에 걸쳐 장편으로 연재. 이때부터 작가로 살아갈 뜻을 굳힘.

1월, 「런던탑(倫敦塔)」을 《데이코쿠분가쿠(帝國文學)》에, 「칼라일 박물관(カーライル博物館)」을 《가쿠토(學燈)》에 발표.

4월, 「환영의 방패(幻影の盾)」를 《호토토기스》에 발표.

5월, 「고토노소라네(琴のそら音)」를 《시치닌(七人)》에 발표.

9월, 「하룻밤(一夜)」을 《주오코론(中央公論)》에 발표.

11월, 「해로행(薤露行)」을 《주오코론》에 발표.

12월 14일, 넷째 딸 아이코(愛子)가 태어남.

1906년 39세

1월, 「취미의 유전(趣味の遺伝)」을 《데이코쿠분가쿠》에 발표.

4월, 『도련님』을 《호토토기스》에 발표.

9월, 『풀베개』를 《신쇼세쓰(新小說)》에 발표.

10월, 『이백십일』을 《주오코론》에 발표. 평소에 그의 자택에 출입이
    잦은 문하생들의 방문을 매주 목요일 오후 3시 이후로 정해서 '목
    요회'라고 불리게 됨.

11월, 요미우리(讀賣) 신문사에서 입사 의뢰가 왔으나 거절.

1907년 40세

1월, 『태풍(野分)』을 《호토토기스》에 발표.

4월, 제1고등학교와 도쿄제국대학 강사를 사직. 아사히(朝日) 신문사
    에 소설을 쓰는 전속작가로 입사.

5월, 『문학론』(大倉書店) 출간.

6월 5일, 장남 준이치(純一)가 태어남.

9월, 도쿄 우시고메 구 와세다미나미초(早稻田南町)로 이사. 이후 죽
    을 때까지 소세키 산방(漱石山房)이라고 불린 이 집에서 거주.

6~10월, 『우미인초(虞美人草)』를 《아사히 신문》에 연재.

1908년 41세

1~4월, 『갱부(坑夫)』 연재.

6월, 「문조(文鳥)」 연재(오사카 《아사히 신문》).

7~8월, 「열흘 밤의 꿈(夢十夜)」 발표.

9~12월, 『산시로(三四郎)』 연재.

12월 16일, 차남 신로쿠(伸六)가 태어남.

1909년 42세

1~3월, 「긴 봄날의 소품(永日小品)」 연재.

3월, 『문학평론』(春陽堂) 출간.

6~10월, 『그 후(それから)』 연재.

9월, 남만주철도주식회사 총재인 친구 나카무라 제코의 초대로 만주
와 한국을 여행. 이때 신의주, 평양, 서울, 인천, 부산을 방문함.

10~12월, 기행문 『만한 이곳저곳(滿韓ところどころ)』 연재.

11월, '아사히 문예란'을 새로 만들고 주재함. 위경련으로 고통받음.

1910년 43세

3월 2일, 다섯째 딸 히나코(ひな子)가 태어남.

3~6월, 『문(門)』 연재.

6~7월, 위궤양 때문에 나가요(長与) 위장병원에 입원.

8월, 슈젠지(修善寺) 온천에서 다량의 피를 토하고 위독한 상태에 빠
짐. 이를 '슈젠지의 대환'이라 부름.

10월~1911년 3월, 슈젠지의 체험을 바탕으로 『생각나는 일들(思い出
す事など)』을 32회에 걸쳐 연재.

1911년 44세

2월, 위궤양으로 입원 중에 문부성으로부터 문학박사 학위 수여를 통
지받지만 거절함.

8월, 오사카《아사히 신문》의 의뢰로 간사이(關西) 지방에서 순회 강
연을 함.

10월, '아사히 문예란'이 폐지됨. 아사히 신문사에 사표를 내지만 반

려됨. 다섯째 딸 히나코가 급사함.

1912년 45세

1~4월, 『춘분 지나고까지(彼岸過迄)』 연재. 신경쇠약과 위궤양이 재발
   하여 고통받음.

7월, 메이지 천황 사망. 연호가 다이쇼(大正)로 바뀜.

10월경, 남화풍의 그림을 그림.

12월, 자택에 전화가 들어옴.

12월~1913년 11월, 『행인(行人)』 연재.

1913년 46세

4월, 위궤양이 재발하고 신경쇠약이 심해져 『행인』 연재 중단(9월부터
   재개).

1914년 47세

4~8월, 『마음(こころ)』 연재.

11월, '나의 개인주의'라는 주제로 가쿠슈인(學習院)에서 강연함.

1915년 48세

1월, 제자 데라다 도라히코에게 보낸 연하장에 금년에 죽을지도 모른
   다고 씀.

1~2월, 『유리문 안에서(硝子戶の中)』 연재.

3~4월, 교토(京都) 여행. 위통으로 쓰러짐.

6~9월, 『한눈팔기(道草)』 연재.

12월, 아쿠타가와 류노스케(芥川龍之介), 구메 마사오(久米正雄)가 처음으로 목요회에 참가. 이들은 마지막 문하생이 됨.

1916년 49세

1월, 「점두록(點頭錄)」 연재.

2월, 아쿠타가와 류노스케에게 보낸 편지에서 그의 작품 『코(鼻)』를 격찬함.

4월, 당뇨병 진단을 받고 치료에 들어감.

5~12월, 『명암(明暗)』 연재.

8월, 오전에는 소설을 쓰고 오후에는 한시를 쓰고 그림을 그림.

11월 초, 목요회에서 만년의 사상으로 알려진 칙천거사(則天去私)에 대해 처음 언급함.

11월 16일, 마지막 목요회가 열리고 모리타 소헤이, 아베 요시시게, 아쿠타가와 류노스케, 구메 마사오 등이 출석함.

11월 21일, 위궤양 악화로 쓰러짐.

12월 2일, 내출혈로 다시 위독한 상태에 빠짐.

12월 9일 오후 6시 45분 사망.

12월 14일, 도쿄 《아사히 신문》에 연재되던 『명암』이 제188회를 마지막으로 연재 중단됨.

장례식 접수는 아쿠타가와 류노스케가 담당했으며 모리 오가이를 비롯한 많은 명사들이 조문함.

12월 28일, 도쿄 도시마(豊島) 구에 있는 조시가야(雑司ヶ谷) 묘원에 안장됨. 조시가야 묘원은 『마음』의 주인공 K가 자살 후 묻힌 장소임.

처음에는 지로와 형수 사이의 묘한 감정의 흔들림에 혹했다. 그렇게 읽고 이 작품을 사랑했다. 어쩔 수 없이 천천히 읽어야 하는 번역을 하면서는 소세키 자신이 눈에 들어왔다. 소설 속 인물을 통해 자신을 아프게 분해하고 다시 조립하느라 안간힘을 쓰는 소세키 자신이 보여 눈물겨웠다. "사람과 사람 사이에 놓는 다리는 없다"라는 말이 통절하게 다가왔다.

김승옥의 여러 작품에 『행인』의 흔적이 흩어져 있다는 걸 발견하는 기쁨은 덤이다.

옮긴이 **송태욱**

연세대학교 국문과를 졸업하고 같은 대학 대학원에서 문학박사 학위를 받았다. 도쿄외국어대학원 연구원을 지냈으며, 현재 대학에서 강의하며 전문번역가로 활동하고 있다.

지은 책으로 『르네상스인 김승옥』(공저)이 있고, 옮긴 책으로 『사랑의 갈증』, 『세설』, 『만년』, 『환상의 빛』, 『형태의 탄생』, 『책으로 찾아가는 유토피아』, 『일본 정신의 기원』, 『트랜스크리틱』, 『소리의 자본주의』, 『포스트콜로니얼』, 『천천히 읽기를 권함』, 『번역과 번역가들』, 『연애의 불가능성에 대하여』, 『매혹의 인문학 사전』, 『안도 다다오』, 『빈곤론』, 『해적판 스캔들』, 『오늘의 일본 문학』, 『문명개화와 일본 근대 문학』, 『유럽 근대 문학의 태동』, 『현대 일본 사상』, 『십자군 이야기』(전3권), 『잘라라, 기도하는 그 손을』 등 다수가 있다. 현암사에서 기획한 나쓰메 소세키 소설 전집 번역으로 한국출판문화상 번역상을 수상했다.